MEIKE WERKMEISTER

# Am Himmel funkelt ein neuer Tag



GOLDMANN

Meike Werkmeister

# Am Himmel funkelt ein neuer Tag

Roman

GOLDMANN

MIX
Papier | Fördert gute Waldnutzung
FSC® C083411
FSC www.fsc.org

Penguin Random House Verlagsgruppe FSC® N001967

3. Auflage
Originalausgabe April 2024

in der Penguin Random House Verlagsgruppe GmbH,
Neumarkter Str. 28, 81673 München
Dieses Werk wurde vermittelt
durch die Literarische Agentur Gaeb & Eggers.
Umschlaggestaltung: UNO Werbeagentur, München
Umschlagmotive: FinePic®, München
Anhang und Illustrationen: © Mi Ha | Guter Punkt, München
Autorinnenfoto: Ulrike Schacht
Redaktion: Kristina Lake-Zapp
LS · Herstellung: ik
Satz: Uhl + Massopust, Aalen
Druck und Bindung: CPI books GmbH, Leck
Printed in the EU
ISBN: 978-3-442-49514-6

www.goldmann-verlag.de

*Für meine Schwestern*
*Die echten und die im Geiste*

**Der Pfad führte steil den Hügel** hinauf. Links und rechts davon standen Eschen und Silberpappeln, deren Zweige sich tief zu mir herunterbeugten. Sattgrünes Efeu rankte um ihre massigen Stämme. Im Unterholz raschelte ein Tier, vermutlich ein Eichhörnchen oder ein Igel, der sich noch schnell einen Schlafplatz suchte, bevor sich die Sonne vollends über den Horizont geschoben hatte. Es roch nach feuchter Erde, nassem Gras und Holz.

Schritt für Schritt ging ich nach oben. In den dichten Baumkronen über mir begrüßten Rotkehlchen und Amseln den beginnenden Tag. Die Luft war klar und frisch, und doch ahnte ich, dass es in wenigen Stunden richtig warm sein würde. Dann würden Familien ihre Picknickkörbe den Weg hinauftragen, mit Basthüten auf den Köpfen und Sonnencreme auf den Nasen. Die Kinder würden vorausrennen, die Eltern lachend und schnaufend folgen, mitten hinein in diesen wunderschönen Sommertag. Auch ich geriet bereits etwas außer Atem. Ich war die ganze Woche nicht zum Schwimmen gekommen.

Noch ein paar Meter, dann lichteten sich die Bäume,

und der Pfad führte auf eine Wiese. Ich stapfte durch hohes Gras und Wildblumen bis zum höchsten Punkt, wo unter einer mächtigen Eiche eine Bank wartete. Der Blick, der sich mir bot, ließ mich verblüfft auflachen. Ich stand hoch oben auf einem Hügel. Unter mir erstreckte sich der Park, an dessen Rand sich winzig klein die hübschen viktorianischen Häuser von Hampstead aneinanderreihten. Dahinter glitzerte die Skyline der Stadt im Licht der aufgehenden Sonne. All diese gläsernen, galaktischen Türme, dazwischen die Kuppel der St Paul's Cathedral und das obere Ende des London Eye. Die gigantische Metropole lag zu meinen Füßen. Und ich stand hier oben, bis zu den Knien im Gras.

Minutenlang versuchte ich, immer neue Details in diesem faszinierenden Stillleben zu entdecken, bis ich wieder zu Atem kam. Dann wandte ich mich dem Tal unter mir zu. Die Bäume wuchsen dort dicht an dicht, ein richtiger Wald, mitten in London. Und dann sah ich es. Kaum zu erkennen durch die vielen Schichten von Grün, die Äste und Blätter, Stiele und Knospen. Und doch, eindeutig, da funkelte es, wie sonst nichts auf der Welt im Sonnenlicht funkelt: Ich hatte das Wasser gefunden.

# 1

## Fünf Tage zuvor

**Im Morgengrauen huschte Licht über** die Dachschrägen. Draußen ratterte ein Zug in den beginnenden Tag. Wenn mich nicht alles täuschte, vibrierten dabei ganz leicht die Scheiben. Ich lag still da und sah mich in meinem Schlafzimmer unter dem Dach um, in dem ein hölzernes Sprossenbett auf einem wollweißen Teppich stand. Ich hatte kaum geschlafen. Zu viele fremde Geräusche um mich herum. Zu viele aufwühlende Gedanken in meinem Kopf.

Ich war endlich in London.

Jahrelang hatte ich davon geträumt, aber nie war der richtige Zeitpunkt gekommen. Im Grunde war das immer noch so, und doch lag ich nun hier, unter einer herrlich weichen Daunendecke, und hörte zu, wie sich meine Gedanken und die fremden Geräusche zu einem etwas schrägen Konzert vermischten. Irgendwo tropfte ein Wasserhahn. Stimmen drangen von der Gasse vor dem Haus zu mir herauf. Die nächste Bahn ließ die Fenster vibrieren. Und da war noch etwas, ein Dröhnen, das ich nicht ganz zuordnen konnte. Es kam aus einem der Stockwerke unter mir.

Schließlich stand ich auf. Ich musste zwar erst um zehn in meinem neuen Büro sein, aber ich war zu kribbelig für dieses Herumliegen. Ich stellte mich ans Sprossenfenster und schaute hinaus auf die pittoresken Reihenhäuser. Von hier oben konnte ich über ihre Dächer hinwegsehen. In der Ferne erhoben sich einige Bürotürme in den blassblauen Londoner Morgenhimmel. Direkt unter mir lag ein kleiner Hinterhofgarten, der durch eine Backsteinmauer vom Nachbargrundstück getrennt war. Taunasser Rasen wuchs darin, hier und da blühten ein paar Gänseblümchen. An der Mauer waren Getränkekisten gestapelt. Daneben stand ein Stuhl mit drei Beinen. Hinter den Gärten, die an diesen angrenzten, entdeckte ich Schienen. Sie waren weiter weg, als ich vermutet hatte. Zwischen den Mauern und Gärten und hübschen Häusern mit Fassadenschmuck schlängelten sich kleine Gassen hindurch. Es sah ein bisschen so aus wie eine Illustration in einem alten englischen Märchenbuch.

Manchmal war mir mein eigenes Glück unheimlich. In solchen Momenten fragte ich mich, ob es endlich war, wie der Inhalt eines Bonbonglases, das sich immer weiter leert, bis nur noch ein paar bunte Zuckerkrümel am Glasboden liegen. Was würde passieren, wenn mein Vorrat an Glück endgültig aufgebraucht war? Diese Aussicht aus dem Fenster, dieses Viertel, diese hübsche kleine Wohnung – sie waren jedenfalls eindeutig Glücksfälle.

Es hatte alles schnell gehen müssen. Wenige Wochen hatte ich gehabt, um von Hamburg aus eine Bleibe in London zu finden. Auf den gängigen Portalen war das meiste Möblierte und einigermaßen bewohnbar Aussehende schlicht unbezahlbar. Bei dieser Wohnung waren die online gestellten Bilder schlecht ausgeleuchtet gewesen, die Beschreibung lückenhaft, vermutlich war sie deswegen noch für einen fairen Preis zu haben. Schon gestern Abend, als ich erschöpft von der Reise erst im Dunkeln angekommen war, hatte ich gesehen, dass dieses kleine zweistöckige Apartment die seltene Ausnahme von der Regel darstellte: Es war in Wirklichkeit schöner als auf den Fotos.

Ich lief barfuß die schmale Wendeltreppe hinunter in mein neues Wohnzimmer. Jetzt, wo Tageslicht den winzigen Raum flutete, sah er noch freundlicher aus als gestern Abend. Hinter einem beigen Samtsofa war eine Rotklinkerwand freigelegt. Auf einem von mehreren in die Wand gedübelten Regalbrettern stand ein einsamer, verstaubter Kugelkaktus.

»Bert«, sagte ich leise. *»Nice to meet you.«*

Und damit hatte er seinen Namen. Ich gab allen Pflanzen Namen, immer den ersten, der mir einfiel. Bert würde Kumpels brauchen, damit es hier gemütlicher wurde. Und dem Sofa fehlten Kissen und Decken, am besten welche mit Farbe. Das Mahagoni-Sideboard würde eine neue Lackierung bekommen. Und noch bevor der erste Tag richtig angebrochen war, hatte ich in meiner Fantasie bereits alles umgestaltet, den Kleiderschrank, der baufällig wirkte, rausgeschmissen und durch eine von der Decke hängende Stange und eine Kommode ersetzt, Vorhänge besorgt, einen Flauschteppich, mehr Bilder. Berufskrankheit. Lediglich der Fußboden war perfekt, wie er war – alte Holzdielen, die mich an die Wohnung in Hamburg erinnerten, in der ich zuletzt gewohnt hatte und die etwa fünfmal so groß war wie diese hier. In der noch immer ein paar Dinge von mir standen, die nicht in meinen Koffer gepasst hatten.

Ich ging den engen Flur entlang in die Küche. Eine Art Schlauch, an dessen Ende ein Tisch mit zwei Stühlen stand. Der leere Kühlschrank brummte traurig vor sich hin, gestern war es zu spät zum Einkaufen gewesen. Auch hier gab es ein Fenster, von dem aus ich auf die andere Seite sehen konnte, in eine schmale Gasse hinein. Dort hatte ich gestern spätabends meinen Schlüssel aus einem Wandkasten mit Zahlenschloss geholt. Erst jetzt bemerkte ich, dass die Gasse voller kleiner Ladenlokale war. Direkt gegenüber schloss gerade eine ältere Dame mit Glockenhut ein Geschäft auf, das aussah wie eine Änderungsschneiderei. Im Fenster daneben standen jede Menge Lederschuhe, augenscheinlich ein Schuster. Vor dem Gebäude, in dem ich wohnte, bildete sich eine immer länger werdende Schlange. Ich hatte es bereits in der Online-Beschreibung gelesen: Mein Vermieter betrieb im Erdgeschoss ein Café. Ganz offensichtlich ein beliebtes – der Anzahl der Menschen da unten nach zu urteilen.

Von dort waren vermutlich auch die Geräusche gekommen, die ich gehört hatte. Typisch alte englische Bauweise, da wurde nicht viel Wert auf Schallschutz gelegt. Ich erinnerte mich gut an die schlaflosen Nächte während meines ersten Schüleraustausches in Bath, wo am Ende (!) des Flures der Vater meiner Austauschschülerin schnarchte. Hier war es neben den Stimmen und dem Rattern des Zuges vor allem dieses tiefe Dröhnen gewesen, das mich vom Schlafen abgehalten hatte. Bei Tageslicht betrachtet, verstand ich: Vermutlich kam es von der Kaffeemaschine. Immerhin bedeutete das, dass in unmittelbarer Nähe ein Frühstück auf mich wartete, das ich nicht selbst zubereiten musste.

Das Bad war ockerfarben gefliest und so winzig, dass ich mich beim In-die-Dusche-Steigen am Warmwasserboiler stieß. Der Duschvorhang klebte an meinem Körper, während ich laut einen Song aus dem Radio vor mich hin sang, den ich seit gestern nicht mehr aus dem Kopf bekam. Es gab einiges zu tun in meiner neuen Wohnung – aber diesen Vorhang würde ich als Erstes ersetzen, beschloss ich, während ein lauwarmes Rinnsal auf meinen mit Gänsehaut überzogenen Körper tropfte. Nach und nach kam etwas mehr Wasser aus der Düse, gerade so genug, um das Shampoo auszuspülen.

Unter mir dröhnte es wieder, als ich meine Kleider aus dem Koffer nahm und sie in den windschiefen Schrank einräumte. Ich machte mir auf dem Handy etwas Gute-Laune-Musik an. Was sollte ich heute an meinem ersten Arbeitstag anziehen? In meinem Job ging es nicht primär darum, seriös auszusehen, sondern vielmehr wie jemand, dem man zutraute, die eigene Wohnung besser einzurichten, als man selbst dazu in der Lage wäre. Ich entschied mich für die ausgewaschene Jeans mit dem hohen Bund. Weiße Bluse dazu, Oversize-Blazer, Halbschuhe. Das müsste modern und zugleich schick genug sein, um einen guten Eindruck zu hinterlassen. Über dem Sideboard hing ein leicht matter Spiegel, vor dem ich wippend und summend meine Wimperntusche auftrug, weil das Licht hier besser war als im Bad. Ich knetete extraviel Wachs in meine kurzen Haare, die ich in Hamburg noch frisch hellblond gefärbt hatte. Meine Naturhaarfarbe lag irgendwo zwischen Kinderblond und Rötlich, viel zu brav für den Fransen-Look, in dem ich meine Haare gerade trug – knapp über den Ohren endend, wild durchgestuft. Ich kontrollierte ein letztes Mal mein Spiegelbild, das nicht mehr ganz so müde aussah, und tanzte mir Mut für diesen aufregenden Tag an.

Mit meiner Tasche über der Schulter machte ich mich schließlich auf den Weg nach unten. Das Treppenhaus war extrem niedrig und die Beleuchtung dürftig. Im ersten Stock kam ich an einer weiteren Wohnungstür vorbei. Mit jeder teppichbezogenen Stufe wurden die Geräusche aus dem Café lauter. Unten angekommen, schob ich die schwere Haustür auf. Draußen stellte ich mich in die Schlange hinter zwei junge

Mädchen in Schuluniform und einen Mann im Anzug, der laut in sein Mobiltelefon sprach. Zahlreiche Leute liefen an uns vorbei, vermutlich auf dem Weg zur Arbeit. Beseelt stand ich zwischen ihnen und zog die englische Morgenluft ein. Ich war hier. Ich war wirklich hier. Und ich kam meinem Frühstück immer näher.

Das Café in meinem Haus hatte eine hübsche Glasfront, über der in großen Lettern *Honey & Wood* stand. Dahinter erkannte ich eine Theke, randvoll mit Gebäck, darüber eine Tafel mit handgeschriebener Speisekarte. An einem großen quadratischen Holztisch saßen Leute vor ihren Tellern. Auch an einem langen Fensterbrett sowie auf den Bänken draußen vor dem Laden wurde gefrühstückt. Ich fühlte mich wie vor dem Guckloch des Ameisennestes im Tierpark: Im *Honey & Wood* wimmelte es.

Mit jedem Gast, der das Café verließ, schob sich die Schlange ein Stück weiter über das Kopfsteinpflaster. Manche Gäste kamen mit Coffee-to-go-Bechern wieder heraus, andere quetschten sich auf frei gewordene Plätze. Als auch ich endlich eingetreten war, lauschte ich einen Moment den Gesprächen, die durch den Raum schallten. Es war auf die schönstmögliche Weise laut und geschäftig.

»*Good morning.*« Ich schaute in die freundlichen Augen eines Mannes, über dessen Bauch sich eine Schürze spannte. In die Brusttasche war der Buchstabe R eingestickt. Er lehnte an der Theke, hinter der sich eine offene Küche befand, wo zwei Mitarbeiterinnen Eier brieten und mit schwungvollen Bewegungen auf Avocado-Toasts gleiten ließen. Seine dichten schwarzen Haare waren von einer Netzhaube bedeckt, hinter seinem Ohr steckte ein Stift, den er nun hervornahm, während er mich erwartungsvoll ansah. »Was kann ich für dich tun, *honey*?«, fragte er mit sonorer Stimme in herrlich vornehmem *British English*, wie ich es so gern hörte.

Ich musste lächeln. Ich liebte diese typisch britischen Koseformen am Ende des Satzes.

*Das macht zwei Pfund sechzig,* love.

*Brauchst du eine Tragetasche,* darling?

Der Mann hinter der Theke erwiderte mein Lächeln.

Ich streckte ihm die Hand entgegen. »Ich bin Zoé, frisch oben eingezogen. Du musst Ravi sein.«

Zu meiner Überraschung streifte er die Gummihandschuhe ab und nahm meine Hand zwischen seine großen weichen Hände. »Wie schön, dass du da bist, Zoé! Ich habe gestern wohl schon geschlafen, entschuldige. Hast du alles gefunden?«

Lachend erwiderte ich: »Habe ich, die Wohnung ist toll! Vielen Dank.«

Er ließ meine Hand los, desinfizierte blitzschnell seine Finger und schlüpfte wieder in die Handschuhe, während er munter weitersprach. »Wunderbar. Lass uns bald mal länger quatschen, ich wohne auch im Haus. Ich klopfe bei dir, okay? Erst mal Frühstück?«

Ich verspürte den Impuls, stellvertretend für ihn Luft zu holen. »Ich nehme sehr gern einen English Breakfast Tea und einmal den French Toast.«

»Eine exzellente Wahl.« Ravi fischte den Stift hinter seinem Ohr hervor, kritzelte etwas auf einen kleinen Block und lehnte sich dann verschwörerisch zu mir. »Wenn du Glück hast, mache ich den Toast selbst, dann ist er noch besser.«

Eine der beiden Mitarbeiterinnen, eine ältere Dame mit leuchtend rotem Haar, versetzte ihm von hinten einen Klaps mit einem Holzlöffel. Sein laut dröhnendes Lachen überstimmte das Gemurmel im Raum.

Er zwinkerte mir zu. »Such dir einen schönen Platz, *honey*. Am Fenster ist was frei geworden, ich finde dich.«

Als ich mich abwandte, hörte ich Ravi bereits mit der nächsten Kundin sprechen, die eine Arbeitsuniform der Londoner Verkehrsbetriebe trug.

»Martha, wie geht es dem Hund deiner Mutter? Was macht ihre neue Hüfte? Wie immer drei Eier auf Sauerteigbrot, *darling*? Setz dich doch.« Wieder folgte sein durchdringendes Lachen. Ob es das gewesen war, was ich oben in meiner Wohnung gehört hatte? Nicht das Dröhnen der Siebträgermaschine, sondern Ravis Lachen? Vermutlich eine Mischung aus beidem.

Ich fand einen freien Platz am Fensterbrett neben einem Mann mit Dutt und ausrasiertem Nacken, der mit Künstlerfingern etwas auf die linierten Seiten eines stoffgebundenen Notizbuches schrieb. Er blickte nur kurz auf, als ich mich setzte. Dann rückte er seine John-Lennon-Brille zurecht und schrieb weiter. Der Erdnussbuttertoast neben seiner Teetasse war noch unangerührt. Dafür aß die Frau auf meiner anderen Seite, deren dichte Locken nass glänzten, zügig und sichtlich erfreut ihr Porridge.

Ich sah mich um, betrachtete die Hocker an der Fensterbank, die aufbereiteten Schulstühle an dem großen Holztisch mitten im Raum, die Schwarz-Weiß-Fotografien an den Wänden. Besser hätte man das nicht machen können, dachte ich. Ich war nicht sicher, woran es genau lag. Vielleicht an dem Geräuschteppich, der über allem schwebte wie Fahrstuhlmusik. Vielleicht am Geruch von frischen Kardamomschnecken, Kaffeebohnen und Speck. Ganz sicher auch an den Lilien, die in einer riesigen Vase mitten auf dem Tisch standen. Jedenfalls fühlte ich mich hier wohl. Wohler, als man sich für gewöhnlich an Orten fühlt, die man zum ersten Mal besucht. So wohl, als wäre dies längst mein Stammcafé, als wäre ich hier schon viele Male gewesen.

Ich holte meinen kleinen Block hervor und öffnete die Seite mit der Unbedingt-finden-Liste. Hinter die erste Zeile machte ich einen Haken.

- *Café* ✔

Da stand noch:

- *Supermarkt*
- *Bäckerei*
- *Drogerie*

- *Apotheke*
- *Hausarztpraxis*
- *Buchhandlung*

Und am allerwichtigsten:

- *Schwimmbad*

Ich hatte die Liste während des Fluges angefertigt, um mir die Zeit zu vertreiben. Nun musste ich schmunzeln, weil meine Mutter früher immer solche Listen gemacht hatte, wenn wir im Sommer in ein Ferienhaus in Dänemark fuhren. In den ersten Tagen war sie stets damit beschäftigt gewesen zu recherchieren, wo sich die nächste Hausarztpraxis und Apotheke befanden – nur zur Sicherheit – und wo man an welchen Tagen frische Brötchen bekam.

»Hier hat jemand den besten French Toast von ganz London bestellt?« Ravis laute Stimme erklang hinter mir.

Lächelnd hob ich die Hand. »Das war wohl ich.«

Er stellte einen Teller mit knusprig gebackenen Toastscheiben vor mich, deren karamellisierte Ecken noch knisterten, so frisch kamen sie aus der Pfanne.

Ravi warf dem schreibenden Mann neben mir einen flüchtigen Blick zu und wandte sich dann wieder an mich: »Wenn du das alles aufisst, geht der nächste aufs Haus.«

# 2

Auf dem Weg zur Bahnhaltestelle sah ich weitere Frauen mit nassen Haaren. Vermutlich gehörte das für Engländerinnen im Sommer einfach dazu. Wie Flipflops und Trägertops, sobald es über dreizehn Grad waren. Ich mochte diese entspannte Einstellung zum Leben. Diesen inneren Sommer, den hier alle ausriefen, irgendwann Mitte März. Wäre ich eine Britin, hätte ich vermutlich etwas Luftigeres getragen und müsste nicht mit dem Gedanken spielen, den obersten Knopf meiner Jeans zu öffnen, weil mein Bauch so voll war. Ravi hatte recht: Keiner machte einen so guten French Toast wie er. Und ich hatte ihn bis auf den letzten Krümel aufgegessen, sehr zu seinem Erstaunen. Bezahlen durfte ich nicht, obwohl ich wirklich insistiert hatte.

Satt und zufrieden lief ich durch die verschlungenen Gassen von Hampstead und freute mich, gleich in der Bahn fast alle Punkte auf meiner Liste abhaken zu können. In den wunderschönen alten Häuschen, an denen ich vorbeikam, gab es alles, was ich für den täglichen Bedarf brauchte: einen Gemüseladen, zwei kleine Supermärkte, eine Apotheke, weitere Cafés, eine Eisdiele, zwei Bäckereien, Imbisse und eine zauberhaft aussehende Buchhandlung. Dieser Stadtteil wirkte wie ein kleines Dorf. Kaum zu glauben, dass ich mich mitten in London befand. Kurz bevor ich an die Bahnstation gelangte, entdeckte ich den Eingang zu einem großen Park. Wie herrlich, sogar Natur gab es hier.

Ein paar Meter vor den Schranken zur Overground hatte ein Obsthändler glänzende Äpfel übereinandergestapelt. Ich kaufte mir einen als Proviant – für den Fall, dass ich nach diesem ausgiebigen Frühstück je wieder Hunger bekommen sollte.

Über den Bahnsteig drängten sich zahlreiche Menschen auf dem Weg zur Arbeit. Ich begann, vor mich hin zu singen, wie ich es immer tat, wenn ich nervös war. Ich spielte an den Piercings in meinen Ohren. Den Silberringen an meinen Fingern. Strich über das neue Tattoo an meinem Handgelenk, ein vierblättriges Kleeblatt, das ich mir im Winter hatte stechen lassen. Alles Ablenkungsmanöver, damit ich nicht darüber nachdachte, dass ich gleich in einen sehr vollen Zug steigen musste. Ich sah auf mein Handy. Meine Mutter hatte eine Nachricht geschickt, in der sie mir für den ersten Arbeitstag alles Gute wünschte und mich bat, sie heute Abend anzurufen. Außerdem hatte Marc mir geschrieben.

Bist du okay, Babe? Hat gestern Abend alles gut geklappt? Viel Glück für deinen ersten Tag!

Ich beantwortete die Nachricht meiner Mutter, dann tippte ich wieder die von Marc an. Was sollte ich ihm antworten? Wie war unser Status? Nicht zum ersten Mal ärgerte ich mich über mich selbst, dass ich nicht klarer gewesen war. In meinen Gefühlen. Und darin, wie ich darüber sprach.

Die Bahn fuhr mit einem so lauten Rauschen in die Station ein, dass ich erschrocken zusammenzuckte. »Alles gut, Zoé«, sagte ich leise zu mir selbst. »Das ist kein Problem für dich.« Der Zug hielt, und ich ließ mich mit den anderen hineinschieben.

Nur fünf Stationen, dann musste ich umsteigen, das würde ich schon schaffen, obwohl es wirklich voll war. Ich hätte auch U-Bahn fahren können. Aber lieber etwas länger oberirdisch als kurz unterirdisch. Ich stellte mich auf die Zehenspitzen, dennoch war ich kaum groß genug für den Handgriff über meinem Kopf, an den ich mich so fest klammerte, dass die Silberringe in meine Finger einschnitten.

Noch drei Stationen. Der Duft verschiedener Deos und Haarprodukte kitzelte in meiner Nase. Der Zug fährt oberirdisch, dachte ich. Bei einer Panne kommst du ganz schnell raus. Die meisten Menschen um mich herum wirkten verschlafen, fast niemand sprach, alle schauten auf ihre Handys. Ich spürte trotzdem ihre Unruhe, als murmelten sie in Gedanken wild durcheinander, voller Pläne und Termine und Wünsche für den beginnenden Tag.

Noch zwei Stationen. *Du kannst das.* Meine schweißnasse Hand rutschte beinahe vom Griff ab.

Noch eine Station. Und noch eine. Der Zug hielt.

Ich stieg aus, drängelte mich über einen weiteren vollen Bahnsteig, rein in den nächsten Zug. Zum Glück war dieser nicht ganz so voll besetzt wie der erste.

Fünf weitere Stationen. Ich konzentrierte mich auf meinen Atem und schaute zwischen den anderen Passagieren hindurch auf die Ziegelhäuser, an denen wir vorbeifuhren. Wie unglaublich britisch sie aussahen mit ihren Erkerfenstern und Satteldächern und Eingängen im Hochparterre.

An der Shoreditch High Street wurde ich wieder ausgespuckt. Erleichtert atmete ich die frische Luft ein und entfernte mich vom Gedrängel auf dem Bahnsteig. Geschafft. *Siehst du, alles kein Problem!* Mit leicht wackeligen Knien lief ich durch eine Unterführung voller großflächiger Graffitis. Von ein paar Straßenständen wehte würziger Geruch herüber. Ich würde mich an diesen Arbeitsweg gewöhnen. Oder doch aufs Rad umsteigen wie in Hamburg. Aber traute ich mich das in einer Neun-Millionen-Einwohner-Metropole, bei Linksverkehr?

Am anderen Ende der Unterführung bog ich in eine auf den ersten Blick unscheinbare Straße ein. Beinahe ehrfürchtig las ich den Namen auf dem Schild. Brick Lane. Diese »Gasse« hatte nicht nur einem Weltbestseller den Namen geschenkt, sondern stand stellvertretend für das ganze bunte, multikulturelle Viertel, von dem ich schon so viel gehört und gelesen hatte. Ausgerechnet hier durfte ich nun jeden Tag zur Arbeit gehen. Wer wollte sich da schon über zu volle Züge beschweren?

Die Leute, die mir entgegenkamen, hätten unterschiedlicher nicht aussehen können. Manche von ihnen trugen Designerkleidung, andere waren in farbenfrohe Vintageklamotten gekleidet, wieder andere in traditionelle Gewänder gehüllt. Ich kam an einem *Nail Spa* vorbei, an einem Supermarkt mit arabischem Schild, vor dem 50-Kilo-Säcke mit Reis gestapelt waren, einem Kindergarten, an dessen Tor die Erzieherinnen ihre Schützlinge begrüßten, und einem *Barber Shop*, dessen Rollläden noch geschlossen waren. Aus dem danebenliegenden *Beigel Bake* – einem jüdischen Bäcker, der laut Beschilderung rund um die Uhr geöffnet hatte – kam gerade eine Gruppe Männer in weißen Hemden. Eine Frau mit Hidschab trug einen Kaffeebecher aus dem minimalistisch aussehenden *Coffeelab* nebenan und unterhielt sich lachend und gestikulierend mit ihrer bis zum Haaransatz tätowierten Freundin. Der Geruch frisch gemahlener Kaffeebohnen wehte mit ihnen aus dem Laden. Ich widerstand dem Impuls, mir einen Flat White zu holen, denn ich wusste, dass ich das später bereuen würde. Mein Herz schlug zwar wieder einigermaßen normal, aber Koffein war keine gute Idee.

Stattdessen schoss ich Fotos mit dem Handy. Ich wollte alles festhalten. Das gesprayte *Love is Love* auf den geschlossenen Rollläden der Metzgerei, die Siebzigerjahre-Sonnenbrillen-Auswahl im Schaufenster des *Vintage Store*. Die unfassbar bunten Torten in der Auslage der kleinen Konditorei, deren Schichten aussahen wie ein Regenbogen. Den in den Himmel ragenden Turm der alten Truman Brewery.

In den ehemaligen Fabrikgebäuden mit den Gelbklinkerfassaden waren heutzutage jede Menge Shops untergebracht. Zwischen einem Secondhandladen, in dem offenbar hauptsächlich Band-T-Shirts aus den Achtzigern verkauft wurden, und einem Plattenladen mit echten Vinyls entdeckte ich das schlichte Schild meines neuen Arbeitsplatzes. *The Interior Designers* stand an der Klingel. Was für ein selbstbewusster Name. Es mochte viele Innenarchitekturbüros geben. Aber dies war eben *das* Innenarchitekturbüro. Und ich durfte ein Jahr lang hier arbeiten.

Dass ich das wollte, hatte ich in dem Moment gewusst, als ich die Anfrage über Instagram bekam. Dafür hatte ich in Hamburg meine Festanstellung gekündigt. Ich hatte erst vor wenigen Monaten in meinem Job angefangen, und auch er war ein echter Glücksfall gewesen. Nach einem Master in Innenarchitektur hatte ich zunächst einige Jahre für meine Professorin gearbeitet, einfach weil es mir an der Uni so gut gefiel und ich spannende Projekte betreuen durfte. Bis ich eine interessante Ausschreibung entdeckte. Mit dreißig sollte ich endlich mal etwas Praxis im Job sammeln, beschloss ich und bewarb mich kurzerhand.

Ich bekam die Stelle. In einer coolen kleinen Agentur mit einer netten Chefin, die mir direkt eigene Aufträge übergab, ein neues Yogastudio oder eine Zahnarztpraxis einzurichten beispielsweise. Ein Sechser im Lotto eigentlich, denn Festanstellungen als Innenarchitektin gab es nicht viele. Weswegen meine Eltern meine Entscheidung, noch in der Probezeit zu kündigen und hastig eine neue Chance zu ergreifen, mit Sorge betrachteten. Vor allem, weil *The Interior Designers* nicht wirklich eine volle Stelle ausgeschrieben hatten, sondern lediglich ein einjähriges Praktikum. Dafür, meinten auch meine Freundinnen, sei ich doch nun wirklich langsam zu alt und außerdem überqualifiziert.

Ich betrat das Gebäude, stieg in den leicht klapprigen Aufzug und fuhr in den zweiten Stock. Hauptsache, ich selbst wusste, warum ich hier war.

Oben angekommen, erwartete mich eine lichtdurchflutete Bürofläche.

»Ich möchte zu Grace«, sagte ich am Empfang, der aus einem aus Beton gegossenen Tresen bestand. Dahinter tippte ein junger weißer Mann mit asymmetrischer Frisur und schwarz lackierten Fingernägeln auf eine kabellose Tastatur ein.

Er nickte ein wenig müde und führte mich an verglasten Büros vorbei, in denen – selbstredend – Designermöbel standen. Am Ende des Ganges klopfte er an eine Tür.

»Hereinspaziert!«, rief eine samtige Frauenstimme, woraufhin der junge Mann wortlos die Tür aufschob und verschwand.

»Hey, hallo, ich bin Zoé.«

Hinter dem langen, verblüffend chaotischen Schreibtisch erhob sich eine große Schwarze Frau mit raspelkurzen Locken und einem eng geschnittenen Anzug aus glänzendem Stoff. Elegant machte sie auf ihren hohen Absätzen ein paar Schritte auf mich zu und hielt mir ihre Hand hin. »Wie schön, dich kennenzulernen. Ich bin Grace.«

Plötzlich befürchtete ich, mein durch Seriengucken und Reisen eigentlich ganz anständiges Schulenglisch könnte mich im Stich lassen, und begann instinktiv dagegen anzuplappern. »Das kann ich nur zurückgeben. Ich bin sehr froh, hier zu sein.« Ich schüttelte energisch ihre Hand. »Das alles hier ist … Ich bin begeistert. Ich kann's kaum erwarten loszulegen.«

Grace lächelte breit, wobei sie vor Charme nur so sprühte. »Toll, du bist wirklich das Energiebündel, für das ich dich gehalten habe.«

Sie stellte mir ihr Team vor, das außer Alfie vom Empfang aus zwei weiteren jungen Männern bestand, die ebenfalls müde auf mich wirkten. In ihrer knappen Mail nach unserem Instagram-Austausch hatte Grace mir das Konzept ihrer Agentur erklärt: Zusätzlich zu ihrem festen Team holte sie sich jedes Jahr neue Leute aus aller Welt, begrenzt auf zwölf Monate. Das sorgte für spannende Impulse, hatte sie geschrieben. Für die Jungs war ich also vermutlich so etwas wie die x-te Praktikantin, die durchgeschleust wurde.

Grace brachte mich in mein neues Büro, hinter dessen Fenstern ich die Schornsteine der alten Brauereigebäude sah. Davor standen zwei Schreibtische, frontal aneinandergeschoben. An einem davon saß eine sehr jung aussehende Frau mit offenen langen Haaren in einem übergroßen Sweatshirt, die aufstand, als wir eintraten.

»Das ist Yon«, sagte Grace. »Sie ist in diesem Jahr meine zweite Entdeckung und wird mit dir im Team arbeiten.« Sie wandte sich an meine Kollegin. »*Darling*, das ist Zoé aus Deutschland. Zoé, Yon aus Korea.«

»Aus Korea?« Ich machte ein anerkennendes Gesicht. »Du hattest einen deutlich weiteren Weg als ich.«

Grace ließ ein tiefes, kehliges Lachen erklingen. »Ja, ich finde die besten Leute auf der ganzen Welt. Yon hat schon vor ein paar Tagen angefangen.«

Meine neue Kollegin begrüßte mich freundlich.

»*Sweety*, setzt du Zoé ins Bild über das Projekt, an dem ihr gemeinsam arbeiten werdet? Und zeigst ihr, wo alles ist?«

Yon antwortete in lupenreinem *British English*: »Klar, das mache ich sehr gern.«

»Bis später, ihr Lieben. Komm gut an, Zoé. Wenn es Fragen gibt, weißt du ja, wo du mich findest.« Mit einem Lächeln auf den glänzenden Lippen verließ Grace festen Schrittes unser Büro.

»Wow!«, sagte ich und wandte mich Yon zu.

Die nickte wissend. »Sie ist eine Königin.« Sie musterte mich freundlich von oben bis unten. »Und wir sind die neuen Arbeitsbienen in ihrem Reich. Bist du gut?«

Ich musste lachen. »Aber sicher doch.« Ich lief zu

meinem Schreibtisch und ließ mich auf den Stuhl sinken.

Yon griff nach einem Ordner. »Hier stehen Infos zu unserem Projekt drin.« Sie ließ ihn über ihren Schreibtisch bis zu mir gleiten. »Daraus machen wir Honig.«

Ich sah sie etwas ratlos an.

Sie zwinkerte mir zu. »Na, wir Arbeitsbienen. Wenn du so gut bist wie ich, sind wir zusammen unschlagbar. Besser als die Boys nebenan auf jeden Fall.«

Ich schmunzelte. »Das klingt nach einem guten Plan.«

Yon lief in ihren klobigen Basketball-Sneakers zu mir herüber und schwang sich geschickt auf die Tischplatte. »Umso besser wir arbeiten, desto mehr Zeit bleibt uns zum Ausgehen.«

»Ausgehen?«

»Was glaubst du, warum ich hier bin? Ich komme aus einem Staat, in dem die Männer noch immer das Sagen haben und Frauen vor allem Hausfrau und Mutter sein sollen.« Sie band ihre schwarzen Haare, deren Spitzen pink gefärbt waren, zu einem hohen Zopf zusammen. »Bist du etwa nur zum Arbeiten nach London gekommen?«

Ich überlegte einen Moment. »Auf keinen Fall.«

»Siehst du.« Yon hielt mir ihre Hand zum Einschlagen hin.

In den nächsten Stunden arbeitete ich mich durch den Ordner mit unserem Projekt – es handelte sich um einen Jahrhundertwendepalast in Chelsea, der kernsaniert werden sollte – und wurde von Yon in sämtliche Gepflogenheiten der Agentur eingeweiht. Dafür zog sie mich jedes Mal am Ärmel meines Blazers auf einen Gitterbalkon, unter dem es gespenstisch in die Tiefe ging.

»Schmeckt mir eigentlich nicht.« Schulterzuckend betrachtete sie ihre E-Zigarette. »Aber zu Hause gilt Rauchen als unweiblich, also mache ich es hier aus Prinzip. Außerdem liebe ich die Pausen. Worauf freust du dich am meisten in deiner Zeit hier?«

Die wichtigsten Eckdaten hatten wir bereits geklärt. Sie sprach deswegen so perfekt Englisch, weil sie ihr Abitur auf einem britischen Elite-Internat gemacht hatte. Sie war Veganerin und mietete ein Zimmer in einer Wohngemeinschaft gleich um die Ecke. Ihre besorgten Eltern in Seoul dachten, es wären nur Frauen dort, während sie in Wahrheit mit drei französischen Austauschstudenten zusammenlebte. Sie war erst einundzwanzig, hatte in Rekordzeit studiert und in Korea bereits mehrere Design-Nachwuchswettbewerbe gewonnen. Ich dagegen aß alles, war fast zehn Jahre älter und verfügte lediglich über ein hübsches Instagram-Profil und unverschämtes Glück.

Ich wickelte den Bagel aus, den wir vorhin bei einem Verkäufer mit Bauchladen erstanden hatten, und dachte über Yons Frage nach. Worauf freute ich mich am meisten?

»Ich weiß gar nicht, wo ich anfangen soll.« Beherzt biss ich in meinen Lunch, selbst baff, dass ich schon wieder etwas essen konnte und wie hungrig mich die ganze Aufregung offenbar gemacht hatte.

Yon steckte ihre E-Zigarette ein und nahm sich ihren Bagel. »Ich will Sneakers shoppen und Streetfood essen und die Nächte durchtanzen. Ein paar gute Läden hab ich bereits entdeckt. Aber du bist ja gestern erst angekommen.« Sie legte den Kopf in den Nacken, sodass ihr Zopf fast bis zum Po reichte, und schaute in den strahlend blauen Himmel. »Wo willst du zuerst hin?«

Ich kaute nachdenklich. »Ins Freibad und auf den Blumenmarkt.«

»Du bist seltsam.« Yon zupfte zufrieden eine Sprosse von ihrem Bagel mit Analogkäse. »Ich mag dich.«

Am späten Nachmittag diskutierte ich gerade mit Yon über den richtigen Look für unser Projekt, als Neil, einer von Grace' Mitarbeitern, vor unseren Schreibtischen auftauchte. Er hatte noch hellere Haut als ich, Sommersprossen im ganzen Gesicht und dichtes rotes Haar.

»Hey, Girls, genug gearbeitet für heute. Es ist Zoés erster Tag, wir gehen ins Pub.«

Yon riss die Augen auf. »Ich fahre den Computer runter.«

Neil grinste sie schief an, wobei er mich ein bisschen an Prinz Harry erinnerte. »Schön, dass ich dich überreden konnte.«

Yon war schon dabei, ihre Sachen zusammenzusuchen. Währenddessen kam Stephen, ein weiterer Mitarbeiter, kaugummikauend in den Raum. Er setzte sein Käppi falsch herum auf und sah uns auffordernd an. »Kann's losgehen? Grace weiß Bescheid.«

Auf dem Weg sammelten wir noch Alfie ein, der nicht nur am Empfang saß, sondern auch eigene Kunden betreute, wie ich von Yon wusste. Er sprühte im Aufzug so viel Haarspray in seinen asymmetrischen Pony, dass alle husten mussten.

Wir folgten unseren drei Kollegen in den freundlichen Londoner Spätnachmittag hinein. In den Straßen von Shoreditch tummelten sich an diesem warmen Tag jede Menge junge Leute. Die Jungs führten uns an einer Moschee vorbei, an Marktständen mit Kunsthandwerk und schließlich in eine schmale Gasse, in der ich schon von Weitem das Eckpub bemerkte. Eine Traube von Menschen hatte sich davor gebildet, die ganz offensichtlich ihr Feierabendpint genossen. Stephen, Alfie und Neil baten uns, draußen zu warten, und kamen wenig später mit schmalen Gläsern voller Bier ohne Schaumkrone zurück.

Alfie reichte mir ein Pint, wobei mir auffiel, wie akkurat seine Nägel lackiert waren. »Also, es gibt ein paar Regeln, die ihr als Neulinge kennen müsst«, erklärte er. »Auf jede trinken wir.«

Ich betrachtete das Getränk skeptisch. Bier ohne Kohlensäure war nicht unbedingt mein Favorit.

»Regel Nummer eins«, Alfie hob sein Glas, »wir gehen regelmäßig aus, da müsst ihr durch.«

Yon zwinkerte mir zu, bevor wir mit den Jungs anstießen und tranken. Hustend wischte sie sich über den Mund. »Schmeckt das scheiße.«

»Hey, keine Beleidigungen unserer Kultur«, erwiderte Neil grinsend.

Von Yon hatte ich während einer unserer »Raucherpausen« erfahren, dass er bekannt dafür war, gern mit den neuen Praktikantinnen zu flirten. Auf den ersten Blick war das erstaunlich. Aber war am Ende nicht immer der Typ mit den süßen Sommersprossen, dem man es am wenigsten zutraute, der Schlimmste von allen? Der coole Stephen mit dem ebenmäßigen Schwarzen Teint war laut Yon hingegen frisch verlobt mit einer Frau aus seiner freien Kirchengemeinde. Und Alfie hatte sich gerade von seinem Partner, einem bekannten Medienanwalt, getrennt und lebte nun wieder allein mit drei Katzen aus dem Tierheim zusammen, die viel Aufmerksamkeit benötigten. Jedenfalls berichtete er laut Yon regelmäßig, er müsse früher gehen, um eine von ihnen zur Osteopathie oder zum Tierfrisör zu bringen.

»Regel Nummer zwei«, sagte er nun und hob die perfekt getrimmten Augenbrauen. »Wir räumen unsere Stühle nie. Macht euch also keine Illusionen, nach dem Jahr übernommen zu werden. Keine Internationale ist je geblieben.«

*Internationale* – so nannten sie uns also. Erneut lächelte Yon mich vielsagend an, und wir tranken.

»Regel Nummer drei.« Jetzt war es Neil, der das

Wort ergriff. Sein Glas war bereits zu drei Vierteln leer. »Wenn wir zusammen ausgehen, erfährt Grace nichts von dem, was dabei passiert. Das gilt für uns alle. Wir halten die Klappe – ihr haltet die Klappe. Was im Pub passiert, bleibt im Pub, verstanden?«

Wieder tranken wir. Yons Glas sah für mich so voll aus, als würde sie nur simulieren. Das Ale schmeckte auch wirklich nicht besonders.

Während die Jungs danach über Dart-Ergebnisse sprachen, flüsterte Yon mir zu: »Die haben Angst vor uns, merkst du das?«

»Hm.« Ich betrachtete mein schales Bier. »Nicht unser Problem, würde ich sagen. Wir machen unser Ding, richtig?«

»Richtig!« Yon hob ihr Glas. Auf ihren kurzen Fingernägeln klebten kleine Figuren. »Außerdem haben sie allen Grund dazu.«

Respekt, dachte ich. So selbstbewusst war ich mit Anfang zwanzig noch nicht gewesen.

Obwohl mir das Bier nicht schmeckte, war mein Glas irgendwann leer. Und von irgendwoher kam ein neues. Vor allem Neil kümmerte sich rührend um uns, wie Yon es schon vorausgesagt hatte.

Als er ihr beim Reden immer näher kam, hakte sie sich bei mir unter. »Gott, diese Typen, kannst du es glauben?«, flüsterte sie mir zu.

Ich drehte an meinen Piercings. »Er kann jedenfalls nicht mehr so richtig geradeaus gucken.«

Yon zuckte unter ihrem extraweiten Sweatshirt mit

den Schultern. Nur bei genauerem Hinsehen ließ sich erahnen, dass sie darunter durchaus beeindruckende Kurven versteckte. »Wer nichts verträgt, sollte nichts trinken.«

Die Musik wurde lauter, und Alfie begann, wild zu tanzen. Yon und ich machten mit, und Neil sah Yon mit Stielaugen zu. Das konnte noch lustig werden.

Nach ein paar Songs legten Yon und ich eine Pause ein und stellten uns an den Rand der Menschentraube. Sie schaute skeptisch zu Neil, der ein paar Mädels antanzte. »Man sollte sich nicht mit Kollegen betrinken.«

»Findest du ihn süß?«

Sie prustete in ihr Glas. »Auf keinen Fall! Außerdem will ich Männern hier aus dem Weg gehen.«

»Das klappt bisher so mittel, oder?« Ich zwinkerte ihr liebevoll zu. »Sagtest du nicht, du wohnst mit drei süßen Franzosen zusammen?«

Sie lehnte sich gegen mich, als würden ihre Beine sie nicht mehr richtig tragen. »Franzosen sind meistens süß, oder?« Sie wirkte mit einem Mal ziemlich angetrunken. »Aber mit Mitbewohnern sollte man noch weniger was anfangen als mit Kollegen. Das hab ich mir fest vorgenommen. Hier muss es anders werden als zu Hause.«

»Was ist zu Hause passiert?«, fragte ich vorsichtig. Nicht weit von uns sangen Alfie und Neil sehr laut und sehr schief bei *It's Raining Men* mit.

»Zu viel Drama. Ich bin bindungsgestört. Sagt zumindest die Therapeutin, die meine Eltern engagiert haben, weil ich in den nächsten Jahren heiraten soll und sie Angst haben, dass das so nichts wird. Ich verliebe mich ganz schnell und ganz doll. Und dann, wenn es wirklich ernst wird …« Sie stellte ihr Glas ab, schloss ihre kleinen Hände zu Fäusten und öffnete sie dann zackig wieder. »Puff, alles vorbei. Deswegen hab ich mir vorgenommen, dieses Muster zu durchbrechen. Hier geht es nur um mich.«

Ich hielt ihr mein Glas hin und dachte, dass sie bestimmt gar nicht therapiebedürftig, sondern einfach gesunde einundzwanzig war. Laut sagte ich: »Da bin ich dabei.«

Sie gähnte, schnappte sich wieder ihr Bier und prostete mir halbherzig zu. »Ist das bei dir auch so? Bei dir und dem Mann zu Hause, mit dem es kompliziert ist? Bist du auch bindungsgestört?«

Ich dachte einen Moment nach. »Das nicht«, antwortete ich. »Wir haben bis vorgestern gelebt wie ein Ehepaar. Bei mir ist es eher das Gegenteil. Ich war erst selten so richtig … verliebt.«

»Ich muss mal.« Ruckartig richtete Yon sich auf und verschwand im Pub.

»Eigentlich erst ein Mal«, fügte ich leise hinzu, aber sie hörte mich nicht mehr.

# 3

**Alfie verabschiedete sich als Erster,** weil er noch auf eine Party eingeladen war und vorher für die Katzen kochen musste. Hüftschwingend schritt er durch die Straßen davon, vorbei an Bürotürmen, die so hoch in den Himmel ragten, dass mir schon beim bloßen Anblick schwindelig wurde. Als eine angetrunkene Frau anfing, beim Reden die Hand an Stephens Hüfte zu legen, brach der urplötzlich und ohne Ankündigung auf. Nur Neil stand noch neben mir und versuchte, mir etwas zu erzählen, was ich nicht richtig verstand, weil er so lallte. Eine Viertelstunde später war Yon noch immer nicht vom Klo zurück, und ich ging rein, um nach ihr zu schauen. Aber ich fand sie nirgends. Dafür kam eine Nachricht auf meinem Handy an.

game over, bis morgen

Alles klar, hab mir schon Sorgen gemacht, schlaf gut

keine sorge, ich boxe

Ich beschloss, mich ebenfalls davonzustehlen. Neil würde es wahrscheinlich nicht mal bemerken, wer wusste schon, woran der sich morgen früh überhaupt noch erinnerte. Außerdem konnte ich ihn zwischen den anderen Gästen vor dem Pub nicht mehr entdecken, vermutlich war er längst mit jemandem weitergezogen, der einen ähnlich hohen Pegel hatte wie er.

Es war noch nicht mal halb acht, als ich in Hampstead aus der auch diesmal ziemlich vollen Bahn stieg, noch immer leicht benebelt. Beim Anblick der kleinen Häuser rund um die Station überkam mich sofort ein wohliges Gefühl. Ich hatte mir instinktiv das richtige Stadtviertel ausgesucht.

Ich schlenderte an blühenden Vorgärten vorbei, an wunderhübsch verzierten Fassaden und an Katzen, die im Abendlicht dekorativ in alten Holzfensterrahmen saßen und herausschauten. Jetzt wäre eigentlich der richtige Moment, um schwimmen zu gehen, dachte ich. Es würde mich schlagartig ausnüchtern und diese Unruhe in mir vertreiben, die ich seit heute früh nicht richtig losgeworden war. Es würde meine Gedanken sortieren. Dafür sorgen, dass mein Herz wieder im richtigen Takt schlug und ich nachher ruhig schlafen konnte.

Was Marc wohl gerade machte? Plötzlich fehlte er mir. Oder fehlte mir nur das Gefühl, das er mir geben konnte? Ich hatte bis zuletzt nicht ganz ergründen können, was es war, das mich in seine Arme trieb, im vergangenen Jahr, auf einer Party von Freunden. War es nur mein Liebeskummer gewesen, diese beißende Einsamkeit in mir? Oder die Tatsache, dass er wirklich gut zu mir war und ich mich bei ihm irgendwie sicher fühlte? Jedenfalls verbrachte ich die Nacht bei ihm, in seiner halb leeren 150-Quadratmeter-Wohnung im schicken Hamburg-Eppendorf, die er sich vom Verkauf einer seiner selbst programmierten Apps geleistet hatte. Ich sagte ihm gleich, dass ich für eine Beziehung gerade nicht bereit war – noch bevor mehr zwischen uns passierte, ich wollte keine falschen Hoffnungen wecken.

Ein paar Wochen später wiederholte sich das Ganze, dann immer mal wieder, nach verschiedenen Treffen mit Freundinnen und Freunden. Ich sagte: »Aus uns wird aber nichts« – und wachte am nächsten Morgen neben ihm auf, auf dem Nachtschrank schon eine Tasse Kaffee, die ich nie trank, bevor ich ging. Bis er mich bat, seine Wohnung einzurichten, er brauche da Hilfe. Von da an blieb ich manchmal noch, nahm Maß für Vorhänge und neue Sofalandschaften, rollte weiche Teppiche über die alten Holzdielen, stellte überall Pflanzen auf. Er beobachtete mich dabei wie ein seltenes Tier, und seine stille Bewunderung schmeichelte mir. Genau wie seine Art, einfach spontan etwas vom Sushi-Laden mitzubringen, einen Film anzustellen und danach zu verkünden, es sei zu spät, um noch heimzufahren, er hätte da vorsichtshalber mal eine Zahnbürste für mich gekauft. Immer mehr meiner Sachen sammelten sich bei ihm an. Und als die Wohnung schließlich so aussah, wie ich selbst gern wohnen wollte, blieb ich ganz.

Wir haben nie darüber gesprochen, wann aus meinem »Ich will keine Beziehung mit dir« doch eine wurde. Manchmal glaube ich, er traute sich schlicht nicht, danach zu fragen, aus Angst, mir könnte einfallen, dass ich mich geirrt hatte.

»Ich wusste, dass es so kommt«, hatte er gesagt, als ich ihm eröffnete, dass ich gehen würde. Nach London. Und überhaupt. Ich hätte ihm so gern geantwortet: »Ich nicht.«

Während ich in die Straße zu meiner Wohnung einbog, fragte ich mich, ob ich ihn anrufen sollte. Wir hatten uns eine Zeit lang beinahe jeden Abend gegenseitig von unserem Tag erzählt, vor allem die wichtigen beruflichen Dinge, denn wir waren beide immer schwer beschäftigt. Es fühlte sich komisch an, ihm nicht von meinem ersten Arbeitstag in London zu berichten. Aber ich wollte auch fair ihm gegenüber sein.

Ich sollte lieber endlich online nach einem Schwimmbad suchen oder noch einen Spaziergang im Park machen, beschloss ich, als ich an der Haustür neben dem *Honey & Wood* angelangt war, das nicht mehr geöffnet hatte. Dann würde ich wieder klarer sehen.

Ich schloss auf, stieg die Teppichstufen hinauf und lauschte dabei, ob ich etwas aus Ravis Wohnung hörte, aber hinter seiner Tür war alles still. Als ich im zweiten Stock ankam, sah ich, warum: Er stand vor meiner Wohnungstür, mehrere Vorratsdosen unter dem Arm.

»Da bist du ja, liebe Zoé.« Seine laute Stimme schallte durchs Treppenhaus. »Ich habe hier köstliche Sachen, die im Café übrig geblieben sind.« Er trug noch immer sein Haarnetz und lächelte mich etwas abgekämpft an.

»Großartig!« Ich stieg die letzten Stufen zu ihm hinauf. »Und weißt du, was noch großartiger wäre?«

Er sah mich fragend mit seinen Teddybärenaugen an.

»Wenn wir sie zusammen essen würden. Was hältst du von einem Picknick im Park?«

Wenig später spazierte ich neben Ravi über den Gehweg unserer Straße. Der Abend war immer noch mild. Ravi hatte die Netzhaube in seiner Wohnung gelassen und pfiff vor sich hin. Seine dichten dunklen Haare standen wild zu allen Seiten ab. Mein Anflug von Traurigkeit war längst in die warme Luft davongeflogen, zusammen mit allem Grübeln. Es war wirklich viel zu schön dafür hier draußen. Am Ende der Straße führte ein schmaler Weg durch eine Allee von haushohen Ahornblättrigen Platanen in den Park, dessen Eingang mir heute früh aufgefallen war. Wir gingen gemeinsam unter den imposanten Bäumen hindurch, Ravi neben mir fortwährend pfeifend. Ein Teich mit Enten schimmerte neben uns im Abendlicht. Anwohner ließen ihre Hunde laufen, die fröhlich über sattgrüne Wiesen tollten. Ravi steuerte energisch eine Bank an, und wir setzten uns.

»So, wonach ist dir?« Er klappte einen altmodischen

Picknickkorb auf, den er eilig in seiner Wohnung für uns gepackt hatte. »Es gibt Sandwiches mit Ei und Schinken oder mit veganem Aufstrich, jede Menge Kuchen und ein paar Dips mit Käsecrackern.« Er sagte das so schnell, dass ich nicht sicher war, alles richtig verstanden zu haben.

»Einmal alles, bitte. Ich hatte schon zu viel Bier, aber noch kein Abendbrot.« Ich nahm mir eins der Schinken-Ei-Sandwiches.

Ravi zog anerkennend die üppig gewachsenen Augenbrauen hoch. »Okay, ein richtiger erster Arbeitstag in England also.«

Ich nickte kauend. »Inklusive dem Kollegen, der nach zwei Bier touchy wird, und der Kollegin, die nach dem vierten einfach verschwindet.«

Ravi lachte. »Ich arbeite mit zwei Damen jenseits der sechzig zusammen und sage dir: beides dabei.« Er öffnete eine Dose mit Knoblauchdip und stippte einen Käsecracker hinein. »Was passiert, wenn du zu viel trinkst?«

»Ab einer gewissen Promillegrenze gestehe ich den Menschen um mich herum meine Liebe und meine es auch so.«

Er musste wieder lachen. »Das hätte ich mir denken können, das passt.«

»Und du?«, fragte ich kauend. Das Sandwich schmeckte herrlich. Jetzt erst bemerkte ich, wie hungrig ich gewesen war.

»Ich bin der Typ, der bei Feiern ab dem späten

Nachmittag schnarchend unter der Garderobe liegt, schon vor dem Dinner. Ich schlafe ein, egal wo, und bin nicht mehr wach zu kriegen.«

Ich hielt mir den Bauch vor Lachen.

Ravi wischte sich eine kleine Lachträne aus dem Augenwinkel und zog weiter genüsslich Cracker durch den Dip, dessen Duft zu mir herüberwehte. »Mein Ex hat das gehasst. Aber schön, dass es dich zum Lachen bringt. Hach, du machst es Menschen leicht.«

»Ich?« Ich pflückte mir einen Krümel aus dem Mundwinkel. »*Du* machst es Menschen leicht. Die Leute im Café lieben dich.«

Ravi wischte sich ein wenig verlegen mit einer Serviette über den Dreitagebart. »Ich liebe meinen Job.«

Ich ließ meinen Blick über den Ententeich vor uns schweifen. Am anderen Ufer spiegelten sich die viktorianischen Fassaden der Häuser im Wasser. »Ist nicht zu übersehen. Wie lange hast du das *Honey & Wood* schon?«

»Seit drei Jahren. Das Haus hat meiner Tante gehört. Sie hat oben gewohnt und unten einen erfolgreichen indischen Feinkostladen mit angeschlossenem Imbiss betrieben. Weil sie keine Kinder hatte, hat sie mir alles vererbt. Ich wusste sofort, was ich damit machen will. Auch wenn meine Mutter seitdem mit Stressmigräne kämpft, weil ich meinen sicheren Job dafür aufgegeben habe.«

»Was hast du denn vorher gearbeitet?« Ich hatte aufgegessen und äugte in den Picknickkorb.

Ravi reichte mir wortlos ein weiteres Sandwich. »Ich hatte einen dieser Bürojobs, bei denen du die Stunden zählst. Am Wochenende habe ich Dinnerpartys oder Brunchs bei mir zu Hause veranstaltet, die ganze Bude voll. Alle haben immer gesagt: ›Du solltest das beruflich machen.‹ Nun, jetzt mache ich genau das.«

»Das ist toll. Dein Café ist wundervoll.«

Ravi strahlte. »Ich bin jeden Tag dankbar, diese Entscheidung getroffen zu haben. Auch wenn ich zu nichts anderem mehr komme.« Er rieb sich über den leicht gewölbten Bauch. »Früher bin ich wenigstens ab und zu nach der Arbeit ins Fitnessstudio gegangen und habe hübschen Studenten beim Pumpen zugesehen, während ich so getan habe, als würde ich trainieren. Derzeit falle ich abends um neun ins Bett, weil ich um fünf aufstehe und Sauerteigbrot und Banana Bread backe.«

Ich klappte mein Sandwich auf, was ein paar Enten anlockte. »Hab ich mitbekommen.«

Er musste schon wieder lachen. »Sorry, hab ich dich heute früh geweckt?«

Ich winkte ab. »Kein Ding, ich profitiere ja davon.« Ich zeigte auf das belegte Brot in meiner Hand. »Schätze, mein Kühlschrank bleibt leer. Bei dir schmeckt eh alles besser.«

Ravi fuhr sich stolz lächelnd durchs verwuschelte Haar. »Da ist ein Chutney drin, das ich nach dem Rezept meiner Tante koche. Hier und da versuche ich, etwas Indisches in die Rezepte zu integrieren, um sie stolz zu machen. Morgen beim Mittagstisch gibt es ein Blumenkohl-Curry, ganz mild – nun ja, für indische Verhältnisse. Ich stelle dir etwas für abends beiseite, sicherheitshalber mit Brot.«

»Damit ist es offiziell: Du bist der beste Vermieter und Nachbar der Welt.« Ich nahm einen großen Bissen und verdrehte verzückt die Augen.

»Wir sprechen uns noch mal, wenn du mich unter einer Garderobe aufgesammelt hast.«

Ich musste so sehr lachen, dass ich mich verschluckte.

Als ich mich wieder gefangen hatte, fragte Ravi: »Wie hast du mich eigentlich gefunden?«

Ich zuckte mit den Schultern. »Ich habe gezielt nach der Anzeige mit den schlechtesten Fotos gesucht.«

Sein rundlicher Körper neben mir bebte. »Ich wusste, dass sie die richtigen Leute anzieht.«

Die Sonne sank tiefer über die Häuser von Hampstead, und erstmals an diesem Tag war mir etwas frisch.

Ravi packte bereits die Sachen zusammen. »Ich könnte noch ewig quatschen, aber wir müssen leider los.«

Kurz fürchtete ich, mit meinen Scherzen zu weit gegangen zu sein. »Du weißt, dass ich die Wohnung toll finde?«

»Natürlich weiß ich das, ich habe sie selbst eingerichtet.« Er grinste mich an. »Aber es wird langsam dunkel.«

»Alles klar, verstehe, du musst zeitig ins Bett.« Ich knüllte meine Serviette zusammen. »Schließlich musst du mich morgen früh rechtzeitig wecken.«

»Ach, ich komme notfalls auch mit fünf Stunden Schlaf aus.« Ravi schloss den Picknickkorb. »Aber wir sollten nicht im Park sein, wenn die Sonne weg ist.« Er erhob sich bereits, und ich folgte ihm den Weg hinunter in Richtung Platanenallee. Ein paar Leute kamen uns noch entgegen.

»Oh, ist es hier abends gefährlich?«

»Na ja, nicht direkt.« Ravi machte ein geheimnisvolles Gesicht. »Aber im Park spukt es.«

Ich wollte lachen, merkte aber, dass er ernst blieb.

»Ist so, die Geister kommen in den Heath, wenn die Sonne verschwindet. Laurie hat erst neulich wieder ein weißes Pferd und einen alten Mann in Ritterrüstung gesehen.«

Ich unterdrückte erneut ein Lachen. »Deine Mitarbeiterin mit den roten Haaren?«

»Ja, aber sie ist nicht die Einzige. Fast alle, die länger hier leben, haben früher oder später schon einen Geist gesehen.«

Ich biss mir auf die Lippe. Er meinte das ganz offensichtlich todernst.

»Viele Zugezogene bleiben stumpf bei Dunkelheit im Park, die meisten Einheimischen kämen nicht auf die Idee. Ich möchte wirklich nicht, dass meine aufbrausende Tante Mala plötzlich vor mir steht und mich fragt, was für einen traditionslosen Hipstermagneten ich aus ihrem indischen Feinkostladen gemacht habe.« Jetzt lachte er zu meiner Erleichterung doch. »Ich sage dir, indische Tanten sind nicht so sanftmütig wie britische.«

Wir gelangten ans Ende der Allee. Die haushohen Bäume links und rechts warfen bereits lange blasse Schatten.

Eine ältere Dame radelte an uns vorbei. »Hi, Ravi, wir sehen uns morgen!«, rief sie im Vorbeifahren.

»June, hab einen schönen Abend! Dein Schinkencroissant wird wie immer auf dich warten, lauwarm und ohne Gurken.«

Sie winkte über ihre Schulter. Von hinten sah ich, dass tropfende Haarsträhnen auf ihre Strickjacke fielen.

Das brachte mich auf eine Idee. »Sag mal, gibt es ein Schwimmbad hier in der Nähe?«, fragte ich Ravi. »Ich sehe ständig Frauen mit nassen Haaren.«

»O ja, ganz im Süden des Parks. Es gibt aber auch noch etwas viel Besseres.«

»Was meinst du?«

»Die Ponds, die Naturteiche, in denen die Leute schwimmen. Hampstead Heath ist berühmt dafür, wusstest du das nicht?«

»Nein, aber das klingt toll! Ich suche nämlich noch etwas, wo ich trainieren kann.«

»Für was trainierst du denn, *darling*? Sag bitte nicht so ein Triathlon-Ding – ich habe gerade angefangen zu glauben, wir wären *sister and brother from another mother*.«

Ich kickte einen kleinen Zweig vom Weg. »Keine Sorge. Schwimmen ist nur mein Stressausgleich. Andere stricken oder meditieren oder spielen *Candy Crush*. Ich schwimme.«

Ravi bog in unsere Straße ein, in der schon die Laternen ansprangen. »Puh, dann ist ja gut. Da bist du hier genau richtig. Wir reden morgen früh mit Laurie, die soll dich mitnehmen, sie geht mehrmals die Woche schwimmen.«

Zurück in meiner Wohnung, setzte ich mich aufs Sofa und suchte im Internet nach den Ponds. Ich fand Bilder von hübschen Naturteichen mit Schilf und hohen Bäumen am Ufer. Es gab einen, der nur für *Ladies* war, einen für Männer und einen gemischten, wie interessant. Laut meiner Karten-App brauchte ich nur etwa fünfzehn Minuten zu Fuß zum Ladies' Pond. Das würde ich baldmöglichst ausprobieren, vielleicht schon morgen nach der Arbeit.

Mein Telefon klingelte, ein Videocall von meiner Mutter.

»Hallo, mein liebes Kind«, begrüßte sie mich, als ich dranging. Sie saß auf der Couch, ein dickes Kissen im Rücken, wie immer zu nah vor dem Bildschirm.

Mein Vater kam aus dem Off dazu und quetschte sich neben sie. »Da ist ja unser entzückendes Töchterchen. Wie geht es dir, Zoélein?«

Mit einem wohligen Gefühl lehnte ich mich zurück. Wie gut es tat, ihre lieben Stimmen zu hören.

»Danke, es geht mir gut. Alle sind so nett hier. Und ich habe die schönste Wohnung im hübschesten Viertel von ganz London.« Ich stand auf und gab ihnen per Video eine kleine Tour. Sogar die rosa Sonnenuntergangswolken vor dem Fenster zeigte ich ihnen.

»Engelchen, das ist ja wunderbar.« Meine Mutter hatte ganz rote Wangen vor Begeisterung. »Du musst nur noch ein paar Pflanzen kaufen.«

»Ist fest eingeplant, Mami.«

Beide lächelten zufrieden.

Ich setzte mich wieder aufs Sofa. »Wie geht es euch denn?«

»Alles gut hier, Liebling. Uns geht es wunderbar, nur du fehlst.« Mein Vater fuhr sich mit der Hand über den kahlen Halbkreis auf seinem Kopf. »Die Rouladen morgen werden ohne dich nur halb so gut schmecken.«

»Aber …«, fiel meine Mutter ihm ins Wort. »Hauptsache, es geht dir gut.«

Ich erzählte ihnen noch von meinem ersten Arbeitstag, Ravi, Yon und meinen Kollegen. Als wir aufgelegt hatten, schmunzelte ich vor mich hin. Meine süßen Eltern. Sie waren deutlich älter als die meisten Eltern meiner Freundinnen und Freunde, denn meine Mutter hatte mich erst mit 45 bekommen, zu einem Zeitpunkt, als sie sich bereits damit abgefunden hatte, niemals Mutter zu werden. Dementsprechend gut hatte ich es immer gehabt, denn ich war ihr größtes Geschenk, ihr ultimativer Glücksfall. Die beiden ein Jahr lang nicht wie sonst jeden Sonntag in meiner Heimat Buchholz, einem kleinen Ort südlich von Hamburg, besuchen zu können, schmerzte mich. Immer wenn ich kam, half ich meiner Mutter bei der Pflege der Pflanzen und spielte mit meinem Vater die Partie Schach weiter, die wir auf dem kleinen Tisch im Erker stehen ließen bis zum nächsten Mal. Manchmal kam ich schon samstagabends und schlief in meinem alten Kinderzimmer, im 80-Zentimeter-Bett aus Jugendzeiten. Behutsam schob ich mein Heimwehgefühl beiseite, dann nahm ich Kugelkaktus Bert aus dem Regal und ging mit ihm zum Fenster, um ihn vor den rötlichen Wolken über den Dächern zu fotografieren. Anschließend stellte ich ihn zurück ins Regal und postete noch im Stehen das Bild bei Instagram mit dem Hashtag *#finallylondon*. Endlich London.

Sekunden später klingelte mein Handy. Marc.

»Okay, du hast Zeit für Posts, aber nicht, um mich anzurufen?« Er klang angestrengt heiter.

»Hey, wie geht es dir?«

»Ich weiß nicht. Ich hab mir viele Gedanken gemacht in den letzten Tagen.« Er atmete einmal tief in den Hörer. »Das ging mir alles zu schnell.«

Ich stellte mich ans Fenster und betrachtete die nun nur noch zartrosa Wolken. »Kann ich verstehen.«

»Ich mag uns einfach.«

Damals, als das mit Marc und mir schleichend von einer kleinen Affäre zu etwas Festem wurde, hatte mir das an ihm gefallen. Dieses Unkomplizierte. Ich hatte gerade die ganz großen Gefühle hinter mir. Die guten und die schlechten. Mit Marc plätscherte alles vor sich hin. Mit Marc gab es kein Drama. Aber eben auch keine ganz großen Gefühle.

Ich konnte hören, wie er auf seinem Laptop tippte. »Mir ist eine neue Idee gekommen, als ich über uns nachgedacht habe. Eine App, mit der Paare Rituale pflegen können, damit sie wieder zueinanderfinden.«

Beinahe hätte ich laut aufgelacht. In Marcs Welt lösten Apps echte Probleme.

»Wir haben einfach beide zu viel gearbeitet in letzter Zeit.«

Damit wiederum hatte er recht. Kaum einen Abend vor zehn zu Hause, oft Termine nach Feierabend. Ständig nur das Tasten im Dunkeln, ob der andere schon im Bett lag oder nicht. Mir hatte viel gefehlt in den letzten Monaten – meine Freundinnen, Zeit zum Schwimmen, Rumhängen auf dem Sofa, Schlaf. Marc war es nicht gewesen. Ich wünschte, er wäre es gewesen.

»Babe, bist du noch dran?«

»Es tut mir leid, es ist nur …«

»Alles gut, du hattest einen langen Tag«, fiel er mir ins Wort. »Wir reden ein andermal darüber. Aber bitte lass mich an deinem neuen Leben teilhaben, wenigstens ein kleines bisschen. Schick mal Fotos von der Wohnung, vom Büro …« Als ich nicht sofort reagierte, fügte er hinzu: »Natürlich nur, wenn du dazu kommst.«

»Okay.« Ich fühlte mich so mies.

»Schlaf gut, Babe!«

Als wir das Gespräch beendet hatten, legte ich für ein paar Minuten die Hände über die Augen. Menschen wie Marc, die ihr Leben lang nur offenen Türen begegneten, reagierten oft völlig irrational auf geschlossene. Sie versuchten entweder, diese einfach einzutreten, oder redeten sich ein, sie wären gar nicht da. Ich wusste das. Ich war nämlich auch so ein Mensch.

Die letzte geschlossene Tür, vor der ich gestanden hatte, wollte ich mit dem Kopf zuerst einrennen. Wenn ich ganz ehrlich zu mir war, hatte ich mich bis heute nicht vollends davon erholt.

Vor meinem Dachfenster war es dunkel geworden. In der Wohnung unter mir hörte ich Ravi lautstark einen Adele-Song singen. Was für ein unglaublich liebenswerter Kerl er doch war. Vielleicht auch, weil er sich deutlich besser mit geschlossenen Türen auskannte als Marc und ich, wir privilegierten weißen Vorstadtwunschkinder.

Ich öffnete Instagram und sah mir an, wer meinen Post gelikt hatte. Einige Freundinnen hatten Herzchen verteilt. Ein paar meiner Hamburger Kundinnen wünschten mir alles Gute, eine schrieb, ich solle bald zurückkommen. Eine andere, sie freue sich immer noch jeden Tag über das, was ich aus ihrer Wohnung gemacht hatte. Sogar meine ehemalige Chefin schickte mir ein Smiley.

Als ich ganz nach unten scrollte, entdeckte ich den allerersten Kommentar, hinzugefügt Sekunden nachdem ich das Bild hochgeladen hatte.

*Ich freue mich von Herzen für dich*, stand da. Und geschrieben hatte es ausgerechnet er. Der Kerl mit der geschlossensten Tür, vor der ich je gestanden hatte.

# 4

**Ich lag lange wach in** dieser Nacht. Dachte über meine neuen Kolleginnen und Kollegen nach und darüber, welche Rolle ich in diesem Team einnehmen würde. Wie amüsant und sympathisch ich Yon fand und dass ich sie noch nicht ganz durchschaute. Ich dachte auch über Ravi nach und seine warmherzige Art, mich hier zu empfangen. Über das unangenehme Telefonat mit Marc. Meine Unfähigkeit, ihm klar zu sagen, was ich wollte. Und seine Weigerung, mir zuzuhören. Vor allem aber dachte ich über Filipe nach. Wir hatten seit über einem Jahr nichts voneinander gehört. Und nun kommentierte er meinen Post, als wäre nichts gewesen. Ich sah ihn vor mir, während ich wegdämmerte, sein schönes Gesicht, die halblangen Haare, die im Wind wehten. Ich schloss die Augen, so fest ich konnte, aber da war immer noch Filipe. Er stand auf einer Klippe. Und blickte mich an.

Erst gegen Morgen fiel ich in einen so tiefen Schlaf, dass ich zu spät zur Arbeit loskam. Ich bestellte einen Tee und ein Schinkencroissant bei Ravi, der mich an der langen Warteschlange vorbeigewinkt hatte und mir zusätzlich noch eine Scheibe Banana Bread und ein Bircher Müsli reichte. Selbstverständlich ließ er mich nichts davon bezahlen.

Schweißgebadet, und das diesmal nicht nur wegen der vollen Bahn, kam ich im Büro an. Es folgte ein Tag voller Konferenzen, durch die ich mich schleppte. Alle wirkten nach dem gestrigen Abend etwas matt, nur Alfie – ausgerechnet er, der eigenen Angaben nach erst um vier Uhr von der Party nach Hause gegangen war – sah aus, als hätte er nicht zu früh am Tag zu viele Pints getrunken. Er kam immer wieder gut gelaunt in unser Büro und hielt Yon und mich zwischen den Meetings mit wilden Partygeschichten von der Arbeit ab, was uns beiden nicht ungelegen kam.

Trotzdem schafften wir an diesem Tag mehr, als ich für möglich gehalten hätte. Als Grace gegen fünf durch die Gänge schritt und verkündete, das Wetter sei zu schön zum Arbeiten, ließen wir dankbar unsere Stifte fallen. War das hier immer so?, fragte ich mich verzückt. Nahmen hier alle die Arbeit so leicht? Hatten wir immer so früh Feierabend? Ich hätte nichts dagegen.

In meiner Tasche wartete bereits mein Badeanzug, denn ich hatte vor, auf dem Heimweg das Freibad auszuprobieren, das am Rande des Heath lag, was übersetzt »Heide« bedeutete. Die Naturteiche wollte ich lieber zusammen mit Ravis Mitarbeiterin Laurie testen, aber heute Morgen war keine Zeit zum Verabreden gewesen.

Yon hatte jedoch andere Pläne mit mir.

»Geh mit mir auf dieses Straßenfest!«, bettelte sie im Aufzug nach unten. »Da gibt es Livemusik und Streetfood und tausend Stände mit schönen Sachen. Komm schon! In einem Jahr sitze ich wieder bei meinen Eltern am Küchentisch und darf mich rechtfertigen, mit wem ich ins Kino gehe. Ich muss das hier ausnutzen.«

»Unser Jahr hat doch gerade erst begonnen.«

»Sag ich doch. Wir sollten sofort damit loslegen, es zu genießen.«

Das Schwimmbad lief mir ja nicht weg.

Und so spazierte ich wenig später neben Yon am Regent's Canal entlang in Richtung Hackney. Sie trug wieder eines ihrer extraweiten Sweatshirts.

»Ist dir nicht viel zu warm?« Ich zog meinen knielangen Blümchenrock zurecht.

Sie rümpfte nur die Nase. »Style geht vor Schwitzen.«

»Das können nur Leute sagen, die wenig Deo brauchen.«

Wir gelangten an eine verkehrsberuhigte Straße, von der Musik zu uns herüberschallte. Überall waren Stände aufgebaut, an denen Leute anstanden. Der Duft von Gegrilltem und Kreuzkümmel wehte durch die Luft. Herrliches Sommerabendlicht tauchte alles in einen warmen Glanz.

Yon und ich schlenderten an den Händlern vorbei. Sie kaufte sich ein T-Shirt mit einem Graffiti-Schriftzug, das so groß war, dass sie es vermutlich locker als Kleid tragen konnte. Ich fand eine wunderschöne Glückskastanie mit kunstvoll geflochtenem Stamm in einem Seegraskorb, die ich spontan Heidi taufte. Sie war sehr unhandlich zu tragen, aber ich musste sie einfach haben. Yon konnte mich gerade noch davon abhalten, ein paar kleine Sukkulenten mitzunehmen.

»Wo willst du denn jetzt mit den ganzen Bäumen hin? Wir wollen doch noch etwas essen und so.«

Wie aufs Stichwort passierten wir einen Stand, der jamaikanisches Streetfood verkaufte, und bestellten gegrillte Jackfruit-Spieße. Damit setzten wir uns auf eine kleine Mauer, Yon, ich und Heidi.

»Pflanzen sind die neuen Haustiere«, sagte Yon und biss in ihren Spieß.

Ich musste lachen. »Für mich auf jeden Fall.«

»Nicht nur für dich.« Sie kaute nachdenklich. »Momentan machen alle so ein Gewese um ihre Zimmerpflanzen, während Hunde und Katzen mittlerweile den Status vollständiger Familienmitglieder haben. Schau dir Alfie an, dessen Katzen vermutlich nährstoffreicher essen als ein Großteil der Londoner Bevölkerung. Und du …« Sie schüttelte den Kopf. »Du gibst den Pflanzen Namen. Ich wusste es, du bist seltsam.«

Nicht weit von uns stand ein junger Mann mit Geige auf einer kleinen Bühne und spielte eine herrlich softe Version von *Crazy in Love*.

Yon und ich knabberten weiter an unseren köstlich würzigen Spießen und hielten die Nasen in die

Abendsonne. Ein wohliges Gefühl breitete sich in mir aus. Dieses Gefühl von Sommerabenden, die nie enden sollten. Ich hatte lange keinen mehr erlebt. Zuletzt wahrscheinlich mit Filipe, als ich ihn in Portugal besucht hatte und wir am Strand saßen, bis der Mond aufgegangen war. Oder in Hamburg, wo wir durch die Straßen streiften, bis der Fischmarkt öffnete. Es war gar nicht so lange her, aber es kam mir vor wie in einem anderen Leben.

»Ist das cool hier.« Yon schlug ihre bunten Turnschuhe aneinander.

»Das ist es.« Ich betrachtete sie lächelnd. Sie hatte die Augen geschlossen und seufzte zufrieden.

»Ich fühle mich so frei.«

Ich hielt mein Handy in die Luft und machte ein Foto von meiner neuen Pflanze, dahinter das Markttreiben im orangeroten Abendlicht. Dann postete ich es. *#luckychestnut #luckyme*

»Ich hasse Social Media.« Yon hatte die Augen wieder geöffnet. »Das ist nur was für Boomer. Genau wie Piercings und Tattoos.« Sie strich mit dem Finger über das Kleeblatt an meinem Handgelenk. »In dem Moment, wo die über Vierzigjährigen damit anfangen, müssen wir Jüngeren aufhören. Auch wenn sie an dir gut aussehen.«

»Danke, dass du mich zu den Jüngeren zählst.« Ich betrachtete das letzte Stück Jackfruit an meinem Spieß. »Ehrlich gesagt bin ich total gern uncool. Fürs Coolsein hab ich ja jetzt dich.«

Sie wischte sich grinsend die Finger an der Serviette ab. Auf ihren Nägeln klebten neue Sticker, diesmal waren es Emojis. »Gucken wir uns noch etwas um?«

Yon und ich probierten Silberringe an und kauften uns beide einen schmalen für den kleinen Finger, als Erinnerung für später, an dieses gemeinsame Jahr, das vor uns lag. Dann probierten wir Schlapphüte auf und hielten uns Rüschenkleider an, und Yon kaufte sich eine Kassette mit der Aufnahme eines Phil-Collins-Konzerts von 1988.

»Ich habe einen echten Walkman«, verkündete sie auf meinen fragenden Gesichtsausdruck hin stolz. »Er ist zwanzig Jahre älter als ich.«

»Du steckst wirklich voller Überraschungen.«

Wir gönnten uns eine Tüte vegane Churros und teilten sie schwesterlich. Die Luft wurde langsam kühler, die Musik lauter, wir alberner.

Plötzlich blieb Yon an einem Stand mit Steinen stehen. »In welchem Monat bist du geboren?«, fragte sie.

»August.«

»Hier gibt es Geburtsarmbänder.«

Ich sah mir gerade den grasgrün funkelnden Stein an, auf den sie gezeigt hatte, als eine Verkäuferin in Yogakleidung Yon am anderen Ende des Standes in ein Gespräch verwickelte. Ich konnte wegen der lauten Musik nicht verstehen, worüber sie sprachen, aber meine Kollegin kam aufgeregt zu mir zurück.

»Wir lassen uns jetzt unsere Zukunft voraussagen«, verkündete Yon.

Ich lachte. »Auf keinen Fall, so was ist gar nichts für mich.«

Yon zwirbelte nachdenklich eine rosa Haarspitze um ihren Finger. »Warum denn nicht?«

»Ich glaub einfach nicht daran. Und ich erfahre die Dinge lieber, wenn sie geschehen. Dann sehe ich ja, was kommt.«

»Okay, wartest du dann auf mich?«

»Klar.«

Wir wurden von der Dame in Yogakleidung in ein Ladenlokal hinter dem Stand gebracht. Yon drückte kurz meine Hand, und schon war sie weg, hinter einer der Türen verschwunden, die im hinteren Teil des Ladens in weitere Räume führten.

Wie lange würde das wohl dauern? Ich hätte lieber mit ihr ausmachen sollen, dass ich draußen vor der Bühne wartete. Ich stellte Heidi ab und sah mich in dem Ladenlokal um. Überall standen große Kristalle. Daneben Klangschalen, Vitaminpräparate, weiterer Steinschmuck und Bücher über Übersinnliches. Ich musste schmunzeln, für diese Dinge war ich wirklich nicht anfällig. Ich hatte schon als Kind schnell alle Tricks durchschaut, deswegen gingen meine Eltern nicht mehr mit mir zu Zaubershows. Ob Yon sich nur von ihrem Übermut hatte treiben lassen oder tatsächlich an so etwas glaubte?

Eine der Türen ging auf, und eine Frau kam rein. Lange schwarze Haare, Stirnband, warmer, durchdringender Blick. »Bist du mein nächster Termin?«

»Nein, nein«, sagte ich schnell. »Ich warte nur auf meine Freundin.«

Die Frau sah mich noch immer durchdringend an. »Alles klar. Ich bin Bina.«

»Zoé.« Ich bückte mich zu Heidi und schob sie aus dem Weg.

»Freut mich.« Sie verstaute etwas unter der Kasse und blätterte in einem Terminkalender. Dabei schaute sie immer wieder zu mir herüber und schmunzelte.

Amüsierte sie sich über mich? Ich konnte es ihr nicht verdenken.

»Ich liebe Pflanzen, ich konnte einfach nicht an ihr vorbeigehen«, erklärte ich ungefragt, warum ich hier mit einer Glückskastanie herumstand.

Bina legte eine Hand auf ihre Brust. »Ich hab gerade deine Energie wahrgenommen, sehr spannend.«

»Spannend?«

»Ja, deine Aura strahlt wie ein Scheinwerfer. Bei manchen Menschen spürt man ihre Energie schon, wenn sie einen Raum betreten, und bei anderen braucht man sehr viel Zeit und Ruhe, um sie hervorzulocken.«

»Das muss ein interessanter Job sein.«

Sie wiegte den Kopf hin und her. »O ja. Aber auch anstrengend. Manche Geschichten lassen einen schwer wieder los. Bei anderen hat man das Gefühl, man hat zu wenig zu sagen.« Sie seufzte. »Schlimmer ist nur, wenn man zu viel sagt.«

»Weil es die Leute verunsichert?«

»Genau. Wer will zum Beispiel schon hören, dass er nicht mehr viel Zeit hat?« Sie blätterte wieder im Terminkalender.

»Stimmt, das würde ich nicht wissen wollen.«

»Verständlich. Jede Wahrsagerin verkündet lieber, dass jemand weltberühmt wird oder reich und glücklich. Oder ein ziemlich spannendes Jahr vor sich hat, so wie du.« Bina lächelte freundlich, beugte sich über den Terminkalender und trug etwas ein.

Vielleicht war sie einfach nur eine verdammt gute Geschäftsfrau. Jedenfalls dachte ich plötzlich: Warum eigentlich nicht? Ein spannendes Jahr, das klingt doch … vielversprechend. Jetzt bist du schon mal da. Es könnte lustig werden.

Ich räusperte mich. »Sag mal, glaubst du, dein Termin kommt noch?«

Minuten später saß ich in einem kleinen, schmucklosen Hinterraum, der sich hinter einer der Türen befand, auf einem gepolsterten Stuhl. Bina und mich trennte nur ein schmaler Tisch, auf dem Tarotkarten neben einer Box mit Taschentüchern bereitlagen. Sie sah mich wieder mit diesem durchdringenden Blick an. Dann streckte sie ihre Hände aus. Ich reichte ihr meine. Ihre Finger fühlten sich erstaunlich weich und warm an. Sie erinnerte mich entfernt an Ravi mit ihren dichten schwarzen Haaren, die von einem Stirnband gebändigt wurden.

Bina betrachtete meine Handflächen und zögerte

kurz. »Du bist ein sehr energetischer Mensch«, sagte sie dann sanft. »Das habe ich ja vorhin schon gespürt. Du kommst in einen Raum und bringst diese positive Energie mit. Alle mögen dich deswegen sofort. Du bist ziemlich beliebt, oder?«

Ich nickte zaghaft. Gut geraten.

»Du bist das große Glück deiner Eltern.« Sie schloss die Augen. »Ich spüre so viel Liebe, die dich umgibt. Du bist ein Glückskind.« Sie sah mich wieder an, offensichtlich auf meine Zustimmung hoffend.

Ich nickte ein weiteres Mal.

»Und du liebst die Natur, vor allem Pflanzen.«

Ich schaute hinunter auf die Kastanie, die ich neben meinen Stuhl gestellt hatte.

Bina ließ meine Hände behutsam auf den Tisch sinken und griff nach ihren Tarotkarten. Sie mischte sie, dabei fiel eine Karte auf den Tisch. Sie legte sie vor sich. Schloss erneut die Augen.

»Dein Element ist das Wasser.«

So weit, so gut. Aber würden das nicht fast die Hälfte der Menschen von sich behaupten?

»Du bist im Sommer geboren, hab ich recht?«

Okay, das konnte sie nicht wissen. Oder hatte ihre Kollegin Yon und mich vorhin bei den Geburtssteinen beobachtet?

»Stimmt.«

Sie mischte die Karten, eine weitere fiel herunter. Ein Mond war darauf zu sehen.

»Zoé, du bist ein Sonnenkind, aber du hast auch

eine Mondseite. Du magst sie nur nicht.« Sie schmiss ein paar weitere Karten auf den Tisch, zu schnell für mich, um die Motive zu erkennen. »Du konzentrierst dich auf alles, was hell ist in deinem Leben, und schiebst das Dunkle weg.«

Ich zog skeptisch einen Mundwinkel hoch, aber Bina sah nur auf die Karten, die sie nacheinander auf den Stapel warf.

»Du solltest diese dunkle Seite nicht verdrängen. Sie kommt sonst unsanft nach oben, ob du es willst oder nicht.« Sie verstummte und wartete offenbar auf eine Reaktion von mir.

Ich drehte den schmalen Silberring, den ich mir vorhin zusammen mit Yon gekauft hatte. »Das klingt … furchteinflößend.«

Sie schenkte mir einen warmen Blick. »Ich weiß, die dunklen, negativen Dinge machen dir Angst. Aber das müssen sie nicht. Sie gehören zum Leben, zu jedem Leben.«

Zu meiner Überraschung hatte sich ein Kloß in meinem Hals gebildet. Bina war gut. Die Taschentücher standen hier nicht ohne Grund.

»Du kannst dich nur vollends entfalten, wenn du auch die dunkle Seite in dir akzeptierst, denn die ist ebenfalls liebenswert.«

»Was soll das sein, meine dunkle Seite?« Ich klang mit einem Mal heiser.

»Die Zoé, die nicht immer fröhlich ist. Die nachts wach liegt und nicht schlafen kann, weil sie sich fürchtet. Die Zoé, die anderen wehtut, um sich selbst zu schützen. Die flieht, sobald etwas nicht mehr schön und einfach ist.«

Schon beim ersten Satz hatte ich angefangen zu weinen. Mann, war ich durchschaubar!

Bina schloss die Augen, atmete mehrfach tief ein und aus. »Diese Zoé kommt aus der Vergangenheit. Du versuchst jeden Tag, sie wegzudrängen, aber sie wird immer stärker, je mehr du das versuchst.« Sie hielt die Augen weiter geschlossen und zuckte plötzlich zusammen. »Was ist dir passiert, als du ein junges Mädchen warst?«

Wie versteinert saß ich auf meinem Stuhl. Ich hatte gewusst, dass das keine gute Idee war. Worauf hatte ich mich bloß eingelassen?

»Es hat dir die Unbeschwertheit genommen, die Leichtigkeit. Und seitdem kämpfst du darum, sie zurückzubekommen.« Bina öffnete die Augen und sah mich eindringlich an. »Hör auf zu kämpfen, dann wird es leichter. Glaub mir.«

»Wie soll das gehen?« Ich erschrak selbst darüber, wie verheult ich klang.

»Indem du die negativen Gedanken und Ängste zulässt und als Teil von dir begreifst. Dann sind sie nicht mehr deine Feinde, sondern helfen dir.«

Sie hielt mir die Taschentücher hin, und ich nahm mir eins und putzte mir die Nase. Unglaublich.

Sie warf eine weitere Karte auf den Tisch und betrachtete sie lange. Durch den Tränenschleier konnte ich ein Skelett erkennen – das wurde ja immer besser.

Bina legte ihre zarte Hand auf die Karte. »Zoé, ich sehe, dass dein Glück sich ändert. Wenn du so weitermachst, wird deine Glückssträhne verebben.«

»Na super.« Ich schniefte in mein Taschentuch.

Bina schloss die Augen wieder. »Aber es gibt einen Weg, das zu verhindern. Indem du dich den Geistern der Vergangenheit stellst.« Noch einmal zuckte sie zusammen. »Und ich sehe noch etwas. Einen kleinen Jungen. Er braucht deine Hilfe.« Sie atmete tief ein und aus. »Ich sehe weiße Blumen. Du findest deine und seine Heilung bei den weißen Blumen.«

Okay, das wurde mir zu abgedreht. Ich hörte auf zu weinen und setzte mich etwas gerader hin.

Sie sammelte die Tarotkarten ein und legte sie beiseite. Dann hielt sie mir erneut ihre Hände hin. Zaghaft gab ich ihr meine. Eigentlich hatte ich genug gehört.

Bina fuhr mit ihren Zeigefingern über die Linien in meiner Handfläche. »Ich habe dir doch vorhin gesagt, dass ich mich manchmal frage, ob ich bestimmte Dinge aussprechen soll.«

Ich wollte ihr meine Hände entziehen, aber sie hielt sie sanft fest.

»Keine Sorge, es ist nichts Schlimmes, bloß …« Sie sah mich so eindringlich an, dass mir mulmig wurde. »Ich habe es sofort gespürt, aber ich wusste nicht, wie du es aufnimmst.«

»Was denn?«

Sie lächelte leicht. »Du hast die Hände einer Hexe.«

Mir entfuhr ein spitzes Lachen.

Bina ignorierte es. »Ich vermute, du warst in deinem früheren Leben mal eine. Auf jeden Fall hattest du magische Fähigkeiten. Einige deiner Ängste stammen aus dieser Zeit.« Sie strich weiter mit den Fingern über meine Handinnenflächen. »Ich glaube, du trägst noch immer besondere Fähigkeiten in dir. Du kannst Menschen lesen. Aber es macht dir Angst. Wenn du dich nicht mehr fürchtest, wenn du diese Gabe akzeptierst, dann wird sie dich einmal sehr glücklich machen. Sie gehört zu deiner Mondseite.« Sie hielt meine Hände nun ganz fest. »Du denkst, die Sonnenseite ist deine Stärke, dabei liegt deine wahre Kraft in der anderen. Du musst sie nur zulassen.« Ruhig sah sie mich an. »Fliehe nicht mehr. Folge den weißen Blumen. Vielleicht findest du dann den Jungen, den ich gesehen habe. Heile und hilf anderen zu heilen, du besitzt die Fähigkeiten dafür. Umarme deine Mondseite, dann bleibt dein Glück dir treu.«

Wie absurd das alles klingt, dachte ich und sah sie ausdruckslos an. Auf meinen Wangen klebten getrocknete Tränen.

»Ein Mondstein könnte dir helfen, besser zu schlafen.« Bina ließ behutsam meine Hände los. »Hast du noch Fragen an mich?«

Zunächst wollte ich Nein sagen und aufstehen, aber irgendetwas hielt mich zurück. Das hier kostete mich vermutlich so viel wie zehn Glückskastanien, ich konnte genauso gut noch etwas mehr rausholen.

»Wie alt werden meine Eltern?«

Sie schloss die Augen. »Ich spüre, dass sie noch Zeit haben.«

Was wollen andere Menschen in solchen Momenten wissen?, fragte ich mich. »Werde ich reich und berühmt?« Mir gelang ein schiefes Lächeln, das Bina nicht erwiderte.

»Ich sehe Reichtum in deinem Leben, aber ich weiß nicht, ob es sich um Geld handelt. Sicher ist: Wenn du etwas tust, was du wirklich liebst, wird niemand dich stoppen können.«

Okay, wir waren bei den Kalendersprüchen angelangt.

»Bekomme ich Kinder?«

Bina schloss die Augen. »Ich sehe zwei.«

Puh, gut, dass ich gefragt hatte, gerade hatte ich angefangen, das hier ernst zu nehmen.

Ich drehte an meinem neuen Ring. »Wann begegne ich der Liebe meines Lebens?«

Noch einmal schloss sie die Augen. Diesmal begann sie zu lächeln, bevor sie sie wieder öffnete. »Du bist ihr bereits begegnet.«

# 5

Yon saß draußen auf einer Mauer und ließ die Füße mit den Turnschuhen baumeln. Ihr sonst so akkurater Zopf hing schräg herunter, und sie sah nur kurz auf, als sie mich bemerkte. »Hey, haben sie dich doch noch überredet?«

Ich stellte Heidi neben sie und setzte mich. »So könnte man es beschreiben.«

Sie schnaubte missmutig. »Ich hätte das Geld doch lieber für neue Air Jordans ausgeben sollen.«

Ich fuhr mit den Fingerspitzen über den Tränenfilm auf meinen Wangen. Unglaublich, wie einen etwas mitnehmen konnte, an das man gar nicht glaubte.

Yon strich sich beinahe aggressiv eine Haarsträhne hinters Ohr, die sich aus ihrem Zopf gelöst hatte. »Die wusste nichts über mich! Hat sich ständig korrigiert, und es stimmte einfach gar nichts. Was für ein Reinfall! Stell dir vor, sie hat gesagt, in einem Jahr bin ich verheiratet. Und wenn ich sichergehen will, dass es klappt, soll ich einen Rosenquarzanhänger tragen.« Jetzt musste sie lachen. »Was hat deine gesagt?«

»Ein Mondstein würde dafür sorgen, dass ich besser schlafe.«

Yon fasste sich an die Stirn. »O Mann, es ist alles meine Schuld, tut mir so leid! Ich lade dich auf einen Cocktail ein, komm.«

»Mir wäre eher nach einem Eis.«

Sie rutschte von der Mauer. »Du bekommst gerade alles von mir, was du willst. Würde ich an deiner Stelle ausnutzen, dieser Zustand ist in etwa zehn Minuten wieder vorbei.«

Mit einem extragroßen Eis in der Hand schlenderten wir den Regent's Canal entlang. Yon brachte mich immer wieder mit Details aus ihrer Session zum Lachen.

»Stell dir vor, sie hat gesagt, dass ich eigentlich schüchtern bin. Dass ich mehr unter Leute gehen soll.«

»Dabei gehst du schon unter Leute, wenn du nur den Weg von deinem Zimmer zum Klo antrittst.« Die Pflanze in meinem Arm wippte beim Lachen mit.

»Meine Eltern werden mit meiner Ehe einverstanden sein, obwohl mein Zukünftiger Engländer ist. Ein *Engländer*, ist das zu fassen?« Sie sagte das so trocken, dass ich noch mehr lachen musste. »Beruflich wird mich dieses Jahr angeblich weniger voranbringen als persönlich. Pfffft. Es sei denn, ich kümmere mich mehr um meine Chakren, dann ist wohl alles möglich.«

»Wenn es mit der Innenarchitektur nichts wird, kannst du auf jeden Fall immer noch Stand-up-Comedienne werden.« Ich schleckte kichernd schmelzendes Eis von meiner Waffel.

»Lieber Turnschuh-Designerin«, sagte Yon. »Ich hab sie gefragt, ob ich je meine eigene Streetstyle-Kollektion entwerfen werde, und ich glaube, sie hielt das für etwas Unanständiges. Jedenfalls hat sie entsetzt verneint.« Sie aß den letzten Rest Eis auf. »Erzähl du mal!«

Neben uns ankerten Hausboote. An Deck blühten Lavendel und Gerbera. Einer der Besitzer hatte ein Hochbeet angelegt, aus dessen Erde sich Kohlrabiköpfe schoben.

Ich versuchte, Yon so amüsant wie möglich von meiner Session zu berichten. Wenn ich sie zum Lachen brachte, hatte es sich immerhin ein wenig gelohnt. Ich erzählte ihr nur die Details, die mir unglaubwürdig erschienen: von den zwei Kindern, wo ich doch eigentlich gar keine wollte – das hatte ich schon als kleines Mädchen gewusst, als ich meine Puppen auf dem Schulflohmarkt verscherbelte. Von den weißen Blumen und dem kleinen Jungen, den ich finden und heilen sollte. Die Dinge, die mich zum Weinen gebracht hatten, behielt ich für mich. Genau wie Binas Offenbarung, ich sei in meinem letzten Leben eine Hexe gewesen. Ich kannte Yon noch nicht gut genug, um einschätzen zu können, wie sie darauf reagieren würde. Außerdem war es einfach zu absurd.

»Ich schwimme immer morgens, wenn ich nicht die Frühschicht habe.« Laurie wuchtete mit einem Schöpflöffel Ofentomaten aus einer Form auf einen Teller. »Das nächste Mal gehe ich am Samstag.«

Ich nahm eine Schale mit Porridge von Ravi entgegen, der auf einen freien Platz deutete. »Hab deinen Tee da hingestellt.«

Ich warf ihm eine Kusshand zu, aber er war schon in ein Gespräch mit der nächsten Kundin vertieft.

Laurie legte Hash Browns, Röstitaler, neben die Tomaten. »Um neun Uhr am Ladies' Pond.« Sie nahm einen Stapel frische Teller und verschwand in der Küche.

Ich trug mein Porridge an den großen quadratischen Tisch. Ich war erst seit drei Tagen hier, aber es gab bereits ein paar Gesichter im *Honey & Wood*, die ich wiedererkannte. Drei Damen um die fünfzig, die immer gemeinsam aßen und sehr laut lachten. Die Frau mit den dichten Locken, die jeden Tag nass waren. Eine Person mit rasiertem Kopf und Hornbrille, die weite Kleider trug und las, während sie einen extragroßen Smoothie trank. Der junge Mann mit der John-Lennon-Brille, der in sein Notizbuch kritzelte, einen unberührten Erdnussbuttertoast vor sich. Ravi lief behände um ein paar andere Gäste herum und stellte genau wie neulich eine frische dampfende Tasse Tee vor ihn.

Ich löffelte mein Frühstück, während neben mir eine Mutter ihr Kleinkind mit pochiertem Ei fütterte. Zwei Kinder, von wegen. In der Mitte des Tisches stand noch immer die Vase mit den Lilien. Sie waren weiß.

An unserem letzten Arbeitstag in dieser Woche liefen Yon und ich durchs vornehme Chelsea. Herrschaftliche Straßen führten uns an eingezäunten Parks vorbei, auf deren Golfrasen gut frisierte Hunde ausgeführt wurden. Die Stadtvillen rundherum besaßen Eingangsportale mit Säulen und üppigem Fassadenschmuck, was sie aussehen ließ wie kleine Paläste.

»Es ist zu warm zum Arbeiten«, sagte Yon. In ihrer Tasche steckte das Tablet, auf dem wir eine Präsentation mit Brainstorming-Ideen und Moodboards vorbereitet hatten. »Eventuell gehe ich doch mal mit dir ins Schwimmbad, wenn das so weitergeht.« Ausnahmsweise trug sie heute keinen Jogginganzug, sondern das Graffiti-Shirt-Kleid vom Straßenfest, unter dem ihre durchs Boxtraining gestählten Beine hervorschauten, dazu ein paar Sneakers mit einer Sohle, die aussah, als wäre sie aufgepumpt worden.

Als wir an einem besonders schönen Platz ankamen, blieben wir stehen und sahen uns um. Eins der mondänen Stadthäuser war mit einem Gerüst versehen. Die Tür stand offen, Baugeräusche drangen heraus. Beinahe ehrfürchtig stiegen wir die Stufen hinauf, die zum großen Portal führten. Baustellenteppich lag darauf. Es roch nach frischem Beton und altem Staub.

Yon reichte mir ein Papiertaschentuch, und wir tupften unsere vom Laufen verschwitzten Gesichter ab. Dann versuchte sie, mich lässig abzuklatschen, und winkte schließlich grinsend ab. »Das üben wir noch mal.«

Ich betrat den massiven, zweistöckigen Eingangsbereich als Erste. Auf beiden Seiten ging eine Treppe hinauf, wie ich es nur aus Filmen kannte. Die Decke war so hoch, dass ich den Kopf in den Nacken legen musste, um bis ganz nach oben zu schauen.

»*Hello!*«, rief ich in die Baustelle hinein. Es hallte von den kahlen Wänden zurück.

Eine Frau im Businesskostüm kam von irgendwoher, ein Headset am Ohr, und winkte uns herein, während sie in das kleine Mikro sprach.

Wir folgten ihr durch einen breiten Flur und gelangten in eine Art Wohnzimmer, ebenfalls komplett mit Baustellenteppich ausgelegt. Es war etwa doppelt so groß wie das Haus meiner Kindheit. An den Wänden war bisher nur Rigips, an der Decke der aufwendigste Stuck, den ich je gesehen hatte. Die Dame brachte uns zum Ende des Raums, wo etwa drei Meter hohe Fenster zum Garten hinausführten, in dem Kastanien Schatten spendeten. Hier muss eine Terrasse entstehen, mit gemütlichen Möbeln zum Ausruhen und Lesen und mit ganz vielen Topfpflanzen, dachte ich spontan.

»Wenn das mal kein gutes Rohmaterial ist, hab ich recht?«, sagte jemand mit breitem amerikanischem Zungenschlag.

Yon und ich drehten uns gleichzeitig um. Vor uns stand ein Mann in einem schmal sitzenden Anzug mit lässig nach hinten gegeltem Haar.

»Das Haus ist ein Traum, da kann nicht mehr viel schiefgehen, oder?« Sein siegessicheres Grienen erinnerte mich an das reicher Kunden, die ich in Hamburg betreut hatte. So lächelte man, wenn man jede geschlossene Tür mit Geld öffnen konnte. »Jeff Heinzmann, sehr erfreut!«

Yon war offenbar in eine Art Stockstarre gefallen, weswegen ich seine Hand ergriff und sagte: »Yon-Kun Lee und Zoé Hanser. Wir freuen uns darauf, Ihnen zu beweisen, dass es noch viel besser wird als in Ihrer Vorstellung.«

Wie ich diesen Bullshit-Talk hasste! Aber Typen wie den hier beeindruckte er erfahrungsgemäß.

Seine fast unnatürlich weißen Zähne blitzten auf. »Ich dachte mir, dass ich die richtigen Leute engagiert habe.«

Yon senkte abrupt den Blick und zeigte mechanisch auf das Tablet, das sie aus ihrer Tasche gezogen hatte. »Wir haben da etwas vorbereitet, Mr Heinzmann.«

Er lachte wieder. »Ich glaube, für den Anfang zeige lieber ich euch etwas. Ich bin Jeff, ist das okay? Zoé und …?«

»Yon«, antwortete sie ungewohnt leise.

Er stolzierte vor uns her und referierte mit ausladenden Gesten über das Viertel, in dem Leute wie Mick Jagger, Stella McCartney, die Beckhams und Elton John Anwesen besaßen. »Dieses Haus soll mein zweites Zuhause werden, weil ich immer öfter geschäftlich in London zu tun habe. Ich bin es leid, in Hotelsuiten zu wohnen.«

Du Armer, dachte ich, sagte aber laut: »Wo ist Ihr erstes Zuhause?«

»Chicago.«

Yon stand mit geröteten Wangen neben mir. »Welche Farben mögen Sie, Mr Heinzmann?«

Noch bevor er antworten konnte, schob ich mich vor sie. »Das klingt wunderbar, Jeff. Das heißt, dies hier ist ein Ort zum Entspannen nach einem langen Arbeitstag, richtig?«

Anerkennendes Zwinkern. »Ganz genau. Ganz genau.«

»Und einer, wo ab und an Dinnerpartys für Freunde und Kunden steigen sollen?«

Er präsentierte wieder seine blinkenden Zähne. *»Exactly.«*

Jeff zeigte uns noch, wo Wände für eine Sauna versetzt werden sollten, und mansplainte, wie aufwendig es sei, die einbruchsicheren Jalousien außen an den denkmalgeschützten Fenstern zu befestigen. Ansonsten wolle er sich gern »überraschen lassen«. Auch diesen Satz kannte ich. Er wurde meist von Kunden geäußert, die am Ende sogar die Farbschattierung der Silikonfugen im Bad selbst auswählen wollten.

Ich machte Fotos mit meinem Handy, die uns beim Planen helfen würden.

»Meine Assistentin Bella mailt euch die Nummer vom Bauleiter, falls es Fragen gibt. Ihr könnt auch jederzeit herkommen.« Jeff zog galant einen Schlüsselbund mit Lederband aus der Hosentasche und reichte ihn Yon, die so vorsichtig danach griff, als handele es sich um eine Kristallfigur.

Sie wollte gerade wieder auf das Tablet zeigen, als ich ihr erneut zuvorkam: »Großartig, wir machen uns Gedanken und melden uns bald wieder mit konkreten Vorschlägen. Einverstanden, Jeff?«

Er hatte sein Handy rausgeholt und scrollte darauf herum. »Am besten besprecht ihr alles mit meiner Assistentin. Bella, kannst du bitte herkommen, übernimmst du?«

Die elegante Frau im Kostüm näherte sich wieder, immer noch das Headset am Ohr.

»Es hat mich sehr gefreut, Zoé und … Yon.« Ich fragte mich, ob er sich einen Spaß daraus machte, meiner Kollegin lange in die Augen zu sehen. »Bis bald, ihr seid fantastisch.«

Beim letzten Satz hatte er sein Smartphone zum Ohr gehoben. Übergangslos wechselte er in ein Businessgespräch, bei dem er eine Tonlage tiefer sprach.

Nachdem Yon und ich Termine und Nummern mit Bella ausgetauscht hatten, stiegen wir wortlos die breite Treppe wieder hinunter.

Erst auf dem übernächsten eingezäunten Platz mit Golfrasen fand meine Kollegin ihre Sprache wieder. »Ich dachte, wir wären ein Team.«

Eine ältere Dame mit einem Hut, in dem mehrere Federn steckten, spazierte gemächlich an uns vorbei. Ich fühlte mich in dieser Umgebung wie in einer Dokumentation über die Königsfamilie.

»Entschuldige, dass ich dich unterbrochen habe«,

sagte ich an Yon gewandt. »Ich hab nur gemerkt, dass er keine Zeit und nur wenig Interesse an unseren Überlegungen hatte. Leute wie der wollen im Grunde nur etwas gehätschelt werden und dann rasch Ergebnisse sehen, keine Vorschläge. Und am Ende, wenn wir fast fertig sind, wird er uns genau sagen, wie er es haben will. Weil Männer wie Jeff Heinzmann nur Ideen feiern, die sie für ihre eigenen halten.«

Yon verschränkte die Arme vor der Brust. »Und das weißt du weil?«

»Erfahrungen aus zig Praktika und meinem letzten Job. So ticken Superreiche, glaub mir.« Ich versuchte, ihr eine Hand auf den Oberarm zu legen, aber sie schüttelte mich ab. Stattdessen beschleunigte sie ihre Schritte zur U-Bahn-Station.

Ich versuchte, mich nicht von ihr abhängen zu lassen. »Entschuldige, ich war zu bossy, oder?«

Sie schnaubte verärgert. »Musst du immer im Mittelpunkt stehen?«

»Quatsch. Du bist doch die Coole von uns.«

»Pffft.« Plötzlich bremste sie. »Ich brauche einen Moment für mich, wir sehen uns nachher.« Sie drehte sich um und ging in die andere Richtung davon.

Ich beschloss, ihr nicht nachzulaufen.

Yon kehrte an diesem Tag nicht ins Büro zurück. Verwundert war darüber offenbar niemand. Keiner wirkte mehr besonders konzentriert. Selbst Grace zog am frühen Nachmittag ihre Pumps aus und lief barfuß über den gegossenen Betonboden der Agentur.

»Fühlst du dich wohl bei uns, Zoé?«, fragte sie mit ihrer samtigen Stimme, als wir uns auf dem Flur begegneten.

»Sehr«, antwortete ich.

»Das ist schön, *darling*, ich werde mich mal aufmachen. Janet hat ausnahmsweise zwei Abende hintereinander frei und mich zu einem Wellness-Wochenende in Brighton eingeladen.«

Ich wusste von Yon, die ja immer alles wusste, dass Grace' Partnerin Janet eine berühmte Musical-Darstellerin war. Aktuell wurde sie für ihre Hauptrolle in *Hamilton* gefeiert. Ich hatte Neil gestern sagen hören, bei Janet denke er auch darüber nach, lesbisch zu werden, und mich kurz gefragt, ob ich ihm etwas erklären musste. Aber es war wohl zwecklos.

»Schönes Wochenende, habt viel Spaß!«, rief ich Grace noch zu, die trällernd, die Slingpumps von den manikürten Fingern baumelnd, in ihren verdienten Feierabend schlenderte.

Als ich mich wieder an den Schreibtisch setzte, um den Computer runterzufahren, streckte Stephen den Kopf zur Tür herein, wie immer mit Baseballkäppi. »Hey, ich hab dir was von der Bäckerei mitgebracht. Neil meinte, du magst die.« Er hielt mir eine Tüte hin.

»Oh, wie nett von dir.« Ich griff danach und warf einen Blick hinein. »Ein Rosinen-Scone, die liebe ich. Danke!«

Etwas verschämt trat er von einem Fuß auf den anderen. Ganz offensichtlich hatte er noch etwas auf dem Herzen. Schließlich traute er sich. »Yon sagt, du kennst dich mit Blumen aus?«

»Korrekt.« Ich nahm den Scone aus der Tüte und biss hinein. Zu meinem Entzücken war er noch warm.

Stephen steckte die Hände in die Taschen seiner extrem weiten Shorts. »Meine Verlobte ist unsicher, welche Blumen wir für die Trauung nehmen sollen, und ich dachte …«

»Soll ich mal ein paar Vorschläge machen?«

Er lächelte scheu. »Das wäre toll.«

»Damit machst du mir eine Freude, ich liebe so was. Danke noch mal für das hier«, sagte ich genüsslich kauend.

Stephen verabschiedete sich, und ich schaute auf mein Handy. Eine Nachricht von Marc.

Schick mal mehr Fotos, sieht schön aus bei dir.
Miss you!

Ich machte ein Foto von meinem fürs Wochenende aufgeräumten Schreibtisch und sendete es ihm.

Erste Arbeitswoche war super. Have a nice weekend!

Ich sah, dass er sofort eine Antwort tippte.

Was hast du vor?

Ich ließ das Handy sinken. Was hatte ich vor? Morgen war ich immerhin mit Laurie zum Schwimmen im Ladies' Pond verabredet, am Sonntag wollte ich auf den berühmten Flower Market an der Columbia Road. Und jetzt könnte ich endlich ins Schwimmbad fahren. Oder ein paar Dinge für die Wohnung besorgen.

Am liebsten wäre ich mit Yon noch ein Eis essen gegangen. Sie war meine erste und einzige Freundin hier, und ich hatte schon nach wenigen Tagen Mist gebaut, nur um bei einem Kunden einen guten Eindruck zu hinterlassen. Ich hätte sie zu Wort kommen lassen sollen, nicht alles an mich reißen. Obwohl ich es gut gemeint hatte.

Ich schrieb Yon eine Nachricht:

Verzeih mir, ich war richtig kacke. Machen wir am Wochenende was zusammen?

In der Nachrichten-App erschienen drei Pünktchen. *schreibt …*

Sie verschwanden wieder.

Ich packte meine Sachen zusammen und machte mich auf den Weg. Im Aufzug nach unten kam die Antwort.

Nur wenn ich entscheiden darf, was.

# 6

Mit mehreren Beuteln voller Einkäufe stieg ich ein paar Stunden später die Treppe zu meiner Wohnung hoch. Völlig erschöpft, weil ich mich in Londons Haupteinkaufsstraße, die Oxford Street, getraut hatte. Es war so voll und laut gewesen, dass ich mich richtig erleichtert fühlte, in Hampstead aus der Bahn zu steigen. Ich hatte Stoff besorgt, den ich über das beige Sofa drapieren wollte, und passende Kissen. Außerdem endlich einen neuen Duschvorhang sowie drei kleine Sukkulenten. Nahrungsmittel, fiel mir auf, hatte ich immer noch keine im Haus. Ich hatte die ganze Woche nur im Büro, unterwegs oder bei Ravi gegessen.

Gerade als ich an seiner Wohnungstür vorbeiging, kam mein Nachbar heraus. »Oh, hallo, Zoé.« Hinter ihm im Flur konnte ich einen Stapel Kisten erkennen.

»Hey, Ravi, wie geht's?«

»Gut, gut.« Er zog die Tür hinter sich bis auf einen Spaltbreit zu. Sein Blick fiel auf meine Beutel. »Aber hallo, gib mal her, ich helfe dir tragen.«

Ich wollte soeben abwinken, da hatte er mir schon einen Teil der Einkäufe abgenommen und stieg vor mir die Treppe hinauf. »Das passt sehr gut, mein Schrittekonto ist heute noch fast leer, habe nur im Café herumgestanden.«

Oben drängte ich mich an ihm vorbei, wobei ich ihm ziemlich nahe kam. Er roch nach Kuchen, Frühstücksspeck und einem Gewürz, dessen Namen mir nicht einfiel. Ich schloss auf, und Ravi folgte mir hinein und stellte schnaufend die Taschen in die Mitte des Raumes.

»Hier sieht es ja toll aus! Was hast du gemacht?«

Ich stellte ebenfalls meine Taschen ab. »Eigentlich habe ich noch nicht mal richtig angefangen.«

»Dann ist es deine pure Anwesenheit, die jeden Raum verschönert.« Er grinste breit.

Ich knuffte ihn in die Seite. »Ach, du.«

Er beugte sich über die Beutel. »Was hast du gekauft?«

Ich zog ein Kissen hervor und warf es aufs Sofa. »Dekokram.«

Er nickte vielsagend. »Ich habe soeben entschieden, dich niemals in meine Wohnung zu lassen.«

»Ach, komm schon, ich bin nicht kritisch, es macht mir nur Spaß. Ich könnte mich endlich mal revanchieren. Inneneinrichtung gegen Gratisessen.«

»Netter Versuch, aber nein danke. Wir treffen uns immer nur außerhalb meiner vier Wände. Ich bin gespannt, wie die Wohnung aussieht, nachdem du ein Jahr hier gelebt hast. Ob man sich dann noch umdrehen kann vor lauter Pflanzen.«

Ich lachte. »Was meinst du, heute noch Park? Das Wetter ist so schön.«

»Sorry, aber vor dem Wochenende muss ich früh ins Bett. Da ist noch mehr los als unter der Woche.« Er reckte sich. »Aber ich hole dir noch schnell die Reste vom Mittagstisch, hab dir was vom Eintopf aufgehoben.«

Ich rief ihm die Treppe hinunter hinterher: »Wie soll ich das je wiedergutmachen?«

Leicht schnaufend kam er mit einem kleinen Topf zurück und reichte ihn mir. »Das größte Geschenk für jeden Koch sind glückliche Esser.«

»Ich bin eine sehr glückliche Esserin.«

»Sag ich doch.« Er war schon wieder auf dem Weg nach unten.

»Danke, Ravi!«

»Hab einen schönen Abend! Ich sehe dich beim Frühstück.«

Winkend schloss ich die Wohnungstür hinter mir. Der erste Freitagabend in London, und ich war allein mit einem Eintopfrest, ein paar Pflanzen und einem Duschvorhang. Ich räumte alles aus, montierte den Vorhang, drapierte den Stoff dekorativ auf dem Sofa, verteilte die Kissen und stellte die drei neuen Mini-Sukkulenten auf den Tisch davor.

Während ich mein Essen aufwärmte, rief ich meine Freundin Nadine an. Wir kannten uns seit der gemeinsamen Schulzeit in Buchholz. Sie lebte inzwischen in Hamburg-Ottensen, hatte anderthalbjährige Zwillinge und einen Vollzeitjob als Personalerin in einem großen Unternehmen. Wenn ich mit ihr sprach, traute ich mich nie, von meinem eigenen Stress zu berichten, denn im Vergleich zu ihrem war das gar nichts.

»Wie geht es den Mäusen?«, fragte ich und rührte im Topf.

»Jannis ist noch mal mit ihnen raus, bisschen auslüften. Ich koche uns gerade was.«

»Haben sie sich gut an die Kita gewöhnt?«

»Wenn ich sie bringe, ist es kein Problem. Bei Jannis kleben sie beim Abschied noch am Bein, aber das wird schon. Und nun zu dir: Wie läuft es, wie geht es dir, und vor allem, was machst du an einem Freitagabend in London zu Hause?«

Meine älteste und beste Freundin. Traf immer ins Schwarze.

»Ich hab noch in der Wohnung zu tun. Und die erste Woche war echt anstrengend. Aber auch toll. Ich liebe es hier.« Ich holte eine tiefe Schale aus einem der oberen Schränke. »Ich wünschte, du könntest mich bald besuchen kommen.«

Nadine lachte, als hätte ich etwas völlig Absurdes gesagt. »Das wünschte ich auch, aber gerade ist es echt wild. Ich habe im August zwei Wochen frei, in der Kita-Schließzeit, da wollen wir nach Schweden mit den Mäusen. Vielleicht klappt es im Winter mal für ein Wochenende.« Ich hörte sie im Hintergrund kramen.

»Das fände ich toll, ich hätte dir viel zu zeigen. Du

hast ein ganzes Jahr Zeit. Such dir ein Wochenende aus.«

Nadines Lachen ging in Schnauben über. Dann konnte ich Kindergeschrei hören und die Stimme von Jannis, gefolgt von großen und kleinen Schritten auf alten Hamburger Holzdielen. »Das werden wir ja sehen, ob und wann du wiederkommst. Du, die sind zurück, ich muss hier mal fertig werden. Du meldest dich?«

»Mein Vertrag geht nur ein Jahr«, versuchte ich noch zu widersprechen.

»Bisher hat dich niemand freiwillig gehen lassen.«

Dieser Satz klang mir noch in den Ohren nach, als wir längst aufgelegt hatten und ich mit meiner Eintopfschale vor dem Fenster stand und über die Dächer von Hampstead schaute. Ich musste an meine Grundschullehrerin denken, die mir zum Abschied gesagt hatte, ich sei ein besonderes Kind und würde ihr fehlen. An meine Oberstufenkoordinatorin, die mir prophezeite, aus mir würde Großes werden, und mich am letzten Schultag unter Tränen an ihre weiche Brust drückte. An meine Professorin, die mir anbot, weiterzuforschen und für sie an der Uni zu arbeiten, und die nur schweren Herzens akzeptierte, dass ich in ein Innenarchitekturbüro wechselte. An meine letzte Chefin, die zum Abschied sagte: »Du kannst jederzeit wiederkommen.«

Sie alle hätten mich gern behalten, weil ich fleißig war und meistens gute Laune verbreitete. Ein »Energiebündel«, wie Grace mich genannt hatte.

Auch Marc hatte gerade offenbar Probleme damit,

dass ich gegangen war. Er hatte mir weitere Fragen per Textnachricht gestellt, auf die ich bislang nicht geantwortet hatte. Es half nichts, ich würde noch mal mit ihm sprechen müssen. Deutlicher werden.

Ich musste an Binas Worte denken und ärgerte mich direkt darüber: *Die Zoé, die anderen wehtut, um sich selbst zu schützen. Die flieht, sobald etwas nicht mehr schön und einfach ist.*

War ich nach London geflohen, weil es einfacher war, als mit Marc Schluss zu machen? Nein, ich *wollte* nach London, ich hatte immer schon nach London gewollt. Und dann kam diese Chance, auf dem Silbertablett präsentiert, ich musste sie nur ergreifen. Hatte sie mir zeitlich in den Kram gepasst? Weil ich heillos überarbeitet und zudem einsam in meiner Beziehung war? Ja, da war wohl was dran.

Ich stellte die leere Schale ab und kniete mich vor den Sofatisch, um die drei Mini-Sukkulenten vor dem neu arrangierten Sofa zu fotografieren. Mariah, Whitney und Celine, dachte ich und postete das Bild. Mein Blick fiel auf Bert, der im Regal stand und nicht mehr staubig war.

*Ich freue mich von Herzen für dich.*

Nicht mal Filipe. Nicht mal Filipe hatte mich gern gehen lassen. So viel zumindest war sicher.

»Am Ende der Allee den Berg hinauf und hinten wieder runter«, hatte Laurie gesagt. »Einfach immer geradeaus.«

Und tatsächlich: Da unten, irgendwo zwischen den Bäumen, glitzerte das Wasser. Da musste es sein.

Ich lief voller Vorfreude die Wiese hinunter. Die Wildblumen streiften meine nackten Beine. Es war schon so warm, dass hier später sicher viel los sein würde. Aber um diese Uhrzeit am Samstagmorgen schliefen die meisten Menschen wohl noch. Nur ich, eine einsame Joggerin und ein älterer Mann, der seinen Husky spazieren führte, waren unterwegs. Die Sonne schien mir ins Gesicht. Ich war mit einem Mal so glücklich, so froh, hier zu sein, frei zu sein, diesen Schritt endlich gewagt zu haben.

Es ging derart steil bergab, dass ich meine Waden spürte. Je näher ich dem Glitzern im Tal kam, desto mehr roch ich das Wasser – erdig, kühl, frisch. Ich konnte Weiden erkennen, die sich übers Ufer beugten, eine Wiese und ein Holzhaus direkt am Wasser. Der Teich war eingezäunt, und ich lief am Zaun entlang, bis ich an ein eisernes Tor gelangte, nur mit einem Seil gesichert.

*Women only,* stand auf einem Schild. *No men allowed beyond this point.*

Vorsichtig hob ich das Seil an und schob das Tor auf, das quietschend nachgab. Ich trat ein und schloss es hinter mir. Dann folgte ich einem schmalen Weg, der auf das Holzhaus zuführte, das ich schon von Weitem gesehen hatte. Ich konnte Stimmen hören. Rechts von mir erstreckte sich eine Wiese mit großen Bäumen, hier und da eine Bank darunter. Links stand ein alter Pferdeanhänger mit einer nachträglich eingebauten Fensterfront. Darin saß eine Frau in einem kurzärmeligen Neoprenanzug und trank aus einer großen Teetasse.

»Guten Morgen«, sprach ich sie an.

»Guten Morgen, was kann ich für dich tun?«

»Ich komme zum Schwimmen, bin mit Laurie verabredet.«

Die Frau stellte die Tasse auf einen kleinen Tisch. »Macht vier Pfund fünfzig. Die meisten ziehen sich auf den Wiesen um, wir haben aber auch eine Umkleide, dort drüben in dem Holzhaus.«

»Brauche ich eine Münze für das Schließfach?«

Sie lächelte gütig. »Wir haben keine Schließfächer, *love*. Wir sind hier unter uns.«

Ich bezahlte, bedankte mich und ging in Richtung Wasser. Je näher ich kam, desto lauter wurden die Stimmen. Auf den Wiesen rund um den Teich standen Frauen und zogen sich um. Ich fand die Umkleide, die aus einem holzvertäfelten Raum mit einer Bank in der Mitte bestand. Niemand war hier. Ich ging wieder raus und hielt nach Laurie Ausschau. An einer Holzbank zog sich gerade eine ältere Dame die Bluse aus, eine andere stand nackt daneben und redete auf sie ein. Eine dritte richtete ihre Badehaube.

Sie drehte sich zu mir um. »Zoé!«, rief sie. »Da bist du ja. Auf, ab in die Schwimmsachen!« Ohne ihre roten Haare, die bereits unter der Badehaube steckten, hatte ich Laurie gar nicht erkannt. Sie trug einen dunkelblauen Badeanzug, in dem sie richtig sportlich aussah. Und deutlich jünger als mit der Schürze in Ravis Café.

Ich ging zu ihr, setzte meinen Rucksack ab und begann, mich mitten auf der Wiese auszuziehen.

»*Girls*, das ist Zoé«, erklärte Laurie unterdessen, und die Gespräche verstummten. »Die neue Mieterin von Ravi, sie schwimmt heute mit uns.«

»Schön, dich kennenzulernen«, sagte die Dame, die noch immer nackt war und nun ihren Badeanzug aus der Tasche zog.

»Herzlich willkommen!« Das kam von einer weiteren, die bis eben mit dem Rücken zu mir vor der Bank gestanden hatte.

Die Frauen waren alle älter als ich, ich schätzte die meisten von ihnen auf weit über sechzig. Aber sie wirkten ausgesprochen fit, bis auf eine, die gerade mit einem Gehstock in Richtung Wasser humpelte. Mir fiel auf, dass alle ihre Sachen ordentlich hinterließen. Auf und neben der Bank lagen überall kleine Haufen mit Kleidung, sorgsam gefaltet neben einer Tasche, einem Handtuch und Schuhen. Ich legte meine Sachen ebenso ordentlich daneben. In die Rückenlehne der Bank war etwas eingraviert.

*In liebevoller Erinnerung an Genevieve Williams, unser geliebtes Mitglied seit Tag eins, die dabei geholfen hat, den Ladies' Pond zu einem sicheren Platz für alle Frauen zu machen.*

Im Badeanzug folgte ich Laurie und den anderen hinter das Haus auf eine Art Steg. Vor uns lag der Pond. Er wirkte größer, als ich vom Zaun aus hatte erahnen können, eher ein See als ein Teich, wie sie ihn hier nannten, locker siebzig Meter lang. Das Ufer war dicht mit Bäumen bewachsen, die Schatten aufs Wasser warfen. Die Morgensonne glitzerte auf der dunklen Oberfläche. Wasservögel saßen auf den Bojen, die den Schwimmbereich eingrenzten. Das dahinterliegende Viertel des Teichs war voller Wasserpflanzen.

Neben mir plätscherte es. Die erste Schwimmerin hatte sich von einer Eisenleiter ins Wasser gleiten lassen. Die Rettungsschwimmerin kam dazu und bezog ihre Position auf einem erhöhten Sitz. Darunter lag ein altes Surfbrett. Im Wasser ankerte ein kleines Holzboot. Eine weitere Frau stieg vom Ponton aus in den Teich. Die nächste sprang elegant per Kopfsprung rein. Als sie wieder auftauchte, winkte sie mir. Es war Laurie.

»Trau dich, es ist herrlich!«, rief sie.

Ich zog meine Schwimmbrille auf, setzte einen Fuß auf die Leiter und kletterte langsam nach unten, bis meine Füße die Oberfläche berührten. Es war kühler, als ich es um diese Jahreszeit erwartet hatte. Die Sprossen unter meinen Fußsohlen fühlten sich ein wenig glitschig an. Ich ließ los. Der Pond war wirklich ziemlich frisch. Ich begann zu schwimmen und fühlte mich augenblicklich hellwach. Sah hoch zu den Zweigen der Bäume über mir, zu den Schwimmreifen, die hier und da wie kleine Inseln trieben, offenbar unter Wasser an Seilen befestigt. Ans Ufer, wo gerade eine weitere Frau ihre Kleidung auf einer Bank ablegte und ihre Badesachen überstreifte.

Die anderen Schwimmerinnen zogen gemächlich plaudernd ihre Kreise, alle in eine Richtung, als hätten sie sich abgesprochen. Über allem lag ein friedliches Gemurmel.

Ich gelangte an die Bojen, die den hinteren Teil vom Schwimmbereich abtrennten. Hier war eine gute Strecke, um etwas schneller zu schwimmen, ohne jemanden zu stören. In gerader Linie kraulte ich an den Bojen entlang und begann, meinen Rhythmus aufzunehmen.

Linker Arm, rechter Arm, linker Arm, atmen. Rechter Arm, linker Arm, rechter Arm, atmen.

Nach wenigen Zügen war ich drin. Beim Kopfheben konnte ich sehen, wie sich weitere Frauen zu den anderen gesellten. Sie alle schwammen miteinander redend im Kreis, nur ich schwamm für mich allein. Ab und an sah ich unter Wasser ein Paar Beine. Einen gestreiften Badeanzug. Die Stiele von Seerosen. Ansonsten war das Wasser so dunkel, dass ich fast nichts erkennen konnte.

Linker Arm, rechter Arm, linker Arm, atmen. Rechter Arm, linker Arm, rechter Arm, atmen.

Normalerweise konzentrierte ich mich in Schwimmbädern auf die Linien am Boden. Folgte den Kacheln, um auf Kurs zu bleiben. Hier kraulte ich von Boje zu Boje. Wartete, bis die Unterseite der fünften Boje verschwommen im dunklen Wasser auftauchte, dann machte ich kehrt und kraulte wieder zurück. Dabei nahm ich wahr, wie sich die Unruhe der letzten Tage in mir setzte wie Sedimente in einem Teich. Wie ich wieder eins wurde mit mir und meinen Gefühlen. Wie ich wieder die Zoé wurde, die sich vor nichts fürchtete.

Ich vergaß Raum und Zeit, vergaß meinen selbst verschuldeten Streit mit Yon, die merkwürdige Begegnung mit Bina, der Wahrsagerin, mein schlechtes Gewissen gegenüber Marc, meine Eltern, die gerade eine Roulade weniger kauften, und Filipes Kommentar nach einem Jahr Funkstille. Ich war nur noch im Hier und Jetzt, als würde ich eins werden mit dem Teich um mich herum.

Als ich schließlich langsamer wurde und den Kopf wieder hob, stiegen neue Schwimmerinnen ins Wasser. Die Frauen, die mit mir gekommen waren, konnte ich nicht mehr entdecken. Ich sah auf meine Fitnessuhr und stellte fest, dass ich fast eine Stunde geschwommen war. Langsam machte ich mich auf in Richtung Steg. Dort standen zwei der älteren Damen von vorhin und trockneten sich ab.

Laurie kam fertig angezogen dazu, als ich nur noch wenige Meter entfernt war. »Na, du bist ja sportlich unterwegs.« Sie lachte. »Ich bin schon fertig, wollte dich nicht stören.«

Ich griff nach den Eisensprossen und zog mich die

Leiter hoch. Meine Haut war gerötet, alles fühlte sich leicht an. »Es war herrlich! Danke, dass du mich mitgenommen hast.«

Laurie rubbelte sich mit einem hart aussehenden Handtuch ihre roten Haare. »Gern geschehen. Wir treffen uns immer um diese Zeit. Schließ dich gern wieder an, auch wenn ich mal arbeiten muss. Aber ich glaube, du brauchst uns gar nicht.«

Ich sah sie fragend an. Wasser tropfte über meinen Rücken auf die Holzstreben.

»Na, für uns ist das wie ein Kaffeeklatsch. Du siehst es eher als Sport, oder? Aber das ist fein, hier ist jede willkommen. Egal, ob sie reden will oder nicht.«

»Das ist lieb. Danke, Laurie. Kann man hier auch unter der Woche schwimmen? Schon vor der Arbeit?«

Sie verstaute das Handtuch in ihrer Tasche. »Ja, der Pond ist fast täglich geöffnet. Wenn du Mitglied wirst, bekommst du einen Schlüssel, dann kannst du jederzeit herkommen. Frag Jenny, die Rettungsschwimmerin.«

»Oh, super, das mache ich gleich.«

Ich wollte schon in Richtung Bank gehen, als Laurie mich am Arm festhielt. »Schau mal dahinten, im abgetrennten Bereich, da öffnen sich gerade die Blüten der Seerosen. Jede von ihnen blüht nur etwa eine Woche lang, dann schieben sich neue Knospen nach oben, ein wahres Wunder.«

Ich folgte ihrem Blick. Hinter den Bojen hatte sich ein Teppich aus weißen Blüten ausgebreitet. Fast hätte ich gelacht. Sehr clever von Bina! Weiße Blüten waren um diese Jahreszeit einfach überall. Es ärgerte mich trotzdem, dass ich sie nicht mehr unbefangen bewundern konnte, ohne an die Wahrsagerin zu denken.

Laurie schulterte ihre Tasche. »Man nennt sie auch Wasserlilie oder Königin der Wasserpflanzen. Das passt gut zu einem Teich, in dem nur Frauen schwimmen, findest du nicht?«

Ich seufzte leise. »Es passt perfekt.«

# 7

**Als ich abends vor der** Bar im West End stand, deren Adresse Yon mir geschickt hatte, fühlte ich mich noch immer beschwingt vom morgendlichen Schwimmen. Was für eine Entdeckung dieser Teich doch war! Danach hatte ich bei Ravi gefrühstückt und seiner Mitarbeiterin Joan einen Schein zugesteckt, weil er partout nichts von mir annehmen wollte. Anschließend hatte ich endlich ein paar eigene Lebensmittel eingekauft, außerdem einen bunt gewebten Teppich von einem Straßenstand und Farbe, mit der ich das Mahagoni-Sideboard lackieren wollte. So langsam wurde es richtig gemütlich in meiner Dachgeschosswohnung. Auf dem Weg nach Soho hatte ich mir eine Bowl gegönnt und war nun bereit für diesen Abend mit meiner neuen Hoffentlich-noch-Freundin.

Leute in eleganter Abendgarderobe liefen an mir vorbei, vermutlich auf dem Weg zu einem Musical oder Theaterstück. Yon war nirgends zu sehen.

Ich hatte mich auch schick gemacht und einen schwarzen Rock mit lässiger Bluse angezogen, obwohl Yon gesagt hatte, es sei nicht nötig. Sie selbst trug ein Basketballtrikot als Kleid, als sie schließlich auf mich zuspazierte. Meine Laune sank beim Blick in ihr Gesicht. Sie sah noch immer sauer aus.

Yon begann zu sprechen, bevor ich etwas sagen konnte. »Ich will nicht mehr darüber reden.«

»Ach, komm.« Ich streckte eine Hand aus. »Es tut mir leid, dass ich so vorgeprescht bin. Ich war aufgeregt und eindeutig übermotiviert.«

Sie sah mich mit zusammengekniffenen Augen an. »Ich weiß, dass du älter bist und mehr Praxiserfahrung hast. Aber ich bin richtig gut in dem, was ich tue, und ich will nicht von dir bevormundet werden.«

Ich boxte ihr spielerisch gegen die Schulter. »Aber damit ergänzen wir uns doch perfekt. Du bist genial, und ich habe Erfahrung. Ich verspreche auch, in Zukunft ein Teamplayer zu sein.«

Sie sah nicht mehr ganz so sauer aus. »Meinetwegen, lass uns reingehen.«

Wir stiegen ein paar Stufen hinunter in einen schummrig beleuchteten Raum. Samtbezogene Sessel an kleinen Tischen waren um eine Bühne herum drapiert, an einigen saßen Leute. Hinter einer altmodisch verzierten Theke standen unzählige Flaschen voller Spirituosen. Yon ließ sich vom Barkeeper zwei Drinks empfehlen. Als er sie vor uns stellte, rutschte er aus, und etwas vom Cocktail schwappte auf meinen schwarzen Rock.

Er stieß einen leisen Fluch aus. »*Sorry*, so ein Mist!« Blitzschnell reichte er mir ein Handtuch und eilte um die Theke herum, um mir zu helfen.

Ich hob beschwichtigend die Hände. »Alles gut, kein Problem.«

»Du bekommst einen neuen.«

»Nein, lass mal, ist ja noch genug drin.« Ich gab ihm das Handtuch zurück. »Schon fast wieder trocken.«

Yon zwinkerte ihm zu. »Der nächste geht einfach auf dich.«

Wir suchten uns einen Platz, kurz darauf wurde das Licht gedimmt. Auf der Bühne ging ein Scheinwerfer an. Eine Frau mit großem Afro trat ans Mikrofon und begrüßte die Gäste mit angenehm rauer Stimme zum heutigen Poetry-Abend. Es war noch immer nicht besonders voll. Kein Wunder, diese Veranstaltung konkurrierte mit dem *Harry-Potter*-Spektakel ein paar Häuser weiter und Musical-Großproduktionen wie *Mamma Mia*.

Die Dichterin trug ihren Text so rhythmisch vor, dass er wie ein A-cappella-Rap klang. Ich verstand nicht alles, schnappte aber auf, dass es um Frauenrechte ging, und Yon und ich klatschten frenetisch.

Danach gab ein Herr mit Halbglatze, der mich stark an meinen Mathelehrer von früher erinnerte, ein paar ziemlich witzige Zeilen über seine Ehe zum Besten.

Eine junge Frau im Rollstuhl sprach über ihren Ex-Freund, den sie im Gedicht auf verschiedene Arten raffiniert um die Ecke brachte.

Yon und ich waren beim zweiten Drink, den der Barkeeper uns tatsächlich ausgegeben hatte, als jemand die Bühne betrat, der mir bekannt vorkam. Ein schmaler Mann mit ausrasiertem Nacken, Man Bun und John-Lennon-Brille. Es dauerte ein paar Sekunden, bis ich kapierte, woher ich ihn kannte.

»Witzig, mit dem frühstücke ich immer«, flüsterte ich Yon zu.

Sie pfiff anerkennend. »Mit dem würde ich auch gern mal frühstücken.«

Ich kicherte leise. »Dann musst du zu meinem Vermieter Ravi ins *Honey & Wood* kommen, ist ohnehin sehr empfehlenswert.«

Der Mann auf der Bühne räusperte sich und trat näher ans Mikro. Er hielt das mit Stoff eingebundene Notizbuch in den Händen, in das er immer so fleißig kritzelte, während Ravi ihm frischen Tee brachte. Ruhig stand er da und sah ins Publikum. Dann begann er mit leiser, aber klarer Stimme zu sprechen.

*»Maybe.*
*Maybe you are somewhere out there.*
*Maybe I will meet you some day.*
*Maybe I will reach out to you.*
*Maybe I just walk away.*
*Maybe you just don't see me.*
*Maybe my eyes will stay closed.*
*Maybe I put out my hand.*
*Maybe we end up like most.*
*Maybe my fear will win.*
*Maybe time will show.*
*Maybe one day I will find you.*
*Maybe you already know.«*

Während er sprach, war es vollkommen still im Raum. Es war, als würden wir alle die Luft anhalten. Erst als er wieder aufsah, seine Brille zurechtschob und wir begannen, zunächst vorsichtig und dann immer heftiger zu klatschen, bemerkte ich, dass ich feuchte Augen hatte. Ich sah zu Yon hinüber. Wenn mich nicht alles täuschte, glitzerten ihre ebenfalls.

»Das war irgendwie berührend, oder?«, fragte ich sie, als der Applaus Minuten später verebbt war.

Sie trank einen Schluck aus ihrem Glas. »Findest du?«

Ich zwinkerte ihr zu, und zu meiner Erleichterung zwinkerte sie zurück. »Worum ging es deiner Meinung nach?«, flüsterte ich ihr zu. »Für mich klang es nach jemandem, der einsam ist und sich nach der großen Liebe sehnt.«

Noch bevor Yon antworten konnte, kam die Poetin vom Anfang, die mit dem großen Afro, wieder auf die Bühne und bedankte sich bei allen, die gekommen waren. Der Scheinwerfer erlosch, Musik wurde aufgedreht, die Lichter gingen wieder an.

Ich rieb mir die Finger, die etwas klebrig waren vom verschütteten Drink vorhin. »Denkst du noch über das nach, was die Wahrsagerin gesagt hat?«, fragte ich Yon.

Sie drehte sich zu mir. »Eigentlich nicht. Du?«

»Na ja, meine hat gesagt, meine Glückssträhne würde enden. Ich hab mich heute Morgen zweimal am Warmwasserboiler gestoßen, dann gerade das Missgeschick des Barkeepers …«

»Das fällt dir nur auf, weil du dich darauf fokussierst.« Sie saugte an ihrem Strohhalm.

»Ja, wahrscheinlich.«

»Es ist mir immer noch peinlich, dich da mit reingezogen zu haben. Was für eine absurde Idee!«

Ich musste daran denken, dass Yon in ihrer Sitzung gesagt bekommen hatte, sie sei schüchtern. Vermutlich hatte ihre Wahrsagerin eine verdammt gute Menschenkenntnis und etwas in Yons forschem Auftreten erkannt, was mir bis gestern entgangen war. Ich hatte es erst in Gegenwart des durchaus einschüchternden Kunden bemerkt, aber es stimmte: Yon war tatsächlich schüchtern. Doch das würde ich auf keinen Fall laut sagen, ich war zu erleichtert, dass wir Frieden geschlossen hatten.

»Was ist los?«, unterbrach sie meine Gedanken. Ich hatte sie wohl etwas zu offensichtlich gemustert. »Denkst du noch über das Gedicht und die große Liebe nach?«

»Ich bin einfach froh, mit dir hier zu sein. War eine coole Idee. Auf unsere erste Woche?« Ich hielt ihr mein Glas hin. »Auf das genialste Team? Darauf, dass zusammen alles besser ist?«

Sie stieß mit mir an – zu meiner Erleichterung mit einem breiten Lächeln im Gesicht.

Stunden später verließen wir die Bar. Yon wollte sich noch mit einem ihrer Mitbewohner in einer Karaokebar um die Ecke treffen, aber ich entschied, nach

Hause zu fahren, weil ich am nächsten Morgen früh schwimmen gehen wollte. Ich lief durch die Gassen von Soho, um etwas herunterzukommen, und betrachtete die elegant gekleideten Pärchen, die gut gelaunt die Musicaltheater verließen. Ich war erleichtert, dass wir so einen netten Abend gehabt hatten. Und dass Yon mir offensichtlich nicht mehr böse war. Ich mochte sie wirklich und hatte mir fest vorgenommen, beim nächsten Mal weniger forsch aufzutreten, wenn wir einen gemeinsamen Kundentermin hatten. Gerade weil Yon schüchtern war. Wie die Wahrsagerin behauptet hatte. Alles Zufall natürlich. Umso mehr ärgerte es mich, dass ich immer wieder darüber nachdachte. Dass ich plötzlich überall weiße Blumen sah. Dass ich mich fragte, ob mein Glück mich bereits verlassen hatte, nur weil ein Barkeeper etwas von meinem Drink verschüttete.

Ich musste an das Gedicht denken, das mich vorhin so bewegt hatte.

*Maybe one day I will find you.*
*Maybe you already know.*

Vielleicht finde ich dich eines Tages.
Vielleicht weißt du es schon.

Bina hatte gesagt, dass ich der Liebe meines Lebens bereits begegnet sei. Ich wünschte, sie hätte das nicht getan. Obwohl ich mir fest vorgenommen hatte, nichts von dem, was sie prophezeite, ernst zu nehmen, hatten mich ihre Worte getroffen. Denn damit hatte sie eine meiner stärksten Ängste laut ausgesprochen: dass es nichts Größeres geben konnte als das, was ich für ihn empfunden hatte.

Ich war nun am Piccadilly Circus angelangt und stellte mich zwischen die anderen Leute vor den berühmten Brunnen. Um mich herum machten Touristinnen und Touristen unzählige Handyfotos von den legendären Leuchtreklamen, die über uns an der Gebäudewand funkelten. So war unsere Liebe gewesen. So laut und grell und bunt, dass sie kaum auszuhalten war. Dass ich manchmal wegsehen musste, weil sie mich blendete. Dass ich dachte: Das ist zu viel, das kann nicht gut gehen, das kann nur verglühen.

Genau so war es schließlich gekommen. Unsere Liebe war verglüht. Monatelang fühlte ich mich wie ausgebrannt. Und manchmal überfiel mich dieses Gefühl noch immer. Dieses kaum auszuhaltende Brennen im Bauch. Zum Glück war es nur noch phasenweise so. Zum Glück waren die Überreste mittlerweile abgekühlt. Wenn Bina also recht hatte – was sie bestimmt nicht hatte, denn das war alles Quatsch –, aber wenn sie recht hatte und ich meiner großen Liebe schon begegnet war, dann hieß das auch, dass ich die Liebe meines Lebens bereits verloren hatte. Dass ich mit dreißig schon einen der Höhepunkte des Lebens hinter mir hatte.

Filipes Gesicht tauchte in meiner Erinnerung auf.

Seine ebenmäßige hellbraune Haut, die großen dunklen Augen, die geschwungenen Lippen. Als ich ihn zum ersten Mal gesehen hatte, vor mir in der Mensaschlange, hatte ich lachen müssen, weil ich nicht fassen konnte, wie schön dieser Mann war, der sich da zu mir umdrehte und mich etwas zum Kassensystem fragte. Meine Freundinnen hatten mir später vorgeworfen, dass ich selbst schuld sei. Dass es nicht hatte gut gehen können. Mit so schönen Männern ging es nie gut. Ich hätte das Drama selbst heraufbeschworen, sagten sie. Wer ist schon so naiv und verliebt sich in jemanden, der aussieht wie ein Hollywoodstar?

Aber so war es nicht gewesen.

Ich hatte ihn gerade wegen seines Aussehens zunächst auf Abstand gehalten. War mir schon klar, dass er nicht wirkte wie ein Typ zum Heiraten. Also hatte ich die gemeinsame Zeit genossen wie einen Urlaub oder ein großes Abenteuer. Ich hatte ihm immer gesagt, es könne nichts Ernstes aus uns werden, schließlich würde er nach seinem Auslandssemester zurück nach Portugal gehen, und ich sei nicht für eine Fernbeziehung gemacht. Natürlich gab es da von Anfang an diese Anziehung zwischen uns. Natürlich musste ich mich bremsen in meiner Begeisterung, wenn ich morgens die Augen aufschlug und in sein Gesicht sah. Aber verliebt hatte ich mich in einen anderen Filipe. In den nämlich, der eines Tages völlig fertig vor meiner Tür stand. Der nachts wach lag, weil er sich um seine geliebte Oma sorgte. Der sich nicht mehr kämmte, eine Woche lang dieselbe Jogginghose trug und den ich daran erinnern musste zu duschen. Der schließlich verfrüht abreiste, um für seine Familie da zu sein. Dieser Filipe hatte nichts von einem Hollywoodstar. Und genau deswegen berührte er etwas in mir. Diese Seite an ihm war es, die mich zu ihm hinzog. Dass er ein solcher Familienmensch war. Dass er so viel fühlte und es so offen zeigen konnte. Dass er sich so um andere kümmerte.

An unserem letzten gemeinsamen Abend saßen wir an der Außenalster auf einer Bank und hielten Händchen. Er erzählte mir, was ihn zu Hause erwartete, sagte, er wolle nicht gehen, und schließlich sah er mich an, mit feuchten Augen. »Ich hab mich in dich verliebt, Zoé«, sagte er.

Ich konnte nichts darauf erwidern. Ich verabschiedete mich, in Panik. Ich hatte mich doch nicht verlieben wollen. Weil ich Angst hatte, dass es mir das Herz brach, wenn er ging. Und weil ich nicht daran glaubte, dass wir eine gemeinsame Zukunft hatten. Ich musste es beenden, so schnell wie möglich, bevor ich zu tief drinsteckte. Deswegen ging ich noch am selben Abend zu einer Party und wünschte ihm per Textnachricht einen guten Flug. Ich schrieb, ich könne ihn nicht wie besprochen zum Flughafen begleiten. Weil ich hoffte, mich noch retten zu können. Mir beweisen zu können, dass es nichts als ein paar schöne gemeinsame Monate gewesen waren.

Bis ich am nächsten Morgen aufwachte und mir klar wurde: Er fliegt jetzt. Er ist weg.

Alles roch nach ihm. Nach ihm und uns. Da erst überkam mich mein schlechtes Gewissen, da erst wurde mir bewusst, was für einen Mist ich gebaut hatte. Denn es war bereits zu spät. Ich hatte mich längst in ihn verliebt.

Ein paar junge Frauen hatten sich neben mir am Piccadilly Circus versammelt und fotografierten sich gegenseitig vor den Leuchtreklamen. Sie hatten alle T-Shirts an, auf denen *Same penis forever* stand – derselbe Penis für immer. Lustiges Motto für einen Junggesellinnenabschied. Eine von ihnen trug eine Krone, offenbar die Braut. Schon merkwürdig, dass es eine Zeit in meinem Leben gegeben hatte, in der ich dachte, ich würde Filipe heiraten. Wo ich doch niemals hatte heiraten wollen, weil ich es spießig und gestrig fand.

Ich machte mich auf in Richtung U-Bahn, vorbei an den feiernden Mädels.

Die Braut reichte mir beschwipst kichernd eine weiße Rose, als ich an ihr vorbeiging. »Hast du eine Spende für unsere Schnapskasse?«

# 8

**Hampstead schlief noch, als ich** am nächsten Morgen durch die kleinen Gassen schlenderte. Wie herrlich ruhig es hier war im Vergleich zu Soho gestern Abend. Es war Sonntag, und auch ich hätte ausschlafen können wie die Menschen hinter den hölzernen Fensterläden und schweren Leinenvorhängen, an denen ich vorbeikam. Aber eine innere Unruhe hatte mich geweckt und daran erinnert, dass ich andere Pläne hatte. Also hatte ich meine Schwimmsachen gepackt und mich auf den Weg gemacht.

Diesmal war ich noch deutlich früher dran als gestern. Ich traf niemanden, als ich den Park über die Platanenallee betrat. Nur die Vögel begrüßten über mir lautstark den beginnenden Tag. Die Luft war klar, der noch blassblaue Himmel verriet, dass ein weiterer wunderschöner Sommertag bevorstand. Laurie und ihre Freundinnen hatten mir berichtet, dass die Ponds bei gutem Wetter nachmittags von Familien sowie Touristinnen und Touristen überfüllt waren. Auch deshalb gingen sie immer morgens dorthin. Aber jetzt, um diese Uhrzeit, waren nicht mal sie auf den Beinen.

Ich gelangte an die höchste Stelle des Hügels und betrachtete das noch schlafende London zu meinen Füßen. Ich wäre gerade nirgendwo lieber als hier, dachte ich. Dann rannte ich den Hügel hinunter durchs hohe Gras, wie ich es als Kind gemacht hatte, bis ich abbremsen musste, um nicht hinzufallen. Der Geruch von Wasser stieg mir in die Nase, und mein Körper begann bereits, in einen schwerelosen Zustand zu gleiten. Gleich durfte ich schwimmen. Gestern hatte ich direkt nach dem Anziehen eine Mitgliedschaft für ein Jahr bei einer Rettungsschwimmerin abgeschlossen. Daher besaß ich nun einen eigenen Schlüssel und konnte schon vor den offiziellen Öffnungszeiten rein.

Ich schloss das schwere Eisentor auf, das erst später für Nichtmitglieder geöffnet wurde. Bei dem Gedanken, dass ich von nun an jederzeit hier schwimmen gehen konnte, musste ich grinsen. Der alte Pferdewagen der Rettungsschwimmerinnen war noch leer. Deren Schicht begann am Wochenende erst um acht, wie ein Schild verkündete. So lange galt: *Schwimmen auf eigene Gefahr.*

Auf einer Bank unter einem Apfelbaum lag ein ordentliches Häufchen Kleider. Ich war also nicht die Erste. Durch die Bäume hindurch sah ich, dass eine einzelne Frau ihre Runden im Wasser drehte. Ich zog mich an einer anderen Bank um und trat ins Morgenlicht, das meine helle Haut leuchten ließ. Einen Moment stand ich auf dem Steg. Betrachtete die kleinen Wellen, die durch die Schwimmzüge der Dame entstanden. Die Enten, die auf den Schwimmreifen schliefen. Die Muster der Baumschatten auf der Oberfläche. Dann zog ich meine Schwimmbrille auf und stieg hinein. Das Wasser fühlte sich noch frischer an als gestern. So frisch, dass eine Gänsehaut über meine Arme zog. Die Dame nickte mir von Weitem zu. Auf die Entfernung und mit Badehaube war es schwer zu sagen, aber wenn mich nicht alles täuschte, gehörte sie zu Lauries Gruppe.

Ich schwamm zügig bis zu den Bojen am hinteren Ende des Schwimmbereichs. Dann begann ich zu kraulen.

Rechter Arm, linker Arm, rechter Arm, atmen. Linker Arm, rechter Arm, linker Arm, atmen. Erste Boje, zweite Boje, dritte Boje, vierte Boje, fünfte Boje – wenden.

Weil ich die Strecke nun kannte, fiel ich nach wenigen Wiederholungen in meine Schwimmtrance. Ich spürte das kalte Wasser auf meiner Haut, den Sauerstoff in meiner Lunge. Sah die Bläschen, die bei jedem Ausatmen in diesen herrlichen Sommermorgen aufstiegen. Draußen mochte die Stadt erwachen, hier drinnen, im Pond, gab es nur mich. Ich vergaß die Zeit, ich schwamm und schwamm, ohne Pause.

Bis ich irgendwann strampelnde Beine vor mir im Wasser sah, so plötzlich, dass ich abrupt abbremste und auftauchte. Durch meine beschlagene Brille konnte ich schemenhaft die andere Schwimmerin erkennen. Ich zog die Brille ab und rieb mir das Wasser aus den Augen.

Sie schwamm seelenruhig vor mir auf der Stelle und lächelte mich mit unzähligen hübschen Fältchen im Gesicht an. »Ein schöner Morgen, nicht wahr?«

Mein Atem ging schnell, ich hatte mich mehr angestrengt, als mir bewusst gewesen war. »Ja, wirklich, und noch nichts los.«

Sie wechselte auf den Rücken und schwamm gemächlich weiter. »Ja, das ist das Beste. Außer dir und mir schlafen noch alle.«

»Wir kennen uns von gestern, oder?«, fragte ich, weil ich mir noch immer nicht ganz sicher war.

»Bestimmt.«

Ich blieb neben ihr, nicht sicher, wann es höflich wäre, mein Training wieder aufzunehmen. »Es ist erst mein zweites Mal hier, und ich liebe es.«

Sie drehte sich um und begann langsam brustzuschwimmen. »Eine Schwimmerin bist du aber immer schon gewesen, oder? Bei dem Tempo, das du vorlegst.«

Eine Pflanze kitzelte meinen Fuß, und ich zog ihn zurück. »Ja, ich schwimme schon lange. Ich mag es, mich dabei auszupowern.«

Sie lächelte. »Kann ich verstehen. In deinem Alter ist man gern schnell unterwegs. Heutzutage schwimme ich so langsam ich kann. Das ist meine Disziplin, darin bin ich quasi unschlagbar. Ich habe die Zeit gemessen, es klappt, ich werde mit jedem Jahr langsamer.«

Ich lachte. Ein Fischreiher flog über uns und landete elegant im hinteren, durch die Bojen abgetrennten Bereich des Ponds.

Die Dame folgte mit dem Blick seinem Flug. »Ah, den kenne ich. Der ist vorhin schon am anderen Ufer durchs Schilf gewatet. Ich habe bereits die Entenmutter vorne auf dem Schwimmreifen gewarnt, er holt sich manchmal Küken.«

Ich sah vom Fischreiher zu den Schwimmreifen mit den schlafenden Enten.

»Ich kenne hier alle Tiere«, sagte sie. »Und sie kennen mich.«

Jetzt, wo ich mich nicht mehr so schnell bewegte, spürte ich, wie frisch das Wasser wirklich war und wie schnell es meinen aufgeheizten Körper wieder herunterkühlte.

»Willst du wissen, warum?«, fragte die Schwimmerin neben mir.

»Warum du mit Tieren sprichst?«

»Nein, warum ich so langsam schwimme.«

»Ja, gern.« Mein Atem hatte sich mittlerweile beruhigt.

Sie schaute vom Fischreiher zu mir. Ihre Haut war rosig, und es fiel mir schwer, ihr Alter zu schätzen, aber sie musste locker über achtzig sein. »Meiner Erfahrung nach sind die Momente, an die du dich später am besten und am liebsten erinnerst, die, in denen du ganz langsam warst.« Sie seufzte tief. »Wenn ich zum Beispiel an meine Tochter denke, dann sehe ich uns auf einem Sessel sitzen und ein Buch anschauen. Kein Stress, keine Hektik. Oder ich sehe uns hier am Pond auf einer Decke auf der Wiese, wie wir Gänseblümchen pflücken. Wie sie auf mir einschläft und ich ihr dabei zuschaue, wie sie träumt. Wenn nichts passiert, wenn wir ganz stillhalten, dann fühlen wir mehr, glaube ich.« Sie tauchte kurz unter und kam wieder hoch. »Deswegen schwimme ich immer so langsam. Um alles zu fühlen und nichts zu verpassen.«

Vom Ufer her hörte ich Stimmen. Die ersten anderen Schwimmerinnen trafen ein. Laurie war nicht darunter, sie arbeitete heute.

Die Dame neben mir sagte freundlich: »Ich bin Dawn.«

»Zoé, freut mich.«

Dawn schwamm gemächlich weiter, offenbar war unser Gespräch beendet. Ich zog meine Schwimmbrille auf und versuchte, wieder in den Rhythmus zu kommen. Aber irgendwie war mir zu kalt geworden, und es gelang mir nicht mehr. Nach weiteren zehn Minuten kehrte ich zum Steg zurück. Die anderen Schwimmerinnen begrüßten mich, als würden wir uns bereits seit Jahren kennen.

Mit noch feuchten Haaren lief ich etwa eine Stunde später neben Ravi durch die Straßen von Bethnal Green. Ich hatte ihn beim Verlassen des Hauses in der Küche des *Honey & Wood* angetroffen, umgeben von herrlich duftendem Gebäck. Da die Gäste sonntags etwas später kamen und Laurie und Joan schon anwesend waren, hatte ich ihn überreden können, mich für ein Stündchen zu begleiten.

»Die frische Luft tut dir bestimmt gut«, sagte ich und hakte mich bei ihm unter.

Er schnaufte. »Du hast recht, Tageslicht ist für mich sonst immer das, was durch die Scheiben ins Café fällt.« Er kniff die Augen zusammen. »Wie weit ist es noch?«

Ich lachte. »Sag nicht, du warst hier noch nie.«

Er strich sich über das frische weiße T-Shirt, das er noch schnell übergeworfen hatte. »Meine Eltern wohnen gar nicht weit weg von hier, aber auf dem Markt war ich wirklich noch nie.«

Bethnal Green sah herrlich verschlafen aus mit seinen Rotklinkerreihenhäuschen, vor denen die Mülltonnen warteten, und den Katzen, die über die bemoosten Mauern balancierten.

Ich rieb mir die Finger, die vom Schwimmen noch immer kalt waren, obwohl die Sonne bereits den Asphalt zu unseren Füßen wärmte. »Ich habe deinen Dichter gesehen, bei einem Poetry-Abend.«

»Meinen Dichter?« Ravi schob die üppigen Augenbrauen zusammen.

»Na, deinen Stammkunden, den mit dem Tee und dem Erdnusstoast, der immer am Fenster sitzt. Er schreibt, oder?«

»Ich glaube schon, ich hab noch nie mit ihm gesprochen.«

Ich sah Ravi skeptisch von der Seite an. »Du sprichst mit jedem.«

»Ich weiß, ich labere die Leute voll, aber ich checke

schon, wenn jemand nicht angesprochen werden will.« Er überlegte einen Moment. »War er gut? Also das, was er vorgetragen hat?«

»Total. Sehr gefühlvoll.«

»Cool.«

Je näher wir dem Markt kamen, desto voller wurden die Gehwege. Bis wir schließlich in eine Straße mit pastellfarbenen Häuschen gelangten, in der Marktstände aufgestellt waren. Stände, an denen es nur eins gab: Blumen und Pflanzen. Ich sah mannshohe Yuccapalmen und Krokodilfarne, Schnittblumen in jeder erdenklichen Farbe – Gerbera, Lilien, Ranunkeln, Gladiolen, Dahlien –, Balkonpflanzen in Kästen und Töpfen, Sukkulenten, getrocknete Sträuße und Kräuter. Ich hatte noch nie so viele verschiedene Pflanzen auf einem Haufen gesehen. Ich war im Himmel.

Ravi lachte neben mir sein schallendes Lachen, wobei seine verwuschelten Haare wippten. »Sag ehrlich, hast du mich mitgenommen, damit du jemanden zum Tragen hast?«

Ich grinste und stürzte mich ins Getümmel. Ich kaufte einen riesigen Strauß Wildblumen. Einen kleinen Feigenkaktus, den ich neben den einsamen Kugelkaktus ins Regal stellen wollte. Einen ziemlich großen Farn. Und einen Bogenhanf. Ravi besorgte einen Strauß Lilien, um den in seinem Café zu ersetzen. Die Arme voller Pflanzen schlenderten wir an weiteren Ständen vorbei. Es roch nach Lavendel und frisch gemahlenen Kaffeebohnen.

Aus den Fenstern am Straßenrand wurden süße Brötchen mit Hagelzucker und riesige Zimtschnecken verkauft. Auf den Bordsteinen saßen Menschen in der Sonne und aßen gefüllte Croissants. Eine Frau schob ein Lastenrad, das über und über mit pinken und roten Freesien beladen war. So ähnlich stellte ich mir das Paradies vor.

»Können wir aufbrechen?«, holte Ravi mich aus meiner Euphorie. »Erstens muss ich ins Café, und zweitens würdest du sonst noch mehr kaufen, und wir können nicht mehr tragen.«

»Schade, ich wollte dir gern noch etwas ausgeben.«

Der Duft von frischen Waffeln wehte über den Columbia Road Flower Market. In den Hinterhöfen wurden Antiquitäten und Selbstgenähtes verkauft. Ein Straßenmusiker stimmte einen Song von The Police an. Frauen in Sommerkleidern trugen in Papier eingeschlagene Blumen im Arm.

»Komm schon, nur eine Kleinigkeit von der Bäckerei da vorn, dann machen wir uns auf den Rückweg«, bettelte ich.

Ravi gab nach und stellte sich mit mir in die Schlange. Auf großen Tellern stand jede Menge Gebäck hinter der Scheibe. Ich besorgte uns je einen Tee mit Milch und einen gezuckerten Mini-Donut. Damit setzten wir uns auf den Bordstein zwischen die anderen Leute, neben einen Stand, der nur Sonnenblumen verkaufte. Große und kleine, dicke und dünne, sogar welche, die nicht gelb waren. Alles voller Sonnenblumen.

Ich machte ein Foto von Ravi mit dem Stand im Rücken, dann ließ ich perplex das Handy sinken. Ein paar Meter vor uns lief ein schlanker Mann mit halblangen dunklen Haaren an dem Sonnenblumenstand vorbei. Die Art, wie er sich bewegte, wie er sich die Haare zurückstrich, machte mich stutzig. Er sah aus wie Filipe, die Ähnlichkeit war verblüffend. Hastig sprang ich auf, stellte mich auf die Zehenspitzen, um ihn besser sehen zu können, aber da war er schon im Gedränge verschwunden.

»Zoé?« Ravi war ebenfalls aufgestanden und klopfte sich den Zucker vom Shirt. »Alles klar? Können wir los?«

Einen Moment noch hielt ich nach dem Mann Ausschau. Dann antwortete ich: »Ja, sicher.«

Mit vollen Armen machten wir uns auf den Rückweg.

Ravi half mir, die Pflanzen die Treppe hinaufzutragen.

»Der Bogenhanf ist für dich«, sagte ich.

»Ach, Zoé, du weißt doch, ich habe keine Zeit für Grünzeug.« Ravi ächzte.

»Pflanzen sind die neuen Haustiere«, sagte ich. »Behauptet meine Kollegin Yon.«

Wir blieben vor seiner Wohnungstür stehen. »Sag ich doch. Für beides braucht man Zeit, die ich nicht habe.«

»Stimmt, aber Pflanzen machen glücklich und bereichern dein Leben. Sie sorgen für ein gutes Raumklima. Und verschönern nebenbei deine Wohnung. Du hast Glück, denn du hast eine Nachbarin, die die Pflege übernimmt.« Ich stellte den Bogenhanf ab, brachte die anderen Pflanzen nach oben und kam wieder runter.

Ravi stand noch immer vor seiner Tür und sah den Bogenhanf an, als würde der ihn gleich beißen.

Ich stieß ihn sanft an. »Los, lass mich rein, wir suchen einen Ort, wo er genug Licht bekommt.«

Ravi zierte sich einen Moment zu lang. Ich sah ihn fragend an. Er sah so aus, als ob er mir widersprechen wollte, doch dann schloss er sichtlich widerwillig die Tür auf und ließ mich rein. Ich betrat den Flur mit den gestapelten Kisten, der in ein großes Zimmer führte. Dort blieb ich stehen und sah mich verwundert um. Der Raum war bis auf eine Matratze am Boden leer. Ein paar Kleiderstapel lagen in einer Ecke, ein paar Bücher in einer anderen, ein Fernseher stand auf dem Boden. Sonst nichts.

Ich wandte mich zu Ravi um.

Er wich meinem Blick aus. »Ich schlafe hier nur.«

»Aber …« Ich drehte mich um mich selbst. »Wie lange wohnst du schon hier?«

Er räusperte sich. »Seit drei Jahren.« Er nahm mir die Pflanze ab und stellte sie etwas unsanft vors Fenster. »Deswegen lasse ich ungern Leute rein, es versteht eh keiner.«

»Aber …«

Er schob mich sanft raus. »Du magst deinen Stadtdschungel und farblich abgestimmte Sofakissen, das ist fein. Ich fühle mich eben so wohl.« Schon standen wir im Hausflur. Ravi schloss die Tür von außen ab. »Und nun muss ich arbeiten. Wir sehen uns später.«

Nachdenklich schaute ich ihm nach, wie er die Treppe ins Erdgeschoss hinuntereilte. Es war mir unbegreiflich, wie es jemandem derart egal sein konnte, wie die eigene Wohnung aussah.

Zurück in meinen vier Wänden, kümmerte ich mich um die Neuankömmlinge. Stellte den Wildblumenstrauß in der einzigen Vase, die ich finden konnte, auf den Couchtisch, den Farn (Harry) neben das Sofa, den Kaktus (Ernie) neben seinen Verwandten Bert. Es sah direkt noch wohnlicher aus, stellte ich zufrieden fest.

Der Mann am Sonnenblumenstand fiel mir wieder ein, mit seinem schwungvollen Gang und dem glänzenden Haar. Es gab viele Männer, die so aussahen. Es konnte nicht Filipe gewesen sein. Ich war in London, er war in Lissabon.

Gedankenverloren wässerte ich meine neuen Familienmitglieder und stieg die Treppen hinunter in Ravis Café. Schwimmen und Pflanzenkaufen machten hungrig.

# 9

Am Montagmorgen lief ich wieder in aller Frühe durch den Park. Ließ meine Nase von der aufgehenden Sonne kitzeln und lauschte den singenden Vögeln. Atmete tief den Geruch von Gräsern und Erde und Holz ein und den von Wasser, je näher ich dem Ladies' Pond kam.

Auch diesmal zog nur Dawn ihre Kreise, als ich meine Kleidung auf einer Bank ablegte. Diese war einer Camilla Smith gewidmet, die offenbar viel Geld für den Erhalt der Ponds gespendet hatte.

Ich ging zum Steg, setzte meine Schwimmbrille auf und ließ mich ins kühle Wasser gleiten. Dawn nickte mir freundlich von Weitem zu. Ich schwamm ganz ans Ende des Ponds und begann meine Bahnen zu ziehen, Boje für Boje, aber heute gelang es mir nicht, mein Gedankenkarussell so auszuschalten wie sonst. Ich musste immer wieder an das denken, was Dawn gestern gesagt hatte: *Meiner Erfahrung nach sind die Momente, an die du dich später am besten und am liebsten erinnerst, die, in denen du ganz langsam warst.*

Ich war eigentlich nie langsam unterwegs. Mein Studium, meine Jobs, der spontane Umzug hierher –

ich führte ein Leben im Zeitraffer. Dazu passten auch das dramatische Ende meiner Liebe zu Filipe und der schleichende und doch viel zu schnelle Beginn meiner Beziehung zu Marc, die ich dann wieder abrupt beendet hatte. Ich hatte in den vergangenen Jahren einiges verpasst, weil ich daran vorbeigerannt war, dessen war ich mir sicher. Ich wendete unter Wasser, kraulte weiter und versuchte mich an Momente zu erinnern, in denen ich richtig ruhig gewesen war. Mir fiel das Schachspiel mit meinem Vater vor meiner Abreise ein. Wir beide, am kleinen Tisch im Erker, zwischen uns dampfender Vanilletee und die Gewissheit, dass wir diese Partie fortsetzen würden. Nicht am nächsten Sonntag, nicht in ein paar Wochen, aber irgendwann.

Eine weitere Erinnerung kam hoch. Ich sah meine Mutter vor einer großen Hortensie in ihrem Wintergarten stehen. Wir pflückten gemeinsam verwelkte Blütenblätter ab, kontrollierten die Wurzeln, tauschten uns darüber aus, ob sie schon umgetopft werden musste. Ruhige Momente, die ich glasklar vor mir sah.

Ein weiterer Moment, in dem ich ganz still gewesen war, tauchte vor meinem inneren Auge auf. Filipe und ich auf der Terrasse des Hauses seiner Oma in Portugal. Das war, nachdem ich mir eingestanden hatte, dass ich ihn längst liebte. Nachdem mir bewusst geworden war, dass ich Mist gebaut hatte. Dass ich ihn nicht einfach so hätte gehen lassen dürfen. Ich hatte mich an meinen Schreibtisch gesetzt und ihm einen Brief geschrieben. In diesem Brief hatte ich mich dafür entschuldigt, dass ich ihn nicht zum Flughafen gebracht und mich nicht von ihm verabschiedet hatte. Und ich hatte ihm gestanden, dass auch ich mehr wollte. Das war der eigentliche Beginn unserer Beziehung gewesen. Mein Eingeständnis, dass ich ihn liebte.

Als ich endlich zuließ, was unvermeidbar war, ging alles schnell. Wie bei einer Sommerrodelbahn mit blockierten Bremsen, bei der du nie so genau weißt, ob das Tempo noch verdammt lustig oder bereits verdammt gefährlich ist. Filipe war wenige Tage nach Erhalt des Briefes nach Deutschland zurückgekommen, obwohl er sich das Geld für den Flug von seiner Schwester leihen musste. Wir hatten uns aufeinandergestürzt – anders konnte man es nicht bezeichnen – und uns nicht mehr losgelassen. Wir verließen kaum noch das Haus, und wenn, dann nur gemeinsam. Egal, wo wir waren, wir konnten nicht aufhören zu knutschen, uns zu berühren, uns anzustaunen. Ich war nie zuvor in jemanden so verliebt gewesen. Manchmal, wenn ich ihn ansah, wurde mir schwindelig vor Liebe. Er nannte mich seine *fada*, seine Fee, weil alles an mir so hell war, die Augen, die Wimpern, die Haare, die Haut. Und weil ich ihn verzaubert hatte wie ein Fabelwesen.

Als Filipe zurück zu seiner Familie musste, vermisste ich ihn so sehr, dass es körperlich wehtat. Wir versuchten in diesen Monaten, uns so oft wie möglich zu sehen. Weil seine Oma so krank war, kam ich häufig zu ihm, flog nach Lissabon und fuhr von dort mit dem Linienbus in seine Heimat Marial, einen zauberhaften kleinen Ort an der Atlantikküste, in den ich mich beinahe genauso hoffnungslos verliebte wie in ihn. Seine Familie empfing mich mit offenen Armen, als wäre ich die Schwiegertochter, auf die sie immer gewartet hatten. Auch wenn Filipe und ich nie davon sprachen, planten seine Schwester und seine Mutter in ausgelassenen Momenten und vermutlich nur halb im Spaß bereits unsere Hochzeit. Manchmal musste ich mich schütteln vor Glück, wenn ich mit Filipe auf der vorgelagerten Felseninsel spazieren ging und den Sonnenuntergang bestaunte. Mein Herz war davongerannt, nur mein Verstand hetzte japsend hinterher und schrie »Pause«.

Von einem meiner Besuche im letzten Frühjahr stammte die Erinnerung, die nun, im kühlen Wasser des Ponds, in mir aufstieg. Wir standen an der Mauer über den Klippen der Halbinsel, auf die das Haus von Filipes Oma gebaut war. Unter uns rauschte der Ozean gegen die Felsen. Etwas Gischt spritzte bis zu uns herauf. Filipe hatte von hinten seine Arme um mich geschlungen und hielt mich ganz fest. Gemeinsam schauten wir aufs Meer. Im Haus lag seine schwer kranke Oma, wir hatten ihr gerade etwas zu essen gemacht, und nun schlief sie. Wir hatten uns gestritten – das kam vor, wir waren beide impulsiv – und wieder versöhnt. Filipe umarmte mich mit seinem ganzen Körper, und ich war mir nicht sicher, ob er das tat, um mich festzuhalten oder sich. Aber ich erinnerte mich noch genau an dieses Gefühl, das auf der Kopfhaut beginnt und sich dann langsam in den ganzen Körper ausbreitet. Ich konnte es hier, im kalten Teich, wieder heraufbeschwören. Und ich konnte ihn hören, so nah an meinem Ohr, dass ich unter Wasser zusammenzuckte: »Zusammen schaffen wir das, meine *fada*.«

Nach Luft schnappend tauchte ich auf. Das Tageslicht blendete mich. Ich schob die Brille hoch.

»Alles okay bei dir?« Dawn war ein paar Meter vor mir und sah mich besorgt an.

»Ja, alles okay.« Ich rieb mir die Augen.

»Sah aus, als wäre dir ein Geist erschienen.« Sie schwamm gemächlich weiter, und ich schloss zu ihr auf.

»So ähnlich war es auch. Eine ziemlich intensive Erinnerung.«

Dawn schmunzelte wissend. Die vielen Falten in ihrem Gesicht erinnerten an ein Kunstwerk. »Das passiert hier manchmal.«

Mein Atem beruhigte sich langsam. »Du meinst beim Schwimmen? Ja, manchmal gerät man dabei ins Grübeln.«

»Nein, ich meine, dass man hier Erscheinungen hat. Man sagt, dass in den Ponds die Seelen derer leben, die vor uns hier geschwommen sind. Dass jeder, der je hier war, etwas von sich dalässt.«

»Ich hab schon von diesen Geistergeschichten gehört.«

»Diese Teiche sind voller Geschichten. Deswegen spülen sie einiges in uns hoch. Jeder, der hier schwimmt, bringt seine eigene Geschichte mit. Die Ponds helfen uns, sie nach oben treiben zu lassen. Auch die, gegen die wir uns wehren.«

Ich musste an die Worte der Wahrsagerin denken. Daran, dass ich mich nicht mehr wehren sollte. Dass ich mich den Geistern der Vergangenheit stellen musste. Ich schob den Gedanken beiseite.

Das Wasser ließ unsere Arme grünlich aussehen. Dawns waren ein bisschen faltig, aber kräftig. Wie alt sie wohl sein mochte?, fragte ich mich. Hier im Pond wurden die Frauen für mich irgendwie alterslos. Auch Laurie sah viel jünger aus als im Café. Vielleicht lag es an der frischen Luft, dem kalten Wasser, der Bewegung.

Dawns Wangen waren gerötet. »Du kannst hier so schnell schwimmen, wie du willst, du wirst deiner Geschichte nicht entkommen.« Sie lächelte mir liebevoll zu, wobei noch mehr hübsche Falten entstanden. »Wenn du sie mir je erzählen willst …« Sie blies Luftblasen in den Teich vor sich. »Mir oder einer der anderen Ladys … Jederzeit. Wir sind das gewohnt. Hier hat jede schon jeder ihr Herz ausgeschüttet. Vermutlich liegt es auch daran, dass wir unter uns sind.«

»Du meinst, nur unter Frauen?«

»Ja. Dies ist ein geschützter Raum. Wir akzeptieren einander, wie wir sind. Wir beschützen einander. Einander und unsere Geschichten.«

Vom Steg aus hörte ich die ersten anderen Schwimmerinnen, einige glaubte ich wiederzuerkennen. Sie winkten uns zu, und wir winkten freundlich zurück.

Dawn drehte sich auf den Rücken und schloss die Augen. »Du brauchst dich jedenfalls nicht zu fürchten. Wenn einmal alles oben schwimmt, gibt es nichts Unheimliches mehr, das von unten kommen kann.«

Bei Ravi im Café war heute nur noch ein einziger Sitzplatz frei, neben zwei Geschäftsmännern am Gemeinschaftstisch. Sehnsüchtig sah ich zu meinem Lieblingsplatz am Fensterbrett hinüber, wo zwischen der lockigen Frau und dem Poeten eine ältere Dame Platz genommen hatte, von der ich glaubte, sie auch schon beim Pond gesehen zu haben. Ravi brachte dem Poeten gerade einen frischen Tee, wobei dieser nicht mal aufschaute.

»Hi, *darling*, warst du etwa schon schwimmen?« Laurie stellte einen Teller mit einem Spiegelei, Gemüse und Toast vor mich.

»Ja, ich hab mir vorgenommen, jeden Tag vor der Arbeit hinzugehen. Es tut so gut.«

»Dann bist du bestimmt hungrig, lass es dir schmecken!« Laurie lächelte mir zu und zog einen Block aus ihrer Schürzentasche, um die Bestellung der beiden Männer neben mir aufzunehmen.

Ich steckte mir eine Ofentomate in den Mund, griff nach meinem Handy und öffnete Instagram. Ein neuer Post von Filipe. Ich wollte ihn nicht angucken, aber meine Neugierde war zu groß. Es handelte sich um ein

Porträt, das so überbelichtet wirkte, dass der Hintergrund schwer zu erkennen war. Sah nach einer Straße aus, vermutlich irgendwo in Lissabon. Er hatte die großen Augen zusammengekniffen, weil ihm die Sonne ins Gesicht schien. Wer das Bild wohl gemacht hatte? Ein Arbeitskollege oder seine neuste Eroberung?

*Was für ein wundervolles Wochenende!* stand auf Portugiesisch und auf Englisch unter dem Bild. Ich wollte es schon wegklicken, als mir am Rand des Fotos Sonnenblumen auffielen. Sonnenblumen an einem Straßenstand. Einem Stand wie dem, vor dem ich gestern den Mann gesehen hatte, der Filipe so sehr ähnelte. Kurz sackte mein Herz tiefer, dann fing es sich.

Filipe war in Lissabon, wo er seit letztem Sommer in einem Architekturbüro arbeitete. Auch das wusste ich von Instagram. Es gab unzählige Männer, die bei einem flüchtigen Blick aussahen wie er. Es gab überall auf der Welt Sonnenblumen an Straßenständen. Dies war kein Zeichen, kein versteckter Hinweis, sondern nichts als Zufall. Wenn ich meine Zeit weiter mit älteren Damen und ihren Geschichten verbrachte, würde ich womöglich bald selbst anfangen, Geister zu sehen.

Grace klickte mit blasslila manikürten Nägeln unsere Präsentation durch. Seit Minuten machte sie das, mit scheinbar ungerührter Miene. Schließlich legte sie das Tablet weg und schlug die Beine übereinander, die in einem leuchtend grünen Etuikleid steckten. »Was habt ihr euch bei diesem Raumkonzept gedacht?«

Ich holte Luft und bremste mich dann schnell.

Yon sah mich streng an. »Er will Luxus«, begann sie, wie wir es besprochen hatten. »Ultimativen Luxus. Alles muss so aussehen, als hätte es Geld gekostet. Deswegen wollen wir nur die feinsten Fabrikate vorschlagen.«

Sie sah mich an, das war mein Stichwort. »Jeff Heinzmann möchte seinen Gästen erzählen können, dass die Armaturen in den Bädern handgefertigt sind und aus der Provence stammen und dass er schon für die Lieferkosten mehr gezahlt hat als für ein gleichwertiges Modell vom Marktführer. Er wird die Kücheninsel, die man im Boden versenken kann, als Showeffekt nutzen, wenn Besuch da ist oder er einen Fernsehkoch für den Abend gebucht hat.«

»Außerdem braucht er eine extragroße Dusche.« Yon wurde rot. »Für seine … Gäste, die er beeindrucken will.«

»Das Gleiche gilt für den italienischen High-End-Kaffeevollautomaten und den Weinkühlschrank, die beide in Wandschränke integriert werden und per Fernbedienung zu steuern sind, genau wie das Lichtkonzept.«

Yon warf ihren Zopf mit den pinken Spitzen über die Schulter. »Nirgends Griffe, kein Firlefanz, so unscheinbar und schlicht wie möglich. Der Star ist das Haus selbst. Und sein Besitzer.«

Grace hatte uns mit Pokerface zugehört. Jetzt umspielte ein für mich schwer zu deutendes Schmunzeln ihre stark geglossten Lippen. »Saubere Arbeit. Ich bin sicher, euer Kunde wäre beeindruckt.« Ihr *Aber* lag einige Sekunden lang in der Luft. »Aber … es entspricht nicht meiner Firmenphilosophie.« Sie stand auf, kam um den Schreibtisch herum und lehnte sich daran. Alles an ihr glänzte, ihre Haut, ihre Augen, ihr Kleid, die Nägel, die kurzen Locken. Ich hatte selten eine imposantere Frau gesehen als meine neue Chefin. »Die meisten meiner Kunden glauben, genau zu wissen, was sie wollen, wenn sie zu uns kommen. Und sie können sich meistens auch alles leisten. Die wenigsten von ihnen wissen jedoch, was sie brauchen.« Ihr Lächeln hatte nun fast etwas Mütterliches. »Darin sehe ich eure eigentliche Aufgabe: Ihr sollt nicht herausfinden, was die Kunden wollen, sondern ihnen das geben, was sie wirklich brauchen.« Sie richtete den Brillantring an ihrem Zeigefinger. »Mehr gebe ich euch an dieser Stelle nicht mit. Nur dieses Gedankenspiel. Den Rest schafft ihr ohne mich. Fragt euch: Was *braucht* Jeff Heinzmann?«

Minuten später saßen Yon und ich auf der Mauer neben dem Plattenladen und aßen Empanadas von einem der vielen Straßenstände.

Yon kaute nachdenklich. »Eine ganze Woche Arbeit für die Tonne. Meinst du, wir müssen alles neu machen?«

Ich wischte mir mit einer Serviette über das Kinn. »Ich befürchte es.«

Yon warf sich das letzte Empanadastückchen in den Mund und zerknüllte das Papier. »Was braucht Jeff Heinzmann?«

»Sicher nicht mehr Selbstvertrauen.«

»Oder Geld.«

»Oder Gel.«

Wir lachten beide. Ich packte den Rosinen-Scone aus, den ich mir zum Nachtisch geholt hatte, und bot Yon ein Stück an, aber die lehnte dankend ab. Stattdessen betrachtete sie nachdenklich ihre regenbogenfarbenen Sneakers.

»Vermutlich braucht Jeff Heinzmann ein Zuhause«, murmelte sie.

Ich sah sie beeindruckt an. »Das ist genial! Genau das braucht er.«

Sie zwinkerte mir zu. »Ich sagte dir ja, dass ich gut bin.«

# 10

Bei Tagesanbruch stand ich auf, nahm meinen Rucksack, stieg die Treppe hinunter, winkte durchs Cafékenster Ravi zu, der bereits in der Küche stand und Kardamomknoten in den Ofen schob, und machte mich auf den Weg. Die Stadt schlief noch, als ich durch den Park streifte und die Natur um mich herum begrüßte. Wie jeden Morgen legte ich meine Kleidung auf die Bank und zog den vom Vortag noch feuchten Badeanzug an, der in meinem kleinen Badezimmer leider nicht richtig trocknete. Dann kam der Moment, auf den ich mich freute, sobald ich aufwachte: Ich, allein auf dem Steg, die noch zaghafte Sonne auf meiner leuchtend hellen Haut, während ich ins kühle Wasser stieg. Und in meine Trance glitt, mich nur noch auf meine Beinschläge konzentrierte, meine kreisenden Arme, meine rhythmische Atmung. Zum Glück wurden, anders als von Dawn prophezeit, keine weiteren Geschichten an die Oberfläche gespült.

Es tauchte nur jeden Morgen dieselbe auf.

Ich sah Filipe, oben an den Klippen, wie er mich umarmte, und ich fragte mich, ob mein Kopf auch deshalb nach einer Pause gerufen hatte, weil er ahnte, was mein Herz nicht sehen wollte: dass dieses Glück nicht für immer war. Ich hatte verdrängt, worüber wir an jenem Morgen gestritten hatten, und es war im Nachhinein auch egal. Vermutlich war es um seine Familie gegangen. Seine Großmutter Cristina, von allen *vovó* genannt, war überhaupt nicht einverstanden mit vielem, was die anderen machten, und zettelte immer wieder Streit an, selbst auf dem Sterbebett noch. Cristina stand mir trotzdem von allen am nächsten. Es war, als wären wir uns schon einmal begegnet. Mitunter behandelte sie mich mehr wie ihr eigenes Enkelkind als Filipe, was ihn sichtlich ärgerte. Als sie starb, trauerte ich mit den anderen, als wäre sie auch meine Oma gewesen. Umso mehr schockierte es mich, als ich mitbekam, dass Filipes Eltern nur Tage später ihr Testament verbrannten, weil es ihnen nicht passte.

Ich kam aus einer Familie, in der alle stets auf Harmonie bedacht waren. Wir besprachen alles miteinander, suchten gemeinsame Lösungen. Richtigen Streit gab es nie, höchstens harmlose Auseinandersetzungen über das x-te Tattoo, das mein Vater nun wirklich für das eine zu viel hielt. Oder über die Nahrungsergänzungsmittel, die meine Mutter mir von ihrer Heilpraktikerin mitgebracht hatte, damit ich endlich besser schlief, und die sie Monate später ungeöffnet in meinem alten Kinderzimmer fand. Wenn es mal Konflikte gab, vertrugen wir uns immer schnell wieder.

Bei Filipe zu Hause hingegen ging es zu wie in den Seifenopern im Privatfernsehen, von denen meine

Mutter behauptete, sie nur ganz selten nebenbei beim Bügeln zu schauen. Mit dem Unterschied, dass man über das Drama in Filipes Familie nicht einfach den Kopf schütteln und es dann abschalten konnte. Es machte mir Angst. Vor allem, weil Filipe sonderbar abweisend reagierte, wenn ich mit ihm darüber sprechen wollte. Als ginge es mich nichts an. So weit reichte unsere Liebe dann wohl doch nicht. »Zusammen schaffen wir das, meine *fada*«, sagte er – und meinte in Wahrheit: … *solange du dich schön raushältst*. Doch geschlossene Türen waren noch nie meine Stärke gewesen.

Die Szene wiederholte sich morgens im Wasser wie ein Werbejingle. Ich wehrte mich nicht dagegen. Hatte Dawn nicht gesagt, unsere Geschichten drängten in den Ponds unweigerlich an die Oberfläche? Mit der Zeit würde besagte Szene schon wieder verschwinden.

Wenn ich zum Pond kam, lag jedes Mal Dawns Kleidung auf der Bank, und sie zog bereits ihre Kreise. Wir nickten uns zu und schwammen dann jede in ihrem Tempo, sie im Kreis, ich an den Bojen entlang. Und jedes Mal, wenn ich mit meinem Training fertig war, kamen die ersten anderen Schwimmerinnen auf den Steg.

Erst am Donnerstagmorgen sprach Dawn mich wieder an, als ich nach meiner Einheit auftauchte und die Schwimmbrille hochschob.

»Wie geht es dir?«, fragte sie, neben mir treibend.

»Gut.« Ich verlangsamte meine Züge. »Es war die beste Idee überhaupt, jeden Morgen hierherzukommen.«

»Ja, das geht mir auch so. Immer schon. Die schlimmste Zeit in meinem Leben war die, als ich nicht geschwommen bin.«

War das eine Aufforderung, genauer nachzuhaken? Wäre das zu neugierig? Dawn hatte neulich gesagt, jede erzähle hier jeder alles.

Als sie nicht weitersprach, traute ich mich zu fragen: »Warum bist du damals nicht geschwommen?«

Dawn lächelte sanft. »Hast du mich gerade nach meiner Geschichte gefragt?«

Ich lächelte zurück. »Wenn du sie erzählen magst.«

Sie drehte sich auf den Rücken. »Nun ja, alles begann wie ein Märchen.« Sie seufzte zufrieden. »Ich bin hier in Hampstead geboren, ich hatte eine schöne Kindheit, so nah am Park und an den Teichen. Meinen Eltern gehörte die Buchhandlung im Dorf, kennst du sie?«

Im Dorf, sie nannte es wirklich so, und es war ja auch sehr treffend. »Ja, sie sieht bezaubernd aus.«

»Als Kind liebte ich es, in den Regalen zu stöbern, mir Bücher rauszunehmen, darin zu lesen.«

»Hast du die Buchhandlung später übernommen?«

»Ja, erst ich und dann meine Tochter. Heute helfe ich ihr noch manchmal im Laden, ich kann nicht ganz davon lassen.« Wir schwammen nun nah am Ufer, wo ein paar Enten zwischen den Seerosen ihre Köpfe ins

Wasser tauchten. Dawn begrüßte sie herzlich. »Schon als ich ein Kind war, kam meine Mutter mit mir hierher, so oft wie möglich, später sogar den ganzen Winter durch. Sie sagte immer, solange ich schwimme, würde ich alles schaffen, komme, was wolle. Als ich achtzehn war, lernte ich meinen Mann kennen. William kam eines Tages in den Laden und kaufte mehrere dicke Wälzer, er war ein echter Bücherwurm. Es war Liebe auf den ersten Blick, und wir heirateten früh. Meine Mutter sagte einmal zu mir, man müsse jemanden finden, der das gleiche Herz hat wie man selbst, nur dann würde man glücklich. Mein Herz ist groß, ein bisschen faul, ein bisschen störrisch, aber treu. So war das von William auch. Wir haben zueinandergepasst.« Sie sah mich von der Seite an. »Wie ist dein Herz?«

Ich überlegte einen Moment. Diese Frage hatte ich mir noch nie gestellt. Ein Windstoß wehte übers Wasser in mein Gesicht. »Ich glaube, es ist wild, freiheitsliebend und eine kleine Diva. Aber wenn es sich einmal für jemanden entschieden hat, ist es großzügiger als Bill Gates.«

Wir lachten beide.

»Eine kleine Diva.« Dawn gluckste. »Das gefällt mir.«

Eine Ente mit ihren Küken tauchte neben uns auf. Dawn redete in einem liebevollen Singsang auf sie ein. Das Muttertier sah sie so aufmerksam an, als würde es sie verstehen, es war wirklich rührend. Ein paar Meter paddelten die Enten neben uns her, dann bogen sie in Richtung Ufer ab. Dawn sah ihnen nach.

»Wie ging es weiter? Mit dir und William?«, fragte ich schließlich.

»Wir bekamen eine entzückende Tochter, Leslie. Wir hatten ein schönes Leben. Ich kam immer noch jeden Tag her, später zusammen mit Leslie. Als sie groß war und ihre eigenen Wege ging, begann William mich zu begleiten. Hier durften noch nie Männer rein, aber ganz früh morgens kümmerte es keinen. Wenn ich schwamm, war sowieso noch niemand hier. Dann saß William drüben auf der Bank und las. Bis ich fertig war und wir nach Hause gingen und er uns die besten pochierten Eier der Welt machte. Er hat versucht, es mir beizubringen, aber ich hab es nie so gut hingekriegt wie er.«

»Das klingt schön.« Ich traute mich nicht zu fragen, wann diese Geschichte traurig geworden war, denn ich ahnte es, seit Dawn angefangen hatte zu erzählen.

Sie seufzte tief. »So ging es jahrein, jahraus. Bis es ganz plötzlich vorbei war.«

Über uns raschelte es in den Bäumen, und ein paar kleine Zweige fielen neben uns auf die Wasseroberfläche. Auf dem Steg stand eine junge Frau, noch in ihrer Kleidung, und winkte uns zu.

Dawn winkte zurück. »Genug für heute. Wenn du magst, erzähle ich morgen weiter.«

Dawns Geschichte ging mir noch immer durch den Kopf, als ich abends nach der Arbeit bei Ravi klopfte.

Er trug einen Fleece-Onesie, hatte völlig zerwuschelte Haare und gähnte, als er mir öffnete.

»Hey, wie geht es dir?«, fragte ich.

»Ach, bestens, nur ein langer Tag.«

Ich hielt ihm die Monstera hin, die mir auf dem Weg von der U-Bahn im Schaufenster einer Gärtnerei aufgefallen war. Sie hatte einen schönen Terrakottatopf und saftgrüne Blätter mit den typischen Fenstern darin. »Da, Gesellschaft für Taylor.«

»Taylor?«

»Ich gebe den Pflanzen Namen.«

Er zog die dichten Augenbrauen hoch.

»Meinen und deinen, um die ich mich kümmere. Dies ist Selena.«

Nun musste er doch lachen. »Du gibst nie auf, oder?«

»Du doch auch nicht.«

Er nahm mir die Pflanze ab. »Willst du eine Runde fernsehen? Ich schaue allerdings Trash-TV.«

Ich klatschte in die Hände. »Ich hole noch schnell ein paar Chips.«

»Hab ich doch alles da.«

Ich folgte Ravi in sein leeres Zimmer, wo er Selena neben Taylor stellte. Vor seiner Matratze stand eine offene Flasche Cola, daneben lagen mehrere aufgerissene Tüten mit Chips, M&M's, Chili-Crackern und Weingummi. Im Fernsehen stritten sich gerade zwei Frauen mit extrem langen falschen Wimpern um einen Typen namens Shane.

»Mach es dir gemütlich«, sagte Ravi. »Soll ich dir die Zusammenhänge erklären?«

»Nicht nötig, das Muster ist ja immer ähnlich, ich steig da schon durch.«

Ich setzte mich auf seine Matratze und zog mir ein Kissen heran, das ich zwischen mich und die kühle Wand klemmte. Augenblicklich wurde ich müde. Ich hatte lange nicht mehr richtig ferngesehen, ohne dabei zu telefonieren, aufzuräumen oder auf Instagram herumzuscrollen. Unglaublich, wie unterschiedlich manche Menschen privat und beruflich sind, dachte ich. Jeder Teller, der aus Ravis Küche gereicht wurde, grenzte an Perfektion. Nach Feierabend dagegen trank er Cola aus der Flasche und aß Chips aus der Tüte.

Er hatte meine Blicke offenbar bemerkt, denn er grinste mich breit an. »Tja, der Schuster trägt nun mal immer die schlechtesten Schuhe. Ich wette, so hast du noch nie ferngesehen.«

Ich griff zwinkernd in die Chipstüte. »Nein. Aber ich liebe es jetzt schon.«

## 11

Am Freitagmorgen konnte ich es kaum erwarten zu erfahren, wie Dawns Geschichte weiterging. Ein warmer Wind ließ krisselige Wellen über die Oberfläche der Ponds tanzen und noch mehr Äste von den Bäumen ins Wasser fallen. Ich hatte diesmal eine andere Route gewählt und kam am Mens' Pond vorbei, wo ich zwei Schwimmer von einem Turm springen sah. Laurie hatte mir erzählt, dass die Frauen die Männer um diesen Sprungturm beneideten, genau wie um den Teich, der etwa doppelt so groß war wie der Ladies' Pond. Dafür war er offener, weniger zugewachsen und nicht so verwunschen. Der Mixed Pond, in dem alle schwimmen durften, lag noch unberührt da, als ich daran vorbeiging. Auf der vom Wind aufgewühlten Wasseroberfläche trieben Zweige.

Voller Vorfreude stieg ich wenig später zu Dawn in den Teich. Sie nickte mir wie immer zu, und ich schwamm zu ihr, heute ohne meine Schwimmbrille.

»Guten Morgen, *love*.«

»Guten Morgen, Dawn.«

»Du hast deine Brille vergessen.«

Ich betrachtete unsere grünlich aussehenden Arme

unter Wasser. »Heute mal kein Training für mich. Heute ziehe ich Kreise mit dir und entdecke die Langsamkeit.«

Dawns Stirn legte sich in zufriedene Falten. »Wie schön!«

Eine Zeit lang bewegten wir uns still nebeneinanderher. Über uns raschelten die Zweige. Um uns herum plätscherten die kleinen Windwellen. Es war gar nicht so leicht, langsam zu schwimmen. Immer wieder musste ich mich bremsen, um Dawn nicht abzuhängen.

Irgendwann traute ich mich zu fragen: »Wie ging es weiter mit dir und William?«

Ein Lächeln zog sich über Dawns Gesicht. »Wir heirateten und bekamen eine Tochter.« Obwohl ich diesen Teil der Geschichte schon kannte, unterbrach ich sie nicht. Stattdessen wartete ich geduldig, bis wir an der Stelle angelangt waren, wo sie gestern aufgehört hatte. »So ging es jahrein, jahraus. Bis es ganz plötzlich vorbei war.«

Ich ließ ihr einen Moment Zeit und fragte dann vorsichtig: »Was ist passiert?«

Sie holte tief Luft. »William starb. Viel zu früh, wie alle Menschen, die sehr geliebt werden.« Der Satz schwebte einen Moment über dem Teich.

»Das tut mir leid«, sagte ich leise und traute mich nicht, Dawn anzuschauen.

»Von dem Tag an konnte ich nicht mehr schwimmen.«

Plötzlich fühlte ich mich außer Atem. »Das muss furchtbar gewesen sein.«

Sie sah mich nachdenklich an. »Man denkt, man kann sich vorstellen, wie es ist, jemanden zu verlieren, den man über alles liebt. Zum Glück kann man das nicht. Denn es ist so viel schlimmer.«

Wenn ich noch langsamer schwimme, gehe ich unter, dachte ich, und bemühte mich dennoch, Dawns Tempo beizubehalten. Sie hatte recht: Langsam zu schwimmen war schwerer, als schnell zu schwimmen.

Wasser lief über die nachdenklichen Falten auf ihrer Stirn. »Vielleicht hätte ich mich an das halten sollen, was meine Mutter immer sagte: ›Solange du schwimmst, kannst du alles schaffen.‹ Ich habe nichts mehr geschafft. Einfach nichts mehr.«

Lachen drang vom Tor zu uns herüber. Ich konnte sehen, wie zwei Schwimmerinnen zur Wiese neben dem Pond gingen und sich auszogen. Dabei redeten sie die ganze Zeit miteinander. Auf einer der Bänke saß die junge Frau von gestern und las.

»Wie gut, dass du wieder hier bist«, sagte ich.

Dawn war meinem Blick gefolgt und lächelte leicht. »O ja.«

Bei der Arbeit waren Yon und ich die ganze Woche damit beschäftigt gewesen, Listen mit Kriterien zu erstellen, von denen wir glaubten, sie könnten ein Haus zu einem Zuhause machen. Ein Holzboden, auf dem man gerne barfuß lief. Eine urgemütliche Sofalandschaft, wo man liegen, sitzen, sich hinfläzen konnte. Schmeichelnde, indirekte Lichtquellen, Bücherregale, Kerzen, Duftöle. Und – das war meine Expertise – jede Menge Zimmerpflanzen.

Freitagnachmittag waren wir beide so müde, dass ich ausnahmsweise zustimmte, als Yon vorschlug, uns einen Kaffee zu besorgen. Während sie noch beim Coffeeshop war, wollte ich mir die Maße des langen Holztisches notieren, den wir uns vorhin auf ihrem Bildschirm angesehen hatten. Auf dem Schreibtisch lag ihr Handy, das mehrmals aufleuchtete. Yon bekam ganz schön viele Nachrichten. Gerade als ich den Tisch in ihrem Browser-Verlauf fand, kam sie herein.

»Was machst du da?« Sie stellte die Kaffeebecher etwas ruppig ab.

Ich nahm die Hand von ihrer Computermaus. »Ich wollte noch mal nach den Maßen des Tisches gucken, den du mir eben gezeigt hast.«

»Du hättest ja kurz auf mich warten können.« Sie schnappte sich ihr Handy und ließ es in der Bauchtasche ihres Hoodies verschwinden.

Etwas erschrocken stand ich auf. »Entschuldige. Ich dachte, es wäre okay.«

Ihr Gesicht entspannte sich. »O Mann, entschuldige, ich reagiere bei so was manchmal über. Ich hatte zu viele Ex-Freunde, die in meinen Sachen herumspioniert haben.«

»Schon okay.« Lächelnd griff ich nach meinem Kaffeebecher.

»Hast du die Maße gefunden?« Yon erwiderte mein Lächeln. In ihrer Bauchtasche brummte es schon wieder.

Kurz darauf rief mich Grace in ihr Büro.

»*Sweetheart*, nimm doch Platz.«

Ich setzte mich auf den futuristischen Stuhl vor ihrem Schreibtisch, den Kaffeebecher in der Hand.

Meine Chefin musterte mich freundlich. Der Goldstaub auf ihren Augenlidern glitzerte mit ihren Glosslippen um die Wette. »Ich liebe deine Idee mit den Pflanzen bei Mr Heinzmann.« Ihre sanfte Stimme klang schon nach Wochenende. »Überhaupt, die neuen Ideen sind toll.«

Ich schlug die Beine übereinander, die in einer bunten Radlerhose steckten, wodurch man das Mohnblumen-Tattoo über meinem Knie sehen konnte. Wir hatten heute keine Kundentermine mehr, deswegen hatte ich mich etwas legerer angezogen. »Freut mich, dass dir unser Konzept gefällt. Wir sind zuversichtlich, dass es Mr Heinzmann genauso geht.«

»Nun ja …« Grace rieb sich die Hände. Sie hatte ihre Nägel offenbar neu machen lassen, sie waren nun elfenbeinfarben. »Die Kunden, mit denen wir es hier zu tun haben, sind speziell. Manchmal leider auch unberechenbar.«

In welche Richtung ging das hier? Hatte Grace mit Heinzmann gesprochen? Ihr Gesichtsausdruck wurde ernst.

»Hat er eine andere Firma beauftragt?«, versuchte ich, ihr das Gespräch leichter zu machen. Ich kannte so was. Es war mir in Hamburg auch einmal passiert, nachdem ein Konkurrent die gewünschten dänischen Holzbohlen zu einem deutlich günstigeren Preis hatte besorgen können.

»Nein, das ist es nicht.« Grace' Ausdruck hatte wieder etwas Mütterliches angenommen. »Er möchte, dass Yon den Auftrag allein übernimmt.«

Ich stutzte. »Wie meinst du das?«

»Er hat seinen Wunsch nicht begründet, und das muss er auch nicht. Er bezahlt uns für unsere Dienstleistung, und er hat mir lediglich mitgeteilt, dass Yon die Sache eigenständig leiten soll.«

Mein Mund war trocken geworden. »Keine Begründung?«

Ich musste daran denken, wie ich mich in unserem ersten Gespräch in den Vordergrund gedrängt hatte. Wie ich sicher gewesen war, alles richtig zu machen. Ja sogar geglaubt hatte, Yon damit zu helfen, weil sie so unsicher und aufgeregt gewesen war.

»Keine Begründung. Es tut mir leid, Zoé. Ich weiß, dass so etwas für eine ehrgeizige Person hart ist. Glaub mir, ich kenne das. Immer mal wieder gibt es Kundinnen und Kunden, die von heute auf morgen zur Konkurrenz rennen, obwohl ich mit so viel Leidenschaft ihr Projekt bearbeitet habe. Ich glaube, wir sind uns da nicht unähnlich.« Sie lächelte mitfühlend. »Wir können nur ganz oder gar nicht, und wir können nicht gut verlieren. Du gibst bei jedem Auftrag einhundert Prozent, hab ich recht?«

»Ja, natürlich.« Etwas Mattes hatte sich vor meinen Blick geschoben. Der Puls pochte in meinem Hals. Der Kaffeebecher in meiner Hand begann zu zittern. O nein, dachte ich. Bitte nicht. Nicht jetzt.

Grace lehnte sich ein Stück vor. »Sieh es nicht als Niederlage. Sieh es als Laune eines schwierigen Kunden.« Sie legte mir eine Hand auf den Unterarm. »Du hast zwei Möglichkeiten. Entweder du arbeitest weiter mit Yon im Team, aber sie macht die Kundentermine allein. Oder du unterstützt einen der Jungs bei einem anderen Projekt.«

Ihre Worte klangen weit weg, wie unter Wasser. Ich hatte plötzlich das Gefühl, keine Luft mehr zu bekommen. Meine Augen wanderten unauffällig zur Tür.

Grace bemerkte es offenbar nicht, sie hatte noch immer diesen entspannten, freundlichen Ausdruck auf dem Gesicht, als sie ihre Hand zurückzog. »Schlaf am Wochenende drüber, ja? Wenn du willst, kannst du gehen. Ich schicke eh gleich alle nach Hause, wir haben genug getan für diese Woche.« Sie erhob sich aus ihrem schicken Chefinnensessel. »Janet hat am Wochenende leider mehrere Auftritte, aber ich hoffe, wir schaffen es zumindest ein wenig auf unsere Dachterrasse. Das Wetter soll herrlich bleiben.«

Ich stand ebenfalls auf, bemüht, mir nichts anmerken zu lassen. Ich sagte noch etwas zu Grace, aber ich hörte mir selbst nicht dabei zu. Ich musste raus hier, so schnell wie möglich. Mit hämmerndem Herzen kehrte ich in unser Büro zurück. Yon war nicht da, vermutlich rauchte sie gerade auf dem Balkon mit einem der Kollegen. Ich fuhr mit fahrigen Handgriffen den Computer runter, ließ den halb vollen Kaffeebecher einfach stehen und schnappte meine Tasche.

Im Flur kam mir Alfie entgegen, ein großes Glas mit Eiswürfeln in der Hand. Er setzte an, etwas zu sagen, aber ich rief ihm nur im Hinausgehen zu: »Schönes Wochenende, bis Montag!«

Ich konnte seinen irritierten Blick im Rücken spüren, als ich den Ausgang ansteuerte. Besser nicht in den Aufzug. Stufe für Stufe hechtete ich hinunter, mit immer heftiger pochendem Herzen. Bis ich endlich ins Freie kam.

Die Luft war nicht so frisch, wie ich es mir erhofft hatte, außerdem waren überall Menschen. Noch immer hatte ich das Gefühl, nicht genug Sauerstoff zu bekommen. Ich lief am Plattenladen und den anderen Geschäften vorbei, in eine Seitenstraße, in der weniger los war. Dort ließ ich mich in den Schatten eines Hauseingangs sinken. Atmen. Einfach nur atmen. Ich konnte das. Es war nur in meinem Kopf. Warten, bis der Puls sich wieder beruhigte. Meine Finger waren kribbelig, meine Handflächen schweißnass, mir war schwindelig. »Es geht vorüber«, sagte ich mir, immer wieder, wie ein Mantra. »Gleich ist es vorbei. Du bist nicht in Gefahr.«

Doch irgendwie wurde es nicht besser. Ich schnappte noch immer nach Luft. In der Vergangenheit hatte es mir in solchen Situationen geholfen, mit jemandem zu sprechen, erinnerte ich mich. Doch wen könnte ich anrufen? Meine Eltern wollte ich nicht beunruhigen. Marc hatte mich ein paarmal so erlebt während unserer Beziehung, aber der war nicht mehr zuständig. Nadine wollte ich nicht stören, bestimmt war sie bei der Arbeit oder gerade dabei, ihre Kinder von der Kita abzuholen. Fieberhaft überlegte ich, wer mich beruhigen könnte. Mit zittrigen Fingern wählte ich schließlich eine Nummer.

Etwa fünfzehn Minuten später kam Ravi die Straße herunter, mit seinem gemütlichen Bauch und diesem Gesicht, das immer so aussah, als ob es lächelte. Erst als er direkt vor mir stand, ließ er das Handy sinken.

»So, Frau Nachbarin, nun können wir live weiterquatschen.« Ravi setzte sich neben mich. Er holte eine Wasserflasche aus seiner Tasche, gab sie mir, und ich trank.

Dann zog er noch etwas hervor. »Hier, da ist viel Zucker drin, das hilft.« Er hielt mir ein etwas zerbröseltes Gebäckstück hin.

Mir war gar nicht nach Essen, aber ich nahm einen kleinen Bissen, ihm zuliebe. Ich konnte inzwischen wieder einigermaßen normal atmen. Und auch mein Herz schlug schon etwas langsamer. Plötzlich kam ich mir albern vor. Es war doch nichts passiert, was machte ich hier so ein Drama? Bestimmt war nur der Kaffee schuld, ich wusste doch, dass ich den nicht vertrug.

»Danke, dass du so schnell gekommen bist! Es geht echt schon wieder.« Ich konnte Ravi kaum in die Augen sehen.

»Kein Ding, ich war zufällig in der Nähe. Wie gesagt, meine Eltern wohnen nicht weit von hier.« Er musterte mich besorgt. »Ich hab mir schon gedacht, dass auch das fröhlichste Mädchen der Welt mal einen schlechten Tag haben muss.«

»Hast du wirklich?«

Er wischte sich eine Strähne aus der Stirn. Mir fiel auf, dass er seine Haare heute ordentlich zurückgekämmt hatte, sie dufteten außerdem nach irgendeinem Produkt, vermutlich extrastarkem Gel. Mit seinen großen Händen strich er das schicke Hemd glatt, das er ausnahmsweise trug. »Na ja, wir sind uns nicht so unähnlich, oder? Beide immer am Lachen, immer am Reden, Vollgas den ganzen Tag. Ich kenne es, dass der Akku mal leer ist.«

»Hätte ich bei dir gar nicht gedacht.«

»Siehst du. Ist aber so. Wusstest du, dass Ravi übersetzt Sonne bedeutet?«

»Nein, das ist schön.«

»Ja, aber glaub mir, ich bin manchmal trotzdem ganz schön düster drauf. Wir haben alle unser Päckchen zu tragen.«

»Danke, dass du gekommen bist! Echt, das hier ist mir richtig unangenehm.«

»Spinnst du?« Er zog erneut an seinem Hemd, als wäre es ein Fremdkörper. »Dafür sind Freunde doch da. Aber ich weiß, was du meinst. Wir wollen bloß keinem zur Last fallen, auch das kenne ich. Ich glaube übrigens, es wäre gut, wenn du dich mal etwas bewegst, so für den Kreislauf.«

»Okay.«

Er stand auf, hielt mir die Hand hin und half mir hoch. Mir war noch immer ein wenig schwindelig.

»Komm, hier um die Ecke ist ein Park, wir gehen ein paar Meter.«

Ich folgte Ravi die Straße hinunter, bis wir zu einer Wiese gelangten. Auf einem Spielplatz tobte eine Gruppe Kindergartenkinder. Dahinter entdeckte ich ein Gehege mit Eseln und eins mit Schweinen. Ein Schild mit einem Spendenaufruf war am Zaun angebracht. Ein kleiner Bauernhof mitten im Hipster-Viertel.

Nachdem wir ein paar Minuten durchs Grüne geschlendert waren, fragte Ravi: »Gab es einen Auslöser?«

Ich rieb mir über die Oberarme. Mir war kalt, obwohl ich wusste, dass die Temperaturen sommerlich waren. Die Wärme drang nur gerade nicht zu mir durch. »Ich habe zum vermutlich ersten Mal in meinem Leben ein richtig unangenehmes Arbeits-Feedback bekommen. Aus dem Nichts, völlig unerwartet. Ich dachte, ich hätte eine super Performance abgeliefert. Hat sich angefühlt wie ein Kontrollverlust. In solchen Situationen bekomme ich das manchmal … und in vollen Zügen, Bussen oder Aufzügen.«

»Du meinst Panikattacken?«

Ich zuckte zusammen. »Ja.«

»Kenne ich von meiner Cousine Padma, die hatte damit auch eine Zeit lang zu kämpfen. Sie hat Medikamente genommen, Entspannungstechniken gelernt, eine Therapie gemacht.«

»Hab ich schon hinter mir, und eigentlich war alles gut. Ich hatte das jahrelang im Griff. Bis ich zuletzt so viel gearbeitet habe, da ist es ein paarmal wieder passiert.«

»Kein Wunder. Du hast vermutlich zu wenig auf dich geachtet, das ist ein Warnsignal. Wie ich dich bisher kennengelernt habe, brauchst du ein eindeutiges Zeichen, um darauf zu hören.«

»Hab ich nur leider nicht.« Nach und nach drang die Wärme der Sonnenstrahlen, die auf meine Arme fielen, zu mir durch. »Also zumindest in Hamburg nicht. Hier hab ich das Gefühl, es besser zu machen. Ich hab wieder viel mehr Freizeit, dazu deine ausgewogene Verpflegung. Eigentlich bin ich gerade gar nicht gestresst.«

»Manchmal braucht es etwas Zeit, bis Stress sich abbaut.« Ravi grinste. »Sagt der Mann, der niemals auf die Zeichen seines Körpers oder seiner Seele hört.«

»Welche Zeichen schicken sie dir denn?«

Er drehte sich zu ein paar Hunden um, die auf einer Wiese neben uns tobten. »Ach, einige. Magenschmerzen zum Beispiel. Diese dauernde Müdigkeit, gegen die kein Kaffee mehr hilft.«

Ich hätte ihm gerne eine kleine Standpauke gehalten, dass er mehr Freizeit und Bewegung brauchte und mehr frische Luft. Und dass Cola und Süßes am Abend ganz sicher nicht zu erholsamem Schlaf beitrugen. Aber gerade schien mir nicht der richtige Zeitpunkt dafür zu sein. Wer war ich schon, ihm Tipps zu geben, wo er mich gerade völlig fertig in einem Hauseingang aufgesammelt hatte?

Wir waren am Ausgang des Parks angekommen. Ravi sah auf seine Handyuhr. »So langsam muss ich los. Willst du lieber allein sein, oder hättest du gern Gesellschaft?«

Ich dachte einen Moment nach. »Gesellschaft klingt gut.«

# 12

Ravis Eltern wohnten in einer Straße voller Backsteinreihenhäuser mit Gelbklinkerfassade, zu deren Haustüren man ein paar Stufen hinaufsteigen musste. Vor dem Eingang stand ein Dutzend Schuhpaare – winzige Damensandalen, Turnschuhe, Männerhalbschuhe, Flipflops, es war alles dabei.

Die Tür wurde geöffnet, bevor Ravi klingeln konnte.

»Kommt herein, kommt herein!«, sagte eine Frau, die nur seine Mutter sein konnte, auf Englisch mit breitem indischem Akzent. »Schön, dass du eine Freundin mitbringst.«

Sie trug eine bunte Küchenschürze und hatte ihre langen Haare hochgesteckt. Hätte ich nicht gewusst, dass sie Ravis Mutter war, hätte ich ihr Alter niemals einschätzen können. Sie hatte dasselbe volle, freundliche Gesicht wie ihr Sohn, ohne eine erkennbare Falte.

Sie griff nach meiner Hand und legte sie zwischen ihre Handflächen, wie es schon Ravi bei unserer ersten Begegnung gemacht hatte. »Schön, dass du unser Gast bist, Zoé.«

Die lieben Augen hat er auch von ihr geerbt, dachte ich.

»Hallo, Mum.« Ravi zog seine Schuhe aus und berührte die Füße seiner Mutter, eine Geste des Respekts, wie ich mal gelesen hatte. Sie zog ihn zu sich hoch und küsste ihn auf die Stirn.

Aus dem Wohnzimmer hörte ich Stimmen und Musik.

Ich zog ebenfalls meine Schuhe aus und folgte Ravi hinein. Schon im Flur kamen uns sein Bruder und seine drei Schwestern entgegen, und Ravi stellte uns einander vor. Zwei Tanten waren in der Küche beschäftigt, wo überall Essen in Schalen oder auf Tellern angerichtet wurde. Es roch so lecker, dass mir das Wasser im Mund zusammenlief. Aus Wandboxen dröhnte laute indische Musik, und alle redeten munter durcheinander, manche auf Englisch, manche auf Hindi, manche in einem Mix aus beidem. Wir halfen, die Speisen ins Wohnzimmer zu tragen, und stellten sie auf den großen gedeckten Tisch.

In einem elektrisch verstellbaren Sessel mit Fußteil saß tief zurückgelehnt Ravis Vater vor dem Fernseher und schaute eine Cricket-Übertragung.

»Mach das bitte aus«, sagte Ravis Mutter einigermaßen höflich auf Englisch zu ihm, gefolgt von etwas auf Hindi, das deutlich strenger klang.

Schließlich wurde der Fernseher ausgeschaltet, und zwei der Schwestern halfen dem Vater aus dem Sessel.

Wir setzten uns um die Tafel, und alle luden munter ihre Teller voll, während sie weiterschnatterten.

»Ravi, wie läuft es im Café?«, fragte seine Mutter

und goss dampfenden Chai ein. »Machst du genug Pausen?«

Ravi biss in eine knusprige Linsen-Teigtasche. Noch während er kaute, entbrannte eine wilde Diskussion darüber, dass er nicht genug auf sich achtete.

»Du musst Sport machen.« Das kam von seiner jüngsten Schwester Lali, die zu meiner Erleichterung eine ähnlich bunte Radlerhose trug wie ich, nur dass ihre noch kürzer war als meine. »Wenn du so weitermachst, bekommst du mit vierzig einen Herzinfarkt.«

»Meine Worte.« Ravis Bruder, der einen noch deutlich runderen Bauch hatte als er, kam mit einem Korb voll frischem Naan-Brot aus der Küche, das herrlich nach Butter und Knoblauch duftete.

»Das sagst ausgerechnet du.« Ravi schnaubte. »Ich habe einfach zu viel zu tun, im Café läuft es gerade super.«

»Das darf keine Ausrede sein.« Sein Vater hielt einen Zeigefinger in die Luft. Er war deutlich schmaler und kleiner als der Rest der Familie, die Kinder sahen bis auf Lali eher der Mutter ähnlich. »Deine Mum überredet mich regelmäßig zu Spaziergängen.«

»Das versuche ich bei Ravi auch immer«, traute ich mich einzuwerfen.

Alle sahen mich an. Ravi hob abwehrend beide Hände, aber er wirkte belustigt.

»Wir gehen manchmal in den Park«, fuhr ich fort. »Ich muss es nur noch schaffen, ihn zum Schwimmen zu überreden.«

»Schwimmen?« Ravis älteste Schwester, die eine große Brille trug und den gleichen fröhlichen Gesichtsausdruck hatte wie er, lachte laut auf. »Er wird eher zum Fitness-Influencer als zum Schwimmer.«

Ravi schüttelte lachend den Kopf. »Könntet ihr mal aufhören, über mich zu sprechen, als wäre ich nicht da?«

»Ich gehe jeden Tag schwimmen. Wartet ab, eines Tages kommt er mit zu den Ponds«, beharrte ich.

»Den Ponds?« Ravis Tante klang schrill. »Auf keinen Fall kommt er da mit! Meine Schwester Mala sagte immer, dort leben Geister.«

Die ganze Familie fing gleichzeitig an zu reden. Ravi warf mir einen vielsagenden Blick zu.

Das Essen hatte eine ähnlich beruhigende Wirkung auf mich wie die nette Gesellschaft. Alles schmeckte so würzig und wunderbar. Die Teigtaschen, gefüllt mit zartem Lamm, die Kichererbsenbällchen, der Reis mit dem extrascharfen Curry, die noch warmen Brote, die wir in verschiedene Chutneys tunkten. Dass wir wie in Indien üblich alles mit der rechten Hand aßen, worauf Ravi mich vorbereitet hatte, war zwar eine zusätzliche Herausforderung für mich, aber ich versuchte, es mir von den anderen abzuschauen.

Mit vollem Magen und dem dritten Chai in der Hand saß ich schließlich zwischen Ravis Verwandten und hörte zu, wie sie das süße Gebäck lobten, das er zum Nachtisch aufgetischt hatte. Ich konnte eigentlich nicht mehr, aber ich wollte nicht unhöflich sein und griff ebenfalls zu. Ravis Mutter sah mich glücklich an und lobte zum wiederholten Mal meinen gesunden Appetit.

»Zoé, sag, du bist unverheiratet?« Das kam von einer der Tanten, die zuvor schon besonders interessiert meine bunte Radlerhose und das Tattoo an meinem Knie begutachtet hatte.

Ravis älteste Schwester lehnte sich über den Tisch. »*Aunty*, hör bloß auf! Lass sie in Ruhe ihren Nachtisch essen.«

Ich musste lachen. »Schon gut. Ja, ich bin unverheiratet.«

»Willst du Kinder?« Die Tante sah skeptisch über den Rand ihrer fingerdicken Brille.

»*Aunty!*«, sagten nun zwei der Schwestern fast synchron.

Lali, die Jüngste, schaute zu mir und verdrehte die Augen.

»Schon gut«, antwortete ich, immer noch lachend. »Ehrlich gesagt nicht.«

Ravis Tante gab sich keine Mühe, ihre Missbilligung zu verbergen.

Als ich etwas später beim Aufräumen half, fiel mir ein Familienfoto auf, das mit einem Magneten am Kühlschrank befestigt war. An die hundert Leute waren darauf zu sehen.

»Das sind die Geschwister meiner Eltern mit ihren

Partnern, Kindern und Enkelkindern«, sagte Ravi, der gerade einen Stapel Geschirr in die Küche brachte.

»Wow! Leben sie alle in London?«

»Die meisten. Einige auch in Yorkshire, Manchester und Birmingham. Und ein paar sind in Mumbai. Wir veranstalten jedes zweite Jahr ein großes Familientreffen.«

»Großartig. Ich kann nur erahnen, was dann los ist.«

Er lachte auf, kam näher und zeigte auf eine ältere Frau, die in der vorletzten Reihe stand. »Das ist meine *Aunty* Mala. Ihr Mann war Arzt am Krankenhaus in Hampstead, daher haben sie damals dort das Haus gekauft. Sie bekam keine Kinder, deswegen hatte ich das Glück, das Haus zu erben, das habe ich dir ja schon erzählt. Meine Mutter sagt, sie hat mich ausgewählt, weil sie glaubte, ich hätte es am nötigsten, dass man mir unter die Arme greift. Nett, oder?«

Ich betrachtete die Dame mit dem weißen Haar und dem traditionellen indischen Gewand. Auf der einen Seite neben ihr stand ein Mann, der noch etwas kleiner war als sie und versonnen lächelte. Das musste der Arzt sein. Ich entdeckte auch Ravi, der auf dem Foto noch deutlich jünger und schlanker aussah. Im Gegensatz zu jetzt war er ordentlich rasiert, und sein dichtes Haar, das heutzutage oft wild abstand, wenn er kein Haarnetz trug, war kürzer geschnitten.

»Jaja, lach ruhig.« Ravi räumte gerade die Teller in die Spülmaschine, als mein Blick auf die junge Frau fiel, die auf dem Foto neben ihm stand. Sie kam mir bekannt vor.

Es dauerte ein paar Sekunden, bis ich begriff. Dann wurde mir erst sehr kalt und anschließend sehr heiß. Ich wollte etwas zu Ravi sagen, aber in diesem Moment kam seine Mutter herein und verwickelte ihn in ein hitzig klingendes Gespräch auf Hindi.

Als wir das Haus verließen, war Ravis Tasche voller als bei unserer Ankunft. Seine Mutter hatte sich nicht davon abhalten lassen, uns zahlreiche Reste einzupacken. Sie, Ravis Geschwister und sogar die Tanten hatten mich beim Abschied gebeten, bald wiederzukommen. Ich erlebte es selten, dass es woanders zu Hause ähnlich herzlich zuging wie bei uns, aber bei Ravis Familie hatte ich mich auf Anhieb wohlgefühlt. Die Begegnung mit diesen freundlichen Menschen ließ mich meine eigenen Eltern vermissen.

»Hast du dich vorhin mit deiner Mutter gestritten?«, fragte ich Ravi, während wir die Straße entlangliefen.

»Ne, wieso?« Seine Haare hatten sich dem vielen Gel zwischenzeitlich widersetzt und standen wieder ab.

Neben uns sprangen die Straßenlaternen an. »Na, es klang so.«

»Wir sind uns nur nicht einig darüber, ob Tracey bei *Love Island* Dwayne oder Justin wählen sollte.« Auf seinem Hemd entdeckte ich ein paar Soßenspritzer.

»Ah«, sagte ich und grinste.

»Entschuldige, dass meine *Aunty* dich so ausgefragt hat.« Ravi hängte sich den schweren Beutel über die andere Schulter. »Indische Familien sind traditionell sehr neugierig.«

»Ach, kein Problem.«

»Sie hofft immer noch, dass ich eines Tages heirate.« Er lachte leise. »Also … eine Frau. Ich glaube, sie hätte sogar dich akzeptiert.«

»Sehr charmant, danke.«

Er sah mich etwas erschrocken an. »Na, ich meine, weil du keine Inderin bist und …« Er machte ein paar hilflose Gesten. »Weil du eben bist, wie du bist.«

Ich grinste. »Ich hab schon verstanden. Wissen sie denn nicht, dass du eher keine Frau heiraten wirst?«

»Doch, seit ich fünfzehn bin, da hab ich es bei einem Familientreffen rausgehauen. Meine *Aunty* Mala hat damals gesagt, dass es eh alle wussten, weil ich mich schon im Kindergarten immer als Prinzessin verkleidet habe. Es ist für niemanden ein Problem, meine Familie ist toll. Nur diese eine *Aunty* hofft immer noch, dass ich mich geirrt habe, einfach weil sie so gern eine weitere traditionelle Vermählung feiern würde. Sie liebt nichts mehr als Hochzeiten.«

Wir gelangten an einen kreisrunden Platz, in dessen Mitte ein üppig bepflanzter Hügel aufragte. Auf einer Parkbank saß ein Pärchen und knutschte.

»So jemand wie die hübsche Cousine auf dem Foto neben dir, die wäre deiner Tante vermutlich recht, oder?«

Ravi überlegte einen Moment. »Ah, lange schwarze Haare, Stirnband?«

»Ja, das muss sie sein.«

»Das ist Bina. Sie arbeitet als Krankenschwester in einer Klinik in Kensington. Meine Lieblingscousine, hat bereits zwei Kinder und eine gescheiterte Ehe hinter sich. Ich hab sie viel zu lange nicht gesehen.«

Ich überlegte fieberhaft, ob ich sagen sollte, dass ich Bina begegnet war. Und in welchem Zusammenhang. Aber ich hatte Angst, Ravi womöglich etwas zu erzählen, was seine Cousine ihm lieber selbst erzählt hätte. Oder eher für sich behielt.

In meiner Wohnung angekommen, hätte ich am liebsten meine Eltern angerufen, aber es war schon zu spät. Mein Kollege Alfie hatte mir geschrieben und gefragt, ob alles okay sei, ich wäre heute Nachmittag so überstürzt aufgebrochen. Ich log, dass alles fein wäre und ich nur eine Migräne bekommen hätte. Yon hatte sich nicht bei mir gemeldet, was mich enttäuschte. Ich hatte gedacht, wir wären auf dem Weg, richtige Freundinnen zu werden. Vielleicht tat ich ihr aber auch unrecht, und es war ihr einfach unangenehm und sie wollte mir Zeit geben. Ich entschied, ihr selbst zu schreiben.

Du kannst nichts dafür. Wenn du willst, unterstütze ich dich gern weiter bei dem Projekt.

Die Nachricht ging nicht durch. Vermutlich schlief sie schon.

Ich legte mich ins Bett, ohne die Jalousien zu schließen, und betrachtete den Sichelmond vor meinem kleinen Dachfenster.

*Zoé, du bist ein Sonnenkind, aber du hast auch eine Mondseite. Du magst sie nur nicht.* Binas Worte hallten durch meinen Kopf. *Du konzentrierst dich auf alles, was hell ist in deinem Leben, und schiebst das Dunkle weg.*

Wer war diese Frau? Verdiente sie sich mit dem Wahrsagen etwas hinzu? Es wäre verständlich, als alleinerziehende Krankenschwester. Wusste Ravi nichts davon, oder hatte er es nur nicht erwähnt, weil es ihm nicht wichtig erschien? Was für ein unfassbarer Zufall, dass sie seine Cousine war! Auch wenn er eine riesengroße Familie hatte.

*Du solltest diese dunkle Seite nicht verdrängen. Sie kommt sonst unsanft nach oben, ob du es willst oder nicht.*

Mein Herz begann wieder schneller zu schlagen. Ich sollte nicht zu viel über diese Dinge nachdenken, erst recht nicht um diese Uhrzeit.

*Zoé, ich sehe, dass dein Glück sich ändert. Wenn du so weitermachst, wird deine Glückssträhne verebben.*

So langsam wurde mir das Ganze wirklich unheimlich. Ich hatte in letzter Zeit weniger Glück gehabt als sonst, oder täuschte ich mich? Bisher waren es nur Kleinigkeiten, Missgeschicke, die mir gehäuft passierten. Bis heute. So etwas wie mit diesem Heinzmann-

Auftrag war neu für mich. Bislang war mir das Glück zumindest beruflich immer treu geblieben. Mir flog alles zu, ich musste niemals mit Zurückweisung kämpfen. Umso härter traf sie mich. Was hatte ich falsch gemacht? Warum hatte Jeff Heinzmann mich aussortiert? Ich hatte so gute Ideen gehabt, ich war souverän und charmant aufgetreten. Mit dieser Art hatte ich bisher alle Kunden für mich eingenommen. Warum hatte es bei Jeff Heinzmann nicht funktioniert? Hatte es mit mir zu tun oder mit Yon? Er wollte doch nicht etwa, dass Yon allein kam, weil sie ihm gefiel? Er hatte sie jedenfalls verdächtig lange angesehen bei unserem Termin. Dieser Gedanke bereitete mir Sorgen. Ich musste mit Yon darüber sprechen, beschloss ich.

Ich versuchte, die Gedankenschleife zu verlassen, denn ich wusste, dass ich keine Antworten finden würde, zumindest nicht sofort. Trotzdem wurde ich den Verdacht nicht los, dass etwas von dem, was Bina gesagt hatte, der Wahrheit entsprach. Sosehr ich mich auch dagegen wehrte. Und so ungern ich es zugab. Aber es stimmte: Es gab die Zoé, von der sie gesprochen hatte. Die Zoé, die nicht immer fröhlich war. Die nachts wach lag und nicht schlafen konnte, weil sie sich fürchtete. Die Zoé, die anderen wehtat, um sich selbst zu schützen. Die floh, sobald etwas nicht mehr schön und einfach war – vor Marc, vor Filipe, vor ihren eigenen Ängsten. Sie lag gerade hier in diesem Bett.

# 13

»Guten Morgen.« Dawn sah überrascht aus, als ich geradewegs auf sie zusteuerte.

»Morgen, meine Liebe.« Ich kraulte neben sie und passte mich ihrem langsamen Brustschwimmrhythmus an. Es fiel mir noch schwerer als gestern. Es entsprach nicht dem Takt in mir, der wollte schneller, gerade heute, aber ich bremste mich. Es würde mir guttun, dieses meditative Schwimmen. Und das Reden.

»Ich hatte gestern eine Panikattacke«, sagte ich ohne große Einleitung. Der Pond brachte die Geschichten der Schwimmerinnen an die Oberfläche? Nun, hier kam meine.

Dawn reagierte nicht. Sie schwamm gemächlich weiter. Ich verstand es als Aufforderung fortzufahren.

»Ich habe Panikattacken, seit ich ein Teenager war. Und bevor du fragst – ich habe bereits mehrere Therapien hinter mir. Sie haben mir geholfen, ich hatte jahrelang keine Probleme. Bis neulich.«

Dawn fischte eine kleine Alge von ihrem Oberarm. »Oh.« Ihre Taktik erinnerte mich an meine erste Therapeutin, die nur vor mir gesessen und mich angesehen hatte, bis ich von allein anfing zu reden.

Der warme Wind hatte gestern noch einige Zweige von den Bäumen gefegt. Ein Blässhuhn sammelte emsig welche davon ein und trug sie zu seinem Nest.

»Man könnte meinen, es wäre der Umzugsstress, aber es ging früher los. Meine Arbeit in Hamburg wurde zuletzt immer aufreibender. Eigentlich wollte ich nach dem Studium erst mal reisen, auch hierher. Aber dann kam eine super Chance nach der anderen: erst ein Job an der Uni, dann in einer tollen Agentur. Ich hatte immer das Gefühl, nicht Nein sagen zu können. Manche Möglichkeiten muss man einfach ergreifen.«

»Ja, das sagt man so.«

»Was meinst du?«

»Dass man jede Möglichkeit ergreifen muss. Ich halte das für … Bullshit. Entschuldige den Ausdruck!«

»Das sagt sich so leicht. Es gibt kaum Stellen für Innenarchitektinnen, auf eine Ausschreibung kommen Hunderte Bewerbungen. Jedenfalls hab ich die Chancen immer ergriffen. Irgendwann wurde es einfach zu viel.«

Dawn zog einen etwas größeren Zweig aus dem Wasser und schob ihn in Richtung Blässhuhn.

»Ich habe nur noch gearbeitet. Zwischendurch hatte ich das Gefühl, mich selbst zu verlieren.« So deutlich war mir das gar nicht bewusst gewesen, bis ich es ausgesprochen hatte. Ich wechselte auf den Rücken. Der hellblaue Himmel war überzogen von kleinen Schleierwolken. Sie passten gut zu meiner Stimmung.

Dawn hatte sich ebenfalls auf den Rücken gedreht. Wir schwammen nur mit Beinzügen gemächlich nebeneinanderher.

»Und dieser Kontrollverlust löst bei mir die Angst aus«, fuhr ich fort.

»Und Fluchtreflexe.«

Ich sah Dawn erstaunt an. »Genau.«

»Ich sagte ja, ich habe hier schon einige Geschichten gehört. Denkst du, du bist die Einzige, die bei Kontrollverlust Panik bekommt?«

»Nein, natürlich nicht.«

Wir drehten uns wieder um und schwammen nah an den Bojen entlang, die normalerweise meine Trainingsstrecke markierten. Ich hatte sie mir vorher nie so genau angesehen. Ihre Oberfläche war überzogen mit feinem Moos. Dahinter erstreckte sich der Teppich aus Seerosen.

»Vor was bist du denn geflohen?«, fragte Dawn.

»Wie meinst du das, ›geflohen‹?«

»Nach London. Du bist hierher geflohen, oder nicht?«

»Nein, meine Chefin hat mir über Instagram geschrieben. Es klang nach …«

»… einer Chance, zu der man nicht Nein sagen kann.«

Etwas an der Art und Weise, wie sie das äußerte, machte mich trotzig. »Es war ein glücklicher Zufall. Ich wollte schon immer nach London.«

Dawn schwamm ruhig weiter. Ein paar Minuten starrte ich stumm auf die kleinen Bugwellen, die wir vor uns herschoben. Ich hatte von einem Tag auf den anderen meine Sachen gepackt. Ich hatte Marc informiert, dass das mit uns beiden gerade nicht mehr ging. Ich war mit wehenden Fahnen in ein Flugzeug gestiegen. Bei der ersten Gelegenheit, die sich mir bot.

»Okay, du hast recht, vielleicht bin ich geflohen«, sagte ich leise zu den Wellen vor mir.

Eine Weile schwiegen wir. Über uns in den Zweigen knackte es. Vom Steg her hörte ich weitere Samstagsschwimmerinnen, eine große Gruppe heute. Laurie entdeckte ich nicht, meistens kam sie etwas später.

Die Ankunft der anderen war für Dawn und mich ein unausgesprochenes Zeichen, unser Gespräch zu beenden.

Als sie den Steg ansteuerte, murmelte Dawn: »Ich glaube, du fliehst immer noch.«

Ich griff nach der Eisenleiter. »Wie meinst du das?«

Sie winkte der jungen Frau, die gerade den Steg betrat. »Ich glaube, das weißt du genau.«

»Warst du schwimmen, Schatz?« Meine Mutter saß in ihrem Morgenmantel wieder viel zu nah vor dem Laptop. Im Grunde sah ich nur Frottee und ihr Kinn.

»Ja, es tut mir gut.«

»Wie geht es dir, mein Engel?« Sie klang, als wäre sie vorhin erst aufgestanden.

»Alles super, Mama.« Tränen pochten hinter meinen Augen, aber ich würde ihnen nicht nachgeben. Unter keinen Umständen würde ich das hier bei ihr abladen.

»Wie gefällt dir die Arbeit? Läuft alles?«

Ich bemühte mich um ein strahlendes Lächeln. »Es läuft großartig. Meine Chefin ist super, und ich arbeite an einem spannenden Projekt. Ein wunderschönes altes Haus, das wir einrichten dürfen.«

Meine Mutter drehte sich vom Bildschirm weg. »Ich komme, Liebling, eine Minute.« Sie wandte sich wieder mir zu. »Dein Vater steht in der Dusche und ruft nach einem Handtuch. Willst du warten?«

»Nein, Mami, schon gut. Grüß ihn schön von mir, ich wollte eh gerade frühstücken.«

Ich verabschiedete mich und klappte den Laptop zu. Die Luft wich aus mir wie aus einem Ballon ohne Knoten. Wie gern hätte ich ihr die Wahrheit gesagt, hätte ihr von gestern erzählt, hätte mich von ihr trösten lassen. Aber ich würde ihr keine Sorgen mehr bereiten, das hatte ich beschlossen, als ich in meiner Jugend die Schlaftabletten auf ihrem Nachttisch gefunden hatte, in einer Phase, in der auch ich Tabletten nehmen musste. Seitdem war ich für sie die fröhliche Zoé, die ich ja meistens war. Auch wenn ich es gerade mal nicht war.

Ich öffnete das Fenster und schaute hinaus. Die Sonne schien auf die Dachziegel. Wieso war ich nicht eher darauf gekommen?, wunderte ich mich. Ich holte meinen Badeanzug und legte ihn quer aufs Dach. Hier würde er gut trocknen.

Anschließend ging ich hinunter ins *Honey & Wood*, setzte mich auf meinen Lieblingsplatz und schrieb Marc eine Nachricht.

Lieber Marc,
es tut mir leid, dass ich einfach so abgehauen bin. Das war nicht fair dir gegenüber. Ich schulde dir ein Gespräch und eine Erklärung. Wollen wir bald telefonieren?
Liebe Grüße, Zoé

Ich konnte sehen, dass er online war. Dass er meine Nachricht las. Und tippte.

Heute gegen Abend?

Ich schickte ihm einen Daumen nach oben. Da musste ich durch, es half nichts. Ich durfte nicht länger fliehen, sosehr es mich ärgerte, dass Dawn und Bina recht hatten.

Ich wollte das Handy gerade einstecken, als eine Nachricht von Yon ankam.

Diesmal darfst du entscheiden: Zu welcher deiner seltsamen Lieblingsaktivitäten willst du mich mitnehmen? Vielleicht zu diesem komischen Blumendings morgen?

Ich antwortete ihr sofort.

Super Idee! Es gibt dort aber keine Sneakers zu kaufen. Dafür megaleckeren Kuchen, geht auf mich.

Ravi brachte mir meine Overnight Oats mit leuchtend rotem Rhabarberkompott und warf mir dabei einen Luftkuss zu. Wenn der wüsste, dachte ich. Ich konnte immer noch nicht fassen, dass seine Cousine mir aus der Hand gelesen hatte. Ich sei mal eine Hexe gewesen, hatte sie behauptet. Wenigstens dieser Teil der Sitzung brachte mich auch jetzt wieder zum Schmunzeln.

Ravi eilte weiter und stellte eine große Tasse Tee vor den Poeten. Erstmals fiel mir auf, dass es keiner der henkellosen schlammfarbenen Keramikbecher war, aus denen die anderen Gäste tranken. Seine Tasse war größer, bauchiger und blau gemasert. Der Poet war nicht nur ein Stammkunde, er hatte auch seine Stammtasse.

Ich machte ein Foto von meinem hübschen Frühstück, um es auf Instagram zu stellen. Dabei wurde mir ein neuer Post angezeigt. Von Filipe.

Da war er, mein herzensbrechender Ex-Freund, verhalten lächelnd. Es versetzte mir einen Stich, wie jedes Mal, wenn ich ein Bild von ihm sah. Ich hätte ihm längst entfolgen sollen, wie man das heutzutage so machte, wenn man sich getrennt hatte. Aber ich wollte stärker sein, großmütiger. Und auch wenn ich es mir nicht gerne eingestand: Ich war neugierig. Ich wollte ihn sehen. Wissen, wie es ihm ging, was er trieb, ob er noch immer der Mistkerl war, als der er sich für mich entpuppt hatte.

Ich tippte aufs Display, um das Bild zu schließen, als

mir der Hintergrund auffiel. Bunt blinkende Reklametafeln, die ich nur allzu gut kannte. Dann sah ich, was er daruntergeschrieben hatte. Beinahe hätte ich mich an meinem Frühstück verschluckt.

Da stand: *#finallylondon*

# 14

Ich fand den Platz mit dem aufgeschütteten Hügel, den ich gestern Abend mit Ravi gesehen hatte, auf Anhieb. Keine Ahnung, warum es mich ausgerechnet hierherzog für mein Telefonat mit Marc. Irgendwie erschien mir dieses Fleckchen Erde wie eines, das sich für wichtige Gespräche eignete. Rotklinkerbauten, die aussahen wie alte Schulgebäude, umrandeten den Platz. Kreisförmige Wege führten den Hügel hinauf zu einem Pavillon, an dessen Außenwänden Geranienkästen hingen. Wer sie wohl goss und pflegte?

Ich setzte mich auf die Bank im Pavillon, stellte meinen Rucksack neben mich und wählte Marcs Nummer. Er ging nach einem Klingeln dran.

»Hey.«

»Hey.«

Es war seltsam, seine Stimme zu hören. Monatelang war ich neben diesem Menschen aufgewacht. Er klang so nah, als könnte ich einfach die Hand nach ihm ausstrecken. Und ich fühlte mich nach den Ereignissen der letzten Tage so bedürftig, dass ich sie gerne ausgestreckt hätte. Aber ich wusste, dass es mir nur um meine Sehnsucht nach Nähe ging. Nicht um Marc.

Er räusperte sich. »Erzähl, wie war Woche Nummer zwei?«

»Gut. Es ist schön hier. Ich gehe jeden Tag schwimmen, in einem Naturteich.« Aus einem Fenster in einem der alten Gebäude, die mich entfernt ans Set von *Harry Potter* erinnerten, drang Gesang.

»Ich freue mich, wenn du was für dich tust, Babe.«

Marc hörte sich wie ein Motivationscoach an. So war es auch gewesen, als er mich zitternd im Bett gefunden hatte. Das erste Mal, als meine Mutter mit Verdacht auf Herzinfarkt ins Krankenhaus musste. Das zweite Mal, als ich wegen eines eiligen Projekts nur drei Stunden geschlafen und meine Chefin den Präsentationstermin beim Kunden spontan um einen halben Tag vorverlegt hatte. Er hatte auf mich eingeredet wie ein Coach auf die Teilnehmerin einer Castingshow. »Du schaffst das. Wir kriegen das hin, Babe. Du musst alles geben, mehr kannst du nicht tun.«

Wie ich diesen Satz hasste. *Du musst alles geben*. Was hieß das überhaupt? Wieso galt das als etwas Gutes? Man sollte niemals alles von sich geben. Denn wenn man es doch tat, endete man meiner Erfahrung nach mit Herzrasen und Atemnot in einem fremden Hauseingang.

»Wie ist es bei der Arbeit, macht es richtig viel Spaß?«

Ich wusste, dass ich Marc gegenüber gerade sehr kritisch war. Aber schon die Art, wie er die Fragen stellte, ärgerte mich. Denn sie ließ nicht zu, dass ich etwas

Negatives berichtete. Dafür war in Marcs schönem Leben kein Platz. Höher, größer, weiter.

»Macht es. Wie läuft es bei dir?«

»Echt viel zu tun gerade, aber stell dir vor, ich hab die Shopping-App verkauft. Ich warte nur noch auf den Wisch vom Anwalt. Dann wird es ruhiger.«

Noch so ein Satz. *Dann wird es ruhiger.* Kannte ich schon. Glaubte er in solchen Momenten wirklich selbst. Stimmte nie.

»Cool, Glückwunsch.«

»Ich wünschte, ich könnte mit dir darauf anstoßen.«

Ein Moment der Stille. Zwei Mädchen kamen den Weg hochgelaufen, sahen, dass die Bank im Pavillon besetzt war, und setzten sich auf eine etwas weiter unten.

Ich lehnte mich zurück, aus dem Pavillon hinaus, und guckte in den Himmel. Die Stieleichen wuchsen höher als die Häuser, mitten in Shoreditch. »Marc, es tut mir leid, dass ich dich vor vollendete Tatsachen gestellt habe mit London.«

»Schon okay.«

Ich setzte mich wieder aufrecht hin. »Ist es eben nicht. In einer Beziehung sollte man solche Entscheidungen vorher miteinander besprechen, finde ich.«

»Es hätte nichts geändert, ich hätte dir ohnehin gut zugeredet, es zu tun. Ich wusste ja, dass du immer schon mal in London leben wolltest.« Wie einfach das alles in seiner Welt klang. Marc gönnte mir mein Glück, wie schön.

»Es hätte eben doch etwas geändert.« Ich schaute zu

einem der Fenster über dem Platz, in dem ein Mann saß und rauchte. »Nicht weil ich dann nicht gegangen wäre oder so, das wäre ich auf jeden Fall. Aber … Du hast in meinen Überlegungen gar keine Rolle gespielt. Und das hättest du tun müssen, als mein Partner.«

Jetzt war er still.

»Ich will dir nicht wehtun, aber ich hab mich schon länger einsam gefühlt in unserer Beziehung.« Es tat gut, das laut auszusprechen.

»Ich arbeite einfach zu viel.« Er klang niedergeschlagen. »Wenn du eher etwas gesagt hättest, hätte ich mir öfter freigenommen. Ich wusste ja nicht, dass du dich einsam fühlst.«

Ich hätte ihm gern erklärt, dass es nichts mit Zeit zu tun hatte. Dass man jeden Tag mit jemandem gemeinsam verbringen und sich trotzdem einsam fühlen konnte. Dass er und ich einfach nicht … dasselbe Herz hatten, wie Dawn es ausgedrückt hatte. Alles, was ich mit Marc geteilt hatte, war nett gewesen. Aber es hatte immer nur an der Oberfläche gekratzt. Mich, wie ich wirklich war, kannte er gar nicht. Meine Mondseite hatte ich ihm nie gezeigt. Ich wusste, dass es nichts brachte, ihm das zu erklären. So gut immerhin kannte ich ihn.

»Ich weiß«, sagte ich sanft. »Entschuldige bitte, dass ich nicht früher mit dir gesprochen habe.«

»Ich besuche dich nächste Woche, ich schaue gleich nach Flügen. Wir können das besser, glaub mir.«

Ich betrachtete den Platz um mich herum. Solche

Pavillons standen oft in amerikanischen Filmen auf dem Dorfplatz. Manchmal wurde darin geheiratet.

»Nein, Marc, für mich ist es zu spät. Es tut mir leid, aber bei mir hat sich gefühlsmäßig etwas geändert.« Beziehungsweise hatte es nicht, aber es kam mir zu brutal vor, ihm das zu sagen.

»Hast du jemanden kennengelernt?« Natürlich, für Männer wie Marc war das die einzig logische Erklärung. Weil er selbst immer warten würde, bis er eine Neue hätte.

»Nein, das ist es nicht. Manchmal gehen Gefühle einfach verloren.« Oder entwickeln sich nie, sosehr man sich anstrengt.

»Was heißt das konkret?« Er klang wie in einem seiner Businessgespräche, die ich oft unfreiwillig mitgehört hatte, am Frühstückstisch, in Restaurants, sogar im Bett. Ungeduldig, pushy, fast trotzig.

»Es heißt, dass es vorbei ist zwischen uns. Als ich gesagt habe, dass ich erst mal wegmuss und mir überhaupt nicht mehr sicher bin, wollte ich damit eigentlich sagen: Es ist vorbei.«

Mehrere Sekunden Stille am anderen Ende. Dann: »Oh. Okay.«

Ob ihm das wohl schon einmal passiert war?, fragte ich mich. Dem coolen Marc, der alle kannte, den jeder mochte, der auf jeder Party mit großem Hallo begrüßt wurde? Er hatte mir nie von einer Ex erzählt, die ihm das Herz gebrochen hatte. Vermutlich, weil er es sich nicht brechen ließ. Morgen, wenn er seine Jungs zum

Crossgolf oder Segeln oder Fußballtennis traf, um mal »den Kopf freizubekommen« nach der langen Woche, würde er leicht zerknirscht berichten, dass wir gemeinsam beschlossen hätten, dass es nicht mehr passe. Aber noch befreundet seien. *Klar, Zoé ist mega, ich wünsch ihr nur das Beste.* Dann würden er und seine Jungs ein Sixpack Craftbier untereinander aufteilen, und das Leben ginge weiter.

»Ich weiß gar nicht, was ich sagen soll.« Er klang sarkastisch. »Ich wünsch dir ein schönes Leben? Danke für die gemeinsame Zeit?«

Ein paar Tauben pickten zu meinen Füßen an den Resten eines Brötchens. »Lass uns einfach Tschüss sagen. Wir sehen uns ja wieder, oder?« Oder?

»Klar, dann … Tschüss?«

»Mach es gut, Marc.«

Und schon hatte er aufgelegt. Was er wohl jetzt tun würde, an diesem frühen Samstagabend? Vermutlich würde er in einen seiner Gruppenchats schreiben, die ironische Namen trugen wie *The Real Slim Shadys* oder *Kein Alkohol ist auch keine Lösung*. Ein paar seiner Kumpels würden ihn in einer der Eppendorfer Weinbars treffen, wo man sie mit Handschlag begrüßte, und die teuerste Flasche kaufen. Einfach weil sie es konnten.

Ich jedenfalls wusste genau, was ich jetzt tun würde.

Der Ladies' Pond sah anders aus am frühen Abend. Irgendwie trüber, unschärfer, als hätten die vielen

Schwimmerinnen im Laufe des Tages einiges darin aufgewühlt. Auf den Wiesen saßen Mütter mit ihren Kindern auf Decken. Im Wasser waren an die dreißig Leute. Ein Mädchen sprang mit Anlauf vom Steg. Die Rettungsschwimmerin, eine andere, als ich von morgens kannte, kniete sich zu ihr und erklärte ihr etwas. Vermutlich, dass sie auf die anderen Personen achten solle.

»Meine« Bank war bereits belegt, deswegen zog ich mich an einer auf der anderen Liegewiese um. Dabei wickelte ich mir kein Handtuch um, genau wie frühmorgens, obwohl so viel los war. Ich machte es wie die anderen. Nacktheit war hier etwas völlig Natürliches, egal, wie alt oder jung, wie fit oder gebrechlich, wie schlank oder mehrgewichtig man war, welche Narben oder Behinderungen zum Körper gehörten. Jede zog sich einfach um, wo sie gerade war, und trocknete sich ohne wilde Handtuchtänzchen ab, wir waren ja unter uns. Mein Trick mit den Dachziegeln hatte Wirkung gezeigt: Mein Badeanzug war nach einem halben Tag bereits warm und trocken.

Im Pond war an meine üblichen Bahnen nicht zu denken. Aber es fühlte sich trotzdem gut an, mit den anderen im Kreis zu schwimmen. Alles war ein bisschen leichter im Wasser, nicht nur der eigene Körper. Ein Teil von mir fühlte sich befreit, die Sache mit Marc endlich geklärt zu haben. Ein anderer stellte sich ziemlich viele Fragen. Warum ich dieses Gespräch erst jetzt geführt hatte, zum Beispiel. Warum ich dafür nach London hatte ziehen müssen. Wieso ich so lange mit jemandem zusammengelebt hatte, der überhaupt nicht zu mir passte.

*Finde jemanden mit einem ähnlichen Herzen*, hatte Dawn gesagt.

Das von Marc hatte nichts von einer Diva. Er besaß das rationalste, unaufgeregteste Herz, das ich kannte. Er hatte damals beschlossen, mich zu lieben, und das durchgezogen. Ich verstand unter Liebe etwas anderes. Warum nur hatte ich mir das nicht eher eingestanden? Die Antwort trieb in mir nach oben wie die Luftblasen, die durch die tauchenden Kinder neben mir entstanden. Weil es sich gut angefühlt hatte, nicht allein zu sein, mich geliebt zu fühlen, in einer Zeit, die schwer für mich gewesen war. Ich war kein Stück besser als Marc. Ich hatte ihn nur ausgenutzt. Eigentlich müsste ich mich dafür bei ihm entschuldigen. Ich hatte nur die vage Befürchtung, dass er gar nicht verstehen würde, wofür ich mich entschuldigte.

Ich beschloss, mit der Sache abzuschließen. Marc brauchte kein Mitleid und keinen Trost. Er hatte sich bewusst für mich entschieden, obwohl es mir nicht gut gegangen war. Daraus hatte ich genauso wenig ein Geheimnis gemacht wie aus der Tatsache, dass ich eigentlich keine Beziehung wollte. Ich musste an einen Song von Taylor Swift denken, den ich liebte.

*Don't pretend it's such a mystery*
*Think about the place where you first met me*
*Ridin' in a getaway car*

Marc hatte meinen Fluchtwagen gefahren. Taylor Swift hatte recht: *No, nothin' good starts in a getaway car*. Nichts Gutes beginnt je in einem Fluchtwagen. Die Verantwortung lag bei uns beiden.

Ich versuchte, noch ein paar Runden zu schwimmen, aber ständig traf mich ein Fuß, oder jemand kam mir in die Quere. Ich beschloss, es für heute gut sein zu lassen, und freute mich schon auf morgen früh, wenn dieses Wasser wieder ruhig und klar sein würde und nur Dawn und mir gehörte.

An der Bank angekommen, setzte ich mich nass, wie ich war, auf mein Handtuch und lauschte dem Kinderlachen vom Steg. Und dann ließ ich zu, dass das, was mich seit Stunden beschäftigte, wieder in mein Bewusstsein drängte. Filipe war offenbar tatsächlich in London. Was für ein unfassbarer Zufall. Oder nicht? Wir hatten diesen Traum geteilt. Manchmal hatten wir fantasiert, wie es wäre, wenn wir gemeinsam hier lebten. Wir hatten von einer kleinen Altbauwohnung in Camden oder Notting Hill geträumt, mit einer Dachterrasse, auf der wir liegen und die Sterne beobachten würden, unsere Traumstadt zu unseren Füßen.

Vielleicht machte er hier Urlaub. Oder nahm Termine für das Architekturbüro wahr, für das er in Lissabon arbeitete. Jedenfalls war er hier und mir damit so nah wie seit über einem Jahr nicht mehr. Wie sollte ich mich verhalten? Musste ich mich überhaupt irgendwie verhalten? London war riesig, im Grunde gingen die Chancen, dass er mir über den Weg lief, gegen null. Aber war er das nicht bereits? Auf dem Flower Market? Es würde zu dem Post passen, den ich am nächsten Tag gesehen hatte, mit den Sonnenblumen im Hintergrund. Auch das wäre kein allzu großer Zufall. Filipe und ich mochten an Städten das Gleiche. Die kleinen, süßen Ecken, die Orte, die nicht nur die Reisenden, sondern auch die Einheimischen aufsuchten. Der Columbia Road Flower Market fand immer nur sonntags statt, er war beliebt bei jungen Leuten. Schon klar, dass Filipe ihn anschauen würde, wenn er hier war. Ich selbst hatte ihm früher Fotos davon auf Instagram gezeigt und gesagt: »Und da kaufen wir dann jeden Sonntag frische Blumen.« Ich weiß noch, wie ihn das zum Lachen brachte.

Ich nahm mein Handy und öffnete noch mal seinen heutigen Post. Eine Liebe wie eine Leuchtreklame. Zu bunt, zu grell, zu viel.

Ich könnte das einfach unkommentiert lassen. Einfach meines Weges gehen. Aber auch das war noch nie meine Stärke gewesen. Ich tippte etwas in das Kommentarfeld unter dem Foto. Einen Moment überlegte ich, dann schickte ich es ab.

Ich freue mich von Herzen für dich.

# 15

»Alles für einen Zehner, *guys*«, schallte es über den Blumenmarkt.

»Jeder Strauß für einen Fünfer«, kam es von der anderen Seite zurück.

Yon und ich schoben uns an einem Stand mit Pfingstrosen und Dahlien vorbei, vor dem sich eine lange Schlange gebildet hatte. Es war wieder bewölkt, und ein leichter Wind wehte durch die hübsche kleine Straße. Ich trug eine Jeansjacke über dem Sommerkleid, Yon eines ihrer langen Sweatshirts, dazu diese Schuhe mit den aufgeblasenen Sohlen.

»So viele Blumen auf einmal hab ich noch nie gesehen.« Yon hüpfte vergnügt neben mir her, die pinken Spitzen ihres hohen Zopfs schwangen bei jedem Schritt mit. »Kein Wunder, dass du hierher wolltest.«

»Ja, es ist so etwas wie meine Sonntagsmesse.«

Der Markt kam mir noch besser besucht vor als vergangene Woche. An den Ständen drängelten sich die Kunden, sodass ich mich teilweise auf die Zehenspitzen stellen musste, um zu erkennen, was dort verkauft wurde. Ich versuchte trotzdem, möglichst viele Fotos für Stephen zu machen, die ich ihm als Vorschläge für seine Hochzeit zeigen wollte. Immer wieder ertappte ich mich dabei, dass ich nach Filipe Ausschau hielt. Wenn er – was mir ausgesprochen unwahrscheinlich erschien – wirklich meinetwegen hier gewesen war und nicht, weil es in einem Hipster-Reiseblog stand, dann würde er auch heute wieder kommen. Er kannte mich gut genug, um zu wissen, dass ich den Markt jeden Sonntag besuchen würde. Aber warum sollte er mich treffen wollen? Ich schüttelte den Gedanken ab. Es sollte mich nicht mehr interessieren, was Filipe wollte und was nicht. Früher hatte ich geglaubt, ich wüsste es genau – und mich schmerzhaft getäuscht.

»Du hast von Gebäck gesprochen?« Yon hakte sich bei mir unter, weil wir in dem Gedränge immer wieder getrennt wurden.

»Da vorne, ist nicht mehr weit.«

Wir stellten uns vor einem der Fenster an, aus denen riesige Blaubeer- und Mohnmuffins herausgereicht wurden, laut Beschriftung alles vegan.

Yon stand da wie ein Kind im Spielzeugladen. »Hilfe, was nehme ich? Es sieht alles so köstlich aus.«

Schließlich entschieden wir uns für ein noch ofenwarmes Schokocroissant und eine Brioche mit Hagelzucker. Wir fanden ein Fleckchen freie Bordsteinkante in der Sonne, die sich mittlerweile zwischen zwei Wolken hindurchgekämpft hatte.

Yon biss genüsslich in das Schokocroissant. Dann zeigte sie auf meine noch vom Schwimmen feuchten Haare. »Hattest du die je lang?«

Ich pflückte ein Stück Hagelzucker von der Brioche. »Zuletzt als junges Mädchen. So mit zwölf hab ich sie abgeschnitten und nie wieder wachsen lassen.«

Yon kaute nachdenklich. »Und warum nicht?«

Der Hagelzucker schmolz auf meiner Zunge. »Irgendwie mag ich mich so einfach lieber.«

»Steht dir ja auch super. Aber ich glaube, du bist immer hübsch. Du hast diese Ausstrahlung, die nichts mit Frisuren oder Klamotten oder so zu tun hat.«

Erstaunt sah ich Yon an. »Oh, danke.«

»Bitte.« Sie senkte den Blick auf das halb verzehrte Schokocroissant in ihren Händen. Dann reichte sie es mir. »Sollen wir tauschen?«

»Gern.« Ich nahm es und biss hinein. Es schmeckte überraschenderweise nach Butter und flüssiger Schokolade. Kauend reichte ich Yon den Rest meiner Hagelzuckerbrioche.

Eine Weile betrachtete sie ihn schweigend. »Du weißt, dass ich nichts damit zu tun habe, oder?«

Ich brauchte einen Moment, bis ich verstand, wovon sie sprach. »Ja, klar, das weiß ich doch.«

Sie zupfte an dem Hefebrötchen herum und aß ein Stück. »Ernsthaft, ich will den Auftrag gar nicht ohne dich machen. Auch wenn du dich immer in den Vordergrund drängst.«

»Das hab ich einmal gemacht, und es tut mir leid, das weißt du.«

»Ja, ich weiß.« Sie verzog zerknirscht das Gesicht. »Ich hab echt keine Ahnung, was da los ist.«

Ein Mädchen lief an uns vorbei, einen Strauß rote Chrysanthemen im Arm, die die gleiche Farbe hatten wie ihr Haarband.

»Ich verstehe es auch nicht«, sagte ich leise. »Was meinst du, was Heinzmann geritten hat?«

»Erst dachte ich, du bist ihm vielleicht zu modern mit deinen Piercings und Tattoos und so, aber dann hätte er vermutlich auch Probleme mit meinem Streetstyle. Jetzt frage ich mich, ob er vielleicht keine forschen Frauen mag.«

»Möglich. In dem Fall wird er geplättet sein, wenn er dich richtig kennenlernt.«

Sie grinste. »Zumindest hat er nicht darum gebeten, von einem Mann betreut zu werden.«

»Das gibt zumindest einen kleinen Bonuspunkt.«

Wir kicherten beide.

Yon drehte sich zu mir. »Im Ernst, es ist eine Scheißsituation. Wie geht es dir damit?«

»Ich versuche, es nicht persönlich zu nehmen.«

Sie warf schwungvoll ihren Zopf zurück. »Na, das klappt ja super.«

Ich schüttelte schmunzelnd den Kopf. »Ich liebe es, dass du immer alles aussprichst, was du denkst.«

Yon zupfte wieder an der Brioche herum und steckte sich einen Fetzen in den Mund. »Wer braucht Freundinnen, wenn sie nicht ehrlich zu einem sind?«

Ich wischte mir mit einer Serviette die Schokoreste von den Fingern. »Du hast recht. Ich nehme es sehr persönlich. Würdest du das nicht tun?«

»Vermutlich. Ich würde jedenfalls versuchen, mir einzureden, dass der Typ keine Ahnung hat.« Yon kaute nachdenklich. »Was machen wir denn nun?«

Ich zog meine Jeansjacke aus und schirmte die Augen vor der Sonne ab. Es war ganz schön warm geworden. »Was schon? Du machst weiter. Grace hat mir freigestellt, ob ich dich unterstützen will, aus dem Backoffice quasi, oder bei einem der Jungs mitarbeite.«

»Und, willst du? Mich unterstützen?«

»Ich hab es dir ja schon geschrieben. Ich würde, wenn du einverstanden bist.«

»Was für eine Frage!« Sie lehnte sich vor und umarmte mich. Ihr Zopf kitzelte mich an der Nase. »Wir sind doch ein Team.«

»Ein geniales sogar!« Ich überlegte einen Moment. »Yon, von wegen Freundinnen, die ehrlich zueinander sind …« Ich schluckte. »Können wir ausschließen, dass er sich an dich ranmachen will? Ich hatte das Gefühl, dass er mit dir flirtet.«

Ihr Gesichtsausdruck verfinsterte sich. »Ist das der einzige Grund, der dir einfällt, warum er mit mir zusammenarbeiten will? Weil ich eine junge, hübsche Asiatin bin, die er fälschlicherweise für schüchtern gehalten hat?«

»Auf keinen Fall! Ich mache mir nur Sorgen. Wenn er sich auch nur ansatzweise unangemessen verhält, dann sag mir bitte Bescheid, okay?«

Sie grummelte in sich hinein.

»Yon, versprichst du mir das?«

Sie hob etwas trotzig den Daumen. »Wird gemacht.«

Neben uns hatte der Straßenmusiker von letzter Woche angefangen zu spielen. Diesmal einen Song von Ed Sheeran.

*I will always love you for what it's worth*
*We'll never fade like graffiti on the overpass*
*And I know time may change the way you think of us …*

Plötzlich musste ich an Filipe denken. Daran, wie er mich einmal beruhigt hatte, als ich kurz vor einer Panikattacke stand, weil seine Oma starb. Wie er instinktiv gewusst hatte, was zu tun war. Er hatte mich im Arm gehalten, bis mein Herzschlag sich wieder beruhigte.

*But I'll remember the way we were, you were the first full stop*
*Love that will never leave …*

Aber ich werde uns in Erinnerung behalten, wie wir waren.
Du warst meine erste Liebe, die niemals vergehen wird. Punkt.

»Puh, mir ist heiß, lass uns mal in den Schatten setzen«, riss Yon mich aus meinen Gedanken.

Ich schaute zu meiner Freundin. »Du hättest mit

mir schwimmen gehen sollen. Ich bin immer noch erfrischt.«

»Auf keinen Fall.« Yon kaute angestrengt. »Ich steig doch nicht in so einen trüben Tümpel. Sollen da nicht Karpfen drin sein?«

»Hab ich auch gehört.«

Sie schüttelte schmunzelnd den Kopf. »Ich sag es ja: Du bist seltsam.«

»Wie ist er denn so?« Dawn schwamm neben mir, im herrlich leeren Pond.

Nichts erinnerte daran, dass hier gestern Kinder getaucht und Frauen jeden Alters wild durcheinandergeschwommen waren. Alles war wieder still und klar. Der Teich hatte sich über Nacht von den Aufregungen des Wochenendes erholt.

Ich nicht so wirklich. Ich hatte mal wieder lange wach gelegen und über meine Situation bei der Arbeit nachgedacht. Darüber, ob ich etwas unternehmen musste, um Yon zu schützen. Oder lieber meine Klappe halten sollte, weil sie das schon selbst hinbekommen würde. Vor allem aber dachte ich über Filipe nach. Filipe, der ausgerechnet jetzt in London war. Zum Glück hatte ich dieses Morgenritual mit Dawn, bei dem ich mir meine nächtlichen Gedanken von der Seele reden konnte.

»Wie Filipe ist?« Ich prustete ins Wasser vor mir, was eine Ente aufscheuchte, die auf einem der Schwimmringe geruht hatte. »Na ja, er hat mich belogen und betrogen. Was willst du noch wissen?«

Dawns Blick wanderte zu einer der Wiesen jenseits des Ponds. Durch eine Lücke in den Zweigen sah ich, wie eine junge Frau auf einer Bank saß und las. Dawn drehte sich wieder zu mir. »Ich würde gern wissen, wie er war, bevor es zwischen euch schiefging. Als du glücklich warst, wie war er da?«

Das Gefühl, das mich bei dieser Frage überkam, war so schwer, dass ich kurz fürchtete, es würde mich mit sich unter Wasser ziehen. »Das versuche ich zu verdrängen.«

Dawn sah zum Himmel, der heute unglaublich blau und wolkenlos war. »So ging es mir lange mit William. Es war so schmerzhaft, ihn zu verlieren, dass ich eine Zeit lang nicht mehr unbeschwert an die schönen Momente denken konnte, an unser Glück. An das, was ich an ihm geliebt habe. Ich habe es nicht ausgehalten.«

Wir schwammen eine Weile still nebeneinanderher. Die Ente, die ich aufgescheucht hatte, war auf den Schwimmreifen zurückgeflogen und sah zu uns herüber.

Dawn raunte ihr liebevoll etwas zu. »Ich glaube, es ist ein wichtiges Zeichen der Verarbeitung, wenn man an die schönen Dinge denken kann, ohne dass sie allzu sehr wehtun. Aber das braucht leider Zeit.«

Wieder hatte ich das Gefühl, unter Wasser zöge jemand an meinen Füßen. »Du meinst, dass ich nicht gern an die schönen Dinge denke, bedeutet, dass ich noch nicht über ihn hinweg bin?«

»Vielleicht. Erst als ich William wirklich losgelassen hatte, als ich verstand, dass er nicht mehr zurückkommt, konnte ich mich wieder erinnern und mich freuen, wenn mir etwas einfiel, was uns verbunden hatte. Es tut natürlich immer noch weh, aber ich kann es aushalten. Die Dankbarkeit für das große Glück, das mir viele Jahre lang mit ihm beschert war, überwiegt.«

Ich war so bewegt, dass ich kurz glaubte, weinen zu müssen. Schnell tauchte ich unter, in der Hoffnung, das kühle Wasser würde mich beruhigen. Als ich auftauchte, hatte ich mich einigermaßen gefangen.

Dawn schwamm neben mir auf der Stelle und sah mich nachdenklich an. Vorne aus ihrer Schwimmhaube hatte sich eine lockige graue Haarsträhne gestohlen. Ich habe noch nie ihre Haare gesehen, dachte ich. Wie sie wohl aussah, wenn sie keine Badesachen trug? Würde ich sie erkennen, wenn sie mir in Hampstead auf der Straße entgegenkäme?

Sie frickelte an ihrer Badehaube herum und stopfte die Strähne wieder darunter. »An deiner Stelle würde ich mich noch mal mit ihm treffen.« In Dawns graublauen Augen spiegelte sich das Pondwasser. »Es klingt für mich, als ob da noch vieles ungesagt wäre. Aber egal, was du machst: Tue es für dich und weil du es willst.«

Ich tauchte erneut unter, tauchte, bis ich die Unterseite einer meiner Bojen sah, wendete, blieb weiter unter Wasser und kam erst wieder an die Oberfläche, als ich Dawns Beine vor mir entdeckte. Nach Luft schnappend hob ich den Kopf. »Was soll das bringen?«

»Frieden.« Dawn schwamm noch immer auf der Stelle, als koste es sie keinerlei Mühe. »Inneren Frieden.«

»Ich bin nicht sicher, ob ich diesen Zustand im Zusammenhang mit Filipe je erreichen kann.«

Dawn drehte sich schmunzelnd auf den Rücken. »Was soll schlimmstenfalls passieren?«

Da fällt mir einiges ein, dachte ich, aber ich sagte es nicht laut.

Ich blieb mit einem komischen Gefühl zurück, als Yon gegen Mittag allein zu einem Treffen mit Jeffs Assistentin Bella fuhr. Mit unseren gesammelten Ideen in der Tasche. Mein Ego brüllte wie ein Löwe in einem zu engen Käfig, aber ich lenkte mich ab, indem ich eine Liste mit geeigneten Topfpflanzen für Heinzmanns Terrasse erstellte.

Etwas später legte ich mit den Jungs eine kleine Pause auf dem Gitterbalkon ein. Ich reichte Stephen mein Handy, damit er durch die Fotos scrollen konnte, die ich auf dem Flower Market gemacht hatte.

»Ich persönlich finde ja Wiesenblumen als Brautstrauß am schönsten«, sagte ich. »Mit etwas Glück bekommen wir sogar Kornblumen. Zusammen mit etwas Klatschmohn, Hornklee und Schafgarbe könnte das echt hübsch aussehen.«

»Keine Ahnung, wovon du sprichst, aber es klingt

lecker.« Neil wuschelte sich gähnend durch die roten Haare. Er sah heute noch blasser aus als sonst. Hatte sogar das Feierbiest unter uns es etwa übertrieben?

»Die gefallen mir.« Stephen zeigte auf ein Foto, auf dem am Rand ein paar Pfingstrosen zu sehen waren.

Ich nippte an meinem noch zu heißen Tee. »Ja, die sind toll, aber wenn du im August heiratest, blühen die nicht mehr. Schau mal, was hältst du von einer modernen Tischdeko mit so etwas?« Ich nahm ihm mein Handy ab und wischte zu ein paar Fotos, die ich von verschiedenen Sukkulenten gemacht hatte. »Das wäre mal was anderes, vielleicht in kupferfarbenen Töpfen oder in kleinen Gläsern mit Sand und Muscheln?«

Stephen sah ratlos auf die Fotos. In der Hand hielt er einen seiner frisch angerührten Fitnessdrinks, der sonderbare Schlieren am Glasrand zog.

»Also, ich finde das cool.« Alfie hielt seinen Kaffeebecher aus gebürstetem Metall so, dass wir seine in der Mittagspause frisch gemachten Nägel bewundern konnten. Er ging zum gleichen Studio wie Grace – zu einer Jenny, offenbar DER Jenny, die ihm dieses Mal einen Metallic-Look gezaubert hatte, für eine besondere Party, von der er uns seit Tagen erzählte.

»Meinst du?« Stephen rührte in seinem Eiweißdrink.

»Wir könnten Yon fragen«, schlug Neil gähnend vor. »Die hat den besten Geschmack von uns allen.«

»Na, herzlichen Dank!« Ich knuffte meinen Kollegen in die Seite.

Neil sah mich irgendwie benebelt an. Hatte der

etwa Restalkohol im Blut? »Sorry, du hast auch einen guten Geschmack. Ich mag nur lieber Frauen mit langen Haaren.«

»Und ich lieber Männer mit Gehirn«, entgegnete ich.

Alfie lachte, Neil fiel mit ein. Das musste man ihm lassen: Er nahm nicht mal sich selbst besonders ernst. Wie er wohl diesen Job bekommen hatte? Es musste eine Seite an ihm geben, die mir bisher verborgen geblieben war.

»Tu mal nicht so.« Alfie nahm eine Hand von seinem Kaffeebecher und wuschelte mir liebevoll über den Kopf. »Nach drei Bier findest du Zoés Haare nicht mehr zu kurz.«

»Es müssten eher vier sein.«

»Hey!« Ich stieß Neil mit dem Ellenbogen in die Seite, wobei etwas Tee aus meiner Tasse und durch das Gitter zu unseren Füßen schwappte.

Stephen nahm sein Käppi ab und setzte es andersherum wieder auf. »Ich finde, du siehst super aus.« Sofort wurde er rot. »Aber bitte nicht falsch verstehen.«

Alfie verdrehte die Augen. »Keine Sorge, Kumpel, wir wissen alle, dass du nur Alana liebst. Entspann dich!«

»Und wegen der Blumen«, fügte ich hinzu. »Ich schicke dir die Bilder mit ein paar Erklärungen dazu. Und dann schaust du sie dir mit Alana zusammen an, okay?«

»Okay, danke.« Stephen leerte sein Glas in wenigen Zügen.

Wir wollten gerade wieder reingehen, als Yon auf den Balkon trat, in einem Oversize-Fußballtrikot der koreanischen Frauen-Nationalmannschaft, das sie zum Kleid umfunktioniert hatte.

»Hi, Yon.« Neil starrte mit offenem Mund auf ihre nackten Beine.

Sie würdigte ihn keines Blickes. »Hey, wart ihr schon essen?«

»Ja, vorhin, wir hatten Bagels. Wir wussten nicht, wann du zurück bist, aber Neil hat dir etwas von einem koreanischen Stand mitgebracht«, antwortete ich.

Yon sah überrascht auf.

Neil strahlte. »Reiskuchen und Kimbap, magst du das? Du meintest doch neulich, dass du das Essen zu Hause vermisst.«

Yon sah ihn kurz sprachlos an, fing sich aber schnell wieder. »Cool, danke!« Sie nahm ihre E-Zigarette heraus und zog etwas angewidert daran.

»Sag schon, wie war es?«, fragte ich ungeduldig.

Sie reichte Neil die Zigarette, der sie ihr beinahe ehrfürchtig abnahm, und hustete, dann hellte sich ihr Gesicht auf. »Bella war völlig aus dem Häuschen von unserem Konzept. Wir können anfangen, uns um Handwerker zu kümmern und Preise einzuholen.«

Ich hielt ihr die Handfläche zum Abklatschen hin, die Jungs raunten anerkennend. Mein Ego-Löwe rüttelte fauchend an den Stäben, aber ich pfiff ihn zurück. Dies war unser gemeinsamer Sieg, und ich würde mich darüber freuen. Basta.

# 16

In den nächsten Tagen kam Dawn nicht zum Schwimmen. Es war ein komisches Gefühl, frühmorgens ohne sie im Pond zu sein. Ich hatte alles für mich allein – den ganzen wunderschönen Teich mit seinen Geheimnissen. Ich zog wieder meine Bahnen, geriet in meine Trance und schaffte es, keine der Geschichten nach oben treiben zu lassen. Stattdessen dachte ich über Dawns Worte nach.

*An deiner Stelle würde ich mich noch mal mit ihm treffen,* hatte sie gesagt. *Es klingt für mich, als ob da noch vieles ungesagt wäre.*

Aber was sollte ich noch mit Filipe besprechen? Er verdiente es nicht, dass ich mich überhaupt mit ihm befasste. Es ärgerte mich, dass mir trotzdem jede Menge Fragen einfielen, die ich ihm gern gestellt hätte. Ein paar Dinge wusste ich von Katrin, der Freundin seines Freundes Daniel, mit der ich mich manchmal zum Kaffee traf, wenn sie in Hamburg war. Sie hatte mir erzählt, dass sein Familiendrama sich inzwischen etwas entwirrt habe. Dass etwa die Sache mit dem Erbe gütlich und fair geklärt sei. Dass Filipe es wegen der vielen Arbeit in Lissabon nicht oft nach Marial schaffe. Dass sie und Daniel sich die Namen seiner häufig wechselnden Freundinnen nicht mehr merken könnten. Katrin hatte darüber gelacht. Offenbar hatte sie keine Ahnung, wie weh mir diese Worte taten. Aber woher sollte sie das auch wissen? Ich hatte seit unserer ersten Begegnung so getan, als ginge mich das alles nichts mehr an. Als wäre ich lange über die Sache hinweg, weitergezogen mit meinem Leben und meinen Plänen und meinen Gefühlen.

*Das ist nicht mehr mein Drama,* hatte ich ihr versichert.

Nichtsdestotrotz erzählte sie mir manchmal etwas von Filipe, und ich hörte aufmerksam zu. Ich wusste also im Grunde, wie es ihm ging. Und trotzdem hatte ich eine Menge Fragen, die ich ihm stellen würde, sollte er je wieder vor mir stehen.

*Wie geht es dir wirklich? Macht es dich glücklich, dieses Flüchtige, Vergängliche? Ist es das, was du willst, und wenn ja, warum? Was überwiegt – dein Stolz darüber, dass du es in deinem Job zu etwas gebracht hast, oder das schlechte Gewissen, dass du deine alten Eltern mit ihrem Hof alleingelassen hast? Wie sehr schmerzen dich die Vorwürfe, die dir deine Mutter jedes Mal entgegenschleudert, wenn du nach Hause kommst? Wie fühlst du dich, wenn du kaum deine Tasche abgestellt hast und schon deinem Vater bei den kleinen und großen Handgriffen helfen musst, die sein Rücken nicht mehr mitmacht? Fragt deine Familie noch nach mir? Bin ich noch immer die böse Deutsche, die dich so kaltherzig verlassen hat?*

*Denkst du noch an mich, oder bin ich am Ende zu einer Masse mit deinen anderen Eroberungen verschmolzen? »Weißt du noch Zoé? Die war süß, aber auch echt kompliziert.« Sprichst du so von mir oder gar nicht mehr? Spiele ich in deinem Leben nach so langer Zeit überhaupt noch eine Rolle? Hast du manchmal noch diese Magenschmerzen, nach fettigem Essen oder zu süßem? Zuckst du beim Einschlafen noch immer wie ein Baby? Schlingst du Arme und Beine um die Frauen, die bei dir übernachten, egal, wie warm es ist, weil du so am besten schläfst? Bringst du ihnen* galão *ans Bett und küsst sie, ohne Rücksicht darauf, ob sie schon die Zähne geputzt haben? Versuchst du manchmal noch, mit deinem Kumpel Daniel surfen zu gehen, und gibst jedes Mal nach einer halben Stunde auf? Angeblich, weil die Wellen nichts sind, in Wahrheit aber, weil du dich schämst? Dafür, dass du in einem Surferort wie Marial aufgewachsen bist, aber nicht gut surfst? Kannst du immer noch nicht kochen? Gibt deine Mutter dir Gläser voller selbst eingelegter Oliven und Sardinen und Fischpaste mit, damit du in Lissabon nicht verhungerst? Vermisst du dein Mofa in Lissabon, oder hast du es gar mitgenommen? Ich hoffe, das hast du nicht, es ist nicht wirklich sicher, das weißt du schon, oder?*

Ich hatte noch mehr, viel mehr Fragen, und es kamen ständig neue hinzu. Niemals würde ich sie stellen, niemals zugeben, dass er mich noch derart interessierte. Und überhaupt, sollte er je wieder vor mir stehen, würde ich ihn nur das eine fragen: *Wie konntest du nur?*

Für Donnerstagabend hatte unsere Chefin uns alle zu einer Party bei sich zu Hause eingeladen. Ich hatte versucht herauszufinden, was der Anlass war, aber alle hatten mich nur verständnislos angesehen. Leute wie Grace brauchten keine Anlässe für Partys.

Ich stand mit Yon und Neil auf der Dachterrasse des Penthouses und staunte. Stephen feierte ein Fest in seiner Kirchengemeinde, und Alfie war auf der wilden Party, von der er seit Tagen sprach, daher waren die beiden nicht dabei. Grace wohnte in Brixton in einem alten Warenhaus, das zu Luxuslofts umgebaut worden war. Ich hatte nie eine coolere Wohnung gesehen – nichts anderes hatte ich von meiner Chefin erwartet. Ihre Lebensgefährtin hatte uns alle überschwänglich mit breitem amerikanischem Akzent begrüßt. Janet war wirklich eine Erscheinung mit ihrem Turnerinnenkörper in einem engen Paillettenkleid und diesem funkelnden Charme. Ähnlich wie Grace strahlte sie von innen und außen – was für ein Powerpaar die zwei doch waren!

Ein Catering-Team trug Köstlichkeiten in winzigen Gläsern auf Tabletts herum, genau wie jede Menge fancy aussehende Drinks mit Kräutern, Selleriestangen und Gurkenscheiben darin.

»Könnte ich ein Pint haben?«, fragte Neil eine Servicekraft, die ihm daraufhin einen etwas verächtlichen Blick zuwarf.

»Einfach ignorieren«, kommentierte Yon und schnappte sich einen der Drinks.

Ich nahm mir ebenfalls einen, und auch Neil griff schließlich sichtlich verunsichert zu.

»Hoffentlich vertrag ich das.« Er nippte skeptisch an seinem grünen Getränk.

»Als ob du Bier vertragen würdest.« Yon hob ihr Glas.

Ich musste lachen. »Na dann, auf einen schönen Abend!«

Wir stießen an. Schmeckte interessant, nach Kräutern, die ich nicht benennen konnte.

»Wie geht es dir eigentlich bei uns?«, fragte Neil, während Yon mit Janet über seltene Sammler-Air-Jordans fachsimpelte.

Ich sah ihn verdutzt an. So eine Art Gespräch hatten Neil und ich noch nie geführt. Ehrlich gesagt hatte ich nicht gedacht, dass man es mit ihm führen konnte.

»Gut«, antwortete ich und nippte an meinem Glas. Der Drink war so stark, dass ich mir vorgenommen hatte, ihn extra langsam zu trinken. »Ich liebe es, in London zu sein, und ihr seid echt eine nette Agentur. Und Grace ist eine tolle Chefin.«

»Ist sie.« Neil nahm einen deutlich größeren Schluck als ich und versuchte dabei, nicht das Gesicht zu verziehen, was ihm nur teilweise gelang. »Tut mir leid, dass sie dir das Projekt weggenommen hat.«

»Der Kunde wollte es aus irgendeinem Grund so.«

»Echt? Uns hat sie gesagt, das wäre ihre Entscheidung gewesen, strategische Gründe.«

Ich nippte wieder an meinem Drink. »Ne, so war

es leider nicht. Sie hat das bestimmt gesagt, damit ich nicht so schlecht dastehe. Aber die Wahrheit ist, dass Jeff Heinzmann mich abserviert hat, warum auch immer. Er wollte, dass Yon das Projekt allein übernimmt.«

Neil sah mich mit einem Mal ganz komisch an, und ich war mir nicht sicher, ob es etwas mit der Heinzmann-Sache oder dem Alkohol zu tun hatte, der langsam seine Wirkung zeigte.

»Wie bist du eigentlich in die Agentur gekommen?«, wechselte ich das Thema.

Mein Kollege trank einen weiteren Schluck und schüttelte sich leicht. »Ich hab immer schon alle WG-Zimmer meiner Freunde eingerichtet.«

»Du auch?«, rief ich. »Ich räume ständig die Wohnungen meiner Freundinnen um, manche haben nicht mal darum gebeten.«

Neil grinste schief. »Das kenne ich. Ich bin eigentlich gelernter Tischler und hab vielen Kumpels Hochbetten gebaut und so, weil ich fand, dass sie den Platz nicht gut genug nutzen. Am Ende waren zum Glück immer alle begeistert. Dann hab ich angefangen, Ikea-Möbel zu pimpen, umzubauen und auf kleine Zimmer anzupassen. Und davon hab ich YouTube-Videos hochgeladen, schrecklich unprofessionell von der Beleuchtung her, aber die Leute fanden es offenbar unterhaltsam.«

Ich schämte mich erneut für meine Gedanken, aber das hatte ich Neil ebenfalls nicht zugetraut.

»Na, und eines Tages hat Grace ein Video von mir

kommentiert und ihre Mailadresse dazugeschrieben. Ich hab das für Spam gehalten und ignoriert.«

»Im Ernst?«

Er gluckste. »Ja, im Ernst. Bis ich einmal zu einem frühen Feierabendbier mit Freunden in der Brick Lane unterwegs war, da hab ich an der Truman Brewery das Schild gesehen. Ich hab zu meinen Kumpels gesagt: ›Wie lustig, guckt mal, die hat mir geschrieben.‹ Und die anderen meinten: ›Alter, die ist Legende! Bist du irre? Du gehst da jetzt hoch!‹«

Ich machte große Augen. »Und?«

»Na, ich hatte schon ein paar Bier intus.«

»Natürlich.«

»Und dann bin ich einfach hoch. Ich hab nach der Chefin gefragt und gesagt: ›Hey, du hast mein Video kommentiert.‹ Da hat Grace mir einen Job angeboten.«

Ich riss meine Augen noch weiter auf. »Einfach so?«

»Einfach so. Sie sagt immer, ich sei ihr Mann für die Basis. Ich richte ihr die Wohnungen für die Kinder der reichen Kunden ein. Die Miete für die ›Studentenbuden‹, wie sie sie nennen, ist meist doppelt so teuer wie meine Butze, oft kaufen sie die Dinger gleich. Ich kann dann meine Ikea-Hacks anwenden oder eigene Möbel dafür bauen, ist voll mein Ding.«

»Unglaublich.«

»Ja, so findet Grace ihre Leute. Okay, Stephen hat Innenarchitektur studiert und sich mit so einer Angebermappe beworben. Aber Alfie kennt Grace vom Nagelstudio, wo sie beide schon seit Ewigkeiten hingehen. Sie mochte seinen Style und hat ihn zum Gespräch eingeladen. Er war vorher ein hohes Tier bei einer Bank und voll unglücklich in seinem Job. Er wollte lieber weniger Geld verdienen und was Kreatives machen, was ihn erfüllt.«

Noch während ich vergeblich versuchte, mir Alfie vor einem Flipchart in einem Konferenzraum mit lauter Anzugträgern vorzustellen, hörte ich jemanden an ein Mikro klopfen. Es war Janet, um die sich eine Menschentraube versammelt hatte. Sie stand neben einem E-Piano, das mir vorher nicht aufgefallen war. Yon lehnte ganz dicht bei ihr an einem hohen Tisch, und ich konnte sehen, wie Neil verstohlen zu ihr hinübersah.

»Ihr Lieben, es ist eigentlich mein freier Abend, aber auf Wunsch meiner Frau werde ich trotzdem etwas für euch singen.« Alle klatschten. »Schön, dass ihr da seid.«

Ein Herr am Klavier begann zu spielen, und ich erkannte das Stück direkt an den ersten Tönen. Das war *Your Song* von Elton John in der *Moulin-Rouge*-Musical-Version. Als Janet anfing zu singen, stellten sich die Haare in meinem Nacken auf. Ihre Stimme war atemberaubend voll und klar.

Es ging in dem Lied um diese eine ganz große Liebe, die, mit der man zusammen alt werden wollte. Die Art von Liebe, wie Dawn und William sie gehabt hatten. Von der ich geglaubt hatte, sie mit Filipe zu teilen, in den Nächten, in denen ich wach lag und er beide

Arme und Beine um mich schlang. In denen ich seinem Atem lauschte und sein entspanntes Gesicht betrachtete, das im Schlaf ein wenig aussah wie das eines kleinen Jungen. Manchmal zuckte er. Wer konnte schon schlafen, wenn ein anderer ihn derart festhielt? Und trotzdem strampelte ich mich nie los, weil es mich rührte, dass er mir nah sein wollte, sogar im Schlaf. Bei jedem anderen Mann hätte diese Umklammerung Fluchtreflexe in mir ausgelöst. Marc hatte ich schon weggeschoben, wenn er beim Einschlafen nur einen Arm um meine Taille legte. Aber bei Filipe hatte sich Nähe nie nach Enge angefühlt. Sondern einfach nach Zusammensein.

*»I'd buy a big house where we both could live«*, sang Janet. Ich würde uns ein Haus kaufen, wo wir zusammen wohnen könnten.

Inzwischen hatten sich sämtliche Härchen an meinem Körper aufgestellt. Vermutlich war es egal, was genau sie sang, sie hätte auch aus dem Firmenregister von Nordlondon rezitieren können. Die Art, *wie* sie sang, brachte mich völlig aus der Fassung – so voller Gefühl, direkt aus dem Herzen. Es bewegte mich derart, dass ich meinen Drink zu schnell leerte. Anschließend dachte ich, ich hätte eine Erscheinung. Am Horizont hinter der Terrasse, über den Dächern Londons, ging ein Feuerwerk in die Luft.

»Haben sie das auch organisiert?«, flüsterte ich Neil zu.

Er sah mich mit glasigen Augen an. »Zuzutrauen

wäre es ihnen. Aber ich glaube, da ist ein Fest an der Themse.«

»Ah.«

Ich zückte mein Handy und machte ein Video vom bunt erleuchteten Himmel, mit der singenden Janet im Vordergrund. Der Moment war zu schön, um ihn nicht festzuhalten.

*How wonderful life is while you're in the world*
Wie schön das Leben ist, solange du darin bist

Janet ließ den letzten Ton lange ausklingen. Danach applaudierten die Gäste minutenlang. Ich wischte mir unauffällig die Tränen aus dem Gesicht.

»Ich verschwinde eben für kleine Tischler«, sagte Neil neben mir, und wenn mich nicht alles täuschte, hatte er auch feuchte Augen.

Ich sah mich nach Yon um, konnte sie aber nirgends entdecken. Also ging ich zum Rand der Dachterrasse und schaute über das nächtliche London. Noch immer erleuchtete das Feuerwerk den Horizont. Ich nahm mein Handy und machte aus dem Video, das ich gerade aufgenommen hatte, eine Instagram-Story.

*#howwonderfullifeis*

Ich wollte das Telefon schon wegstecken, als mir auffiel, dass auch Filipe eine neue Story online gestellt hatte. Ich öffnete sie, instinktiv, bevor meine Vernunft mich aufhalten konnte. Zuerst konnte ich nichts erkennen, weil das Video so dunkel war. Er schwenkte die Kamera über einen Nachthimmel. Dann zuckte ich zusammen, weil es plötzlich gleißend hell wurde. Feuerwerkskörper. Aus einer anderen Perspektive als mein Video, aber es bestand kein Zweifel.

Er sah dasselbe Feuerwerk.

Er schaute in denselben Himmel.

In diesem Moment.

Und dann tat ich es, vermutlich wegen des zu schnell getrunkenen Drinks, vielleicht auch wegen Janets Gesang und Dawns Worten und der ganzen Stimmung. Warum auch immer. Ich tippte in das Feld für persönliche Nachrichten in Filipes Story:

Samstag 17 Uhr vor der Tate Modern.

Und noch ehe mich irgendjemand oder irgendetwas stoppen konnte, schickte ich den Text ab.

# 17

Als Dawn auch am Freitagmorgen nicht zum Schwimmen kam, beschloss ich, nach der Arbeit im Buchladen ihrer Tochter vorbeizuschauen. Das hatte ich ohnehin längst vorgehabt. Ich war schon häufiger am Schaufenster von *The Bookshelf* vorbeigekommen, in dem viele historische Wälzer ausgestellt waren sowie einige Romane von der aktuellen Bestsellerliste und Bilderbücher. Ich betrat den Laden, in dem es angenehm kühl war. Eine Buchhändlerin war gerade in ein Gespräch mit einer Mutter und zwei Kindern verwickelt. Ob sie Dawns Tochter war? Ich hätte gern ihr Gesicht gesehen, um eine mögliche Ähnlichkeit feststellen zu können, aber sie stand mit dem Rücken zu mir. Da Dawn deutlich älter wirkte als meine Eltern, schätzte ich, dass Leslie auch ein ganzes Stück älter war als ich.

Interessiert streifte ich durch die Gänge, nahm einige der Bücher und las die Klappentexte. Ich könnte neuen Lesestoff gebrauchen, mein aktuelles Buch war fast ausgelesen.

Ich sah mir einige der Krimis und Thriller an, die auf einem Tisch ausgestellt waren und offensichtlich in Hampstead oder der näheren Umgebung spielten. Gerade als ich mir einen davon genauer anschaute, näherte sich jemand von der Seite.

»Kann ich dir helfen?« Eine Frau um die fünfzig, bestimmter Blick, dichte Locken. Zu meiner großen Überraschung kannte ich sie.

Ich lächelte sie offen an. »Ah, frühstückst du nicht auch immer im *Honey & Wood*?«

Die Dame lachte. »Tun wir das nicht alle?«

»Entschuldige, ich hab nur schon mehrmals neben dir gesessen und mich gefragt, ob du auch in den Ponds schwimmen gehst, weil du immer nasse Haare hast.«

Etwas im Gesicht der Buchhändlerin veränderte sich. »Nein, Gott bewahre, ich schwimme da nicht. Ich gehe ins Freibad.«

Ihr Ton war rauer geworden, und plötzlich fragte ich mich, ob es eine gute Idee wäre, nach Dawn zu fragen. Ich kam mir ohnehin schon recht übergriffig vor.

»Brauchst du einen Tipp?«, fragte die Buchhändlerin wieder freundlicher und zeigte auf das Regal, vor dem ich stand.

»Ravi, der Besitzer des *Honey & Wood*, erzählt immer von den Geistern im Heath. Gibt es Romane zu dem Thema?«

Sie griff nach einem der Krimis. »Hier geht es am Rande darum, aber ehrlich gesagt finde ich den Thriller in deiner Hand empfehlenswerter, der spielt auch in Hampstead.«

»Okay, dann nehme ich den mit. Ich hoffe, ich

fürchte mich danach nicht, den Park zu betreten.« Ich lachte unsicher.

Sie bedachte mich mit einem schmalen Lächeln.

»Bist du hier die Chefin?«

»Ja, wieso?« Sie war es also wirklich. Dies war Dawns Tochter. Unglaublich, dass ich schon so oft neben Leslie gesessen hatte, ohne es zu wissen.

»Ich wollte es nur wissen, wo wir doch immer zusammen frühstücken.« Mein Lachen klang leicht hysterisch. Sie erwiderte es nicht. »Ich sehe mich dann noch ein bisschen um«, kündigte ich an, um der Situation zu entfliehen.

Leslie drehte sich wortlos um und räumte neue Bücher in ein Regal.

Auf dem Weg zur Kasse kam ich am Esoterikregal vorbei. Jede Menge Selbsthilfebücher über ein besseres Leben, einen besseren Körper, ein besseres Mindset. Ein Titel sprang mir dabei ins Auge. *Witchcraft for the life you deserve.* Hexenkraft für das Leben, das du verdienst.

Was für ein Quatsch, dachte ich. Was sollte das sein? Gab es da Rezepte für Zaubertränke, die man bei Vollmond brauen sollte?

Ich nahm das Buch aus dem Regal und blätterte darin. Erstaunlicherweise fand ich keine Rezepte. Es waren eher kleine Essays darin, Überlegungen, wie man sein Leben als moderne Hexe gestalten konnte, wie man mit den Herausforderungen des Alltags umging. Ziemlich witzig geschrieben, musste ich zugeben.

Wer weiß, vielleicht konnte ich als Hexe, die ich laut Bina mal gewesen war, etwas daraus lernen. Kurzerhand nahm ich auch dieses Buch mit und trug es zusammen mit dem Thriller zur Kasse.

Der Gesichtsausdruck von Dawns Tochter schwankte zwischen bemüht und belustigt, als sie den Barcode des Hexenbuchs einscannte.

Ich hatte bereits beide Bücher in meiner Tasche verstaut, als ich mich doch noch traute zu fragen: »Ist deine Mutter heute nicht da?«

Leslie wurde von einem Moment auf den anderen blass. »Hast du einen alten Reiseführer gelesen?«

»Nein, nein, sie hat mir nur erzählt, dass sie hier noch manchmal aushilft.«

Leslie sah mich entgeistert an. »Sie kann hier nicht mehr … Meine Mutter arbeitet hier seit fünfzehn Jahren nicht mehr.«

Ich wollte etwas sagen, nachfragen, aber sie murmelte nur: »Entschuldige mich bitte« und verschwand in den hinteren Bereich des Ladens.

Am nächsten Morgen lag Nebel über dem Heath, als ich den Park betrat. Erstmals seit meiner Ankunft in London war es nicht mehr sommerlich warm. Mich fröstelte es leicht beim Gedanken, gleich ins kalte Wasser zu steigen.

Die Wolken hingen so tief, dass man die Blätterkronen der Platanen nicht sehen konnte. Gut, dass ich noch nicht mit dem Thriller angefangen habe, dachte ich, als ich den Weg zum Hügel hinauflief. Ansonsten hätte ich diese Stimmung, früh am Morgen ganz allein, bestimmt gruselig gefunden. Stattdessen hatte ich einige der Essays im Hexenbuch gelesen, die sich als erstaunlich lustig und lebensnah entpuppt hatten. Was neu für mich war, war die kritische Sicht, die Historikerinnen und Feministinnen in der Gegenwart auf die Romantisierung von Hexen warfen. Ich hatte mitbekommen, dass viele junge Frauen sich online gerne als Hexen bezeichneten. Das Buch erklärte, dass dies durchaus kritisch zu sehen sei, da die Bezeichnung eine jahrhundertealte Erfindung von Männern sei, die durch ihre Diffamierung Landbesitzerinnen enteignet hätten oder gar ihre Ehefrauen loswerden wollten. Es ging also nicht um etwas Heroisches oder Mystisches, sondern um Denunziation und gefährlichen Aberglauben, der für Zigtausende Frauen auf grausamste Weise geendet hatte.

Als ich am höchsten Punkt die mächtige Eiche erreichte, riss der Himmel auf. Hier oben schien die Morgensonne auf mich und meinen Schwimmrucksack, auf die Zweige und die Blätter, von denen der Morgentau tropfte. Unter mir im Tal sah ich nichts als weißen Nebel. Wie eine schwere Daunendecke lag er auf den Wiesen, Wäldern und Teichen. Es fühlte sich komisch an, durchs knietiefe Gras hinabzusteigen ins Nirgendwo. Bis es mich verschluckte und die Sonne verschwand. Je weiter ich hinunterlief, desto kühler und feuchter wurde die Luft. Sie war so schwer von

Wasser, dass ich Tröpfchen auf meiner Haut spürte, als ich endlich zum Tor des Ladies' Ponds gelangte. Ich schloss auf, ging den Weg entlang und zur Bank auf der Wiese. Zu meiner Erleichterung lag dort Dawns Kleidung. Vom Teich her hörte ich ein Plätschern. Ich zog mich rasch um und betrat den Steg, mit Gänsehaut überzogen.

Meine Freundin zog bereits ihre Runden. Zwischendurch verschwand sie in den tief hängenden Wolken, die über der Oberfläche waberten. Kalte, feuchte Luft zog über meine Haut. Das Wasser fühlte sich erstaunlich mild an im Vergleich.

»Hey, guten Morgen, ich hab dich vermisst.« Ich schwamm auf Dawn zu.

Sie wandte mir etwas müde den Kopf zu. »Guten Morgen.«

»Wo bist du gewesen in den letzten Tagen?«

Sie überlegte einen Moment. »Ich kann mich nicht erinnern.«

Ratlos sah ich sie an. War alles okay mit ihr? Sie wirkte nicht so wach und fröhlich wie sonst, sondern so, als wäre sie weit weg, in ihrer eigenen Welt.

»Geht es dir gut?«, fragte ich, während ich versuchte, mich ihrem Tempo anzupassen.

Wieder antwortete sie erst mit Verzögerung. »Erzähl mir lieber von dem jungen Mann. Wie heißt er noch?«

»Filipe. Ich habe ihm ein Treffen vorgeschlagen.«

»Oh.« Ihre Miene hellte sich etwas auf.

»Ja, er hat sofort mit einem Daumen nach oben geantwortet.«

»Das überrascht mich nicht.«

»Und ich war bei deiner Tochter im Laden.«

»Oh«, sagte sie erneut und zog ihr Gesicht in viele skeptische Falten.

»Ja, ich war im *Bookshelf*. Ich wollte eigentlich nach dir fragen, weil ich mir Sorgen gemacht habe, aber Leslie war nicht besonders offen, wenn ich ehrlich bin.«

Dawn schwamm ein paar Minuten neben mir her, ohne zu sprechen. Nach einer Weile sagte sie leise: »Es ist immer noch meine Buchhandlung. Im Herzen ist es immer noch meine. Auch wenn Leslie sie längst leitet.«

Besorgt sah ich zu ihr hinüber. »Habt ihr euch gestritten?«

Erstmals an diesem Morgen sah sie mir direkt in die Augen. »Ich liebe Leslie.« Sie klang nicht trotzig dabei, eher traurig. »Über alles. Meine Tochter ist das größte Geschenk, das das Leben mir je gemacht hat. Ich wünschte nur, das wüsste sie.«

Ich wartete, ob sie weitersprach, aber sie richtete den Blick wieder nach vorn und zog weiter ihre Kreise, langsamer denn je.

Nach einigen Minuten sagte sie: »Ich wünschte, sie würde mich mit ihm schwimmen lassen.«

»Wen meinst du?«

Sie atmete tief ein und aus. Dann sagte sie: »Ich möchte nun lieber allein sein.« Damit bewegte sie sich von mir weg und hielt auf eine Entenfamilie zu, auf die sie leise einredete, bis sie gemeinsam mit den Tieren in einer Wolke verschwand.

Was hatte ich falsch gemacht?, fragte ich mich. Was war da los, dass sowohl Leslie als auch Dawn derart abweisend auf die Erwähnung der anderen reagierten?

Ich schwamm allein zum Ende des Teichs und zog meine Bahnen an den Bojen entlang. Doch ich fand nicht in meinen Rhythmus. Es fühlte sich falsch an, hier zu kraulen, als wäre nichts gewesen. Ich sollte das mit Dawn klären. Ich tauchte auf, sah mich um und holte meine Freundin ein, die sich langsam auf die nächste Nebelschwade zubewegte.

»Hör mal, Dawn, ich wollte dir nicht zu nahe treten. Ich hab nur gedacht … Magst du nicht gleich mit mir frühstücken nach dem Schwimmen? Hier in der Nähe gibt es bestimmt ein nettes Café.«

Am Ufer tauchte hohes Schilf im Nebel auf. Dawn ließ sich einige Schwimmzüge Zeit, ehe sie antwortete. »Ein andermal.«

Ich kämpfte mit mir, schaffte es aber nicht, es einfach gut sein zu lassen. »Ist alles okay?«

Dawn wechselte ins Rückenschwimmen und schaute in den noch immer dichten Nebel hinauf. »So machen wir das hier. Wenn wir bereit sind, verteilen wir unsere Geschichten auf viele Rücken, dann hat jede von uns weniger zu tragen.«

Vom Steg hörte ich jemanden rufen. Nach und nach kamen andere Schwimmerinnen an.

Dawn drehte sich wieder um. »Und du erzählst mir deine Geschichte, wenn du bereit bist.«

»Entschuldige, wenn ich zu neugierig war.«

»Ich freue mich, wenn du bereit bist.«

Was meinte sie, sprach sie gerade von mir? Sie wirkte heute wirklich etwas verwirrt.

»Ich habe dir meine Geschichte doch schon erzählt«, sagte ich sanft.

Dawn schwamm in Richtung einer Nebelschwade und schaute sich über die Schulter noch einmal zu mir um. »Ich meine die ganze.«

# 18

**Mein Frühstück an diesem Samstag** schmeckte so gut wie immer, aber ich bekam nicht viel herunter. Lustlos stocherte ich in meinem perfekt pochierten Ei herum. Was war nur mit Dawn los? Ging es ihr gut? Was verbarg sich hinter ihrer plötzlichen Verschwiegenheit? Und wie sollte ich zukünftig damit umgehen? Ich hatte gedacht, in den Ponds spräche jede mit jeder über alles. Offenbar galt das nicht für Dawn und diese Geschichte.

Laurie strich mir im Vorbeigehen über den Rücken. »Hab ich dein Ei versalzen, *sweetheart*?«

»Nein, nein, ich bin nur noch etwas müde.«

»Du warst wohl wieder im Morgengrauen schwimmen, was?« Sie wandte sich bereits zwei Frauen am großen Tisch zu und nahm ihre Bestellung auf. Auf dem Rückweg in die Küche strich sie mir noch einmal über den Rücken. »Übertreib es nicht, *love*. Zu viel Zeit in den Ponds wühlt einen ganz schön auf.«

Ich stach schmunzelnd mit der Gabel in eine karamellisierte Tomate. Die alten Damen von Hampstead und ihre Geistergeschichten.

Das *Honey & Wood* war noch voller als sonst. Ravi

hatte erzählt, dass eine reichweitenstarke Influencerin Fotos gepostet hatte, und nun kamen die ganzen Hipster und posierten mit seinem French Toast. Leslie sah ich nicht, genauso wenig wie den Poeten. Ob er heute Abend wieder auf der Bühne stehen würde? Ich sollte Ravi überreden, mich und Yon zum Poetry-Abend zu begleiten. Wir hatten uns in dieser Woche kaum gesehen. Er war immer früh ins Bett gegangen, und im Café blieb kaum eine Minute zum Reden wegen des großen Andrangs.

Ich hatte keine Gelegenheit gehabt, ihm von meiner Nachricht an Filipe zu erzählen. Ich hatte auch Yon nichts davon erzählt, nicht meiner Mutter am Telefon und nicht Nadine, mit der ich gestern Abend telefoniert hatte. Ich hatte mit niemandem darüber geredet außer mit Dawn, in unserer geschützten Zone. Als würde es zu wahr werden, wenn ich es laut aussprach, hier draußen, in der echten Welt. Noch klang es wie ein Hirngespinst, das vom Grunde des Ponds aufgestiegen war wie die Geister des Heath.

Wie bereitete man sich auf ein Treffen vor, das man seit einem Jahr fürchtete? Auf ein Gespräch, das man gedanklich schon tausendmal in schlaflosen Nächten durchgegangen war?

Ich versuchte, mich nach dem Frühstück mit Lesen abzulenken, skypte mit meinen Eltern, rief Nadine an, die tatsächlich etwas Zeit hatte, während sie Muffins für eine Kinderparty backte, ging einkaufen, putzte die Wohnung, pflegte alle Pflanzen, lackierte das Sideboard unten in Ravis Garten, hörte laut Musik. Nichts davon half gegen dieses Chaos in mir.

Als der Nachmittag kam, zog ich mir ein schlichtes ärmelloses Kleid an, von dem ich wusste, dass ich mich darin sicher fühlte. Schminkte mich leicht – bloß nicht zu bemüht wirken, sonst bildete er sich am Ende etwas darauf ein. Zerzauste meine kurzen Haare mit Wachs. Stand vor dem Spiegel und betrachtete mich. Ich sah deutlich besser aus als zuletzt in Hamburg. Man konnte mir ansehen, dass ich hier mehr schlief, besser aß, weniger arbeitete. Meine Wangen waren etwas voller, die Augenringe nicht mehr so tief. Meine Haut war leicht gerötet vom vielen Draußensein, zarte Sommersprossen zogen sich über Wangen, Hals und Unterarme.

Wir hatten uns zuletzt in Marial gesehen. Ich musste mich anstrengen, um mich an jene letzten gemeinsamen Momente zu erinnern. Wir hatten uns gestritten, heftig, über die Sache mit dem Testament und seinen Standpunkt, dass ich mich nicht einmischen durfte. Immer dann, wenn es um seine Familie ging, war ich plötzlich außen vor. Wo ich doch eigentlich *sein* Mensch war, seine Partnerin, die angeblich wichtigste Person für ihn. Filipe und sein Vater hatten damals angefangen, das Haus von Oma Cristina zu renovieren. Sie rückten alle Möbel in ein Zimmer, sortierten ihre Sachen aus, verabschiedeten sich von ihrem Leben. Ich wollte helfen, ich wollte für Filipe da sein, aber er schob mich von sich weg. Ein letztes Mal noch gingen wir gemeinsam zu den Klippen, diskutierten heftig. Er wollte mich küssen, aber ich sagte ihm, dass ich das nicht konnte. Wissen, was er und seine Familie trieben, und einfach zuschauen.

Am Abend ging mein Rückflug. Filipe brachte mich mit dem Auto seiner Schwester zum Flughafen. Er versuchte, mir beim Fahren eine Hand auf den Arm zu legen, aber ich schob sie weg. Ich küsste ihn flüchtig zum Abschied und ließ ihn einfach stehen.

Schon in der Abflughalle bereute ich es. Ich liebte ihn doch so. Es konnte nicht sein, dass seine Familiendramen uns auseinanderbrachten. Schließlich waren das alte Dramen, nicht unsere. In der Security-Schlange scrollte ich auf dem Handy durch die Fotos, die ich in den vergangenen Tagen gemacht hatte. Eins zeigte Filipe und mich in der Taverne der Halbinsel, wie wir mit einem portugiesischen Bier anstießen, Wange an Wange. Wir sahen so glücklich aus, obwohl ich wusste, dass wir uns zuvor gestritten hatten, wieder wegen des Erbes oder einer anderen Sache. Ich postete das Foto, weil ich wusste, dass Filipe es sehen würde. Darunter schrieb ich:

*#missualready* – vermisse dich jetzt schon.

Es war meine Art, ihm die Hand zu reichen.

Ich saß am Gate, als eine Kollegin von der Uni auf dieses Foto reagierte. Sie schrieb mir eine Nachricht.

Lustig, hast du ein Surfcamp in Marial gemacht? Ich war da mit einer Freundin, den Hottie haben wir auch kennengelernt.

Mit *Hottie* meinte sie meinen Freund. Meinen Filipe. Ich wollte nicht nachfragen, ich wollte es nicht wissen, aber meine Finger waren schneller als meine Vernunft.

Superschön dort! Wann wart ihr da?

Sie antwortete sofort:

April, war noch ziemlich frisch. Lara hatte echt
Liebeskummer danach, sie war total verknallt.
Aber der hatte direkt die Nächste, hab ich gehört.
Also bitte nicht verlieben!

Also bitte nicht verlieben! Ich musste laut auflachen, aber im Grunde war es nur der Schmerz, der aus mir rauswollte und nicht wusste, wohin. April, das war zu dem Zeitpunkt keine zwei Monate her. Das war die Phase gewesen, in der es Cristina so schlecht ging, dass ich möglichst oft nach Portugal kam, um Filipe beizustehen. Mein Beistand allein hatte offenbar nicht gereicht.

Am schlimmsten fand ich, dass ich es hätte besser wissen müssen. Alle hatten mich gewarnt, sogar seine Freundinnen vor Ort. Es hatte vorher schon mal solche Situationen gegeben. Eine Touristin, die auf ihn zukam und behauptete, seine Freundin zu sein. Eine andere, die ihm einfach ohne Vorwarnung um den Hals fiel und ihn küssen wollte. Er hatte mich immer überzeugen können, dass das alte Geschichten waren. Dass ich gerade die Einzige für ihn war. Ich hatte ihm so sehr glauben wollen und alles andere beiseitegeschoben. Sogar als er zugab, mit der einen habe er bei einem Heimatbesuch etwas gehabt, in unserer Anfangsphase, als ich ihn noch auf Abstand gehalten hatte. Auch das verzieh ich ihm, ich hatte ihn wirklich lange im Ungewissen gelassen und immer wieder behauptet, dass ich nichts Festes wolle. Aber im April? Als zwischen uns alles klar und wir so verliebt gewesen waren? Wie hatte er mir das antun können? Er liebte mich doch, oder etwa nicht?

Damals lief ich auf die Flughafentoilette und wusch mein Gesicht mit kaltem Wasser. Ich weiß noch, dass ich dachte, wie gesund ich aussah. Sonnengeküsst, wohlgenährt nach einer Woche bei Filipes Familie, in der es ständig etwas Gutes zu essen gab, auch wenn alle trauerten. Als ich wieder einigermaßen klar denken konnte, löschte ich meinen Post. Und schrieb Filipe eine letzte Nachricht.

Leb wohl, Filipe, diesmal ist es wirklich vorbei.

Danach blockierte und löschte ich seine Nummer.

Aus heutiger Sicht erschien mir das drastisch. Ich hatte ihm nie eine Chance gegeben, sich zu erklären. Aber ich wusste, dass er sich womöglich rausreden, mich doch wieder überzeugen würde. Und das wollte ich nicht. Ich konnte nicht mit einem Mann zusammen sein, von dem ich nie wusste, ob er wirklich nur mir gehörte. Diese Entscheidung musste ich allein treffen, für mich, sie hatte nichts mehr mit Filipe zu tun. Ich musste mich retten.

Er flog danach noch einmal nach Hamburg, stand vor meiner Tür, aber ich ließ ihn nicht rein, wollte nichts mehr hören. Auch das erschien mir im Rückblick drastisch. Aber hätte ich die Tür geöffnet, wäre ich wohl nicht stark genug gewesen, ihn wieder wegzuschicken.

»Ich habe entschieden, es nicht mehr zu meinem Drama zu machen«, so erzählte ich es damals allen, die mich auf Filipe und seine Familie ansprachen. Das Absurde war, dass sie mir glaubten. Ich spielte die Frau, die gerade noch so davongekommen war, offenbar mit großer Überzeugung.

Nur bei Instagram war ich ihm nicht entfolgt, hatte ihn nicht geblockt. Vielleicht, um ihm einen letzten Weg zu lassen, mich doch zu kontaktieren, wenn die Wogen sich etwas geglättet hatten. Ihm die Möglichkeit zu geben, mir zu sagen, dass doch alles ganz anders gewesen war. Aber er tat es nie.

Und nun würde ich ihm wieder entgegentreten, dem Mann, der meine Welt auf den Kopf gestellt und mich dazu gebracht hatte, vor Freundinnen und Familie Theater zu spielen. Weil ich fürchtete, sie würden sich zu große Sorgen machen, wenn sie wüssten, wie schlecht es mir wirklich ging. Wie sehr es doch noch immer mein Drama war.

Es dauerte Monate, bis das Brennen in meinem

Bauch nachließ, wenn jemand seinen Namen erwähnte oder mich etwas an ihn erinnerte. Mit der Zeit ging es mir langsam besser. Auch wegen Marc. Auch wegen der Arbeit, in die ich mich stürzte.

Trotzdem musste ich mir eingestehen, dass ich mich erst wieder richtig glücklich und leicht fühlte, seit ich hier in London war. Nun, ein Jahr nach unserer Trennung, war ich wirklich darüber hinweg. Und ausgerechnet jetzt tauchte er wieder auf. Ist das nicht immer so mit Gespenstern aus der Vergangenheit? Dass sie einen letzten großen Auftritt haben, wenn wir gerade dabei sind, sie zu vergessen? Wie eine Prüfung, ob wir wirklich keine Angst mehr vor ihnen haben, bevor sie sich endgültig zurückziehen.

Mit welcher Erwartung trat ich ihm also entgegen? Wollte ich inneren Frieden finden, wie Dawn gesagt hatte? Es war mir lange unmöglich erschienen, ihm je zu verzeihen, aber warum eigentlich nicht? Menschen machten Fehler. Ich hatte auch Fehler gemacht. Vielleicht konnten wir tatsächlich beide damit abschließen.

Mit diesen Gedanken brach ich auf zur Tate Modern. Setzte mich in die Overground-Bahn, stieg um in die *Tube*, die an diesem Samstagnachmittag in der Ferienzeit so voll war, dass ich mich eigentlich hätte unwohl fühlen müssen. Aber selbst das bemerkte ich nur am Rande. Ich lebte gerade einzig und allein in meinem Kopf. Wieder und wieder fragte ich mich, ob ich einen Fehler machte. Ob ich wirklich schon stabil genug für diese Begegnung war. Ob ich diese Prüfung bestehen würde.

*Was soll schlimmstenfalls passieren?*, hatte Dawn gefragt.

Immer wieder klang mir dieser Satz in den Ohren, als ich von der Haltestelle Monument in Richtung Themse lief. Sie war breiter als in meiner Erinnerung, reißender, ein wilder Strom. Von diesem Ufer führte eine futuristische Fußgängerbrücke rüber zum anderen. Dort erhob sich der kastenförmige Bau der Tate Modern. Ich lief mit Horden von Touristen über die Brücke, die leicht schwankte. Vielleicht war dieser Treffpunkt eine schlechte Idee gewesen. Aber ich hatte gedacht, es würde zu uns passen, wo wir uns beide so für Kunst und Architektur interessierten. Außerdem wollte ich bewusst keinen schnuckeligen Park in Notting Hill vorschlagen. Bloß nichts, was romantische Assoziationen weckte. Und was könnte unromantischer sein als der massige Betonklotz, der sich da vor mir erhob und auf den so viele Leute zuströmten?

Ich betrat die Uferpromenade auf der anderen Seite, wo Händler auf und ab liefen und leuchtende Flummis verkauften sowie Schals, auf die Porträts von William und Kate gedruckt waren. Diese Seite von London hatte ich in den vergangenen zwei Wochen bis auf meinen kleinen Ausflug in die Oxford Street gemieden. Die Großstadt, das Getümmel, die Touristenmagnete, die Menschenmassen. Ich wusste, warum.

Wie um alles in der Welt sollte ich Filipe hier finden? Ich war ein kleines bisschen zu spät, wie fast immer. Weil ich wusste, dass auch er nie pünktlich kam. Würde er überhaupt kommen?, fragte ich mich plötzlich. Ich hatte meine Nachricht bewusst nicht als Frage formuliert, ich wollte ihm keine Wahl lassen. Und tatsächlich hatte er ja sofort geantwortet, mit einem schlichten Daumen nach oben.

Warum war ich mir so sicher gewesen, dass er auch wirklich auftauchen würde? Schließlich war er für mich durch halb Europa geflogen, und ich hatte ihn vor meiner verschlossenen Wohnungstür stehen lassen. Ich drehte mich im Kreis und hielt Ausschau nach ihm. Kurz erwog ich, einfach weiterzugehen. Am Ufer entlang bis zur Tower Bridge, dort in die nächste *Tube*, nichts wie weg hier. Da legte jemand von hinten eine Hand auf meine Schulter.

Ich drehte mich um.

Und da stand er. Filipe. Das Haar wehte ihm ins Gesicht, seine Augen funkelten in der Nachmittagssonne. Er sah mich einfach nur an, etwas unsicher, ernst, abwartend. Er wirkte kleiner als in meiner Erinnerung, schmaler. Und plötzlich dachte ich: Ja, er ist auch nur ein Mensch.

Er strich sich eine Strähne aus dem Gesicht. »Hey, Zoé.«

»Hey, Filipe.«

»Darf ich einen Vorschlag machen?«

Ich wollte widersprechen, die Regie nicht direkt aus

der Hand geben, aber ich war neugierig, was er zu sagen hatte. Also antwortete ich: »Bitte.«

Er zog die Stirn in Falten, was ihn immer ein wenig aussehen ließ wie eine Mischung aus einem Hollywoodstar und einem Hundewelpen. Mich kann er damit nicht mehr beeindrucken, redete ich mir ein.

»Können wir da lieber nicht rein?« Er zeigte auf den Betonklotz hinter sich. »Wollen wir einfach ein Stück gehen?«

»Einverstanden.«

Und dann liefen wir los. Durch die Menschenmassen, nebeneinanderher. Es war beides zugleich: ganz normal und sehr, sehr merkwürdig.

»Fang du an«, sagte er schließlich.

»Nein«, versuchte ich, die Kontrolle wieder an mich zu reißen. »Fang du an.«

»Okay.« Wir drängten uns an einer Gruppe vorbei, die um einen Guide mit Schirm herumstand, der ihnen gerade etwas über die Tate Modern erzählte. »Ich arbeite für ein Architekturbüro in Lissabon.«

Das wusste ich bereits. »Ah, cool.«

»Ja, es ist super. Du kannst dir vorstellen, dass meine Eltern sich ständig beschweren.«

»Ja.«

»Aber ich liebe es. Na ja, und nun hat ein Investor aus London uns gekauft. Sie wollen einen lebendigen Austausch zwischen den Büros und haben mich geschickt.«

Neben uns röstete jemand auf einem kleinen Grill

gebrannte Mandeln. Mitten im Sommer. »Für wie lange?«

»Erst mal für einen Monat, dann sehen wir weiter.«

Wir kamen an einem kupferfarben angemalten Mann vorbei, der zu tanzen begann, als ein Kind eine Münze in seinen Hut warf.

»Wie gefällt es dir?«, fragte ich weiter.

»Es ist alles etwas überwältigend.« Ich konnte spüren, wie Filipe mich von der Seite ansah. »Und für dich?«

Ich sah ihn ebenfalls an, und erstmals lächelte er. Dieses Lächeln. Ich konnte nicht anders, als es zu erwidern. »Für mich auch. Ich kann manchmal kaum glauben, dass ich wirklich hier bin.«

»Ja. Wo arbeitest du?«

Ich fing an, an meinen Piercings zu spielen, stoppte mich aber gleich wieder. »Die Chefin einer Interior-Design-Agentur hat mich über Instagram angeschrieben, offenbar gefielen ihr meine Fotos. Alles ziemlich spontan und chaotisch, aber ich liebe es.«

Vor uns tauchten die Türme der Tower Bridge auf, beschienen von orangerotem Sonnenlicht.

Filipe pustete sich eine weitere Haarsträhne aus dem Gesicht. »Es ist irre hier! Ich denke immer, das ist alles Fototapete.«

»Ja, wirklich.« Ich zögerte einen Moment, dann fragte ich doch: »Wie geht es deiner Familie?« Es fühlte sich nicht an, als würde ich ein Zugeständnis machen. Ich wollte wirklich wissen, wie es den Menschen ging, bei denen ich so viel Zeit verbracht hatte.

Und dann begann Filipe zu erzählen. Von seinen Eltern, denen es immer schwerer fiel, auf ihrem Hof zu arbeiten, und von seinem Kumpel Daniel, der überlegte, den Hof zu übernehmen und daraus eine Art Ökohostel für Surferfamilien zu machen. Filipes Eltern sollten in Cristinas altes Haus auf der Halbinsel ziehen. Er redete und redete, so offen, wie wir immer miteinander gesprochen hatten.

Danach fragte er mich nach meinen Eltern, und ich erzählte vom Bluthochdruck meiner Mutter, vom Ruhestand meines Vaters, von meinem stressigen Job in Hamburg und der spontanen Entscheidung hierherzukommen, von meiner Arbeit und meinen Kolleginnen und Kollegen. Sogar von Heinzmann und davon, dass ich von dem Projekt abgezogen worden war, erzählte ich. Nur Marc erwähnte ich nicht.

Wir liefen über die Tower Bridge, am Tower, der St Paul's Cathedral und dem Trafalgar Square vorbei. Wir liefen und liefen und hörten nicht auf zu sprechen.

Irgendwann lachte Filipe. »Wir reden wieder so schnell.«

Ich musste auch lachen. »Ja, stimmt.«

Die Sonne stand schon tief, und plötzlich sah ich erschrocken auf mein Handy. Es waren zwei Stunden vergangen.

»Ich habe eine Verabredung«, fiel mir ein.

»Wo musst du hin?«

»Soho.«

»Darf ich dich hinbringen? Dann haben wir noch etwas Zeit.«

Es ist komisch, dachte ich. Mit manchen Menschen schafft man es kaum durch eine Mittagspause ohne peinliche Stille. Und mit anderen gehen einem niemals die Gesprächsthemen aus, selbst dann nicht, wenn man sie Tag und Nacht sieht. Diese Seite von uns hatte es auch gegeben. Nicht das Dramapärchen, sondern die guten Freunde. Eigentlich hatten wir immer geredet, ich weiß noch, dass Bekannte uns das manchmal vorwarfen. *Ihr seht euch doch zu Hause, warum redet ihr nicht mal mit jemand anderem?* Aber wir hatten uns einfach immer etwas zu sagen.

Filipe strich sich die Haare zurück. »Was magst du am liebsten hier?«

»Ich weiß nicht, spontan würde ich sagen, die Scones mit Rosinen.«

»Ich hatte verdrängt, dass du Rosinen isst, Zoé. Wie kannst du nur?«

Wir mussten beide lachen. Ja, wir konnten gut miteinander lachen. Dawn hatte recht: Es hatte viel Gutes zwischen uns gegeben. Und vielleicht würde ich inneren Frieden finden, wenn ich es wieder sehen konnte. Wenn nicht meine Wut und meine Enttäuschung gewannen, sondern das schöne Gefühl, jemanden an meiner Seite gehabt zu haben, mit dem ich immer hatte lachen können. In den absurdesten Momenten, wie bei der Beerdigung seiner Oma, als dem Priester die Kerze abbrach und auf den großen

Zeh fiel. Wir hatten uns gerade noch beherrschen können, aber sobald wir allein waren, hatten sich unter unsere Trauertränen Lachtränen gemischt. So waren wir gewesen. Ich sollte anfangen, Dankbarkeit dafür zu empfinden. Es war kein Fehler gewesen, Filipe zu treffen. Und es war keiner gewesen, ihn zu lieben.

Wir gelangten an die Leuchtreklamen am Piccadilly Circus.

»Hier um die Ecke treffe ich die anderen«, sagte ich.

Filipe wirkte mit einem Mal traurig. Um ein Haar hätte ich ihn gefragt, ob er mitkommen wolle. Warum auch nicht, wir verstanden uns doch jetzt gut. Yon und Ravi würden ihn bestimmt mögen, jeder mochte Filipe. Aber ich konnte mich gerade noch zurückhalten. Ein zwei Stunden langes, nettes Gespräch machte aus uns noch keine Freunde.

Filipe sah hoch zu den bunten Lichtern, dann zurück zu mir. »Ja, dann.«

»Ja, dann.«

»Hab eine gute Zeit hier!« Zwei junge Frauen liefen an ihm vorbei, musterten ihn und kicherten.

»Du auch!«

Und damit war es geklärt. Wir sprachen nicht mehr über gestern. Wir hatten uns im Heute versöhnt. So zumindest fühlte es sich in diesem Moment an.

»Und falls jemals etwas ist, also … du kannst mich jederzeit anrufen. Hier, ich glaub, du hast meine Nummer nicht mehr.« Er hielt mir einen Zettel hin, und ich steckte ihn in die Hosentasche.

Ich widerstand dem Impuls, ihn zu umarmen. Stattdessen hob ich nur die Hand und wandte mich ab.

Nach wenigen Schritten hörte ich ihn hinter mir sagen: »Zoé?«

Ich blieb stehen und schaute mich um.

Filipe stand noch immer vor dem Brunnen, umringt von fotografierenden Menschen. »Ich hab es echt so gemeint!«, rief er über sie hinweg. »Ich freue mich von Herzen für dich.«

# 19

Ravi hatte mir eine Nachricht geschrieben.

Sorry, zu müde, nächstes Mal.

Schade, ich hätte ihn gern mitgenommen. Enttäuscht wartete ich vor dem Club, ich hatte mich wirklich auf den gemeinsamen Abend gefreut. Außerdem wurde ich den Gedanken nicht los, dass Ravi mal rausmusste aus seiner Höhle, mehr sehen als nur seine kargen vier Wände und das Café.

Yon kam wie schon beim letzten Mal zu spät. Als sie schließlich vor mir stand, war etwas an ihr anders als sonst. Sie sah verschlafen aus, als wäre sie gerade erst aus dem Bett gestiegen.

»Hast du noch ein Nickerchen gemacht?«, fragte ich, als wir die Stufen in den Club runtergingen.

»Ne, ich war nur knapp dran.«

Sie grüßte den Türsteher, und wir machten uns auf zur Bar, wo wir Drinks bestellten. Während Yon hastig trank, betrachtete ich sie. Ihre sonst so makellose Haut war gerötet und fleckig, und wenn mich nicht alles täuschte, trug sie ihr übergroßes T-Shirt falsch herum.

Und plötzlich dämmerte es mir. Ich prustete los.

»Was ist?« Yon drehte sich etwas unwirsch zu mir.

»Wer ist es? Sag schon! Pierre, Jean-Luc oder Hugo – oder wie heißen sie noch gleich?«

»Jean-Marc.«

»Welcher ist das, der mit den Locken?«

»Ja, der mit den Locken.«

»Den findest du gut?«

Yon riss die Augen auf. »Wovon sprichst du? Nein, er heißt Jean-Marc, nicht Jean-Luc. Der mit den Locken heißt Jean-Marc.«

»Und mit dem läuft was?«

»Hast du getrunken?«

»Nein, du?«

Sie öffnete fassungslos den Mund. »Wovon redest du?«

»Na, du siehst so aus, als hättest du gerade mit jemandem … Sorry, aber … so siehst du aus.«

Zu meiner Überraschung wurde Yon von einer Sekunde auf die andere dunkelrot.

Ich musste noch mehr lachen.

Sie sah mich finster an. »Du spinnst echt! Ich hab zu Hause stundenlang Minecraft gezockt und die Zeit vergessen.«

Also gut, ich würde sie damit in Ruhe lassen. Vielleicht hatte ich mich getäuscht. Oder Yon wollte ihr kleines Geheimnis einfach noch nicht mit mir teilen. Ich ärgerte mich, dass es mir mal wieder nicht gelungen war, mir meinen Teil zu denken und zu schweigen.

Das Programm begann, und einige der Vortragenden

kannten wir bereits. Die Moderatorin mit dem Afro, den Typen, der aussah wie mein alter Mathelehrer, die wütende Poetin im Rollstuhl. Andere waren beim letzten Mal nicht dabei gewesen. Ich lauschte ihnen mit Begeisterung. Yon hingegen wirkte abwesend. Immer wieder leuchtete zwischendurch ihr Handy auf, und sie antwortete auf die Nachrichten. Ich musste mich beherrschen, um sie nicht darauf hinzuweisen, wie unhöflich ich das fand.

Erst als mein Frühstücksnachbar, der Poet mit dem Man Bun, auf die Bühne trat, stieß ich sie mit dem Ellenbogen an. »Hey, unser Freund.«

Yon steckte schnell ihr Telefon weg. »Stimmt, der ist süß.«

»Du bist wie ein Zuschauer beim Fußball, der das Aussehen der Spieler kommentiert. Ich dachte, wir sind wegen der Poesie hier.« Ich knuffte sie in die Seite, und sie grinste frech.

Ravis Stammgast räusperte sich und las dann aus seinem Notizbuch vor.

*When we dream*
*We escape*
*When we run*
*We hide*
*When we speak*
*We choose our truth*
*When we say nothing*
*We say it all*

*When we are not sure*
*We really are*
*Cause when we love*
*We love*
*And when we know*
*We know*

Denn wenn wir lieben
Lieben wir
Und wenn wir es wissen
Wissen wir es

Auch diesmal bekam er langen Applaus.

»Hach.« Yon lehnte sich mit ihrer Schulter gegen meine. »Den finde ich echt gut.«

»Ich auch.« Ich klatschte noch immer. »Schade, dass Ravi nicht dabei ist, das hätte ihm gefallen. Ich hätte ihn dir so gern mal vorgestellt.«

»Beim nächsten Mal.« Yon fischte schon wieder nach ihrem Handy.

»Wem schreibst du denn da die ganze Zeit?«

Sie steckte es wieder weg. »Meinen Eltern. Sie wollen alles ganz genau wissen.«

»Denken sie immer noch, dass du in einer Mädels-WG lebst?«

Sie nickte heftig.

Ich musste lachen, und erneut wurde Yon rot. Ich versuchte, mich zu beherrschen, und wechselte das Thema. »Wann gehst du das nächste Mal zu Jeff?«

Yon sah mich streng an. »Es ist Samstagabend. Lass uns bitte nicht über die Arbeit sprechen.«

»Du hast recht. Ich hab was anderes zu erzählen. Ich hab vorhin meinen Ex wiedergesehen.«

Yon machte große Augen. »*Den* Ex? Den, von dem du immer noch so viel sprichst?«

»Ich spreche gar nicht viel von ihm. Und ich meine nicht den letzten, sondern den Portugiesen, Filipe.«

»Ich auch.« Sie nippte offensichtlich gespannt an ihrem Glas. »Das sagst du jetzt erst! Wie war es?«

Ich betrachtete die Silberringe an meinen Fingern. »Es war erstaunlich entspannt. Vertraut. Ich bin jetzt irgendwie weniger wütend.«

»Das ist gut, oder?«

Ich drehte an dem kleinen Ring, den ich mir mit ihr zusammen gekauft hatte. »Ich vermute, ja. Vielleicht kann ich die ganze Sache nun endgültig hinter mir lassen. Es ist nie gut, mit Groll herumzulaufen. Ich hab das Gefühl, er ist erwachsener geworden.«

»Ich finde, das sollten wir feiern. Meine Mitbewohner sind noch auf einer Party, wollen wir da hin?« Yon leerte ihr Glas und stellte es bestimmt auf dem Tisch ab. Dabei fiel mir auf, dass sie ihren Ring nicht am kleinen Finger trug. Auf wessen Nachtschrank sie den wohl vergessen hatte?

Ich machte ein Pokerface. »Ist Jean-Luc auch da?«

»Jean-Marc!« Zu meiner Erleichterung musste Yon lachen.

Am nächsten Tag ging ich nicht wie geplant mit Laurie und den anderen schwimmen. Ich ging nicht mal auf den Blumenmarkt. Der Himmel war trüb, Gewitterwolken trieben über die Stadt, und ich schlief meinen Kater aus. Die Party war ziemlich wild gewesen, wir hatten bei einem Brandon in der Wohnung getanzt, bis die Nachbarn die Polizei gerufen hatten. Ich hatte Yon mit ihren drei süßen Franzosen beobachtet und konnte ausschließen, dass Jean-Marc der Auserwählte war, denn den fand ich im Laufe des Abends knutschend mit einem hübschen Mexikaner im Flur vor, mit dem ich mich zuvor unterhalten hatte. Wobei … was hieß das schon? Mit den anderen beiden – Pierre und Hugo – sah ich Yon lachen und scherzen. Sie waren beide ziemlich süß – einer blond und schlaksig, der andere kahl und athletisch –, aber richtige Indizien sammelte ich nicht. Sie würde es mir schon noch verraten, hoffte ich.

Die klebrigen Mixgetränke jedenfalls, die Namen trugen wie *Hooch*, bereute ich am nächsten Morgen bitterlich. Ich lag den halben Tag auf dem Sofa und las in meinem Hexenbuch. Im Grunde ging es darin vor allem um Selbstbewusstsein. Darum, auf die eigene innere Stimme zu hören. Die eigenen Stärken zu kennen. Denn in jeder von uns würden besondere Kräfte schlummern, wir müssten nur wissen, wie wir sie wecken konnten. So weit, so bekannt, aber schaden konnte es nicht, sich ab und an daran zu erinnern.

Gegen Abend hörte ich Ravi im Treppenhaus und beschloss, ihn abzufangen. Mit müdem Gesicht schloss er seine Wohnungstür auf, einige Vorratsdosen in der Hand.

»Hey, Frau Nachbarin.«

»Hey, Fremder.«

»Sorry noch mal wegen gestern Abend! Ich war zu müde.«

»Du hast etwas verpasst. Unser Poet war wieder da, er ist echt gut.«

»Ah.« Auf seiner Stirn sah ich einen Abdruck vom Haarnetz. Er schob mit der Schulter die Tür auf.

Ich folgte ihm ungefragt hinein. »Ich komme kurz mit und gieße Taylor und Selena.«

Er hielt mich nicht auf, vermutlich war er sogar dafür zu erschöpft.

Wir gingen rein, und ich sah nach dem Bogenhanf und der Monstera. Beide waren wohlauf, Letztere brauchte aber etwas Wasser, das ich aus dem Badezimmer holen wollte. Dabei fiel mir eine weitere Tür neben der Küche auf. Was sich wohl dahinter verbarg? Auch im Badezimmer stand nicht mehr als eine Zahnbürste, eine Seife und eine Cremedose, die unbenutzt aussah. Ravi wäre ein Traumkandidat für die Reality-Show *Queer Eye*, in der ein queeres Expertenteam Stylingtipps und Lebenshilfe gab.

Ich hörte Ravi in der Küche summen.

»Hast du Hunger?«, rief er.

»Immer.«

Wenig später kam er mit zwei Schalen mit indischem Curry wieder, das herrlich duftete. Wir setzten uns auf seine Matratze, den Rücken an die Wand gelehnt, die sich heute noch kühler anfühlte als beim letzten Mal.

»Ich könnte dir ein Sofa besorgen«, schlug ich vor.

Ravi schnaubte. »Zoé, ich mag meine Wohnung.«

»Du musst mir das bitte trotzdem mal erklären.«

»Was?«

»Na, dein Café ist traumhaft eingerichtet, ich hätte es nicht besser machen können.«

Ravi begann grummelnd, das Curry zu essen.

»Die Wohnung oben … die hast du echt schön gestaltet.«

»Danke.«

»Warum …« Ich zeigte um mich. »Wenn du es doch kannst, warum dann das hier?«

»Weil ich es eben so mag. Punkt.«

Ich nahm einen Löffel Curry aus der Schale und sah dem Dampf dabei zu, wie er zur Decke stieg. »Okay, ich versuche, es zu akzeptieren. Aber ich würde mir echt wünschen, dass du öfter mit mir rausgehst. Wenigstens mal auf einen Spaziergang oder so. Ich mache mir Sorgen um dich.«

Er ließ die Schale sinken. »O bitte, ich habe schon eine Mutter und ein Dutzend Tanten und Schwestern, die sich Sorgen machen!«

»Ich will dich nicht nerven, ich mag dich nur wirklich gerne, und ich will, dass du gut zu dir bist. Nur arbeiten, das geht auf Dauer nicht gut. Wir brauchen dich noch.« Ich pustete auf meinen Löffel.

Ravi griff nach einer Zwei-Liter-Flasche Cola und trank daraus. Abrupt setzte er sie wieder ab. »Huch, entschuldige! Ich hole dir ein Glas und eine neue Flasche.«

»Ne, lass mal, bleib sitzen! Alles gut. Wollen wir nicht nach dem Essen noch eine Runde um die Häuser drehen? Bisschen frische Luft?«

Ravi stellte die Flasche offen neben sich, wo bereits eine Fanta und eine Sprite standen, beide ohne Deckel und noch halb voll. »Wenn ich ehrlich bin, würde ich lieber fernsehen.«

Er griff nach der Fernbedienung, die neben dem Bett lag. Als er schon den Finger auf dem Knopf hatte, fragte ich: »Ich lass dich gleich gucken, sag nur bitte schnell: Was weißt du über die Buchhändlerin, die immer bei dir frühstückt?«

»Die aus dem *Bookshelf*?« Ravi stellte den Fernseher an. Eine seiner Soaps. »Stammkundin, ziemlich verschwiegen, hat ganz gern ihre Ruhe, glaube ich.«

»War auch mein Eindruck, ich war bei ihr einkaufen.«

»Laurie meinte mal, das wäre kein Wunder, bei der Familiengeschichte.«

»Ihr Vater ist gestorben, oder? Und ihre Mutter und sie …«

»Frag lieber Laurie«, unterbrach Ravi mich. »Ich weiß echt nicht, was da genau los ist. Außerdem … Das hier ist gerade spannend.«

Ich schaute auf den Fernseher. Ein Pärchen – beide sehr muskulös und braun gebrannt – beschimpfte sich gegenseitig, soweit ich das verstehen konnte. Resigniert aß ich das köstliche Curry. Und während Ravi mit seinen Gedanken ganz beim Drama auf dem Bildschirm war, fragte ich mich, was ich noch tun könnte, um ihn hier mal rauszubekommen.

# 20

Auch die neue Woche begann mit Nebel. Und mit einer Bank, auf der keine Kleidung lag. Einem Pond, in dem niemand schwamm. Bis ich vom Steg stieg und die ruhige Oberfläche teilte. Morgen für Morgen schlug ich mich durch die tief hängenden Wolken, glitt ins kühle Wasser und zog allein meine Bahnen. Zu meinem eigenen Erstaunen wäre ich lieber langsam geschwommen. Und hätte mich dabei mit Dawn unterhalten. Ich vermisste unsere Gespräche. Ich hätte sie gern mehr über Leslie gefragt. Ich hätte ihr gern von meinem Treffen mit Filipe berichtet und ihre Meinung dazu gehört. War sie mir böse, weil ich zu neugierig gewesen war? Weil ich mich zu sehr eingemischt hatte? Ging es ihr gut? Sie hatte auf mich zuletzt etwas verwirrt gewirkt. Aber selbst wenn sie gekommen wäre, hätte ich mich wohl kaum getraut, sie darauf anzusprechen, nachdem sie zuletzt so verärgert gewesen war.

So blieb ich allein mit meinen Gedanken. Mit Nadine hatte ich kurz über Filipe gesprochen. Sie hatte gesagt, es sei gut, dass wir uns getroffen hätten. Dass ich nun vielleicht endlich weitermachen könnte.

Nicht so halb, wie ich es mit Marc versucht hatte, sondern richtig. Es erschütterte mich, dass sie es so formulierte. Dass das mit Marc nur »so halb« gewesen war. Wegen Filipe. Ich hatte das gewusst, natürlich, aber ich hatte es mir nur ungern eingestanden. Und ich hatte nicht geahnt, dass auch mein Umfeld es wusste. Für mich hatte es immer so gewirkt, als ob alle uns ernst nahmen außer mir selbst.

Marc hatte sich nicht mehr gemeldet seit unserem Gespräch. Und bis Nadine ihn am Telefon erwähnte, hatte ich kaum an ihn gedacht. Ich schämte mich insgeheim dafür, wie beiläufig ich ihn aus meinem Leben radiert hatte. Als hätte er mir nichts bedeutet. Was so auch wieder nicht stimmte. Ich mochte ihn, ich war immer gern mit ihm zusammen gewesen, er war ein feiner Kerl. Aber eben nicht mehr.

An all diese Dinge dachte ich, während ich schwamm, allein im Morgengrauen, zwischen Nebelschwaden und Libellen, die dicht über dem Wasser schwebten. Seit ich Filipe getroffen hatte, stiegen neue Geschichten aus unserer gemeinsamen Zeit an die Oberfläche. Ich sah uns beim ersten Date am Elbstrand sitzen. Zwischen uns Pizza und Bier. Filipe hatte mich angestrahlt, den ganzen Abend lang, und irgendwann hatte er sich zu mir herübergelehnt und mich fragend angesehen, mit diesem Welpenausdruck im Gesicht. Ich hatte gelacht und seine Frage mit einem Kuss beantwortet, auf seine weichen, warmen Lippen. Und dann hatte er mich geschnappt und richtig geküsst. Wir lagen auf der Decke im Sand und knutschten, bis die Sonne längst hinter den Hafenkränen untergegangen war und ich zu frieren begann. Es war alles so leicht und selbstverständlich zwischen uns gewesen, solange ich mir einredete, dass es nur Spaß war. Und als das nicht mehr ging, hatte ich ihm jene Textnachricht geschrieben, im Morgengrauen, kurz bevor er abflog.

Eine weitere Szene schwappte aus meinem Unterbewusstsein nach oben. Filipe war zurück in Hamburg, nachdem ich ihm den Brief geschrieben und mich entschuldigt hatte. Ich hatte so sehr gehofft, dass er mir verzeihen würde. Und auf den ersten Blick sah auch alles danach aus, wir waren so glücklich und verliebt. Nur manchmal, in ruhigen Momenten, konnte ich es spüren. Dass ich ihn verletzt hatte. Dass etwas an seinen Blicken wachsamer war, an seinen Küssen vorsichtiger. Alles nur Einbildung, versuchte ich mich selbst zu beruhigen. Bis ich ihn einmal fragte, ob er sich noch sicher mit mir sei, und er antwortete: »Für mich gab es zwischen uns nie Fragezeichen.«

Mit Betonung auf *für mich*. Denn ich hatte von Anfang an Dinge infrage gestellt. Wollte ich mit ihm zusammen sein? War ich bereit für eine Fernbeziehung mit jemandem, der am anderen Ende von Europa wohnte? War ich stark genug für eine Familie wie seine?

Filipe sagte immer, alles, was zähle, seien unsere Gefühle. Wenn wir uns liebten, könnten wir alles schaffen. Ich war nicht ganz überzeugt, aber nach unserer Versöhnung versuchte ich, daran zu glauben. Ich versuchte, ihm das Gefühl zu geben, dass ich es genauso sah wie er. Dass ich nun nicht mehr zweifelte. Und doch blieb manchmal in seinem Blick eine Unsicherheit, wenn ich einen schlechten Tag hatte oder ihm mal nicht meine ganze Aufmerksamkeit schenkte. Dieses Selbstverständliche vom Anfang, die große Leichtigkeit, hatten wir nie mehr wiedergefunden. Ich hatte Fragezeichen mitten in unseren gemeinsamen Satz gestellt.

Schon komisch, fiel mir auf, während ich unter Wasser die Bojen zählte, dass ich jetzt so intensiv darüber nachdachte, ein Jahr später. Die ganze Zeit über hatte ich mir verboten, so tief einzusteigen, mich in meinen Grübeleien über uns zu verlieren, aus Angst, darin unterzugehen. Mit etwas Abstand hatten sie ihren Schrecken verloren.

*Fliehe nicht mehr,* hatte Bina gesagt. *Stell dich den Geistern der Vergangenheit.*

Nun, ob ich es wollte oder nicht, es passierte gerade. Einen Teil meiner Aufgabe erledigte ich also.

»Bekomme ich nun mein Glück zurück, Bina?«, murmelte ich leise vor mich hin.

Ach nein, dachte ich. Ich muss ja noch dem kleinen Jungen helfen. Ich sah hinüber zu den Seerosen hinter den Bojen, wo neue weiße Blüten zwischen den Nebelschwaden aufblitzten. *Folge den weißen Blumen.* Ich schüttelte schmunzelnd den Kopf und tauchte unter.

Beim Frühstück machte ich ein Foto von Ravis frischem Lilienstrauß, den er heute früh besorgt hatte, und postete es. Ich beantwortete außerdem ein paar Nachrichten von Kundinnen aus Hamburg, die Fragen zu ihren Zimmerpflanzen hatten. Eine wollte wissen, wann ich wiederkäme.

Marc hatte eine neue Story gepostet, eine Flasche Sekt auf seinem Balkon, vermutlich waren inzwischen alle Verträge für den App-Verkauf unterschrieben, von dem er erzählt hatte. Ich gratulierte ihm und sah mir die Bilder an. Offenbar hatte er gestern Abend mit ein paar Freundinnen und Freunden angestoßen. Ich kannte sie alle, aber niemand von ihnen hatte mir je richtig nahegestanden. *Rich kids*, deren Eltern Konzernvorstände oder Orthopäden waren und die schon mit Ende zwanzig fünf Kreditkarten hatten und vor der Eigentumswohnung einen Sportwagen, den sie rücksichtslos parkten, wo immer sie wollten. Ich war nicht traurig, nicht mit ihnen anstoßen zu müssen.

Zwei junge Frauen gab es in der Runde, doch ich kannte sie nur entfernt. Eine von ihnen – Leonie, ein hübsches Geschöpf mit sehr langen blonden Haaren und hohen Wangenknochen – hatte meiner Meinung nach schon länger ein Auge auf Marc geworfen. Sie hatte mir manchmal spitze Bemerkungen zugeraunt. Wie mutig sie es fand, dass ich kurze Haare hatte, und dass ich bei meiner süßen Figur ruhig femininere Kleidung tragen könnte. Sie war die Tochter einer Immobilienmaklerin, vermutlich passte sie deutlich besser in Marcs Leben als ich.

Ich nahm einen Löffel von meinem Porridge. An der Fensterbank saß Leslie, deren Locken nass glänzten. Wahrscheinlich kam sie gerade aus dem Freibad und war gleichzeitig mit mir geschwommen. Ich hätte einfach hingehen und sie nach Dawn fragen können, aber ich traute mich nicht. Ich entschied, lieber Laurie anzusprechen. Bestimmt hatte sie Dawns Adresse, hier kannten sich doch alle, dann könnte ich dort mal nach dem Rechten schauen. Mir fiel auf, dass ich im Grunde nichts über meine neue Freundin wusste. Lebte sie noch allein? Ich hielt nach Laurie Ausschau und entdeckte sie in der Küche, wo sie mit mehreren Pfannen gleichzeitig hantierte.

Ich guckte noch einmal auf Instagram, las die ersten Kommentare zu den schönen Blumen, beantwortete Fragen nach dem Café. Auch Filipe hatte neue Fotos online gestellt. Ich sah sie mir an, erstmals ohne ein mulmiges Gefühl im Bauch. Es war wirklich heilsam gewesen, ihn zu sehen. Er hatte ein Bild von sich und drei Kollegen auf der Terrasse eines Restaurants gepostet. Außerdem mehrere Nahaufnahmen von Schnittblumen. *#columbiaroadflowermarket*. Er war also wieder auf dem Blumenmarkt gewesen. Dabei hatte er sich nie besonders für Pflanzen interessiert.

Ravi kam an mir vorbei, einen Stift hinter dem Ohr, und ich wollte etwas sagen, aber seine Augen waren fest nach vorn gerichtet. Er hielt eine blau gemaserte

Teetasse in der Hand, und jetzt sah ich, wohin sein Blick ging. Er schaute den Poeten an, der wie immer an seinem Platz am Fenster saß. Ravi näherte sich ihm vorsichtig und stellte die große Tasse vor ihm ab.

Der Poet hob für eine Sekunde den Kopf, und im selben Moment passierte etwas in Ravis Gesicht. Ein ganz besonderes Lächeln trat auf seine Lippen. Sein Stammkunde beugte sich wieder über das Notizbuch, und Ravi wandte sich ab, noch immer lächelnd.

Und plötzlich verstand ich.

Das Luxuskaufhaus Liberty, weltberühmt für seine Stoffkollektionen mit Blumenmotiven, war an diesem Freitagnachmittag so voll, dass ich es schnell bereute, nicht an einem Dienstagvormittag hierhergekommen zu sein. Ich kämpfte mich durch die Menschenmassen, um an die Tische mit Stoffbahnen zu gelangen. Ein paar der festen Baumwollstoffe mit dem typischen Blümchenmuster gefielen mir gut, aber ich war mir nicht sicher, ob sie sich eigneten, um damit die Sofalandschaft von Jeff Heinzmann zu beziehen. Mir schwebte eher etwas Dunkleres vor, vielleicht ein schwerer erdfarbener Samtstoff oder Tweed. Ich konnte mich trotzdem nicht bremsen, ein Stück bunten Liberty-Stoff mitzunehmen, ein leichtes, fließendes Material, aus dem ich einen Vorhang für meine Kleiderstangen nähen lassen wollte.

In der Kassenschlange suchte ich nach meinen Notizen mit Adressen für weitere Stoffläden. Ein Geschäft in Belgravia hatte vielversprechend geklungen. Und so fuhr ich mit der U-Bahn dorthin, was inzwischen zum Glück ziemlich problemlos klappte, sogar wenn die Züge voll waren. Von der Victoria Station schlenderte ich durch die gepflegten Straßen. Vor einem italienischen Restaurant saßen jede Menge Leute und stießen mit leuchtend orangefarbenen Aperols aufs Wochenende an. Ältere Damen mit Fascinator kamen mir entgegen, mit Handtaschen über dem Arm, die mehr kosteten, als ich im Monat verdiente. Dies war eindeutig eine vornehme Gegend. Nicht weit von hier entfernt lag Chelsea und damit auch Jeff Heinzmanns Stadtpalast.

Bevor ich den kleinen, exklusiven Stoffladen betrat, schrieb ich Yon, die gerade bei Heinzmann im Haus war, um mit dessen Assistentin Bella über unser Lichtkonzept zu sprechen.

Soll ich dich abholen? Bin in der Nähe.

Ich steckte das Telefon weg und trat ein. Ein älterer Herr im Maßanzug zeigte mir Bahnen voller Stoffe, die sich hervorragend für Sofas eignen würden. Einer schwerer und hochwertiger als der andere. Im Geiste sah ich Jeff Heinzmann vor mir sitzen und mit seiner gepflegten Hand über den Stoff streichen, in der anderen ein handgegossenes Kristallglas mit sündhaft teurem Whiskey.

Ich nahm Proben von einem extradicken Tweedstoff in verschiedenen Taupe-Schattierungen mit, von einem schokobraunen Samtstoff und einem klein gemusterten Twill. Mal schauen, was Yon dazu sagte. Vielleicht würde Bella nach Rücksprache mit Heinzmann schon eine Entscheidung treffen, und wir könnten der Polsterei Bescheid geben, welchen Stoff sie für die extragroße maßgefertigte Sofalandschaft verwenden sollte.

Mit den Proben in der Tasche lief ich weiter durch Belgravia, vorbei an vielen hübschen Boutiquen, auf der Suche nach einer Eisdiele, die ich auf meiner Karten-App gesehen hatte. Es war zwar noch immer etwas bedeckt, aber durchaus warm genug für eine kleine Erfrischung. Danach würde ich alles in die Agentur bringen und mit den Jungs in Richtung Pub gehen, so hatten wir es verabredet. Vielleicht konnte ich Yon direkt mitnehmen, wenn sie sich rechtzeitig meldete.

Als ich die Eisdiele gefunden hatte, sah ich jemanden in der langen Schlange stehen, der mir bekannt vorkam. Ich hielt verwundert inne, denn es war tatsächlich Yon. Ich hatte sie zuletzt vor ein paar Stunden im Büro gesehen. Aber sie hatte nicht mehr das übergroße Shirt an, mit dem sie losgezogen war. Sie musste sich irgendwo umgezogen haben, denn sie trug schlichte schwarze Shorts und ein bauchfreies Top, darüber einen lässigen Blazer, auf den ihr langes Haar mit den pinken Spitzen fiel. Nur die Sneakers an ihren Füßen kamen mir bekannt vor. Der Look stand ihr in meinen Augen hervorragend. Sie sah erwachsener aus und zeigte endlich ihre sportlichen Kurven, die man meistens nur erahnen konnte unter ihren Oversize-Klamotten.

Gerade als ich nach ihr rufen wollte, ließ mich etwas innehalten. Ein Mann legte seine Hand auf Yons Rücken, und sie bewegten sich gemeinsam weiter in der Schlange nach vorn. Als wäre ich auf geheimer Mission hier, trat ich instinktiv einen Schritt zurück, hinter den Busch, der neben mir stand. Ich sah noch einmal genau hin, aber der Typ kehrte mir leider den Rücken zu. War das der mysteriöse Kerl, mit dem Yon die ganze Zeit Nachrichten austauschte? Aus dessen Bett sie mutmaßlich gerade gestiegen war, als ich sie am Samstag vor dem Club traf?

Er trug jedenfalls ein eng sitzendes Poloshirt und eine teuer aussehende Stoffhose zu Segelschuhen. Nicht gerade die Art Mann, die ich mir an Yons Seite vorgestellt hatte. Durch seine Kleidung wirkte er deutlich älter und ziemlich vornehm. Seine Hand rutschte auf Yons Rücken tiefer und verschwand schließlich unter ihrem Jackett.

Sollte ich hingehen?, fragte ich mich. Oder warten, bis die beiden weg waren? Ich wollte Yon nicht in eine unangenehme Situation bringen. Noch hatte sie mir nichts von ihrem geheimnisvollen Begleiter erzählt, warum auch immer.

Noch während ich grübelte, drehte der Mann sich plötzlich um und sagte etwas zu der älteren Dame hinter ihnen in der Schlange. Jetzt konnte ich sein gebräuntes Gesicht sehen, die weißen Zähne, das zurückgegelte Haar. Kurz vergaß ich zu atmen.

Da stand Jeff Heinzmann. Da stand Jeff Heinzmann und griente meine Kollegin an, ehe er sie noch enger an sich heranzog. Seine Hand lag knapp über Yons Po.

# 21

Ohne Eis kehrte ich zurück zur U-Bahn-Station. Meine Taschen voller Stoffproben über der Schulter, stieg ich in die Circle Line und dachte fieberhaft nach. Wieso war Yon mit Jeff Heinzmann Eis essen gegangen? War er zufällig auch gerade auf der Baustelle und hatte sie nach dem Termin eingeladen?

Aber die zwei hatten so vertraut gewirkt. Seine Hand hatte unter ihrem Jackett auf ihrem Rücken gelegen, knapp über dem Po. Das war nichts, was Yon sich von jedem Mann einfach so gefallen ließ. Ich kannte sie gut genug, um das beurteilen zu können. Das war eine Grenzüberschreitung, und es bestätigte meine Befürchtungen. Es sei denn, Yon war mit seinem Verhalten einverstanden. Es sei denn, Heinzmann war derjenige …

Ich wollte den Gedanken nicht mal zu Ende denken. Das konnte nicht sein, oder? Er war mindestens zwanzig Jahre älter als sie und bestimmt nicht ihr Typ mit seiner überheblichen Art. Oder täuschte ich mich da? Ein attraktiver Mann war er ohne Zweifel. Und sehr reich. Dass das Kriterien waren, die Yon interessierten, wäre mir nie in den Sinn gekommen. Wenn mein Verdacht stimmte, musste er mehr zu bieten haben als Geld und gutes Aussehen.

Verliebten sich nicht immer wieder Menschen bei der Arbeit, fingen Affären an, hatten One-Night-Stands nach Weihnachtsfeiern? Ich wusste, warum mir trotzdem so mulmig bei dieser Sache war: Es wurde stets problematisch, wenn es zwischen den betreffenden Personen ein Machtgefälle gab. Wie in diesem Fall. Er – der ältere, wohlhabende, einflussreiche Mann. Sie – die junge, unerfahrene Praktikantin. Je mehr ich darüber nachdachte, desto mehr hoffte ich, mich einfach getäuscht zu haben. Hoffentlich, dachte ich, hoffentlich ist das alles nur ein Missverständnis. Und egal, was es ist: Hoffentlich geht es Yon damit gut.

In Gedanken versunken schlenderte ich wenig später mit den Jungs zu deren Stammkneipe. Yon hatte nicht auf meine Nachricht reagiert, aber Alfie meinte, sie hätten vorher abgesprochen, dass sie direkt dorthin käme.

Wir orderten Pints, stellten uns in die Menschentraube vor dem Pub und stießen an.

»Ich soll dich schön von Alana grüßen«, sagte Stephen, nachdem er einen Schluck getrunken hatte. »Sie liebt deine Ideen mit dem Wiesenblumenstrauß und den Sukkulenten für die Tische.«

»Ach schön! Sag ihr, dass ich gern mit ihr einkaufen gehe, wenn es so weit ist.«

»Ich biete mich fürs Hochzeitskleid-Shopping an.«

Alfie spitzte die mit Lipliner nachgezogenen Lippen. »Eine Freundin von mir hat einen Laden in Mayfair, sie macht fantastische Sachen.« Jedes Mal, wenn ich Alfie sah, versuchte ich ihn mir in einem großen Konferenzraum voller grauer Banker vorzustellen. Es gelang mir nie.

Stephen hob erneut sein Glas. »Ich danke euch, *guys*! Ich werde es Alana ausrichten.«

Neil hatte sich bereits etwas von uns abgesondert. Er sprach mit zwei Frauen in Businesskleidung, die ganz offensichtlich genau wie wir nach der Arbeit hergekommen waren. Ich konnte hören, wie er einer der beiden ein Kompliment machte, woraufhin sie geschmeichelt lachte. Er ließ wirklich nichts anbrennen.

Als Yon schließlich kam, war Neil längst mit einer der Frauen irgendwohin verschwunden, genauer wollte ich es lieber gar nicht wissen. Immerhin konnte er so diesmal nicht Yon anbaggern.

Meine Kollegin hatte sich nach ihrem Termin wieder umgezogen. Das war das Erste, was mir auffiel. Kein Blazer mehr, keine Shorts, kein bauchfreies Top. Dafür wieder ihr übergroßes Shirt zu kurzen Sportleggings, die vorhin noch offenen Haare zum Zopf gebunden. An sich war dagegen nichts einzuwenden – sich für einen Termin umzuziehen, um etwas seriöser zu wirken. Ein Großteil unseres Geschäfts bestand aus Show. Ich hätte es gut verstanden, wenn Yon sich für die Stadtvilla in Chelsea anders kleidete als fürs

Pub in Shoreditch. Doch was mich stutzig machte, war, dass sie es heimlich tat. Wo auch immer sie sich umzog, es war nicht die Bürotoilette. Wieso hielt sie es vor uns geheim?

Alfie hatte Yon ein Glas besorgt und reichte es ihr.

»Prost, *sweety*!«

Wir stießen an.

»Wie war es?«, fragte ich schließlich, als Alfie und Stephen gerade in ein Gespräch miteinander verwickelt waren.

»Gut.« Yon wirkte sonderbar hibbelig. »Bella war begeistert von unserem Lichtkonzept. Sie hat nur angemerkt, dass es vielleicht in den Bädern noch heller sein darf. Und dass wir einen beleuchteten Kosmetikspiegel einplanen sollen für das Bad neben dem Master Bedroom. Falls der Chef mal Besuch hat, so hat sie es ausgedrückt.« Sie sah sich um. »Wo ist eigentlich Neil?«

Ich nippte an dem Bier, das mir immer noch nicht wirklich schmeckte. »Hat jemanden kennengelernt, glaub ich.«

Yon verdrehte lachend die Augen.

Ich betrachtete sie aufmerksam. »Ist alles okay bei dir?«

»Klar.« Sie warf ihren Zopf in den Nacken.

»War Heinzmann auch da?«

Sie nahm einen Schluck aus ihrem Glas und verzog das Gesicht wie ein Kind, dem der Spinat nicht schmeckt, so, wie sie es jedes Mal tat, wenn jemand ihr ein Pint holte. »Ne«, sagte sie dann und wischte sich mit dem Handrücken über den Mund. »Den habe ich nicht gesehen.«

Linker Arm, rechter Arm, linker Arm, atmen. Rechter Arm, linker Arm, rechter Arm, atmen.

Yon hatte gelogen.

Erste Boje, zweite Boje, dritte Boje.

Sie hatte mich angelogen. Wieso machte sie so was? Hatten wir nicht gesagt, wir seien Freundinnen? Uns Silberringe gekauft, die uns an die gemeinsame Zeit hier erinnern sollten? Wir kamen buchstäblich von unterschiedlichen Enden der Welt, aber wir wollten das hier zusammen machen. Ein Team sein.

Linker Arm, rechter Arm, linker Arm, atmen.

Versuch, dich in ihre Lage zu versetzen, rügte ich mich selbst. Vermutlich war es ihr peinlich. Weil sie sich verliebt hatte. Oder sich auf eine Affäre mit einem Kunden eingelassen hatte. So oder so sah das nicht gut für die Agentur aus, Grace wäre sicher nicht einverstanden. Und mich kannte Yon erst wenige Wochen. Woher sollte sie wissen, wie ich reagierte?

Vierte Boje, fünfte Boje, wenden.

Sie konnte nicht sicher sein, dass ich ihr Geheimnis für mich behalten würde. Oder wie ich als etwas ältere Kollegin reagierte. Ob ich ihr ins Gewissen reden, sie gar maßregeln würde. Es gab Situationen im Leben, da wusste man, dass man etwas falsch machte, wollte es aber auf keinen Fall hören. Ich erinnerte mich daran, dass Nadine immer wieder gesagt hatte, ich sei nicht fair zu Filipe gewesen. Dass man eine derart ernsthafte Beziehung nicht einfach per Textnachricht beenden dürfe. Auch wenn Filipe mich betrogen hatte, schuldete ich ihm ein Gespräch. Ich wusste, dass sie recht hatte. Und genau deswegen wollte ich es nicht hören.

Rechter Arm, linker Arm, rechter Arm, atmen.

So war es bestimmt auch bei Yon. Sie wollte nicht hören, was ich zu sagen hatte. Weil sie wusste, dass das, was sie tat, problematisch war. Aber es war zu schön, zu aufregend, zu … was auch immer, um es bleiben zu lassen.

Oder war alles noch schlimmer? Hatte Yon gelogen, weil sie Angst hatte? Davor, ihren Kunden zu harsch zurückzuweisen und ihn damit zu verärgern? Etwas falsch zu machen, direkt bei ihrem ersten eigenen Projekt? Stimmte am Ende mein schlimmster Verdacht, und Jeff Heinzmann hatte mich aus einem ganz bestimmten Grund von unserem gemeinsamen Projekt abgezogen?

Ich tauchte auf und nahm die Brille ab, schluckte Wasser und musste husten.

Wann war ihr das klar geworden? In dem Moment, in dem Heinzmann sie das erste Mal nach einem Termin zum Essen eingeladen hatte? Oder schon bevor Grace mir sagte, dass ich raus war? Weil er ihr längst Nachrichten schrieb, auf ihr Handy, das sie hütete wie einen Schatz und auf das ich nie schauen sollte?

Mir war mit einem Mal ganz schwindelig, und das

kam nicht von den aggressiv geschwommenen Bahnen.

*Wer braucht Freundinnen, wenn sie nicht ehrlich zu einem sind?* Hatte Yon das nicht neulich selbst zu mir gesagt? Ich wünschte, sie hätte mich ins Vertrauen gezogen. Dass sie es nicht getan hatte, tat weh. Ich mochte sie wirklich. Ich wäre gern die Freundin gewesen, mit der sie gemeinsam überlegen konnte, wie sie mit dieser schwierigen Situation umgehen sollte – ganz egal, wie sie nun genau war. Wie sollte ich ihr gegenübertreten? Sollte ich sie darauf ansprechen? Ich konnte doch nicht so tun, als wüsste ich von nichts!

Ich wünschte, ich hätte mich mit Dawn darüber beraten können. Sie hatte immer etwas Schlaues zu sagen. Wo steckte sie nur? Mit jedem Tag, der verging, machte ich mir größere Sorgen um sie.

Erschöpft schwamm ich zum Steg zurück und zog mich die Leiter hoch. An diesem Samstag war es wieder voll auf den Bänken rund um den Ladies' Pond. Ich war etwas später dran als sonst, weil ich erst frühmorgens in einen unruhigen Schlaf gefallen war. Ich konnte Laurie und ihre Gruppe lachen und reden hören.

Laurie winkte mir zu, als sie mich bemerkte. »Ach, Zoé, du bist schon wieder fertig. Wie schade!« Sie lächelte mich freundlich an.

»Ja, dabei bin ich heute schon spät dran. Sonst sind hier morgens immer nur Dawn und ich, aber die war die ganze Woche noch nicht da.«

Laurie lachte laut auf. »Du bist witzig. Ab morgen soll es wieder klarer werden.«

Ich brauchte ein paar Sekunden, bis ich verstand. *Dawn* hieß auf Englisch auch Sonnenaufgang. Wie passend. Laurie dachte, ich hätte einen Scherz gemacht, weil man aufgrund des schlechten Wetters die ganze Woche keinen Sonnenaufgang hatte sehen können.

»Was für ein passender Name«, sagte ich kopfschüttelnd.

»Hm?« Laurie zog gut gelaunt ihre Badekappe auf.

»Na, *Dawn*, was für ein passender Name. Sie ist immer so früh hier.«

Laurie wurde von jemand anderem angesprochen, dann widmete sie sich wieder mir. »Du meinst bestimmt Claire oder Josephine, die sind immer sehr früh.« Sie winkte jemandem im Wasser zu. »Ich komme gleich, *darling*. Du musst mir bitte von dem Dinner bei deinem Sohn erzählen.«

*Nein, ich meine die alte Buchhändlerin,* wollte ich sagen, aber Laurie war schon unterwegs zum Wasser.

»Schwimm doch noch eine Runde mit, Zoé, dann könnten wir etwas reden.« Sie stieg die Leiter hinunter.

»Ist lieb, aber mir ist etwas kalt, ich mache mich besser mal auf den Weg.«

»Sehe ich dich denn morgen im Café?« Mit einem kleinen Juchzen ließ Laurie sich ins Wasser fallen.

»Ja, klar, bis morgen. Viel Spaß!«

Verwundert sah ich zu, wie sie zu den anderen schwamm. Laurie musste Dawn kennen, auch wenn sie immer früher dran war als die anderen. Sie drehte hier schließlich seit über siebzig Jahren ihre Runden. Hatten sich die Wege der beiden Frauen in all der Zeit tatsächlich nie gekreuzt? Ich dachte, hier kannte jede jede.

Barfuß tappte ich über die Holzbohlen des Stegs. Die Schwimmerinnen, die mir entgegenkamen, begrüßten mich freundlich. Neben einer Bank stand die ältere Dame mit dem Gehstock.

»Oh, Zoé, schön, dich zu sehen!«

»Ebenso. Viel Freude beim Schwimmen!«

»Danke dir, *darling*. Hab ein wundervolles Wochenende!«

In den Zweigen über mir sangen die Amseln, als ich über die Wiese lief, die noch feucht war vom nächtlichen Regen, zu der Bank unter dem Apfelbaum, auf die ich heute meine Kleidung gelegt hatte. Der Bank, auf die sonst immer Dawn ihre legte.

Ich nahm mein Handtuch und trocknete mich ab. Aus dem Pond hörte ich die Schwimmerinnen lachen. Neben mir in den hüfthohen Margeriten summten die Hummeln, während ich mich anzog und den nassen Badeanzug in einem Plastiksäckchen in meinem Rucksack verstaute. Weiße Margeriten, dachte ich und seufzte.

Vorfreude auf Ravis Frühstück stieg in mir auf, gemeinsam mit einer seltsamen Vorahnung, die ich nicht deuten konnte. Das mit Yon würde sich schon klären. Und alles andere auch. Ich schulterte meinen

Rucksack und schaute noch einmal zum Wasser, wo ich durch das dichte Schilf hindurch mehrere Badekappen erkennen konnte.

Dann blickte ich ein letztes Mal zur Bank, um zu kontrollieren, ob ich etwas vergessen hatte.

Und da sah ich es.

Die Bank hatte eine Gravur, wie alle Bänke auf diesem Gelände. Ich hatte schon viele der Inschriften gelesen, die mich teils sehr gerührt hatten, weil sie so liebevoll formuliert waren. Nur diese war mir bisher nie aufgefallen. Ich hatte sie schlichtweg übersehen. Wie hatte mir das passieren können? In geschwungener Schrift, quer über die Rückenlehne, stand da:

*Für »Dawn« Higgins, die hier über 70 Jahre lang jeden Morgen schwamm – und ihren geliebten Mann William, der immer auf sie wartete.*

# 22

Mein erster Impuls war, zu Laurie zu laufen. Rüber zum Steg zu eilen und ihr übers Wasser hinweg zuzurufen: »Laurie, was ist mit Dawn? Kannst du mir das mit der Bank erklären?«

Stattdessen stand ich mehrere Minuten regungslos da und starrte die Inschrift an. Es gab unzählige Dawns in London. Unter Garantie einige, die mit einem William verheiratet waren. Es musste eine logische Erklärung hierfür geben.

Schließlich ging ich langsam in Richtung Steg. Ich musste mit Laurie sprechen, damit ich dieses Hirngespinst aus dem Kopf bekam. Ich glaubte, sie weit draußen zu sehen, mit einer anderen Frau in eine Unterhaltung vertieft.

Neben mir setzte sich gerade die ältere Dame von vorhin die Badehaube auf. »Könntest du den kurz für mich halten?« Sie reichte mir ihren Gehstock.

»Klar.« Ich nahm ihn ihr ab und hielt weiter nach Laurie Ausschau, konnte sie aber zwischen den vielen Schwimmerinnen im Wasser nicht mehr entdecken.

Die ältere Dame neben mir stopfte etwas unsanft

ihre schon lichten kurzen Haare unter die dicke Gummihaube. »Wen suchst du, *darling*?«

»Laurie. Ich wollte sie noch etwas fragen.«

»Sie kommt spätestens in dreißig Minuten wieder raus.«

So lange konnte ich nicht warten.

»Kann ich dir helfen?« Sie nahm mir den Stock wieder ab.

Ich zögerte. »Vielleicht schon. Kennst du eine Dawn?«

»Welche Dawn meinst du, *sweetheart*?«

»Eine, die immer zum Schwimmen hierherkommt?«

Die Dame überlegte. »Nein, leider nicht. Wieso suchst du nach ihr?«

»Ach, nicht so wichtig.«

Sie war schon auf dem Weg zur Leiter, als sie noch einmal innehielt. »Die einzige Dawn, an die ich mich erinnere, ist leider nicht mehr unter uns. Schade, sie war eine leidenschaftliche Schwimmerin.« Sie legte ihren Stock an den Rand des Steges und hielt sich an den Griffen der Leiter fest. Ich wollte ihr eine Hand reichen, aber sie winkte ab. »Solange ich das noch allein schaffe, mache ich es allein.« Dann stieg sie ins Wasser. »Tut mir leid, dass ich dir nicht weiterhelfen konnte. Laurie kommt bestimmt bald.«

Ich merkte, wie mir schwindelig wurde. In meinen Ohren begann es zu rauschen. »Alles klar, vielen Dank.«

Die Dame sah beim Ins-Wasser-Steigen zu mir auf. »Bist du okay, *love*?«

»Ja, alles bestens. Bis bald.«

Ich spürte, wie sie mir hinterherschaute, als ich mich langsam vom Steg in Richtung Ausgang bewegte und versuchte, mir nichts anmerken zu lassen. Vor dem Tor stellte gerade eine Zeitungsverkäuferin ihren Wagen ab, weitere Schwimmerinnen kamen mir entgegen. Wie durch Watte hörte ich sie etwas sagen, aber ich verstand ihre Worte nicht. Ich fühlte mich wie im Inneren einer Schneekugel, als wären alle anderen hinter einer Glaswand, unerreichbar weit weg.

*Atmen, du musst einfach nur atmen. Du bist nicht in Gefahr.*

Mein Herz klopfte heftig in meiner Brust. Gedanklich ging ich alles durch, was meine Therapeutin mit mir einstudiert hatte für den Fall einer Panikattacke. Zählen, einfache Rechenaufgaben, auf sieben ein-, auf acht ausatmen.

Ich muss mit jemandem darüber sprechen, dachte ich im Gehen. Ich muss jetzt sofort mit jemandem sprechen, um sicherzustellen, dass ich nicht den Verstand verliere. Ich brauchte jemanden, mit dem ich gemeinsam überlegen konnte, welche rationale Erklärung es für die Sache mit Dawn gab. Ravi würde um diese Zeit mit vollen Tellern durch sein Café hetzen, ich konnte ihn gerade nicht stören. Yon würde mich vermutlich für übergeschnappt halten, da war ich mir ziemlich sicher. Meine Eltern wollte ich nicht beunruhigen. Nadine hätte vermutlich am ehesten gute Ideen. Vielleicht würde sie mir aber auch vorschlagen, mich in den nächsten Flieger nach Hause zu setzen. Oder gleich ins Wartezimmer einer psychiatrischen Praxis. Wer hätte es ihr verdenken können? Das, was mir durch den Kopf ging, war mit gesundem Menschenverstand nicht zu erklären.

Wer würde mir zuhören und dabei die Ruhe bewahren?, fragte ich mich, während einzelne Sonnenstrahlen sich durch die tief hängenden Wolken über dem Park kämpften und das Rauschen in meinen Ohren jeden klaren Gedanken verschluckte. Gerade als mir der kalte Schweiß ausbrach, als die Welt um mich herum sich zu drehen begann, rief jemand meinen Namen.

»Zoé?«

Verwirrt sah ich mich um. Spielte meine Wahrnehmung mir einen Streich? Oder saß da, auf einem Baumstamm etwas abseits des Weges, tatsächlich Filipe?

Ich schüttelte mich leicht, wischte mir über die schweißnasse Stirn, sah erneut hin. Er saß noch immer da und blickte mich freundlich an.

»Was machst du denn hier?«, brachte ich heraus. Ich bemerkte, wie meine Finger zitterten.

Filipe stand auf. »Zoé, was ist los mit dir?«

Wie er mich durchschaute, nach wenigen Sekunden. Ich musste daran denken, wie er mich im Arm gehalten hatte, als seine Oma starb. So lange, bis mein Herz wieder normal schlug.

»Ich weiß nicht genau.«

Er kam auf mich zu, und ein Teil von mir wünschte sich, er würde das auch jetzt wieder tun. Mich einfach im Arm halten.

»Kann ich dir helfen?«, fragte er, die Stirn in sorgenvolle Falten gelegt.

Ich klammerte mich an den Riemen meines Rucksacks fest, damit meine Finger etwas zu tun hatten und aufhörten zu zittern, aber es half nicht. »Geh mit mir spazieren. Lenk mich ab, erzähl mir was.« Ich wollte lächeln, aber auch meine Gesichtszüge gehorchten mir nicht mehr richtig. »Vielleicht kannst du mir zeigen, wo du wohnst.«

»Klar, gern.«

Und dann liefen wir los. Bis zur anderen Seite des Heath.

»Ich hab im Reiseführer von diesem Park und dem Viertel gelesen«, erzählte Filipe. »Da dachte ich, das wäre ein toller Samstagsausflug.«

»Ah.« Noch immer raste mein Puls.

Er fragte mich nichts. Nicht, was ich hier machte, wohin ich wollte und weshalb ich in diesem Zustand war. Er blieb einfach nur an meiner Seite, mit seinen Shorts und den Sneakers und dem federnden Gang. Erzählte mir von den Terminen, die er unter der Woche gehabt hatte. Von einem Abendessen mit Kollegen in einem empfehlenswerten Restaurant. Von einem Anruf seiner Mutter, die von einer ausgebüxten Ziege berichtet hatte. Wir liefen quer durch London, durch verschiedene Viertel, einfache und vornehme und welche, in denen die Firmengebäude nebeneinander um die Wette glänzten. Und mit der Zeit beruhigte ich mich.

Nach beinahe zwei Stunden standen wir vor einem Haus, an dessen Fassade wilder Wein rankte. Ich hatte keine Ahnung, wo genau wir waren, aber es sah ein bisschen aus wie eine alte Villa in Südeuropa. Was mir auf merkwürdige Weise passend erschien.

»Hier wohne ich gerade.« Filipe zeigte in den ersten Stock, wo ein Fenster auf Kipp stand.

Die Eingangstür war nur angelehnt. Wir traten in das angenehm kühle Treppenhaus und stiegen hinauf. Filipe schloss die Wohnungstür auf.

Sein Apartment bestand – so viel konnte ich auf den ersten Blick sehen – aus einem kleinen Flur, von dem ein Schlafzimmer abging. Das Bett war noch ungemacht. Eine weitere Tür führte in die Küche, gekachelt mit alten schwarz-weißen Fliesen. Auf der Anrichte stapelten sich Pizzakartons.

»Schau dich besser nicht so genau um. Ich habe keinen Besuch erwartet.« Filipe wies auf einen der zwei Stühle an einem kleinen Tisch. »Magst du dich setzen?«

»Danke, gern.« Ich ließ mich auf den Holzstuhl mit der Bastlehne sinken.

»Hast du schon gefrühstückt?« Filipe öffnete seinen Kühlschrank, der in etwa so leer aussah wie meiner.

»Nein, aber ich weiß gar nicht …«

»Ein Tee und etwas zu essen würden dir bestimmt guttun.« Er nahm ein Marmeladenglas aus dem Kühlschrank, kramte in einer Schublade und schnitt leise fluchend Baguette auf, das offenbar schon etwas älter und recht hart war.

»Lass mal«, sagte ich. »Du musst mir kein Frühstück machen.«

»Ich hab mich gefreut, dass wir uns über den Weg gelaufen sind.« Filipe drehte sich zu mir um. »Allerdings hab ich wirklich nichts zu essen da. Ich könnte …«

»Es würde mir helfen, wenn ich dir etwas erzählen dürfte.« Ich strich mir durch die noch leicht feuchten Haare. »Ohne dass du mich auslachst.«

»Klar, schieß los!« Filipe setzte sich auf die Kante des anderen Stuhls und sah mich aufmerksam mit seinen großen dunklen Augen an.

Es war eine schlechte Idee gewesen, hierherzukommen, dachte ich. Andererseits schlug mein Herz wieder normal, und in meinen Ohren rauschte es nicht mehr. Ich hatte die Panikattacke abgewendet. Allein dafür hatte es sich doch gelohnt.

»Zoé?« Filipe öffnete die Augen noch weiter, wobei mir mal wieder auffiel, wie lang und dicht seine Wimpern waren. »Was ist passiert?«

Ich holte tief Luft. »Ich bin mir nicht sicher. Ich glaube … Ich glaube, ich bin einem Geist begegnet.«

In Filipes Gesicht regte sich nichts. »Einem Geist?«

»Ich weiß, es klingt absurd.«

»Ein wenig, wenn ich ehrlich sein soll. Aber du bist nicht die Erste, die mir so was erzählt. Ich habe dir mal von *vovós* Geschichten berichtet, oder?«

»Ja.« Ich drehte einen der Silberringe an meinem Finger. »Cristina ist manchmal ihr verstorbener Bruder erschienen, richtig?«

»Genau, der kam sie angeblich manchmal besuchen. Und einmal auch ihre Mutter.«

»Ich hab das immer für Märchen gehalten. Hat sie erzählt, ob sie mit ihnen gesprochen hat?«

»Ja, sie sagte, sie standen plötzlich im Raum und haben sich mit ihr unterhalten, als wäre nichts gewesen. Ich hab das natürlich nie ernst genommen.« Er lehnte sich noch ein Stück vor. »Wer ist dir begegnet?«

Ich spielte an den Piercings in meinen Ohren. »Ich gehe jeden Morgen schwimmen. In einem Naturteich, ganz in der Nähe von dort, wo wir uns über den Weg gelaufen sind.«

»Ah.« Er schob die Ärmel seines etwas ausgeleierten T-Shirts hoch.

»Ja, und da ist außer mir frühmorgens immer nur eine andere Schwimmerin, eine ziemlich alte Dame. Wir reden viel miteinander. Eines Tages ist sie nicht mehr gekommen. Und vorhin hab ich herausgefunden, dass sie verstorben ist. Also nicht gestern oder so, sondern offenbar schon vor einiger Zeit.« Es laut auszusprechen ließ mein Herz wieder schneller schlagen. »Es klingt total unglaubwürdig, ich weiß, es muss eine andere Erklärung geben. Aber alle sagen, im Heath spukt es. Und ich habe sie gesehen, ich hab mit ihr geredet, jeden Morgen, etwa zwei Wochen lang. Ich schwöre es, Filipe.«

Er streckte eine Hand aus und griff nach meiner, die noch immer aggressiv an den Silbersteckern in meinem Ohr drehte. Er hielt sie fest, und kurz machte mich das sprachlos.

Sein Blick wanderte über mein Handgelenk. »Das ist neu. Schön.« Er strich mit dem Finger über das Kleeblatt. »Darf ich einen Vorschlag machen?«

»Ja.«

Er drückte sanft meine Hand. Jetzt erst bemerkte ich, dass sie noch immer leicht zitterte. »Ich hab noch nicht gefrühstückt, du auch nicht. Wie du siehst, hab ich nichts hier. Lass uns um die Ecke in ein Café gehen, etwas essen und trinken, und dann reden wir in Ruhe weiter, okay?«

Vorsichtig zog ich meine Hand aus seiner. »Einverstanden.«

Nach wenigen Minuten hatte ich das Gefühl, schon einmal in dieser Gegend gewesen zu sein. Erst als ich die aneinandergereihten bunten Häuschen sah, verstand ich, warum. Dies war die Columbia Road, wo sonntags der Blumenmarkt stattfand. Deswegen war Filipe immer hier. Er lebte ganz in der Nähe.

»Hat deine Firma dir die Wohnung besorgt?«, fragte ich.

»Nein, ich hab sie online gefunden. Ich mag die Gegend, aber es ist schon krass, was man an Miete zahlt. Ich bin froh, dass die das übernehmen.«

Ich musste an mein Glück denken, Ravis einigermaßen bezahlbare Wohnung entdeckt zu haben. Und daran, wie naiv Filipe und ich einst gewesen waren, als wir dachten, wir könnten uns später mal einen Altbau mit Dachterrasse in Notting Hill oder Camden leisten.

Die Columbia Road sah heute ganz anders aus als an Markttagen. Keine Stände voller Schnittblumen, kein gezuckertes Gebäck in den Fenstern, keine Frauen in Sommerkleidern, die in Papier eingeschlagene Sträuße nach Hause trugen. Stattdessen lag die kleine Straße ruhig im Sonnenlicht da und wirkte fast ein wenig unscheinbar. Lediglich ein paar Tauben schauten von den Dächern auf uns herab.

»Ich gehe hier gern sonntags auf den Blumenmarkt«, sagte ich, als wir ein Schaufenster passierten, aus dem sonst Donuts gereicht wurden.

»Ich auch«, sagte Filipe unbedarft. »Ich erinnere mich, dass du hier immer schon mal hinwolltest. Ist echt schön!«

Er hat mich also nicht gesehen, dachte ich. Reiner Zufall.

Er führte mich ein paar Straßen weiter zu einem hübschen Café mit kleinen runden Tischen und roten Stühlen. Wir bestellten beide das Full English Breakfast. Dies war ein Morgen für Speck, Eier und Bohnen. Es schmeckte gut, wenn auch nicht so gut wie bei Ravi.

Und dann erzählte ich Filipe die ganze Geschichte noch mal ausführlich. Wie ich den Ladies' Pond entdeckt hatte. Die Geistergeschichten von Laurie und

Ravi. Meine Begegnungen und Gespräche mit Dawn. Wie sie eines Tages nicht mehr gekommen war. Wie ich heute früh die Inschrift auf der Bank entdeckt hatte. Und wie die alte Dame mit dem Stock mir bestätigt hatte, dass die einzige Dawn, mit der sie je geschwommen war, nicht mehr unter uns weilte.

Filipe hörte mir die ganze Zeit aufmerksam zu, was bestimmt nicht so leicht war, denn ich sprach gerade besonders schnell. Er sagte kein Wort, er verzog keine Miene, er sah mich nur an.

Schließlich schloss ich mit den Worten: »Ehrlich gesagt stand ich vorhin kurz vor einer Panikattacke. Dich zu treffen war echt meine Rettung. Ich wusste gar nicht, wohin mit mir.«

Erstmals an diesem Morgen lächelte Filipe leicht. »Freut mich, wenn ich dir helfen konnte.«

Vorsichtig lächelte ich zurück. Erleichtert merkte ich, dass das wieder ging. Es hatte gutgetan, mir alles von der Seele zu reden.

Ich wischte mit meinem Toast den letzten Rest Eigelb von meinem Teller. Filipe aß wie immer langsamer als ich, sein Teller war noch halb voll. Nachdenklich schob er Bohnen auf seine Gabel.

»Ich glaube, *vovó* hat erzählt, dass die Geister nie zufällig kamen«, sagte er. »Sie wollten etwas von ihr.«

Ich steckte mir das Toaststück in den Mund und legte mein Besteck auf den leeren Teller. »Was wollten sie denn?«

»Ich weiß noch, dass ihr Bruder ihr einmal erschienen ist und sie angeblich darauf aufmerksam machen wollte, dass ihr anderer Bruder, mein Onkel Manuel, ein Leck in seinem Boot hat.«

»Im Ernst?«

»*Vovó* hat geschworen, dass es so war. Und es gab tatsächlich ein Leck, das Manuel noch nicht entdeckt hatte. Er hat es mir bestätigt.«

»Krass!«

Filipe aß eine Gabel voll Bohnen.

»Und ihre Mutter?«, fragte ich weiter. »Was wollte die?«

»Ich erinnere mich nicht mehr. Ich glaube, es hatte etwas mit Schmuck zu tun, der angeblich unter einer losen Fußleiste versteckt war. *Vovó* hat damals meine Mutter beschuldigt, ihn gestohlen zu haben, als sie ihn nicht fand.«

»Das klingt ganz nach deiner Familie.«

Filipe schmunzelte. Ich sah trotzdem, dass meine Bemerkung ihm einen Stich versetzte. »Jedenfalls sagte *vovó,* Geister würden einem immer dann erscheinen, wenn sie etwas bräuchten. Sie suchen sich jemanden, von dem sie sich Hilfe in einer Sache erhoffen.«

»Oh, okay.«

»Was, glaubst du, könnte Dawn von dir gewollt haben?«

Ich lehnte mich in meinem Stuhl zurück. »Ich habe keine Ahnung. Das ist alles viel zu absurd. Oder es gibt doch eine rationale Erklärung. Vielleicht handelt es sich um eine Verwechslung?«

Filipe schob sich genüsslich die letzten Bohnen auf die Gabel. »Das müssen wir herausfinden.«

Er aß weiter, und ich beobachtete ihn einen Moment still. Er hatte nicht infrage gestellt, was ich gesagt hatte. Er hatte nicht gelacht, nicht kritisch nachgehakt, mich nicht für übergeschnappt erklärt.

»Danke«, sagte ich leise.

Er sah von seinem Teller auf, offenbar war er gerade in Gedanken gewesen. »Wofür?«

»Danke, dass ich dir das erzählen darf.«

Und nun lächelte er wieder, diesmal richtig. Es war dieses Lächeln, das so ansteckend war, dass ich direkt mitlächeln musste. Auch heute noch, nach allem, was passiert war.

»Danke, dass du es mir erzählst«, sagte er.

# 23

Wir hatten die Picknickdecke am Aussichtspunkt an der höchsten Stelle des Parliament Hill ausgebreitet, auf einer frisch gemähten, kreisrunden Rasenfläche. Rundherum wuchsen Flockenblumen und Honiggras so hoch, dass wir uns darin hätten verstecken können. Erstmals seit Tagen war der Himmel wieder strahlend blau. Zu unserer Linken hatten wir Aussicht auf die Skyline von London. Zu unserer Rechten erstreckte sich der Heath mit seinen hügeligen Wiesen und Wäldern, unten im Tal die Ponds. Ich war heute nicht dort gewesen. Es ging irgendwie nicht. Die Vorstellung, Dawn erneut zu begegnen, machte mir genauso viel Angst wie die, ihr nicht zu begegnen. Ich hatte in aller Früh meinen Badeanzug von den Dachziegeln genommen und in die Tasche gesteckt – und war dann noch auf der obersten Treppenstufe wieder umgekehrt.

Jetzt guckte ich runter zum Ladies' Pond, der im Abendlicht glitzerte. Wie gerne würde ich schwimmen gehen. Ich würde es wieder schaffen. Bald.

Ich packte Chips, Fanta und Weingummis aus meiner Tasche und breitete sie vor Ravi aus. »Ich habe alles besorgt, was du gern magst.«

Er sah sich meine Einkäufe an. »Wir hätten das doch vor *Love Island* essen können.«

»Ja, aber es ist Sonntag, die Sonne scheint, und du brauchst mal frische Luft.« Ich ließ den Blick schweifen, über die üppigen Schichten von Grünschattierungen um uns herum. »Ich liebe es hier, und ich war mir sicher, es würde dir auch guttun.«

»Wenn du meinst.« Ravi riss die Chipstüte auf. »Darüber könntest du dich mal wieder mit meiner Mutter austauschen, oder?«

»Jederzeit.«

Er ließ ein paar Chipsbrösel in seinen Mund rieseln. »Nächstes Wochenende feiern wir bei meinen Eltern im Garten ein Fest. Falls du kommen willst.«

Ich setzte mich etwas aufrechter hin. »O ja, sehr gern. Wäre das wirklich okay?«

»Klar, meine Tanten haben schon nach dir gefragt, und die anderen freuen sich unter Garantie genauso. Sie fanden dich amüsant.«

Ich riss grinsend die Weingummitüte auf. »Freut mich, wenn ich sie unterhalten konnte.« Ich musste an Bina denken und fragte mich, ob ich sie bei dieser Gelegenheit wiedersehen würde. »Wie viele kommen denn?«

»Ganz schön viele, glaube ich, so genau weiß man es nie. Stell dich darauf ein, dass getanzt wird.«

Ich nahm mir ein Weingummi. »Das lasse ich mir auf keinen Fall entgehen!«

Auf der Wiese unter uns ließen ein paar Kinder einen

Drachen steigen. Unter einer massigen Blutbuche mit dunkelroten Blättern stand eine Gruppe Frauen im Kreis und praktizierte etwas, das für mich nach der afrobrasilianischen Kampfkunst Capoeira aussah.

»Du, Ravi?«, fragte ich irgendwann.

»Hm.« Er kaute geräuschvoll.

»Hattest du eigentlich schon mal eine längere Beziehung?«

»Ja, aber das ist Jahre her. Ich hab sogar mit ihm zusammengelebt. Jack, ich hab ihn schon mal erwähnt, glaube ich. Wir waren fünf Jahre unzertrennlich, sogar meine Familie mochte ihn. Vor allem, weil er so extrovertiert war. Er hat bei Familienfeiern immer mit meinen Neffen und Nichten Bollywood-Tänze nachgetanzt und so.«

»Wieso habt ihr euch getrennt?« Ein paar wattebauschähnliche Pollen wehten über die Wiese zu uns herüber.

»Er hat mich verlassen, für einen Arbeitskollegen, in den er sich verliebt hatte. Für mich war das unvorstellbar, für mich gab es niemanden außer ihm. Ich hab ihn sehr geliebt.« Er seufzte tief. »Damals lebte meine Tante Mala noch. Sie sagte immer, dass ich nie wieder einen wie Jack finde. Nett, oder? Ich glaube, sie hat mir ihr Haus aus Mitleid vermacht.«

»Ach, komm.«

Ravi zog die Weingummitüte zu sich heran und betrachtete den Inhalt. »Doch, ich glaube schon. Im Grunde hatte sie ja auch recht damit. Ohne das Café hätte ich mich noch schlechter von dieser Trennung erholt. Es hat meinem Leben wieder einen Sinn gegeben.« Er wühlte nachdenklich in der Tüte und fischte mehrere orangefarbene Teile heraus.

Nicht weit von uns entfernt standen ein paar Bänke, von denen aus man über ganz London blicken konnte. Drei Mädchen fotografierten sich gegenseitig mit der Skyline im Hintergrund.

»Warst du danach je wieder verliebt?«, wollte ich wissen.

»Meine große Liebe ist meine Arbeit.« Ravi wühlte bereits nach neuen Weingummis.

Ich gab mir einen Ruck. Wenn ich mich jetzt nicht traute, wann dann? »Und was ist mit dir und dem Poeten?«, fragte ich vorsichtig.

Er fischte tief in der Tüte herum. »Was meinst du?«

»Na, ich rede von deinem Stammkunden. Dem Dichter, der immer am Fensterbrett sitzt und seine eigene Teetasse hat.«

Zum ersten Mal, seit ich Ravi kannte, schaute er richtig ernst. »Was ist mit dem?«

Ich lächelte ihn vorsichtig an. »Du magst ihn, oder?«

Ravis Wangen färbten sich innerhalb von Sekunden so dunkelrot wie die Blätter der Blutbuche. Er senkte den Blick und schob die Tüte von sich. »Wie kommst du denn darauf?«

»Na, er bekommt eine Sonderbehandlung von dir.«

Ravi wich meinem Blick aus. »Er ist eben ein Stammgast.«

»Ich hab gesehen, wie du ihn ansiehst.«

»Ist das verboten?« Er klang sauer.

Ich hob beschwichtigend die Hände. »Nein, natürlich nicht. Aber er ist schon ganz süß, oder?«

Ravi kniete sich hin. »Ich hab noch nicht mal wirklich mit ihm gesprochen.« Er klopfte sich etwas Gras von der Hose. »Lass uns zurückgehen, ich muss morgen früh aufstehen.«

Ich hätte ihn gern überzeugt, noch etwas zu bleiben. Aber mein Gefühl sagte mir, dass es gerade zwecklos war. Ich war ihm offensichtlich zu nahe getreten. Meine Spezialität in letzter Zeit.

Wir packten die Sachen zusammen und machten uns auf. Gruppen von Jugendlichen mit Proviant und tragbaren Musikboxen kamen uns entgegen. Für sie begann der Abend gerade erst. Und ganz offensichtlich ließen sie sich nicht von Geistergeschichten abschrecken, auch wenn die Sonne demnächst untergehen würde.

Ravi ging still neben mir her, noch immer mit ungewohnt ernster Miene.

»Entschuldige, ich glaube, das war kein so angenehmes Thema für dich«, sagte ich.

Er wischte meine Bemerkung beiseite. »Ach, alles gut, ich bin da empfindlich, fürchte ich. Ich sollte schon mit zu vielen Menschen verkuppelt werden, von denen eine Wahrsagerin oder ein Gesichtsleser einhundertprozentig überzeugt war, dass wir zusammenpassen. Stimmte leider nie.« Endlich lächelte er wieder.

Ich war bei dem Wort *Wahrsagerin* zusammengezuckt. Aber das Thema würde ich heute nicht auch noch ansprechen. Dafür gab es etwas anderes, was ich ihn unbedingt noch fragen wollte. »Sag mal, Ravi, die Geister, die hier leben sollen …«

»Ha, ich dachte, du glaubst mir nicht!« Er schnaufte schon wieder ganz schön, weil es gerade steil bergab ging.

»Ich hab einiges darüber gelesen. Tatsächlich haben mehrere Augenzeugen von einem Ritter auf einem Pferd berichtet.«

»Sag ich ja.«

Der Weg wurde wieder etwas ebener und führte durch ein dichtes Waldstück. Im Unterholz neben uns wühlte ein Tier, vermutlich ein Igel, der aus seinem Tagesschlaf erwacht war.

»Jedenfalls habe ich mich gefragt: Haben die je mit jemandem gesprochen?«

Ravi lachte laut auf. »Nein. Nein, soweit ich weiß, sprechen die Geister nicht. Wieso fragst du, hat dich einer angesprochen?« Er lachte dröhnend.

*Ja*, wollte ich sagen. *Ja, ich habe mich sogar ausführlich mit einem unterhalten, jeden Morgen, mehrere Wochen lang.* Aber ich verkniff es mir. Er würde mir vermutlich ohnehin nicht glauben. »Es wäre cool, oder?«, sagte ich stattdessen. »Sie hätten bestimmt Spannendes zu berichten.«

Während wir schweigend dem Weg folgten, über uns üppiges Blattwerk, dachte ich an Filipes Frage von gestern: *Was, glaubst du, könnte Dawn von dir gewollt haben?*

Wenn seine *vovó* Cristina recht hatte und Geister einem nur dann erschienen, wenn sie Hilfe brauchten, warum war Dawn dann mir erschienen? Und wobei brauchte sie Hilfe? *Meine* Hilfe? Ich musste daran denken, wie merkwürdig sie auf meinen Kontakt zu ihrer Tochter reagiert hatte. Ging es darum? Wollte Dawn, dass ich ein Problem mit ihrer Tochter löste? Nein, entschied ich, das konnte es nicht sein, denn dann hätte sie mir hoffentlich klarere Anweisungen gegeben. Noch ein Satz fiel mir ein, den sie gesagt hatte: *Ich wünschte, sie würde mich mit ihm schwimmen lassen*. Wen hatte sie nur gemeint?

Ich grübelte noch vor mich hin, als Ravi neben mir anfing zu summen. »Du hast recht, es ist schön hier. Es tat gut, mal rauszukommen. Vielen Dank für das nette Picknick!«

»Rate mal, wer uns vorhin besucht hat!« Meine Mutter trug ihren Hausanzug, die Brille auf der Nase. Meinen Vater hörte ich irgendwo singen, vermutlich holte er gerade den Wein.

Ich lehnte mein Handy gegen Mariah, eine der Sukkulenten auf meinem Tisch, und entschuldigte mich flüsternd bei ihr. Dann ließ ich mich tiefer ins Sofa sinken. »Keine Ahnung, wer denn?«

Da drängte sich auch schon mein Vater ins Bild, setzte sich neben meine Mutter und reichte ihr ein

Weinglas. Ich musste grinsen. Sie saßen vor ihrem kleinen Bildschirm wie vor dem Sonntagabendkrimi. Aus Erfahrung wusste ich, dass wirklich kaum etwas für sie so spannend war wie mein Leben.

»Rate doch mal!«, sagte meine Mutter, ein listiges Funkeln in den Augen.

»Nadine?«, fragte ich etwas lustlos.

»Falsch, Marc«, platzte mein Vater heraus.

Meine Mutter warf ihm einen empörten Blick zu. Sie hätte dieses Spiel gerne noch ein wenig länger gespielt.

»Ach, echt?« Ich zog die Beine hoch in den Schneidersitz. »Was wollte er denn?«

»Er war mit den Kindern seiner Schwester im Wildpark um die Ecke, wollte mal Hallo sagen. Ist das nicht nett?« Meine Mutter war immer ein Fan von Marc gewesen, der ihr ehrlich gesagt auch kaum eine andere Chance gelassen hatte.

»Lass mich raten, er hat Blumen mitgebracht?«

»Hyazinthen für den Wintergarten und eine Flasche Bordeaux für Papa.«

Mein Vater nickte anerkennend. »Eine mit einem richtig schönen Etikett.«

Meine Eltern hatten keine Ahnung von Wein, ebenso wenig wie von Schweizer Pralinen oder Produkten aus dem italienischen Feinkosthandel, was es Marc immer leicht gemacht hatte, mit seinen Mitbringseln zu punkten. Ich hatte mich bei unseren gemeinsamen Besuchen mitunter für die grenzenlose Begeisterung geschämt, die meine Eltern für seine kleinen Aufmerksamkeiten zeigten und die oft über Stunden immer wieder aufflammte.

»Und deine Sachen hat er auch mitgebracht«, sagte meine Mutter, beinahe beiläufig.

Daher also der spontane Besuch. »Verstehe.«

Mein Vater lehnte sich etwas vor. »Ja, drei Kartons und zwei Ikeatüten, hab alles in dein Zimmer gestellt. Ist doch nett, dass er die vorbeibringt, oder? Dass er sich die Mühe macht?«

»Ja, total«, sagte ich und dachte darüber nach, wie schnell aus Marcs trotziger Weigerung, unsere Trennung als solche zu akzeptieren, ein rigoroser Schlussstrich geworden war.

»Ich glaube, es geht ihm wieder okay.« Meine Mutter trank etwas von ihrem Wein. »Er sah gut aus.«

»Und seine Geschäfte laufen offenbar toll.« Mein Vater machte wieder dieses anerkennende Gesicht und hörte urplötzlich damit auf, als meine Mutter ihn erschrocken ansah. Wahrscheinlich war ihr gerade aufgegangen, dass es nicht besonders taktvoll war, so über den Mann zu sprechen, von dem ich mich frisch getrennt hatte.

»Aber wir akzeptieren deine Entscheidung, Engelchen«, sagte sie rasch. »Hauptsache, du bist glücklich.«

»Aber natürlich, Schatz.« Mein Vater strich sich über die Halbglatze. »So nett war er nun auch wieder nicht.«

»Schon gut, Marc ist nett, ihr dürft ihn doch mögen.«

Meine Eltern sahen jetzt wirklich bedröppelt aus.

Mein Vater kam wieder näher an den Bildschirm. Ich konnte sehen, dass der Rotwein seine Lippen dunkel gefärbt hatte. »Mir ist negativ aufgefallen, dass er wieder sein Käppi aufhatte, auch im Haus.«

Ich nickte mit übertriebenem Ernst. »Das war ohne Zweifel schon immer seine größte Schwäche, Papa.«

Als wir aufgelegt hatten, lauschte ich einen Moment den Geräuschen des Fernsehers, die aus Ravis Wohnung kamen. Dann hatte ich eine Idee. Dass ich da noch nicht früher draufgekommen war! Ich gab Dawns Namen in die Suchmaschine ein. Unter *Dawn Higgins* fand ich alle möglichen Einträge, viele verschiedene Frauen, Bilder, Profile. Keins davon glich der Frau, mit der ich geschwommen war. Ich suchte nach Artikeln über den Buchladen, aber alles, was ich fand, waren kurze Berichte über Schulbuchaktionen oder Lesungen. Wenn sich die Buchhandlung schon seit Generationen im Besitz der Familie befand, dann musste dies doch irgendwo dokumentiert sein. Andererseits hatte es zu der Zeit, als Dawn den Laden führte, noch kein Internet gegeben, zumindest nicht zu Beginn.

So kam ich nicht weiter, also scrollte ich etwas frustriert durch Instagram, wo Filipe wieder jede Menge Bilder vom Blumenmarkt hochgeladen hatte. Er hatte mir bereits vormittags ein Foto von dort geschickt und gefragt, wie es mir ging.

*Besser,* hatte ich geantwortet. *Noch mal danke für gestern.*

Auch Marc hatte wieder etwas gepostet. Kurz fürchtete ich, es könnte ein Selfie mit meinen Eltern in ihrem Wintergarten sein, das hatte er ernsthaft schon mal gebracht. Doch es war ein anderes Selfie. Es zeigte ihn zusammen mit Leonie, die ihre hohen Wangenknochen eng an sein Gesicht drückte und ziemlich happy aussah. *#crazyinlove* stand darunter. Ganz schön kitschig, dachte ich. Und ganz schön schnell ging das. Nun, so sahen Lösungen in Marcs Leben aus. *Es gibt Probleme? Die Nächste, bitte!* Es kränkte mich zu meiner Überraschung nicht, dass er direkt wieder eine Freundin hatte, und dann auch noch eine, von der er mir immer versichert hatte, sie wäre nicht sein Fall. Im Gegenteil, es nahm mir das letzte bisschen Schuldgefühl, weil ich ihn so geräuschlos und unsentimental verlassen hatte.

Ich könnte ihm schreiben, dachte ich. Mich bei ihm bedanken, dass er meinen Eltern die Sachen gebracht hatte, ihm alles Gute wünschen. Aber es fühlte sich so an, als sei zwischen uns alles gesagt.

Ich legte das Handy weg und dachte an Dawn. Draußen ging gerade die Sonne unter. Wenn ich sie nur noch einmal fragen könnte, dachte ich. Wenn sie mir doch noch einmal begegnen würde und ich sie fragen könnte, wer sie wirklich war. Und wobei sie meine Hilfe brauchte.

Ich war nicht die Erste im Umkleidebereich des Freibades. Einige der Schließfächer waren schon belegt, und auf den Fliesen am Boden hatten sich bereits kleine Pfützen gesammelt von anderen Schwimmerinnen, die sich hier umgezogen hatten. Sehnsüchtig dachte ich an die Bänke auf der Wiese am Pond. An die ordentlichen Kleiderstapel. *Schließfächer brauchen wir nicht,* hatte die Rettungsschwimmerin gesagt. *Wir sind ja unter uns.*

Ich verschloss mein Fach mit dem Armband, das ich an der Kasse bekommen hatte, und machte mich auf den Weg unter die Dusche. Ich brauste mich lange ab, viel länger als nötig, als wollte ich das Schwimmen hinauszögern. Dann ging ich nach draußen. Es war frisch heute, aber der Himmel freundlich. Das Becken leuchtete türkisblau im Morgenlicht. Auf drei Bahnen wurde schon sportlich gekrault, ganz am Rand schwamm ein älterer Herr Brust. Ich stellte meine Badeschlappen am Rand ab und stieg ins Wasser. Es war einige Grad wärmer als der Pond.

Ich schwamm zu einer freien Bahn hinüber. Hielt mich am Beckenrand fest. Das Chlorwasser war so klar, dass es mich blendete. In Hamburg war ich mehrmals die Woche in solchen Schwimmbädern geschwommen, drinnen und draußen. Jetzt war ich es nicht mehr gewohnt. Ich setzte meine Brille auf und stieß mich ab. Suchte meinen Schwimmrhythmus.

Rechter Arm, linker Arm, rechter Arm, atmen.

Nach wenigen Zügen ging mir die Luft aus. Das Wasser war nicht nur klarer, es fühlte sich auch durchlässiger an, als verfüge es über weniger Auftrieb als das im Naturteich. Als hätte das Wasser im Ladies' Pond einen Teil der Arbeit für mich erledigt. Als hätte es mich getragen.

Bei diesem Gedanken wurde ich traurig und versuchte, ihn zu verdrängen. Ich konnte gerade nicht in den Pond. Nicht, bevor ich vollends verstanden hatte, was da eigentlich passiert war. Hatte ich wirklich wochenlang mit einer Verstorbenen gesprochen? Es konnte nicht sein, mein Verstand wusste das ganz genau, und trotzdem gab es keine logische Erklärung. Laurie und ihre Freundinnen kannten keine andere Dawn als die Verstorbene, der die Bank gewidmet war. Die Dawn, mit der ich geschwommen war, sah wie ein ganz normaler Mensch aus. Nichts an ihr war geisterhaft gewesen, bis auf die Tatsache, dass ich sie niemals außerhalb des Wassers gesehen hatte. Sie war immer länger im Pond geblieben als ich. Ich hatte sie auch nie mit jemand anderem reden sehen, wurde mir bewusst. Sie hatte wie ich jeden Morgen den anderen Schwimmerinnen zugewinkt, und sie hatten ihr Winken erwidert. Aber hatten sie Dawn wirklich gesehen oder nur mich damit gemeint? Wie sollte ich das herausfinden? Ich konnte doch nicht zu den anderen Schwimmerinnen gehen und fragen: *Hey, wie viele waren immer im Wasser, wenn ihr morgens hierherkamt? Habt ihr die alte Dame neben mir gesehen?*

Ich versuchte, mich auf die Kacheln am Boden zu konzentrieren. In Hamburg hatte ich sie gezählt, um in meine Trance zu verfallen. Um das Grübeln abzuschalten, die ständigen Gedanken darüber, was noch alles auf meiner langen To-do-Liste stand, auf der immer zwei neue Punkte auftauchten, sobald ich einen abgehakt hatte.

Das habe ich hier nicht mehr, dachte ich. Diese überwältigende Arbeitsmenge, diese innere Unruhe, das Niemals-ganz-loslassen-Können, weil ich immer bereit sein musste – für den nächsten Termin, die nächste Party, den nächsten Pitch. Das hatte ich in Hamburg gelassen. Hier in London fand ich immer genug Zeit für mich selbst und zum Schwimmen, ich arbeitete in einem angenehmen Tempo ohne allzu viel Druck, ich ging regelmäßig mit meinen Kollegen und meiner Kollegin aus. Zugegeben, es war nicht alles rundgelaufen. Aber ich fühlte mich nicht mehr gestresst. Ich hatte mich aus einer Beziehung befreit, in der ich unglücklich gewesen war. Und das Drama um Filipe zu etwas anderem gemacht. Keine Ahnung, wie man unser Verhältnis zueinander gerade nennen sollte. War das schon Freundschaft oder noch alte Verbundenheit? Drama war es jedenfalls nicht.

Rechter Arm, linker Arm, rechter Arm, atmen.

Ich zählte die Kacheln am Boden und bemerkte, dass ich nun genügend Luft bekam. Ich hatte in meinen Rhythmus gefunden. Es war gut gewesen, nach London zu kommen. Es mochte eine Flucht gewesen sein, wie Dawn vermutete, aber ich stellte mich hier Dingen, für die ich in Hamburg keinen Raum gehabt hatte. Ich lief nicht länger davon, wie Bina es mir vorgeworfen hatte. Und ja, ich musste zugeben, auch wenn manches davon aufwühlend war: Es fühlte sich gut an.

Nach etwa einer Stunde stieg ich aus dem Becken. Chlorwasser tropfte auf die rauen Fliesen zu meinen Füßen. Die Bahnen waren nun alle belegt. Ich ging zu den Duschen, wo ebenfalls schon einiges los war. Und dort sah ich sie: die Buchhändlerin Leslie, Dawns Tochter, die gerade das Shampoo aus ihren Locken spülte. Sie hielt die Augen geschlossen und sah mich nicht. Vermutlich hätte sie mich sowieso nicht erkannt, für sie spielte unsere kurze Begegnung im *Bookshelf* keine große Rolle, ich war nur eine x-beliebige Kundin gewesen.

Wie gern hätte ich sie angesprochen. Wie gern hätte ich sie nach ihrer Mutter gefragt, ihr erzählt, dass ich ihr mit ziemlicher Sicherheit begegnet war. Stattdessen duschte ich schnell und ging mich anziehen.

# 24

**»Welche Fliesen findest du besser?«** Yon stand neben mir an einem der Konferenztische am Fenster. Helles Sonnenlicht fiel auf die Muster, die sie vor uns ausgebreitet hatte. Sie strich mit ihren Fingern, auf deren Nägeln wieder kleine Tiere klebten, über eine Fliese in mattem Beige. »Die hier ist klassisch und schön, oder?«

Ich betrachtete meine Kollegin. Sie trug an diesem Freitagmorgen einen legeren Jogginganzug und hatte die Haare zum Zopf zurückgenommen. Wie immer war sie ungeschminkt, wie immer in letzter Zeit etwas unausgeschlafen.

»Oder doch besser ein dunklerer Ton? Wenn Badezimmer etwas Höhlenhaftes haben, ist das ja auch sehr gemütlich.« Yon hielt eine glänzende schokoladenbraune Fliese hoch.

»Hm«, machte ich abwesend.

Innerlich fragte ich mich, ob Yon diese Fliesen noch als Heinzmanns Innenarchitektin oder schon als seine Freundin aussuchte. Die extragroßen Bäder für den Damenbesuch. Seine Hand tief unten auf ihrem Rücken. Ich wurde diese Bilder nicht mehr los.

»Alles okay bei dir, Zoé?« Yon legte die Fliese weg und betrachtete mich nachdenklich.

»Jaja, es ist nur …« Ich wischte eine Fluse von einer nachtblauen Kachel. »Ist alles okay bei dir?«

»Wieso fragst du?«

»Ich weiß nicht, irgendetwas ist komisch. Ich werde das Gefühl nicht los, dass du mir etwas verheimlichst. Ich mache mir Sorgen.«

Ihr Gesicht verfärbte sich. »Wie kommst du denn darauf?«

Ich drehte den Ring an meinem kleinen Finger. »Du wirkst jeden Tag unausgeschlafen, du hast abends keine Zeit mehr, was gemeinsam zu unternehmen, du bekommst Unmengen von Nachrichten.«

Ihre Mimik hatte etwas Wachsames angenommen, wie bei einem Tier, das sich darauf vorbereitet, jeden Moment zu fliehen.

»Du musst mir natürlich nicht sagen, mit wem du dich triffst.« Ich versuchte, so sanft wie möglich zu klingen. »Egal, ob es einer deiner Mitbewohner ist oder nicht. Das ist deine Privatsache. Ich wollte dir nur sagen, dass du mir alles anvertrauen kannst. Ich würde dich für nichts verurteilen. Ich würde dich in jedem Fall unterstützen und für dich da sein. Auch wenn du in Schwierigkeiten steckst.«

Sie hatte mir aufmerksam zugehört. Jetzt kniff sie die Augen zusammen. »Hm … Danke. Ich verstehe zwar nicht, worauf du anspielst, aber danke für das Angebot.«

»Und da ist sicher nichts, worüber wir reden sollten? Wobei du Hilfe brauchst?«

Sie verzog den Mund. »Also, von meiner Seite nicht, von deiner?«

»Nein. Nein, ich wollte das nur gesagt haben.«

Yon kam diesmal nicht mit zu unserem Pub-Abend. Ich stand allein mit den drei Jungs vor unserer Stammkneipe und nippte an meinem platten Pint. War sie etwa meinetwegen nicht mitgekommen? Wegen unseres Gesprächs? Ich quälte mich mit dem Gedanken, ob ich ehrlich hätte sein sollen. Ob ich ihr hätte sagen sollen, was ich beobachtet hatte. Aber ich hatte einfach zu viel Angst, ihr damit schon wieder zu nahe zu treten.

Alfie kam mit einem Tablett Schnaps von der Bar. »Leute, ich habe so einen coolen Auftrag bekommen, darauf müssen wir anstoßen.« Er reichte uns die Gläser. »Ein ehemaliger Profifußballer und seine Frau, die in der Nähe vom Green Park ein Penthouse gekauft haben. Und ich darf es einrichten. Leute, glaubt ihr das?«

Wir stießen johlend mit ihm an, und er erzählte uns euphorisch von seinen ersten Ideen – einem Whirlpool auf der Dachterrasse und einer Sauna mit Blick über London.

»Wie läuft es eigentlich mit eurem Auftrag?«, fragte Stephen mich irgendwann. »Wieso gehst du nie mit zu den Terminen vor Ort? Habt ihr das so entschieden mit der Arbeitsteilung? Du Innendienst, Yon Außendienst?«

Ich wischte mir mit dem Handrücken einen Tropfen Schnaps von der Unterlippe. »Nein, der Typ wollte mich bei den Terminen plötzlich nicht mehr dabeihaben. Ich dachte, Grace hat euch das gesagt?«

Alfie und Stephen sahen mich entsetzt an.

»Ne.« Alfie riss den Mund auf. »Nicht dein Ernst! Erzähl!«

Ich schaute zu Neil, der mit den Schultern zuckte. »Mir hat Grace es gesteckt. Ich dachte, euch auch.«

Ich gab Alfie und Stephen eine Kurzfassung der Geschichte, woraufhin sie eine neue Runde Schnaps holten. Natürlich ließ ich den Teil mit Yon und Heinzmann aus. Es rührte mich, wie mitfühlend die Jungs reagierten. Sie besorgten immer mehr Schnaps, offensichtlich waren sie der Ansicht, Alkohol wäre eine gute Lösung.

»Jungs, ich hab das längst verarbeitet«, versicherte ich ihnen, schon mit schwerer Zunge. »Ich gönne Yon den Erfolg, ich komme damit echt zurecht.«

Doch sie glaubten mir das offenbar nicht, jedenfalls taten sie wirklich alles, um mich aufzumuntern. Für seine Verhältnisse blieb sogar Stephen lange, bevor er sich schließlich auf den Heimweg machte. Alfies aktuelle Affäre Jeremiah kam vorbei, ein sympathischer Barkeeper, mit dem ich mich zu unterhalten versuchte, aber mein Englisch war mit jedem Schnaps schlechter geworden, und er sprach sehr schnell. Ich musste daran denken, wie ich Ravi erzählt hatte, dass ich Menschen meine Liebe gestand, wenn ich betrunken war. Ich hatte den spontanen Impuls, Yon anzurufen und alles zwischen uns möglichst schnell wiedergutzumachen. Aber ich wusste einfach nicht, wie ich mich ihr gegenüber verhalten sollte. Ließ ich sie gerade im Stich?

»Hey, alles okay bei dir?« Neil stand neben mir und sah mich aufmerksam an. Schien ein Ritual zwischen uns zu werden, dass er sich bei Feierlichkeiten mit steigendem Pegel nach meinem Befinden erkundigte.

»Jaja, alles okay.«

»Glaub ich dir nicht.« Er hatte schon wieder diesen leicht bierseligen Gesichtsausdruck, der irgendwie niedlich war. »Du wirkst auf mich, als würdest du dir wegen etwas Sorgen machen.«

»Ach.«

»Es ist wegen Yon, oder?«

Ich versuchte abzuwinken, aber ich war zu angetrunken und zu redselig dafür. »Wirklich, um den Auftrag geht es gar nicht«, ließ ich mich hinreißen zu sagen. »Eher um etwas Persönliches. Um … Ach, das ist alles Quatsch!«

»Komm schon, mir kannst du es doch sagen.« Neil klimperte mit seinen hellen Wimpern.

»Nein, nein«, wehrte ich schnell ab. »Yon würde mich umbringen. Ich habe da etwas gesehen mit unserem Kunden, was … Ich kann dir das nicht erzählen. Ich will nicht, dass Yon in Schwierigkeiten gerät. Ich mache mir nur solche Sorgen.«

Neil taumelte leicht. »Ich hole neuen Schnaps«, verkündete er.

Während ich ihn in Richtung Bar verschwinden sah, überkam mich eine leichte Vorahnung, dass ich bereits zu viel gesagt hatte.

Ich sah Filipe schon von Weitem. Er stand am höchsten Punkt des Heath unter der Eiche. Wie verabredet. Heute trug er wieder Shorts und ein T-Shirt. Die Hände hatte er in den Hosentaschen vergraben, den Blick auf die Wälder und Wiesen unter sich gerichtet. Er bemerkte mich erst, als ich fast neben ihm stand.

»Oh, hey! Hab dich gar nicht kommen sehen. Ich war so fasziniert von dieser Aussicht.« Er machte einen unsicheren Schritt auf mich zu.

Spontan entschied ich für uns beide und nahm ihn in den Arm, so flüchtig es mir möglich war. Und doch lang genug, um seinen vertrauten Geruch einzuatmen. Was mich schlagartig daran erinnerte, wie es gewesen war, als unsere Umarmungen nicht flüchtig gewesen waren. Filipe war sehr schlank, aber wenn er mich umarmte, fühlte er sich groß und kräftig an. Irgendwie … sicher. Ausgerechnet.

»Hey, du hast es gefunden.«

»Ich hab mich gefreut, dass du einen Spaziergang vorgeschlagen hast.«

»Das ist ja wohl das Mindeste, nachdem ich deinen letzten Samstagsausflug hierher so abrupt beendet habe.«

Er hob den Kopf zu den dichten Zweigen der Eiche. »Und hier soll es spuken?«

»Was heißt hier, es soll?«, antwortete ich leise.

»Entschuldige, du weißt, dass ich dir glaube.« Er schaute sich nach allen Seiten um. »Wo sind denn die Teiche?«

»Sie sind überall im Park verteilt. Es gibt einen für Männer, einen gemischten und einen für Frauen.«

»Und dort gehst du jeden Tag schwimmen?«

»Nicht mehr.« Ich zeigte runter ins Tal, und sein Blick folgte meinem ausgestreckten Finger. »Da unten, siehst du es glitzern? Da ist der Ladies' Pond. Aber ich war nicht mehr drin, seit …«

»Kann ich verstehen.« Filipe kniff im hellen Sonnenlicht die Augen zusammen. »Zeigst du ihn mir von näher? Ich bin neugierig.«

»Wir können zu einer Stelle am Zaun, wo man etwas reinschauen kann. Aufs Gelände darfst du nicht.«

Wir liefen gemeinsam die Wiese hinunter. Alles blühte um uns herum. In den Disteln summten Bienen und Hummeln. Eine Joggerin stolperte über einen Baumstumpf, weil sie sich zu Filipe umdrehte. Ich kannte solche Szenen nur zu gut.

Nach einer Weile sagte er unvermittelt: »Katrin erzählt mir manchmal von dir, und sie sagt immer, es gehe dir sehr gut.«

Nun, ich hatte Katrin glaubhaft die Geschichte der Davongekommenen präsentiert. Und es war mir ja auch wieder gut gegangen. Eigentlich.

»So ist es«, antwortete ich. »Wenn ich nicht gerade Geistergeschichten zu lösen habe. Und dir?«

»Mal so, mal so. Manchmal frage ich mich, wie es weitergehen wird. Ob ich irgendwann irgendwo ankommen werde.«

Beim letzten Satz hatte er den Blick gesenkt. Vielleicht wird es ihm doch zu viel, dachte ich. Dieses Hin und Her, diese ständige Jagd nach Bestätigung.

Wir waren am Zaun zum Ladies' Pond angelangt. Vor uns lag der Teich in seiner ganzen Schönheit. Überall im Wasser sahen wir Köpfe mit und ohne Badehauben. Es war Samstagnachmittag, und auf den Wiesen am Ufer lagen und saßen Frauen jeden Alters auf Decken, zwischen ihnen Blechdosen mit Sandwiches oder Kekspackungen. Wir hörten lautes Lachen und Kinderkreischen. Das Geräusch von Sprüngen vom Steg. Von vielen Menschen, die gemeinsam im Wasser schwammen und planschten.

Filipe schaute interessiert auf das Geschehen. »Und das sind alles Frauen?«

»Ja«, sagte ich. »Frauen und alle, die sich als weiblich identifizieren. Männer und alle, die sich als männlich identifizieren, gehen im Men's Pond schwimmen oder im Mixed Pond, der für alle ist.«

»Und morgens warst du hier immer ganz allein?«

Ein Windhauch ließ mich frösteln. Gänsehaut überzog meine Unterarme. »Nun ja. Fast.«

»Du bist eine unerschrockene Frau, Zoé Hanser.«

»Findest du?«

Er lehnte sich ein Stück zu mir vor. »Na ja, ich weiß nicht, ob ich mich hier im Morgengrauen durch die Wälder schlagen und in einem einsamen Pond schwimmen würde.«

»Du weißt, dass ich nicht wirklich unerschrocken bin.«

»Ich finde dich sehr unerschrocken. Du kündigst deinen sicheren Job und kommst nach London, ohne jemanden zu kennen. Du schwimmst im Morgengrauen in einem Park, von dem alle sagen, dass es darin spukt. Du steigst in einen dunklen Teich in eiskaltes Wasser, ohne zu wissen, was da unter dir lauert. Du bist die mutigste Frau, die ich kenne.«

Seine Worte ließen ein warmes Gefühl auf meiner Kopfhaut entstehen, das von dort aus langsam meinen Rücken hinunterwanderte. Meine Gänsehaut war verschwunden. »Wie nett von dir. Danke!«

Ich lächelte ihn an. Er erwiderte mein Lächeln. Bis ich es nicht mehr aushielt und mich abwandte.

»Komm«, sagte ich schnell. »Hier um die Ecke ist ein Markt, lass uns da etwas zu essen holen.«

Wir schlenderten weiter durch den Park, vorbei an Cricket-Feldern, auf denen ältere Herrschaften ihre Klappstühle aufgestellt hatten. An Tennisplätzen, einem Planschbecken, einem Spielplatz und einer Hundeauslauffläche. Dabei musste ich daran denken, wie gut Filipe das konnte. Dinge sagen, die du hören willst. Dir das Gefühl geben, dass er dich wirklich sieht. Ich sah ihn immer noch vor mir, am Bett seiner pflegebedürftigen *vovó*, die wütend und erschöpft war, weil sie Schmerzen hatte. Er hielt ihre Hand fest in seiner und sagte: »Dein ganzes Leben lang hast du so hart gearbeitet. Ich weiß, wie stark du immer noch bist, meine *vovó*, aber jetzt lass mich dir etwas zurückgeben.« Und wenn auch das nicht half und sie sich dagegen wehrte, dass er sie waschen wollte, fügte er hinzu: »Ich weiß, dass es dir schwerfällt, meine Hilfe anzunehmen, aber ich helfe dir wirklich gern. So kann ich dir zeigen, wie viel du mir bedeutest. Lass mich das tun, ja?« Dann wurde ihre Miene für gewöhnlich weicher und ihre Hand in seiner schlaffer, und sie ließ es zu. Und ich saß daneben, mit vollem Herzen, und dachte, was für einen besonderen Menschen ich da an meiner Seite hatte.

Am Eingang zum Markt warteten mehrere Hunde auf ihre Besitzer, alle nebeneinander am Zaun angeleint, den Blick suchend in Richtung der Einkaufenden gerichtet. Wir schlenderten an Ständen mit gestapelten Sauerteigbroten und zehn verschiedenen Sorten Tomaten vorbei. Filipe kaufte uns Waldpilze, die in einer großen Pfanne geröstet worden waren. Die Verkäuferin, eine ältere Dame, strahlte ihn an und gab ihm eine extragroße Portion. Wir suchten uns einen Platz etwas abseits.

Filipe spießte mit der Holzgabel Pilze auf. »Ein Glück, dass man in London so wunderbar essen kann, ohne kochen zu müssen, und das nicht mal unbedingt teuer.«

»O ja.« Noch so ein Punkt, in dem wir uns ähnlich waren. *Was essen wir heute?*, hieß bei uns übersetzt: *Wo wollen wir bestellen?* Uns unterschied, dass Filipe dann ewig am ersten Stück nagte, während ich bereits die ganze Pizza verschlungen hatte.

»Ich finde, du solltest wieder im Pond schwimmen gehen«, sagte er und riss mich aus meinen Erinnerungen.

Ich stach mit der Gabel in die Pilze und probierte. Sie schmeckten würzig und sehr lecker. »Ja, das sollte ich wohl. Es hat mir echt gutgetan.«

»Das und …« Filipe spießte neue Pilze auf. »Vielleicht findest du heraus, was sie wollte.«

Nachdenklich sah ich ihn an. »Meinst du Dawn?«

»Ja. Manchmal sieht man die Dinge ja mit etwas Abstand völlig anders.«

# 25

**Ich hatte hin und her** überlegt, was man zu einem indischen Familienfest anzieht, und recherchiert, dass bunte Radlerhosen auf keinen Fall die richtige Wahl waren. Diesmal wollte ich besser vorbereitet sein.

Schließlich stand ich in meinem längsten, flatterigsten Sommerkleid neben Ravi vor der Haustür seiner Eltern. In den Händen hielt ich eine große Box mit einer Schleife darum, die ich auf dem Weg hierher besorgt hatte. Wir waren extra in einem indischen Süßwarengeschäft in der Brick Lane gewesen, in dem man traditionelle Desserts kaufen konnte, runde und eckige Küchlein in bunten Farben, die laut Ravi hauptsächlich aus Zucker bestanden. Mit einem breiten Lächeln überreichte ich Ravis Mutter meine hübsch verpackte Auswahl.

Sie legte zunächst die Hände vor der Brust zusammen und nahm den Karton dann strahlend entgegen. »Zoé, wie schön, dass du gekommen bist! Vielen Dank.« Dann wandte sie sich ihrem Sohn zu und küsste seine Stirn, was Ravi stoisch über sich ergehen ließ.

In dem kleinen eingemauerten Garten hinter dem

Haus, der mich an Ravis erinnerte, waren Lampions und Lichterketten aufgehängt. Es lief laute Musik. An die fünfzig Leute standen eng beieinander und unterhielten sich. Manche der Frauen trugen moderne Kleider, die meisten festliche Saris, einige der Männer Dhotis, traditionelle weite Stoffhosen. Andere hatten wie Ravi moderne Chinos und Hemden angezogen.

Ravi steuerte auf seine Schwestern zu, die einen kleinen Kreis gebildet hatten. Er küsste sie alle der Reihe nach und überreichte ihnen Pakete. Auch sie hatten ihm jeweils etwas mitgebracht. Auf dem Hinweg hatte er mir erklärt, dass sie an diesem Tag das Geschwisterfest feierten. Alle Schwestern und Brüder tauschten als Zeichen ihrer Zuneigung Geschenke und gute Wünsche aus.

Ich stand etwas abseits und beobachtete die Zeremonie, als Ravis jüngste Schwester Lali auf mich zukam. Sogar sie trug heute ein bodenlanges Kleid, allerdings war es weit ausgeschnitten und neonpink. Ich entdeckte eine kleine tätowierte Libelle in ihrem Nacken.

»Hey, Zoé, wie geht es dir?«, fragte sie. »Cooles Kleid, woher hast du das? Wir sollten echt mal zusammen shoppen gehen.«

Wir herzten uns und erzählten uns gegenseitig, wo wir unsere Tattoos hatten stechen lassen.

Wir waren so ins Gespräch vertieft, dass wir beinahe die Eröffnung des Büfetts verpasst hätten. Auf mehreren langen Tapeziertischen waren Unmengen an Köstlichkeiten aufgereiht. Lali und ich stellten uns an und holten uns etwas davon. An einer Biertischgarnitur saßen Ravis Tanten, die kostbar aussehende Saris trugen und mir fröhlich zuwinkten.

Lali und ich gesellten uns dazu und aßen mit der Hand, wie schon beim letzten Mal. Ich sah mich nach Ravi um und entdeckte ihn am anderen Ende des Gartens unter einem bunten Lampion. Er unterhielt sich angeregt mit einer jungen Frau mit langem glänzend schwarzem Haar und Stirnband. Als sie sich umdrehte, stockte mir der Atem. Es war seine Cousine Bina. Sie war wirklich hier.

»Ich wünschte, Ravi würde öfter mal rauskommen«, sagte Lali neben mir. »Früher sind wir häufig zusammen mit unserer Cousine Bina tanzen oder ins Pub gegangen. Als Jack sich von ihm getrennt hat, war es vorbei damit. Ich mache mir echt Sorgen um ihn. Arbeit ist nicht alles im Leben.«

Ich sah hinüber zu meinem Freund, der fröhlich und aufgekratzt wirkte. »Das sage ich ihm auch ständig. Aber er hat immer eine Ausrede.«

Lali griff nach einer gerollten Teigtasche. »Auf mich hört er nicht. Die einzigen Leute, deren Rat er ernst nimmt, sind die, von denen er sich die Zukunft voraussagen lässt. Ich wünschte, die würden ihm mal stecken, dass er es so richtig krachen lassen soll.«

Ich wollte gerade ein Stück Roti, köstliches indisches Fladenbrot, in einen der Dips tunken, hielt aber mitten in der Bewegung inne. »Er geht zu Wahrsagerinnen?«

»Es ist ein Mann, glaube ich.« Gekonnt nahm Lali mit ihrem Roti etwas Kichererbsensalat auf. »Und er geht ab und an zu einem Gesichtsleser. Das ist ziemlich verbreitet in der indischen Kultur, auch in den Communitys hier. In manchen Dingen sind sogar Ravi und ich noch so traditionell wie unsere Tanten.«

Die Musik war lauter gestellt worden, und ich lehnte mich etwas näher zu Lali. »Du lässt dir auch die Zukunft voraussagen?«

»Ich würde niemals wichtige Entscheidungen ohne meine Tarotkartenlegerin treffen.« Sie grinste.

Ich fragte mich gerade, ob sie wohl von Bina redete, als Ravis Tante, die mich nach meinem Ehestand gefragt hatte, mit einer anderen, ebenfalls traditionell gekleideten Frau in die Mitte des Rasens trat. Sie begannen, ihre Finger zu spreizen, sich hin und her zu drehen und die Arme rhythmisch zur Musik auf und ab zu bewegen. Es sah sehr elegant aus. Ein Raunen ging durch die Gästeschar. Andere Männer und Frauen gesellten sich dazu und tanzten mit. Sie alle machten dabei elegante Bewegungen, wie ich sie bisher nur aus Bollywoodfilmen kannte.

Lali stupste mich an. »Komm, wir tanzen auch! Ich zeige es dir.«

Und ehe ich widersprechen konnte, stand ich inmitten von Ravis naher und ferner Verwandtschaft in einem Garten in Shoreditch und tanzte zu indischen Rhythmen. Sagen wir, ich versuchte es. Ich machte einfach nach, was die Menschen um mich herum machten, was mal besser, mal schlechter gelang. Zwischendurch wurde ich in dem Gedränge gegen Ravi geschupst, der von allen am wildesten tanzte. Ich hatte ihn noch nie so gesehen. Er ging tief in die Knie, sprang wieder nach oben, warf die Arme energisch in die Luft. Seine unbändigen Haare klebten nass geschwitzt an seiner Stirn, seine Haut war gerötet. Es war schön, ihn so ausgelassen zu sehen.

Nach einigen Liedern schenkte ich mir aus einer der Karaffen am Büfett ein Glas von etwas ein, das nach Wasser aussah, aber nach süßem Sirup schmeckte. Damit stellte ich mich etwas abseits hin und verschnaufte. Bis ich eine andere Frau bemerkte, die ebenfalls gerade pausierte. Sie hatte sich etwas zu essen geholt und schaute ihren feiernden Verwandten zu. Bina.

Das ist mein Moment, dachte ich. Ich quetschte mich zwischen einigen anderen Gästen hindurch und fürchtete schon, sie würde mir wieder entwischen, doch schließlich gelangte ich zu ihr.

Bina bemerkte mich gar nicht. Sie biss versunken in ein Pakora und wiegte sich dabei zur Musik.

Ich trat noch einen Schritt näher an sie heran.

Jetzt sah sie auf. »Hey.«

»Hey.« In ihren Augen konnte ich kein Erkennen entdecken.

»Ich bin Zoé«, sagte ich schließlich. »Eine Freundin von Ravi.«

»Ah, hi, freut mich. Ich bin seine Cousine Bina.« Sie lächelte und aß weiter.

»Ich weiß. Er hat mir von dir erzählt, und … du hast mir neulich aus der Hand gelesen.«

Bina ließ ihren Teller sinken. Sie sah mich mit Pokerface an. »Ich habe keine Ahnung, wovon du sprichst.«

Ich hatte es also richtig eingeschätzt. Vermutlich wusste hier niemand etwas von ihrem Zweitjob.

»Keine Sorge«, sagte ich zwinkernd. »Ich verrate niemandem etwas. Ich hab nur noch ein paar schnelle Fragen, die mir auf der Seele brennen.«

Sie lächelte eisern. »Du musst mich verwechseln.«

In diesem Moment stand Ravi vor uns. Schnaufend und schwitzend, mit glänzenden Augen. »Ihr habt euch schon kennengelernt, wie schön.« Er wischte sich den Schweiß von der Stirn. »Ich habe Zoé von dir erzählt. Sie hat sich neulich unser Familienfoto vom Treffen vor fünf Jahren angesehen, das am Kühlschrank.«

Binas Lächeln wirkte tiefgefroren. »Ah.«

Ravi stibitzte eine flache kleine Frikadelle von ihrem Teller. »Ich dachte mir schon, dass ihr euch gut verstehen würdet. Zoé, hat Bina dir schon von dem feministischen Buchclub erzählt, den sie gründen will?«

»Nein.« Ich schmunzelte. »Davon noch nicht.«

Ravi kaute genüsslich. »Oh, hört mal, den Song liebe ich. Kommt schon!«

Er zog Bina am Handgelenk mit sich, die gerade noch ihren Teller auf einem Stehbiertisch abstellen konnte. Mit der anderen Hand griff er nach meinem Arm. Und schon befanden wir uns mitten zwischen den Tanzenden. Zunächst wirkte Bina etwas missmutig, doch Ravi tanzte sie derart offensiv an, dass sie schließlich voll mit einstieg. Was das Tanzen anging, war sie sein weiblicher Zwilling. Es dauerte nur wenige Minuten, bis sich ein klatschender Kreis um die beiden bildete, die derart energisch umeinander herumwirbelten, dass es ansteckend war. Sie gaben synchron ein paar Choreografien zum Besten, und jedes Mal brandete Jubel auf.

Bina sah völlig anders aus, wenn sie tanzte. Diese sanfte, zurückgenommene Art, die sie während unserer Session ausgestrahlt hatte, war von ihr abgefallen wie eine Maske. Ihre Augen funkelten, ihr glattes Haar war zerzaust, ihr Mund weit aufgerissen. Ich konnte mir gut vorstellen, wie sie und Ravi zusammen durch die Clubs gezogen waren. Bevor er im Trennungsschmerz das Café übernommen hatte. Und sie neben ihrem Krankenschwesternjob fremden Leuten die Zukunft voraussagen musste, um ihre Kinder zu ernähren.

Ich wunderte mich trotzdem darüber, dass sie es verheimlichte. Fähigkeiten wie ihre waren ja offensichtlich in der indischen Kultur sehr angesehen. Ich hätte sie zu gern nach dem Grund gefragt, aber sie hatte mir eindeutig zu verstehen gegeben, dass sie hier nicht mit mir darüber reden wollte.

Ravi und sie tanzten noch immer, als Lali wieder zu mir trat, zwei Mango-Lassis in der Hand, von denen sie mir einen reichte. »Ravi und Bina sind voll in ihrem Element«, sagte sie grinsend.

»Sie tanzen toll.«

»Ja, sie sind seelenverwandt.«

»Sieht ganz so aus.«

»Ihre Mütter haben immer bedauert, dass sie nicht heiraten können, zwei so ähnliche Seelen.«

»Nun, Freunde sind sie offenbar.«

»Sie waren mal ganz eng.« Lali nippte an ihrem Lassi. »Aber ich glaube, sie sprechen kaum mehr miteinander. Wenn man sie so tanzen sieht, ist das ein Jammer.«

»Lag es an ihrem Mann?« Ich probierte ebenfalls mein Lassi. Es schmeckte sehr süß und intensiv nach Mango.

Lali schüttelte den Kopf. »Nein, nein, den mochten wir alle, er hat nur überhaupt nicht zu ihr gepasst. Ich glaube, Bina und Ravi arbeiten einfach beide zu viel. Und …« Sie richtete ihren Ausschnitt. »Unsere Tante Mala hatte zwei Lieblingskinder in der Familie: Bina und Ravi. Ravi hat sie ihr Haus vermacht. Binas Mutter glaubt, es lag daran, dass Bina damals verheiratet und damit versorgt war. Aber dann hat sie sich scheiden lassen und hätte das Erbe sicher auch gut gebrauchen können. Ich glaube, das steht zwischen den beiden.«

Ja, dachte ich. Das konnte ein Grund sein. Wie gern würde ich mit Bina auch darüber reden. Ich hatte so viele Fragen an sie. Sie tanzte noch immer mit Ravi, und mit einem Mal hatte ihr Tanz für mich etwas von einem Kampf, ein wahrer Dance-Battle. Und ich verstand nun auch, wieso.

# 26

**Ich träumte in dieser Nacht** von Dawn, die mich zu einem indischen Familienfest begleitete. Die mit Bina tanzte und ihr anvertraute, warum sie ausgerechnet mir erschienen war und wobei ich ihr helfen sollte. Was die zwei genau sagten, konnte ich leider nicht verstehen, weil sie Hindi miteinander sprachen.

Als ich am Sonntagmorgen erwachte, musste ich daran denken, was Filipe gesagt hatte. Dass ich wieder in den Ponds schwimmen gehen sollte, weil man die Dinge mit etwas Abstand manchmal völlig anders sah.

Ich wäre liebend gern zum Ladies' Pond gelaufen. Ich hätte mich auf den Steg gestellt und mich von den ersten Sonnenstrahlen wärmen lassen, wäre ins kühle Wasser gestiegen und hätte den erdigen Geruch des Teiches aufgesogen. Hätte mich tragen lassen von diesem Gewässer und seinen Geschichten. Aber es ging nicht. Schon der Gedanke daran, dass Dawn mir wieder begegnen könnte – ein Geist –, ließ mein Herz schneller schlagen. Wie konnte mir so etwas passieren? Ich traute mich da jedenfalls gerade nicht hin, so viel stand fest.

Stattdessen machte ich mich auf den Weg in Londons coolen Osten. Wenn es etwas außer schwimmen gab, was mich aufmuntern und ablenken konnte, dann waren es Pflanzen. Ich war heute so früh dran, dass einige der Händler in der Columbia Road gerade erst ihre Waren auspackten. Europaletten mit Geranien wurden von Kleinlastern gewuchtet, Ladeflächen voller Schnittblumen nach und nach auf Tischen verteilt, Mini-Ginkgos und Orchideen mit literweise Wasser aus Sprühflaschen befeuchtet. Die Läden in der Straße hatten noch nicht geöffnet, aber ich fand einen *Tea Shop*, der gerade aufmachte und mir netterweise schon einen Tee verkaufte. Ich setzte mich damit auf die Bordsteinkante und postete eine Story von meinem dampfenden Becher und dem Stand dahinter, der gerade mit mannshohen Yuccapalmen bestückt wurde. Dann sah ich weiter den Händlern beim Aufbauen zu.

Zehn Minuten später tauchten Stoffturnschuhe neben mir auf dem Asphalt auf. Ich guckte an den Jeansbeinen nach oben bis in Filipes müdes Gesicht.

Verdutzt sah ich ihn an. »Bist du auch schon so früh wach?«

Er setzte sich neben mich. »Ich konnte nicht mehr schlafen und hab gerade zufällig deine Story gesehen. Und ehrlich gesagt hatte ich das Bedürfnis, mit dir zu sprechen.«

Ich reichte ihm meinen Tee, und ganz selbstverständlich trank er davon. Es ist merkwürdig, dachte ich. Aber wenn man mit einem Menschen einmal so viel geteilt hat – das Bad, das Bett, alle Geheimnisse –, dann bleibt ein Teil der Vertrautheit und Nähe für immer. Egal, was dieser Mensch dir antut, egal, wie weit du dich von ihm entfernst. Ich hätte noch immer, ohne zu zögern, in seinem benutzten Bettzeug übernachtet. Ich würde ihm noch immer meine Haarbürste leihen. Und natürlich störte es mich nicht, ihn aus meinem Becher trinken zu lassen.

»Alles okay?«, fragte ich, als er mir den Tee mit ernster Miene zurückgab.

»Ich hab gestern mit Daniel telefoniert und danach die halbe Nacht wach gelegen, weil mir tausend Dinge durch den Kopf gingen.« Er sah auf seine Hände. Lange, schmale, gepflegte Künstlerfinger. »Ich weiß, dass du meiner Familie immer kritisch gegenübergestanden hast.«

Ich wollte ihm widersprechen, wollte sagen, dass das so nicht stimmte, beschloss aber, ihn ausreden zu lassen.

Er schaute noch immer auf seine Finger. »Meine Eltern haben sich überzeugen lassen, sich endlich zur Ruhe zu setzen. Sie schaffen die Arbeit auf dem Hof nicht mehr.« Er griff noch einmal nach meinem Becher und trank. »Sie ziehen demnächst in *vovós* Haus auf die Halbinsel. Daniel will wirklich den Hof pachten, wie ich es dir erzählt habe. Katrin will dann ganz nach Portugal ziehen und ihre Wohnung in Hamburg aufgeben.«

Er machte eine Pause, und wir reichten meinen Tee hin und her.

»Jedenfalls hat sich irgendwie alles gefügt, und gestern hat Daniel mich gefragt, ob ich mitmachen will. Bei dem Surfhostel für Familien. Nebenbei könnten wir uns noch etwas mit Baujobs für Ferienhäuser dazuverdienen, ich als Architekt, er als handwerklicher Alleskönner. Früher war das mal unser Plan.« Er seufzte. »Ich wäre dann in der Nähe meiner Eltern, der Hof bliebe in Familienhand. Und …«

Die Stände um uns herum waren nun fast vollends aufgebaut. Hinter uns wurde ein Fenster geöffnet. Der Duft von Zimtschnecken strömte heraus.

»Und?«, fragte ich.

Filipe sah mich mit seinen großen dunklen Augen an. »Meinem Vater ging es zuletzt nicht gut. Erinnerst du dich daran, dass er oft Rückenschmerzen hatte?«

»Ja.«

»Er hat eine schlechte Diagnose bekommen, die Ärzte sagen, er braucht bald einen Rollator. Du kannst dir vorstellen, wie er das aufgenommen hat.«

»Das tut mir leid. Noch ein Grund, nach Hause zurückzukehren, richtig?«

Er senkte wieder den Blick. »Richtig.«

»Ich weiß, warum du zweifelst.« Meine Stimme klang belegt.

Er rieb sich über den Knick in seiner Nase, den er von seiner Oma geerbt hatte. »Deswegen hatte ich das Bedürfnis, mit dir darüber zu sprechen. Vermutlich versteht es niemand besser als du. Die Freiheit, die ich in Lissabon hatte, die ich jetzt hier habe – es würde mir schwerfallen, sie wieder aufzugeben. Ich habe dich immer beneidet um deine Eltern und euer Verhältnis. Du bist so eng mit ihnen, und trotzdem lassen sie dich immer tun, was du tun willst. Wobei …«

Ich sah ihn fragend an.

Er zögerte. »Wobei es manchmal schwierig war, weil euer Verhältnis so innig ist. Als Partner fühlt man sich da immer ein Stück weit außen vor. Trotzdem: Sie unterstützen dich in allem. Bei uns in der Familie ist Liebe immer an Bedingungen geknüpft.«

Erste Kundinnen und Kunden schlossen ihre Fahrräder an den Ständern am Rand der Straße ab und schlenderten an den Ständen vorbei. Der Händler mit den Yuccapalmen begrüßte eine ältere Dame und begann mit ihr über das Wetter zu philosophieren.

»Weißt du, was ich glaube?«, sagte ich nach einer Weile. »Ich glaube, es ist ganz egal, wo du lebst. Du musst dir deine Freiheit so oder so erarbeiten. Du kannst auch hier wohnen und trotzdem immer noch denken, du musst es deinen Eltern recht machen. Ich glaube, die wahre Unfreiheit liegt in dir. Wenn du die abgelegt hast, ist es egal, wo du bist. Dann kannst du auch zurück nach Marial ziehen.«

Filipe sah mich an, plötzlich mit glasigen Augen. Er setzte mehrfach an, etwas zu sagen, nickte dann aber nur.

Minutenlang schauten wir den Passanten zu, die an den Ständen Blumen kauften und über den Markt bummelten. Ich fragte mich, ob wir beide das Gleiche dachten. Es war fast, als hätte Filipe seinen Gedanken laut ausgesprochen: *Mit dir zusammen wäre es leichter gewesen.* Aber das bildete ich mir ein, oder? Das war Wunschdenken. Dass ich so eine große Bedeutung für ihn gehabt hatte. Ich hatte plötzlich einen Kloß im Hals.

»Es stimmt übrigens nicht«, sagte ich völlig unvermittelt, weil ich noch etwas anderes loswerden wollte. »Es stimmt nicht, dass ich deiner Familie immer kritisch gegenübergestanden habe.« Ich reichte ihm den Rest Tee. »Ich habe sie mit genauso offenen Armen empfangen wie sie mich.« Ich sah ihn direkt an. »Ich war nicht mit allem einverstanden, was sie getan haben. Ich hab mich manchmal eingemischt, weil ich etwas nicht okay fand. Aber das heißt nicht, dass ich sie nicht geliebt habe.«

Etwas wurde warm in Filipes Augen.

Ich schaffte es nicht, seinem Blick standzuhalten, und rappelte mich auf. »Lass uns Zimtschnecken kaufen, ja?« Ich reichte ihm die Hand, und er ließ sich von mir hochziehen. »Und eine Pflanze für dich. Du brauchst doch sicher etwas Grün für deine Wohnung?«

»Ach, Zoé.« Filipe schüttelte schmunzelnd den Kopf. »Die kann ich doch nicht mit nach Hause nehmen, wenn ich in ein paar Wochen wieder nach Lissabon fliege.«

»Ich bin schon häufig mit einer Topfpflanze gereist, das schaffst du auch.« Ich steuerte bereits einen Stand an und deutete auf einen hängenden Sägeblattkaktus. »Wir könnten ihn William nennen.«

Filipe lachte. »Ich bin froh, wenn ich die ganzen Shopping-Aufträge von Mama heil nach Portugal bekomme. Sie will Tee, eine bestimmte Schokolade, Strumpfhosen von Harrods … frag nicht.« Er schob mich sanft weiter. »Wie war das noch mit den Zimtschnecken?«

Zurück in meiner Gasse in Hampstead fiel mir ein, dass ich am Freitag vergessen hatte, meinen Vorhang bei der Schneiderin gegenüber abzuholen. Die Kleiderstangen hatte ich endlich aufgehängt und den alten Schrank abgebaut und mit Ravis Hilfe entsorgt. Es fehlten nur noch eine schöne Kommode und eben der Vorhang.

Vor dem *Honey & Wood* stand eine lange Schlange. Ich schaute durch die große Scheibe und sah Ravi an der Theke stehen. Laurie lief gerade mit ein paar vollen Tellern durchs Café. An der Fensterbank saß Leslie mit einem Kind mit dichten Locken und Stupsnase und frühstückte. Ich schätzte den Kleinen auf etwa sechs oder sieben Jahre. Ob das ihr Sohn war? Dawns Enkel? Er schaute zu mir raus, lächelte keck und winkte. Ich drehte mich um, ob jemand hinter mir stand, aber da war niemand. Er meinte eindeutig mich. Ich lächelte zurück und winkte ebenfalls. Leslie saß daneben und hatte offenbar nichts von unserem kleinen Austausch mitbekommen. Dafür wusste ich nun, mit wem Dawn hatte schwimmen wollen.

# 27

Yon kam am Montagmorgen mit einer großen verspiegelten Sonnenbrille in unser Büro. Sie begrüßte mich nur flüchtig, setzte sich an ihren Computer und begann sofort zu arbeiten.

Ich stellte gerade eine Liste mit exklusiven Küchenhändlern zusammen und fragte mich dabei insgeheim, ob sie nur müde war. Oder verhielt sie sich so abweisend, weil ihr unser Gespräch vom Freitag noch nachhing? Oder weil sie ein ernsthaftes Problem hatte?

Nach etwa einer Stunde hielt ich es nicht mehr aus und holte ihr einen Kaffee und mir einen Tee. »Kommst du mit rauchen?«, fragte ich.

Sie hob den Kopf. »Du rauchst nicht.«

»Komm schon, ich will nur mit dir Pause machen, wie immer.«

Etwas missmutig stand sie auf und folgte mir auf den kleinen Gitterbalkon. Ich täuschte mich nicht, sie war nicht nur müde. Zum Glück war gerade keiner der Jungs hier.

Yon nahm den Kaffee von mir entgegen und schaute auf den Turm der Truman Brewery, über den dichte Wolken zogen.

»Was ist denn los?« Ich bemühte mich, ruhig zu klingen. »Bist du mir böse, weil ich dich am Freitag so ausgefragt habe?«

Sie starrte immer noch über die Dächer, ohne mir zu antworten.

»Es tut mir leid, wenn ich dich damit genervt habe. Das wollte ich nicht. Ich mache mir nur Sorgen. Und ich will mich richtig verhalten, als deine Freundin.«

Jetzt schob sie die Sonnenbrille hoch und sah mich an. »Das nennst du Freundschaft, ja? Mir nicht zu sagen, dass du mich beobachtet hast?«

Mir wurde heiß. Neil. Neil hatte es ihr erzählt, der kleine Mistkerl.

Yon funkelte mich an. »Als meine Freundin hättest du vielleicht zuerst mit mir und nicht mit einem Kollegen sprechen sollen. Ist das Freundschaft für dich? Gossip über mich in die Welt zu setzen?«

Meine Wangen brannten. »Verdammt, Neil!«

»Ja, verdammt.«

»Ich hab mich total vage ausgedrückt, ich hatte zu viel getrunken, und ehrlich gesagt war ich einfach ratlos. Ich wusste nicht, was ich tun sollte. Warum du dich mir nicht anvertraust.«

Yon lachte spöttisch. »Oh, da gibt es tausend Gründe. Dass du in jedem Raum allen anderen die Luft zum Atmen nimmst, zum Beispiel.«

Die Teetasse in meiner Hand war so heiß, dass ich mir fast die Finger verbrannte. Aber ich fühlte mich wie gelähmt, unfähig, sie abzustellen.

Yon fuchtelte gefährlich mit ihrer vollen Tasse herum. »Du bist zehn Jahre älter als ich. Du solltest es besser wissen, als ausgerechnet dem Kollegen, der nichts für sich behält, etwas über mich anzuvertrauen, das mir echt schaden kann. Für dich ist das hier ein kleines Abenteuer, du gehst danach wieder nach Hamburg, und alles ist gut. Wenn es für mich hier schlecht ausgeht, muss ich vielleicht irgendwann in Korea jemanden heiraten, den ich nicht liebe, oder einen Job annehmen, den ich nicht mag. Nennst du es Freundschaft, dass du einen Verdacht hast und mich nicht darauf ansprichst? Dass du so voreilige Schlüsse ziehst? Kann ja nicht sein, dass man dich einfach so von einem Projekt abzieht, oder? Dich, die grandiose Zoé. Es muss etwas damit zu tun haben, dass der Kunde auf mich steht, oder? Mehr traust du mir offenbar nicht zu. Steck dir deine Freundschaft sonst wohin!« Sie stellte ihre Tasse auf der Balustrade ab und stürmte rein. Ich sah ihr mit offenem Mund hinterher.

Als ich zurück in unser Büro kam, war Yon nicht mehr da. Ihre Tasche war weg, der Rechner heruntergefahren. Ich hatte das dringende Bedürfnis, ihr nachzueilen, alles wiedergutzumachen. Warum war diese Sache so eskaliert? Wann hatte ich die falsche Abzweigung genommen? Mein erster Impuls war, wütend auf Neil zu sein. Doch wenn ich ganz ehrlich zu mir war, konnte er nichts dafür. Yon hatte recht: Es war allein meine Schuld. Wie konnte ich nur der größten Labertasche der Agentur so etwas Persönliches erzählen? Ich hätte meine Klappe halten müssen, Schnaps hin oder her. Und natürlich hätte ich Yon direkt darauf ansprechen müssen. So schnell wie möglich.

»Hey, *sweety*, alles gut?« Ich hatte nicht bemerkt, dass Alfie hereingekommen war.

»Ja«, log ich, »klar.« Ich hätte mich ihm zu gerne anvertraut, aber ich hatte das Gefühl, nun gar nicht mehr zu wissen, wem ich was erzählen konnte.

Er musterte mich einen Moment, als würde er mir nicht glauben. Dann zeigte er den Flur entlang. »Grace will dich sehen.«

Ein mulmiges Gefühl überkam mich. Was wollte sie? Hatte Yon mit ihr gesprochen? Ich lief mit hängenden Schultern den Gang hinunter und bemühte mich vergeblich, Haltung zu bewahren. *Du bist die mutigste Frau, die ich kenne.* Ha! Dass ich nicht lache! Von diesem Gefühl war nicht mehr viel übrig.

Grace trug eine große goldene Brille und sah vom Computer auf, als ich reinkam.

»Zoé, setz dich doch.« Sie griff nach einer edel aussehenden Tube Handcreme. »Ich wollte mal wieder hören, wie es dir so geht bei uns.«

Ich bemühte mich, aufrecht zu sitzen. »Gut, danke. Es geht mir gut.«

Sie massierte Handcreme in ihre gepflegten Finger und musterte mich dabei. »Das freut mich. Ich hatte zuletzt ein anderes Gefühl.«

»Oh, wirklich?« Meine Stimme klang etwas zu hoch.

»Ja, als du hier vor einem Monat reingekommen bist, hast du von innen heraus geleuchtet. So wie du auf Instagram auf mich gewirkt hast. Wie ein Energiebündel, ein echter Sonnenschein. Diese positive Ausstrahlung, die fand ich so ansteckend, davon hatte ich mir viel erhofft. Aber ich habe das Gefühl, dass du nach und nach ein wenig davon verloren hast. Als hätte dir irgendjemand oder irgendetwas hier den Stecker gezogen.«

»Das ist mir nicht aufgefallen.« Aber jetzt, wo sie es sagte, wusste ich genau, was sie meinte. Wann hatte das angefangen? Mit Binas düsterer Vorhersage? Mit Filipes Auftauchen? Mit der Begegnung mit Dawn? Oder erst mit den ganzen Missverständnissen mit Yon?

Grace faltete ihre Hände. »Was ist deiner Meinung nach falsch: mein erster Eindruck oder der jetzige?«

Ich spielte mit den Ringen an meinen Fingern. »Die Sache mit Heinzmann war nicht leicht für mich, das gebe ich zu. Vielleicht kommt dein Eindruck daher.« Und dann hörte ich plötzlich Bina: *Fliehe nicht mehr. Umarme deine Mondseite.* »Vermutlich war dein erster Eindruck etwas einseitig, genau wie das, was ich online von mir zeige. In Wahrheit hat doch jede gute und schlechte Tage.«

Grace sah mich überrascht an, als hätte sie mit so viel Offenheit nicht gerechnet. »Da hast du wohl recht. Kann ich dir helfen? Hast du es dir anders überlegt, möchtest du doch lieber nicht mehr an dem Projekt mitarbeiten?«

Mein erster Impuls war ein lautes Ja. Nichts lieber als das. Aber das war die Zoé, die floh, wenn es unangenehm wurde, die da aus mir sprach. Die wollte ich nicht mehr sein.

»Yon leitet dieses Projekt«, sagte ich daher. »Ich glaube, für sie ist die Situation auch etwas vertrackt. Könntest du sie noch einmal fragen, was ihr am liebsten wäre?«

Grace legte den Kopf schräg. »Soll ich wirklich mit ihr sprechen, oder willst du das tun?«

Wieder war da diese laute Stimme in mir. *Flieh, so schnell du kannst!* Ich überstimmte sie. »Du hast recht, das mache ich selbst.«

Als ich abends aus dem Büro auf die Straße trat, hatte ich keine Lust, nach Hause zu gehen. In meinem Kopf kreisten zu viele Gedanken, um mit ihnen allein zu sein. Wie gern hätte ich Ravi rausgelockt, in den Park oder sogar in ein Pub. Noch lieber aber wollte ich mit Yon sprechen. Sollte ich sie anrufen? Mir kam ein Gedanke. Ich schaute nach, wie weit ich bis zu ihrer WG laufen musste, und machte mich auf den Weg. Die frische Luft würde mir guttun.

Etwa eine Viertelstunde später stand ich vor einem Neubau mit modernen digitalen Klingeln, in die man einen Namen eingeben musste. *LEE*, tippte ich ein, und Yons Name erschien im Display.

Ich klingelte und hörte jemanden mit französischem Akzent auf Englisch fragen: »Wer ist da?«

»Hi, ich bin's, Zoé. Ich würde gerne zu Yon.«

Einige Minuten geschah nichts. Ich wartete und wartete und dachte schon, sie würden mich auf Yons Bitte hin einfach nicht reinlassen, als sich die Haustür vor mir endlich öffnete. Yon war runtergekommen. Sie sah aus, als wäre sie gerade aus dem Bett gestiegen. Ihr Hoodie hatte Zahnpastaflecken, die Haare hatte sie achtlos zusammengebunden, ihre Augenlider wirkten geschwollen. Hatte sie geweint?

»Was machst du hier?« Sie sah mich ernst an, aber nicht mehr so feindselig wie heute Morgen.

»Entschuldige, dass ich hier so auftauche! Ich muss dir einfach noch etwas sagen, ich kann das nicht so stehen lassen.«

Sie verschränkte die Arme vor der Brust.

»Danach lasse ich dich mit der ganzen Sache in Ruhe. Versprochen!«

Sie überlegte einen Moment, und ich fragte mich, ob sie mich vielleicht reinlassen würde, aber sie blieb weiter in der Tür stehen wie eine menschliche Schranke. »Okay.«

Ich holte tief Luft. »Du hast absolut recht. Ich hätte dich wirklich sofort ansprechen sollen, nachdem ich dich mit Heinzmann gesehen habe. Ich hab zu lange auf den Moment gewartet, in dem du dich mir anvertraust. Das war falsch, und dafür möchte ich mich entschuldigen.«

Sie sah mich immer noch ernst an.

»Noch falscher war es natürlich, Neil gegenüber

eine Andeutung zu machen. Auch das tut mir wirklich sehr leid! Im Ernst, Yon, ich wollte dir niemals schaden, es war pure Hilflosigkeit.«

Sie schaute angestrengt auf die andere Straßenseite, knapp an mir vorbei.

»Am wichtigsten ist mir aber, dass du weißt, dass ich dir alles zutraue. Ich gebe zu, dass es nicht leicht für mein großes Ego war, dass Heinzmann mich aussortiert hat. Aber ich hab es dir gegönnt, und das tue ich immer noch. Du bist eine der talentiertesten Innenarchitektinnen, denen ich je begegnet bin, und du verdienst diese Anerkennung.«

Sie sah mich wieder an. Keine Regung auf ihrem Gesicht.

»Grace hat mich heute gefragt, ob ich lieber nicht mehr mit dir das Projekt weitermachen würde. Sie hat das Gefühl, dass es mir nicht so gut geht.«

Yon sah sofort wachsam aus.

»Keine Sorge, ich hab nichts gesagt.«

»Was hast du geantwortet?« Yon klang heiser.

»Dass ich diese Entscheidung dir überlassen will. Weil du dieses Projekt leitest. Also liegt es in deiner Hand. Wenn du noch mit mir zusammenarbeiten willst, machen wir weiter. Ich bin gern mit dir im Team, ehrlich. Aber wenn du das Gefühl hast, es wäre für dich angenehmer ohne mich, dann versteh ich das.«

Ich drehte den Silberring an meinem kleinen Finger. Sie schaute runter auf meine Hände.

»Yon, ich weiß, ich nerve dich damit, aber bitte sag mir noch einmal, dass das, was ich beobachtet habe, okay für dich war. Bist du in Schwierigkeiten?«

Sie presste die Lippen aufeinander. »Nein. Es ist alles in Ordnung. Mach dir keine Sorgen.«

Jemand rief etwas durch den Hausflur, eine Männerstimme.

»Dann bin ich beruhigt. Danke, dass du mir zugehört hast.« Einen Moment wartete ich noch, ob sie etwas dazu sagen würde, aber sie schaute mich einfach nur an. Schließlich fügte ich hinzu: »Okay, dann mach's gut, bis morgen!«

Damit hob ich die Hand, winkte und ging in den Londoner Abend hinein. Ich konnte spüren, wie Yon in der Tür stehen blieb und mir nachsah.

# 28

Die Straße, in der Yon und ich auf dem Straßenfest gewesen waren, lag heute ähnlich verlassen da wie die Columbia Road an Tagen, an denen kein Blumenmarkt war. Nur ein paar gestapelte Kisten und einige Holzspieße auf dem Boden erinnerten daran, dass hier mitunter Stände mit Essen, Kleidung und Schmuck aufgebaut wurden.

Ich suchte nach dem richtigen Ladenlokal und erkannte es schließlich am unscheinbaren Schriftzug an der Tür: *tarot, astrology, crystals, clairvoyance*. Im Schaufenster waren Heilsteine neben Duftölen drapiert.

Ein Glöckchen erklang, als ich eintrat. Das Geschäft war leer. Ich sah mich um, betrachtete die großen Kristalle und die Vitaminpräparate, bis eine Frau in Latzhose mit hohem Dutt aus einem der hinteren Räume kam.

»Kann ich dir helfen?«

»Ja, hallo, ich habe einen Termin.«

Die Frau ging um den kleinen Kassentisch herum und schlug den dicken Terminkalender auf. »Bist du Zoé?«

»Ja.«

»Schön, dass du da bist, komm gerne schon mit.«

Sie brachte mich in denselben Raum, in dem ich beim letzten Mal schon gewesen war. Die Tarotkarten lagen auf dem Tisch, der Spender mit Taschentüchern stand bereit.

»Ich bin gleich bei dir, einen Moment noch.«

Die Frau verschwand wieder, und ich setzte mich mit einem flauen Gefühl im Magen auf den gepolsterten Stuhl. Nervös drehte ich an meinen Piercings. Gleich würde ich Bina wiedersehen. Gleich würde ich vielleicht endlich Antworten erhalten auf die Fragen, die mich seit meinem letzten Besuch hier quälten.

Nach einer halben Ewigkeit kam die Latzhosenfrau zurück und schloss die Tür hinter sich. Sie setzte sich mir gegenüber, pfriemelte an ihrem Dutt herum. »Ich bin Wendy. Was führt dich zu uns?«

Ich rutschte auf meinem Stuhl nach vorn. »Ich hatte die Session mit Bina gebucht.«

Wendy lächelte gütig. »Ich weiß, aber Bina ist leider verhindert. Wurdest du nicht vorab per Mail informiert?«

»Nein.« Ich sackte etwas in mich zusammen. »Nichts gegen dich, aber ich muss wirklich mit Bina sprechen.«

Wendy kaute auf ihrer ungeschminkten Unterlippe. »Es tut mir sehr leid, Zoé, aber Bina ist gerade sehr gefragt, das könnte schwierig werden. Wenn du nicht mit mir sprechen möchtest, könntest du dir online die anderen Profile ansehen. Wir haben ganz tolle Mitarbeiterinnen, bestimmt ist eine dabei, die zu dir passt und dir weiterhelfen kann.«

Wohl kaum, dachte ich, sagte aber: »Okay.« Und stand auf.

Sie begleitete mich hinaus. »Hab einen schönen Abend, Zoé! Nutze gern unser Online-Buchungssystem, wenn du jemand Passendes gefunden hast.«

Etwas bedröppelt stand ich vor dem Laden. Wendy schloss hinter mir die Tür. Wie konnte das sein? Hatte Bina meinen Namen erkannt und wollte nicht mit mir sprechen? Und wenn ja – wieso? Hier bekam es doch niemand von ihrer Familie mit. Ratlos lief ich die Straße hinauf, die zu einem Park führte. Dort setzte ich mich auf eine Bank und hing meinen Gedanken nach, bis ich nicht weit von mir eine Frau den Weg entlangeilen sah. Ihr langes schwarzes Haar schwebte hinter ihr her, sie trug ein Stirnband.

Sofort war ich auf den Beinen. »Bina!«, rief ich.

Sie schaute sich um. Ich konnte ihrer Mimik entnehmen, dass sie am liebsten weitergegangen wäre, aber schließlich blieb sie doch stehen. »Zoé.« Sie seufzte.

Ich lief auf sie zu. »Hey! Warum … Ich hatte einen Termin …«

»Hör mal, das geht nicht.« Sie klang gehetzt.

»Was meinst du, was geht nicht?«

»Du bist mit meinem Cousin befreundet, du bist bei Familienfesten eingeladen. Ich darf dich nicht mehr beraten. Es ist zu persönlich.«

»Oh.«

»Tut mir leid, so sind bei uns die Regeln.«

»Verstehe, aber lass mich dich trotzdem was fragen, ja? Nur ganz kurz.«

Bina holte ihr Handy aus der Tasche und kontrollierte die Uhrzeit. »Ich muss die Kinder von ihrem Vater abholen. Wenn du mich bis zur *Tube* begleitest, haben wir etwa fünf Minuten.«

»Alles klar.« Ich ging neben ihr her, was nicht einfach war, weil sie so schnelle Schritte machte.

»Warum wissen deine Verwandten nicht, dass du als Wahrsagerin arbeitest?«

Sie stieß ein lang gezogenes *Pfffff* aus. »Wenn sie es wüssten, hätte ich keine Zeit mehr für zahlende Kundinnen. Im Ernst, sie mischen sich so schon in alles ein. Das hier ist nur mein Ding.«

»Woher kannst du das überhaupt? Dinge vorhersehen?«

»Liegt in der Familie, meine Oma hatte diese Gabe auch. Mir wurde schon als Kind klar, dass ich sie geerbt habe, weil ich immer vor allen anderen Dinge wusste, die noch gar nicht passiert waren.« Die flachen Absätze ihrer Lederschuhe klapperten auf dem geteerten Weg.

»Im Ernst, Bina, siehst du diese Dinge wirklich? Ich meine, ist das nicht alles …«

»Ein Geschäft? Mir ist schon klar, dass du nicht daran glaubst, Zoé, das hab ich gleich gemerkt. Musst du auch nicht. Ich weiß, was ich weiß.«

»Woher?«

Bina nahm im Gehen ihr Stirnband ab und benutzte es, um die Haare zu einem Knoten zusammenzubinden. »Intuition. Da sind Bilder in meinem Kopf, die einfach entstehen. Anders kann ich es nicht erklären.«

»Du hattest jedenfalls mit vielem recht. Unglaublich.«

»Ach.« Bina verdrehte schmunzelnd die Augen.

»Ich bin tatsächlich vor einigen Dingen weggelaufen, die ich endlich klären muss, und leider hat mich zwischendurch auch mein Glück verlassen.«

Sie war noch etwas schneller geworden.

»Die Sache ist nur: Ich hab alles gemacht, was du gesagt hast. Ich laufe nicht mehr weg, ich versuche, meine Mondseite zu umarmen. Und trotzdem – irgendwie kommt mein Glück nicht wieder.«

Wir waren am Eingang zur U-Bahn-Station am anderen Ende des Parks angelangt. Bina zog erneut ihr Handy aus der Tasche. »Sorry, ich muss jetzt echt los.«

»Bitte sag mir nur, was ich noch tun kann. Das mit dem kleinen Jungen und den weißen Blumen, das war doch Quatsch, oder?«

»Ich kann mich nicht an alles erinnern, was ich den Leuten täglich erzähle.«

»Schade!« Enttäuschung machte sich in mir breit. Es wäre wohl auch zu einfach gewesen.

Mit einem Mal wurde Binas Blick so sanft, wie er in unserer Session gewesen war. »Eins kann ich dir als kostenlosen Tipp noch mitgeben: Du hast nicht mehr oder weniger Glück, weil du irgendwelche Aufgaben erfüllst. Glücklich sein bedeutet, in dem ganzen Mist, den das Leben dir vor die Füße wirft, die Goldkrümel zu sehen. Glaub mir, ich weiß, wovon ich spreche.« Sie legte eine Hand aufs Herz. »Lass deine Energie in die richtigen Dinge fließen, dann wird es wieder.« Sie zeigte in den Himmel. »Heute ist übrigens eine gute Nacht, um seine Mondseite zu umarmen. Und nun …«

»Eine Sache noch.«

»Ja?«

»Ravi … Ich mache mir Sorgen um Ravi.«

Sie stöhnte leise. »Das ist ein abendfüllendes Thema, fürchte ich.«

»Er glaubt doch an Wahrsagerei.«

Sie zog die dichten Augenbrauen hoch. »Und?«

»Wenn du ihm verrätst, was du machst, nur ihm, und wenn du ihm sagst, dass deine Karten dir zeigen, dass er wieder mehr rausgehen muss, dass er mehr auf sich achten muss, dann hört er bestimmt darauf.«

»Sorry, das ist nicht meine Aufgabe. Schon lange nicht mehr. Ich muss los. Mach's gut!« Und damit eilte sie wirklich die Stufen zur U-Bahn-Station hinunter.

## 29

Als ich die Station verließ, leuchteten in Hampstead bereits die Straßenlaternen. Wenn heute eine gute Nacht ist, um meine Mondseite zu umarmen, dann sollte ich jetzt noch nicht nach Hause gehen, dachte ich. Über das, was ich stattdessen tat, war ich selbst ein bisschen überrascht. Die Platanen am Eingang zum Park wirkten wie riesengroße Gespenster mit ihren langen Ästen, die in den Abendhimmel ragten und leicht im Wind schaukelten. Mit festen Schritten lief ich die Allee entlang. Je tiefer ich in den Heath kam, desto düsterer wurde es. Aber merkwürdigerweise verspürte ich erstmals seit Langem keine Angst im Dunkeln. Eine eigentümliche Klarheit hatte sich in mir breitgemacht. Ich konnte das hier. Ich hatte nichts zu befürchten.

Hier und da sah ich Grüppchen von Jugendlichen auf den Wiesen sitzen, glimmende Zigaretten in der Dämmerung, hörte leise Musik. Doch mit jedem Schritt weiter in den Park hinein wurde es einsamer. Bis ich vor dem Tor stand. Meinen Schlüssel hervorholte und mehrere Anläufe brauchte, um das alte rostige Schloss zu öffnen. In diesem Moment brummte das Handy in meiner Tasche.

Was machst du gerade?,

schrieb Filipe.

Ich ging den Weg entlang am Pferdeanhänger vorbei, in dem tagsüber die Rettungsschwimmerinnen saßen. Die Wiesen zu beiden Seiten konnte ich nur erahnen. Erst auf dem Steg wurde es wieder heller. Nun sah ich, was Bina gemeint hatte. Über mir war ein kreisrunder Mond aufgegangen. Er spiegelte sich auf dem glatten Teich. Das Wasser lag so still da, als schliefe es. Keine Wellen, keine Enten, kein Wind. Und keine Schwimmerinnen.

Beim Anblick des Ponds stellten sich die Härchen auf meinen Armen auf. Ich spürte die Sonne auf der Haut, auch wenn sie längst untergegangen war. Ich wusste, wie es sich anfühlen würde, jetzt zu schwimmen. Ich machte ein Foto, schickte es an Filipe und schrieb dazu:

Ich folge deinem Rat.

Mit einer fließenden Bewegung zog ich mir das Kleid über den Kopf. Auch meine Unterwäsche streifte ich ab. Dann legte ich alles als ordentliches Häufchen auf die Holzbohlen und ging auf die Leiter am Ende des Steges zu. Die Eisengriffe fühlten sich kalt an. Schritt für Schritt stieg ich hinunter.

*Du bist die mutigste Frau, die ich kenne,* hörte ich Filipe sagen.

Das Wasser an meinen Beinen war nicht so kühl, wie ich befürchtet hatte. Noch eine Sprosse, dann ließ ich los. Glücksgefühle fluteten meinen Körper. Das Schwimmen hier hatte mir so gefehlt.

Ich machte ein paar langsame Züge. Blickte ans Ufer, wo das Schilf im Mondlicht Schatten warf. Nicht mal die Enten waren wach um diese Zeit. Alle schliefen, nur ich zog meine Kreise. Wie schön es hier ist, dachte ich, als ich an den Bojen angelangt war. Die Seerosen hatten ihre Blüten geschlossen. Die Evolution hatte sie gelehrt, sich auf diese Weise vor der nächtlichen Kälte zu schützen. Ich betrachtete den Teppich aus grünen Knospen. Was für ein kleines Wunder!

*Manchmal sieht man die Dinge ja mit etwas Abstand völlig anders,* hatte Filipe gesagt, als er mir riet, endlich wieder hier schwimmen zu gehen. Ich musste daran denken, wie Dawn mich gefragt hatte, was ich an ihm geliebt hatte, ehe alles schiefging. Ich tauchte unter, und bevor ich wieder an die Oberfläche kam, flüsterte ich die Antwort ins Wasser: »Alles.«

In diesem Moment bewegte sich etwas in mir. Es schmolz ganz langsam und hinterließ ein warmes Gefühl. War das meine Wut?, fragte ich mich. Mein letztes bisschen Enttäuschung? Fühlte es sich so an, wenn man jemandem endgültig vergab?

Ich weiß wieder, warum ich dich geliebt habe, dachte ich. Ich kann mich wieder an das erinnern, was schön war, ohne dass es wehtut. Es ist genau, wie Dawn gesagt hat.

Ich war so glücklich über diese Erkenntnis, dass ich am liebsten ans Ufer geschwommen wäre und Filipe angerufen hätte. Stattdessen tauchte ich erneut unter und öffnete unter Wasser die Augen. Es war pechschwarz um mich herum, nur ein paar Mondlichtschlieren schafften es unter die Oberfläche und bildeten ein verschwommenes Muster. Zu meiner Überraschung war mir nichts davon unheimlich. Es war einfach nur schön. Und plötzlich wurde mir noch etwas bewusst.

Ich tauchte auf und schnappte nach Luft.

Ich wusste, was Dawn von mir gewollt hatte.

Ich blieb noch eine Zeit lang im Wasser. Trieb auf dem Rücken und schaute den Mond an. Über mir in den Bäumen knackten Zweige. Ab und an drang aus der Ferne ein Geräusch aus der Stadt bis zu mir durch. Ein Hupen. Ein Rauschen. Aber nichts davon erreichte mich wirklich. Bis mein Name über den Teich schallte. Mein Kopf lag im Wasser, sodass es sich für mich im ersten Moment so anhörte, als käme die Stimme aus dem Teich. Erst als ich mich aufrichtete, wurde mir bewusst, dass jemand auf dem Steg stand und mich rief.

Die schmale Silhouette, die mit den Armen ruderte, hätte ich aus jeder Entfernung erkannt.

»Hast du dir hierfür extra eine Vollmondnacht ausgesucht?«, rief Filipe mir schon von Weitem zu.

Mein Lachen hallte über den Teich. »Zumindest nicht bewusst.« Ich schwamm auf den Steg zu.

Filipe trug eine Stoffhose, ein weißes Hemd und

Lederschuhe. »Ich war noch im Büro, als deine Nachricht kam, irgendwie hab ich kein Ende gefunden. Und dann hab ich mir plötzlich Sorgen gemacht, weil du nicht ans Telefon gegangen bist.«

»Ich war hier drin«, antwortete ich.

Er strich sich die Haare zurück. »Das habe ich befürchtet. Wieso tust du so etwas?«

»Du hast doch gesagt, dass ich vielleicht wieder herkommen muss, um die Dinge klarer zu sehen. Dass ich wieder anfangen muss, hier zu schwimmen.«

»Ich meinte nicht unbedingt nachts.«

Ich lachte leise. »Ich hatte so einen inneren Drang. Es musste sofort sein.«

»Soll ich reinkommen?«

Ich wusste, dass er nicht mal in Marials glasklaren Atlantikwellen schwamm. Er war der typische Einheimische, der das Meer direkt vor der Tür hatte und es gar nicht richtig wahrnahm. Ich hatte ihn immer damit aufgezogen, etwas wasserscheu zu sein. Wie seine ganze Familie. Wenn ich genau darüber nachdachte, hatte ich seine Eltern noch nie am Meer gesehen. Und seine Schwester nur mit großem Hut am Strand, von wo aus sie ihren Kindern beim Planschen zusah. Ich war mir nicht sicher, wie gut Filipe eigentlich schwimmen konnte.

»Lieber nicht, schlimm genug, dass du über den verbotenen Zaun gestiegen bist.«

Ich wollte gerade nach der Leiter fassen, als mir mit einem Mal bewusst wurde, dass ich nackt war.

»Sag mal, könntest du vielleicht …«

Filipe sah mich ratlos an, aber dann dämmerte es ihm.

»Ja, klar.« Er wandte sich dezent ab, als ich rauskam und mich rasch anzog, nass wie ich war. Ich rubbelte mir mit den Händen durch die Haare. »Ich glaube, ich weiß mittlerweile, was Dawn von mir wollte.«

Filipe drehte sich wieder zu mir. »Oh, echt?«

»Sie will, dass ich ihrer Tochter helfe, sich an das Schöne zu erinnern.«

Er runzelte die Stirn. »Wie meinst du das?«

»Sie hat mit mir darüber gesprochen, wie schwer und wichtig es ist, dass man Trauer und Enttäuschung früher oder später hinter sich lässt und sich an die Dinge erinnert, die schön waren. Dass man nur dann seinen Frieden mit etwas schließen kann. Dawns Tochter hat das offenbar nicht getan, so wie sie reagiert, wenn man sie auf ihre Mutter anspricht.«

Filipes Stirnrunzeln vertiefte sich. »Aber wie willst du es schaffen, daran etwas zu ändern?«

»Keine Ahnung. Aber ich werde es versuchen.«

Wir setzten uns auf den Steg und ließen die Beine baumeln.

»Es ist schön hier«, sagte Filipe leise und schaute über den Pond.

Eine ganze Zeit lang hingen wir unseren Gedanken nach, bis er unvermittelt fragte: »Glaubst du, dass Menschen sich ändern können? Dass sie in der Lage sind, aus ihren Fehlern zu lernen?«

»Ich weiß es nicht. Ich glaube, es kommt darauf an, ob sie es wirklich wollen.«

»Hm.« Er fummelte an seinem Hemd herum, dessen obere Knöpfe er geöffnet hatte. »Vermutlich stimmt das.«

»Wieso fragst du?«

»Nur so ein Gedanke.« Sein Arm streifte meinen, der inzwischen getrocknet, aber eiskalt war. »Komm, du frierst, wir machen uns auf den Weg.«

Das Schwimmen hatte mich so glücklich gemacht, dass ich auf dem Heimweg am liebsten gehüpft wäre wie ein Kind. Trotz Vollmond war es an manchen Stellen des Parks so dunkel, dass Filipe sein Handy herausholte und uns mit der Taschenlampenfunktion den Weg leuchtete.

»Sagtest du nicht, dass es hier im Dunkeln spukt?«

»Soweit ich weiß, sind die Geister freundlich. Außerdem bin ich angeblich die Nachfahrin einer Hexe.«

Filipe sah mich alarmiert an. »Also falls mich das beruhigen soll, klappt es gerade nur so mittel.«

Ich lachte und zog ihn mit mir. Und dann erzählte ich ihm alles. Von Bina, ihren Vorhersagen und dass sie die Cousine meines Vermieters war. Wir liefen tiefer in den Park hinein, unter dichten Blätterdächern hindurch, wo nicht mal der Vollmond zu uns vordrang und uns nur Filipes Handy-Taschenlampe Licht spendete. Die nachtaktiven Tiere erwachten um uns herum, der Wind ließ die Baumkronen rascheln. Und merkwürdigerweise war es mir noch immer kein bisschen unheimlich.

Filipe hörte mir aufmerksam zu. Ab und an tastete er im Dunkeln nach meinem Arm.

»Was denkst du über all das?«, fragte ich, als wir oben auf dem Parliament Hill angekommen waren, wo es wieder heller wurde. Am Horizont leuchteten die Lichter von London.

»Ich muss mich kurz sortieren.« Filipe ließ den Blick schweifen. »Können wir dabei ein bisschen den Ausblick genießen?«

»Klar.«

Wir setzten uns auf die Bank unter der großen Eiche. Ich hörte ihn neben mir schwer atmen.

Nach ein paar Minuten sah er mich verschmitzt an. »Ich finde, das mit der Hexenvergangenheit klingt auf eine Art … logisch.«

»Wie meinst du das?«

»Ich hab dir doch immer schon gesagt, dass du die mutigste Frau von allen bist. Vielleicht hat das auch Bina gespürt.«

Ich fühlte mich plötzlich so euphorisch, dass ich ihm am liebsten um den Hals gefallen wäre, aber ich ließ es.

»Vielleicht warst du deswegen so eng mit *vovó*«, fuhr er fort. »Ich glaube, sie hatte auch magische Kräfte.« Er überlegte einen Moment. »Und das könnte der Grund sein, warum Dawn zu dir gekommen ist.«

»Aber das ist es ja.« Ich breitete die Arme aus. »Ich habe keine.«

Filipe überlegte. »Doch, ich glaube, die hast du. Vielleicht ist dir nur noch nicht klar, welche.«

Wir schauten gemeinsam über Londons nächtliche Skyline. Sein Arm streifte wieder meinen. »Jetzt bist du nicht mehr kalt. Frierst du noch?«

»Nein.« Seine Haut an meiner fühlte sich warm und weich an. »Das kommt vom Schwimmen. Erst kühlt das Wasser mich aus, aber dann brennt für den Rest des Tages ein kleines Feuer in mir.«

Er sah mich ernst an, die Augen so schwarz wie die Nacht. »Das brennt doch ohnehin in dir. Vielleicht muss das Wasser es nur ab und an löschen, damit es nicht zu groß wird.«

Ich blickte ihn überrascht an, einen Moment sprachlos.

Filipe zog den Arm weg und fuhr sich durch die Haare.

»Du Philosoph!« Ich lächelte verlegen.

Er widmete sich wieder der Skyline. Im Mondlicht wirkten seine feinen Gesichtszüge wie aus Stein gemeißelt.

»Was ist denn?« Er hatte meinen Blick offensichtlich bemerkt. Ertappt schaute ich in die Ferne.

»Ach nichts. Es ist nur echt lieb von dir, dass du dir Sorgen um mich gemacht hast«, antwortete ich, ohne ihn anzusehen.

»Würdest du dir keine Sorgen machen, wenn ich dir

ein Foto von einem dunklen Teich bei Nacht schicke, in dem es angeblich spukt? Mit dem Hinweis, dass ich da jetzt schwimmen gehe, weil du es mir geraten hast?«

Wir lachten beide.

Einige Minuten blickten wir schweigend auf Londons leuchtende Silhouette, dann brachen wir auf. Auf dem Weg den Hügel hinunter raschelte etwas so laut im Gebüsch, dass Filipe entsetzt zur Seite sprang.

Ich kicherte. »Das war bestimmt nur eine Bisamratte.«

»Du bist nicht besonders hilfreich heute.«

Ich griff nach seiner Hand. »Komm, ich beschütze dich.«

Er wehrte sich nicht. Seine Finger glühten in meinen, und ich fragte mich, in wem von uns beiden das Feuer brannte.

Wir liefen dicht nebeneinanderher. Erst als wir die Platanenallee erreichten, die von den Straßenlaternen am Eingang zum Park erleuchtet wurde, ließ Filipe meine Hand los. Sie fühlte sich doppelt so warm an wie meine andere.

»Bekommst du noch einen Nachtbus?«, fragte ich.

»Ich glaube, ich gönne mir ein Uber«, antwortete Filipe. »Aber erst bringe ich dich nach Hause.«

Ich zwinkerte ihm zu. »Ich war nicht diejenige, die sich gefürchtet hat.«

»Ich genieße es einfach, noch ein paar Minuten mit dir zu verbringen, okay?«

Seine freundliche Direktheit machte mich sprachlos, und so nickte ich nur.

Wir schlenderten durch die Kopfsteinpflastergassen von Hampstead, die um diese Zeit menschenleer waren. Unsere Schritte hallten von den Hauswänden wider. Filipe schaute interessiert an den hübschen alten Fassaden hinauf. Bei den Häusern, die auch ich besonders prachtvoll fand, blieb er kurz stehen und staunte. Wir hatten eben doch einiges gemeinsam.

»In dieser Gasse wohne ich«, verkündete ich schließlich, noch weit genug weg von meiner Tür, als wollte ich dadurch einen Mindestsicherheitsabstand einhalten. »An der Kreuzung müsste ein Fahrer dich gut finden.« Ich schmunzelte. »Und es ist hell hier, du musst keine Angst haben.«

Filipe blieb stehen und sah mich auf eine merkwürdig traurige Art an.

»Es ist schön, dass wir wieder so miteinander sein können.« Diesmal folgte ich meinem Impuls und umarmte ihn. Er zuckte leicht zusammen, offenbar hatte er damit nicht gerechnet. Ich zog ihn an mich und bemerkte wieder dieses warme Gefühl in meinem Bauch. »Danke«, sagte ich in seine Schulter hinein. »Danke, dass ich das mit dir teilen kann.«

Als ich mich von ihm löste, sah er noch trauriger aus. Mir schoss der Gedanke durch den Kopf, dass ich ihn gern küssen würde. Aber nein, bremste ich mich. Das war nicht Teil des Plans. Es gehörte zu der schönen Vergangenheit, die in mir hochkam, nun, da ich es zuließ. Die Gegenwart sah anders aus. Und dafür gab es gute Gründe.

»Gute Nacht! Komm gut nach Hause!« Ich schenkte ihm noch ein strahlendes Lächeln und lief die Gasse hoch, ohne mich noch einmal umzudrehen. Nicht dass ich am Ende doch etwas tat, was ich bereuen würde, wenn der Vollmond geschmolzen war.

# 30

Am nächsten Morgen tauchte ich wieder in glasklares Chlorwasser. Zählte Kacheln am Boden und duschte in lauwarmen Gemeinschaftsduschen.

Wieder kam Dawns Tochter, als ich gerade fertig war und mich abtrocknete. Wieder verhielt sie sich so, als hätten wir uns noch nie gesehen. Ich wartete, bis eine andere Schwimmerin in Richtung Becken ging und wir allein in der Umkleide waren. Ich war richtig aufgeregt. Aber das hier musste sein, und ich würde es durchziehen.

Leslie stand im Badeanzug mit dem Rücken zu mir vor ihrer Sporttasche.

»Sorry«, sagte ich und bemerkte, wie deutsch mein Englisch gerade klang.

Sie drehte sich um. »Ja?«

»Du bist Leslie, oder?«

Etwas in ihrem Gesicht zuckte. »Ich heiße Elizabeth, kennen wir uns?«

Mein Mund war trocken. »Deine Mutter hat dich immer Leslie genannt, oder?«

Wie versteinert starrte sie mich an.

»Ich kann mir vorstellen, dass dir das merkwürdig

vorkommen muss. Du erinnerst dich bestimmt nicht, aber ich war neulich in der Buchhandlung, wir haben uns kurz unterhalten. Ich würde gern mit dir über deine Mutter sprechen.«

Mit zusammengekniffenen Augen lehnte sie sich vor. »Bist du aus ihrer Gruppentherapie?«

»Gruppentherapie? Nein, ich bin mit ihr geschwommen.«

»Meine Mutter ist seit zehn Jahren nicht …« Sie hielt inne. »Du bist aus der Klinik, oder?«

»Nein, nein, ich bin ihre Freundin. Ich … ich weiß, es klingt komisch, aber ich habe Dawn gesehen. Kürzlich. Im Ladies' Pond.«

Leslies Gesicht war rot geworden, während ich sprach. »Das würde mich aber wundern!« Sie wandte sich ab und begann, ihre Kleider in ihre Tasche zu stopfen.

»Das glaube ich dir, ich wundere mich ja auch. Ich hab lange überlegt, ob ich es dir überhaupt sage, aber … sie hat mit mir über dich gesprochen.«

In diesem Moment kam eine andere Frau herein und stellte ihren Rucksack auf einer Bank ab. Sie sah interessiert zu uns herüber. »Guten Morgen.«

»Morgen«, sagten Leslie und ich synchron. Dann nahm sie ihre Tasche, stellte sie in den Spind, schloss ab und verließ ohne ein weiteres Wort die Umkleide.

Noch immer ziemlich ratlos nach meiner Begegnung mit Leslie kam ich in die Agentur. Yon und Grace standen vor meinem Schreibtisch, als ich unser Büro betrat. Yon wich meinem Blick aus, in dem von Grace erkannte ich eindeutig Mitleid. Sah ganz so aus, als bliebe dieser Tag sich treu.

»Guten Morgen, liebe Zoé.« Grace trug einen Hosenanzug aus lila Cord für den es meines Erachtens viel zu warm war, auch wenn sie hinreißend darin aussah. »Yon und ich fahren gleich nach Chelsea, um ein letztes Mal mit Jeff Heinzmann zu sprechen, bevor der Innenausbau startet. Für mich sieht es so aus, als hättet ihr da richtig gute Arbeit geleistet.«

Yon sah mich noch immer nicht an.

Grace hingegen bemühte sich um die für sie typische Zuversicht. »Yon hat mich gerade darüber informiert, was ihr entschieden habt. Ich finde, es klingt vernünftig, dass Yon in der Bauphase allein übernimmt, jetzt, da der kreative Teil im Grunde geschafft ist.«

Mein Herz wurde schwer. Yon hatte ihre Entscheidung getroffen. Meine Entschuldigung war zu spät gekommen.

Grace rieb ihre Hände. »Ich wollte dich fragen, ob du Lust hast, Neil bei seinem neuen Projekt zu unterstützen. Es geht um einen edlen Privatkindergarten in Covent Garden, ziemlich abgefahren, sollte aber Spaß machen.«

Ausgerechnet Neil. Ich versuchte zu lächeln. »Klar, das klingt interessant.«

»Super, ich dachte mir, dass du dafür zu haben bist. Ich glaube, es wäre gut, wenn du so lange zu Neil ins

Büro ziehst, dann könnt ihr besser im Team arbeiten. Ich hab ihn schon gefragt, er ist einverstanden.«

Ich versuchte, Blickkontakt zu Yon aufzunehmen, aber sie hatte sich schon an ihren Rechner gesetzt und war hinter dem Bildschirm verschwunden. Die Sache war entschieden. Ich konnte nichts mehr tun.

»Alles klar«, sagte ich.

»Wunderbar.« Grace kam einen Schritt auf mich zu. Sie legte mütterlich eine Hand auf meinen Unterarm. »Gib Bescheid, wenn ich dich irgendwie unterstützen kann.« An Yon gewandt sagte sie: »Holst du mich in zehn Minuten in meinem Büro ab, *honey*?« Ohne eine Antwort abzuwarten, ging sie hüftschwingend hinaus.

Ich stand noch einen Moment lang vor meinem Schreibtisch und guckte zu Yon. Doch sie reagierte nicht. Also packte ich das Nötigste ein und bereitete mich darauf vor, unser gemeinsames Büro zu verlassen.

Erst als ich mit einem Karton voller Stifte, Blöcke und meinem Mauspad in der Tür stand, hörte ich Yon sagen: »Ich dachte, es wäre besser so.« Sie klang ungewohnt kleinlaut.

Ich drehte mich noch einmal um. »Das respektiere ich.«

»Danke.«

Ich zögerte einen Moment, dann entschied ich mich doch dafür, auszusprechen, was mir auf der Seele lag. »Du hast neulich gesagt, ich würde anderen die Luft zum Atmen nehmen. Das hat mich echt beschäftigt.«

Yon presste die Lippen aufeinander. »Ich war etwas harsch.«

»Ich kann mir schon vorstellen, dass es nicht immer einfach ist, mit mir zu arbeiten. Ich bin nun mal weder still noch bescheiden. Eine Lehrerin hat mal zu mir gesagt, dass man immer weiß, wenn ich in einen Raum komme. Und dass ich mir niemals von jemandem einreden lassen soll, dass das etwas Schlechtes ist. Für andere kann das eine Herausforderung sein, dessen bin ich mir bewusst.« Ich blickte auf den Karton in meinen Händen, dann zurück zu Yon. »Ich hab echt versucht, Rücksicht auf deine Gefühle zu nehmen, dir eine gute Freundin zu sein, dich nicht zu überrennen. Es ist mir wohl nur so mittel gelungen. Ich wollte dir ganz bestimmt nie die Luft zum Atmen nehmen. Wenn du es trotzdem so empfunden hast, dann tut mir das wirklich leid.«

Yon nickte matt. »Ich weiß es zu schätzen, dass du dich entschuldigst.«

Und dann trug ich meine Sachen zu Neil.

Mein Kollege saß an seinem Schreibtisch voller Krimskrams, die Schultern nach vorn gekippt. Überall lagen Mappen, Notizzettel und Werbegeschenke herum. Dazwischen standen ein paar benutzte Kaffeetassen. Mir fiel ein kleiner Stoffpanda auf, der neben seinem Rechner stand, zusammen mit einem Pinguin aus Fimo, dem ein Auge fehlte.

Neil hatte meinen Blick offenbar bemerkt. »Der Panda ist von meiner Mum, hab ich damals zum neuen Job bekommen.« Verschmitztes Prinz-Harry-

Lächeln. »Den Pinguin hat meine Nichte mir gemacht, wir basteln gern zusammen. Sie ist sieben. Hast du Neffen oder Nichten?«

»Nein, ich bin Einzelkind.« Ich stellte meinen Karton auf den leeren Schreibtisch Neil gegenüber, auf den sein Chaos hinüberschwappte.

Er stand auf und begann, ein paar Hochglanzkataloge auf seiner Seite des Tisches zu stapeln, wobei die obersten direkt wieder zurückrutschten. »Ich wollte sowieso aufräumen.« Wieder dieses Jungsgrinsen.

Es war schwer, ihm böse zu sein. Ich überlegte, ob ich ihn fragen sollte, warum er mich bei Yon verpetzt hatte. Hätte er nichts gesagt, hätte ich noch die Chance gehabt, Yon selbst anzusprechen, und vielleicht wäre die Sache ganz anders ausgegangen. Vielleicht hätte ich Yon *high five* gegeben, bevor sie zu Heinzmann aufbrach, und vielleicht hätten wir danach zusammen mit Grace in einem Bistro in Chelsea mit Rosé-Champagner darauf angestoßen, wie begeistert unser Kunde von unserem Konzept war. Stattdessen stand ich in einem stickigen Büro voller Krimskrams mit einem Kollegen, der so sorglos schaute, als habe er keinen blassen Schimmer, was er angerichtet hatte.

Und genau so war es vermutlich. Neil hatte keinen blassen Schimmer. Wozu also einen weiteren Konflikt heraufbeschwören? Ich würde diese Sache abhaken und ihm verzeihen. Und mir selbst ebenfalls.

»Also«, sagte ich und fuhr meinen Computer hoch. »Wie kann ich dich unterstützen?«

# 31

**Keine Kleidung auf der Bank.** Keine Schwimmerin, die bereits ihre Kreise zog. Ich stand auf dem Steg und schaute über die dunkle Wasseroberfläche. Seit ich vor zwei Tagen hier geschwommen war, nachts bei Vollmond, hatte ich keine Angst mehr vor diesem Moment. Im Gegenteil. Dass dieser Teich gerade nur mir gehörte, ließ ein feierliches Gefühl in mir aufsteigen. Ohne Schwimmbrille stieg ich ins Wasser. Ich versuchte, alles um mich herum bewusst wahrzunehmen. Das sanfte Schwingen der Zweige über mir im Wind. Das leise Plätschern, das meine Armbewegungen unter Wasser verursachten. Die kühlen Strömungen an meinen Füßen.

Die Enten, die vorbeischwammen, musterten mich interessiert. Hatten sie das immer schon getan? Oder hatte ich zu viel Zeit im Pond verbracht? Wurde ich langsam so wunderlich wie die alten Damen, die hier ein und aus gingen und mit den Wasservögeln sprachen?

»Wo ist sie?«, flüsterte ich einer der Enten zu, die besonders nah an mich herangeschwommen kam. »Euch hat sie doch immer alles gesagt.« Aber das Tier drehte nur ab und schwamm ans Ufer.

Ich atmete tief den Geruch des Teiches ein. Ich war ganz allein hier. Allein mit den Seelen derer, die vor mir hier geschwommen waren. Eine leichte Gänsehaut überzog meine nackten Arme. Dann fiel mir etwas ein.

Etwas, das Dawn gesagt hatte.

*So machen wir das hier. Wenn wir bereit sind, verteilen wir unsere Geschichten auf viele Rücken, dann hat jede von uns weniger zu tragen.*

»Also gut«, sagte ich leise und begann, Runden zu drehen. Brustschwimmrunden, so langsam ich konnte. So langsam, wie ich sie mit Dawn geschwommen wäre.

Erstmals seit ich herausgefunden hatte, dass sie verstorben war, überwog in diesem Moment nicht mein Schrecken, mein Unglauben über das, was mir passiert war. Erstmals überwog meine Trauer. Es fühlte sich an, als hätte ich eine Freundin verloren. Und das hatte ich auch. Die frühen Stunden mit Dawn hier im Wasser, unsere Gespräche – sie waren mein Tages-Highlight gewesen. Sie hatten mir einen Grund gegeben, morgens aufzustehen. Nicht die Arbeit in der Agentur, nicht die Projekte, die Partys, die Kneipengänge, sondern diese Momente im Wasser mit einer Frau, die fast dreimal so alt war wie ich. Beziehungsweise, die dreimal so alt gewesen war. Wenn mich später jemand fragte, was während meiner Zeit in London am schönsten gewesen war, dann würde meine Antwort ohne Zweifel lauten: das Schwimmen im Ladies' Pond mit Dawn.

Tränen liefen meine Wangen herunter ins Teichwasser, und ich ließ es zu. Runde für Runde schwamm ich, so langsam ich konnte, als einzige Zeugen die Enten, die auf die Schwimmreifen geklettert waren und dösten. Und irgendwann, als ich schon ganz ausgekühlt war, wiederholte ich: »Also gut.«

Ich blinzelte zum Himmel, an dem es langsam heller wurde. »Du wolltest die ganze Geschichte hören. Hier kommt sie.« Ich wechselte auf den Rücken und strampelte gerade so stark mit den Beinen, dass ich nicht unterging. »Ich habe diese Panikattacken seit einem Februartag vor achtzehn Jahren. Ich war zwölf und bin nach dem Besuch bei einer Freundin von Hamburg mit der Regionalbahn zurück nach Buchholz gefahren. Meine Eltern meinten, ich könne das so langsam allein, und ich fand das sowieso. Ich saß in einem Abteil mit einer Gruppe älterer Jungs. Ich wusste schon, dass ich mich unauffällig verhalten sollte. Alle Mädchen lernten das früher oder später. Also tat ich so, als würde ich lesen. Trotzdem sprachen sie mich an. Rissen Sprüche. Über meine schönen langen blonden Haare. Meine zu dünnen Beine. Ich war so voller Urvertrauen damals, ich dachte, es reicht, angestrengt in mein Buch zu schauen, dann würden sie mich schon früher oder später in Ruhe lassen. Es dauerte etwas, bis ich verstand, dass ich in Gefahr war. Ich werde diesen Moment nie vergessen. Sie stiegen mit mir aus. Folgten mir bis zu meinem Fahrrad. Dort umzingelten sie mich. Ich schloss mit zittrigen Fingern mein Rad auf, aber sie ließen mich nicht fahren. Bis einer von ihnen sagte: ›Ach komm, lasst die.‹ Ich radelte so schnell nach Hause wie noch nie, dabei sah ich mich immer wieder um.

Sie haben mir nichts angetan, nicht körperlich, ich hatte Glück. Und trotzdem haben sie mir mein Urvertrauen genommen. Danach bin ich nachts wieder zu meinen Eltern unter die Decke gekrochen, manchmal schlief ich fast gar nicht. Ich habe ihnen lange nicht erzählt, was passiert war. Erst als ich ständig Bauchweh hatte und nicht mehr zur Schule wollte, hat meine Mutter es geschafft, mich zum Reden zu bringen. Sie hat dafür gesorgt, dass ich die richtige Therapie bekam, eine Zeit lang sogar leichte Beruhigungsmittel, weil ich mich in einem ständigen Panikmodus befand.

Während der Therapie habe ich gelernt, mit meinem Trauma umzugehen. Mich nicht von meinen Ängsten vom Leben abhalten zu lassen. Ich ging wieder in die Schule. Schlief besser. Traute mich wieder, Dinge ohne meine Eltern zu unternehmen. Auch wenn diese mich seitdem mehr behütet haben, als wahrscheinlich gut für mich war. Über die Jahre habe ich versucht, mich von alldem zu emanzipieren, mein Leben zu leben, so sorglos wie möglich. Ich hab meine eigenen Schutzmechanismen entwickelt. Ich bin immer die, die besonders laut ist. Die sich besonders selbstbewusst gibt. Es hilft mir, mich nicht als Opfer zu fühlen. Ich will nie mehr ein Opfer sein. Die haben mich nicht kleingekriegt. Und trotzdem: Einen Teil von mir haben die Pisser für immer verändert. Eine Handvoll Teenager, die wahrscheinlich mittlerweile Reihenhäuser besitzen und sonntags mit ihrer Familie zum Minigolf gehen. Es ist ihnen gelungen, mir eine Angst einzupflanzen wie ein winterhartes Immergrün. Dieses Gefühl der Enge, nicht rauszukommen, keinen Fluchtweg zu sehen, beschleicht mich bis heute in jeder vollen U-Bahn, in jedem Aufzug, in jedem engen Raum. In stressigen Zeiten bekomme ich immer dann, wenn ich das Gefühl habe, die Kontrolle zu verlieren, eine Panikattacke.«

Ich drehte mich wieder auf den Bauch. Mir war so kalt, dass ich leicht mit den Zähnen klapperte. »Ich werde diese dunkle Seite von mir nicht mehr verdrängen, sie gehört zu mir. Es ist okay, wir alle haben solche Geschichten zu erzählen. Hast du das nicht gesagt, Dawn?« Ich blinzelte noch einmal in den Himmel, der mittlerweile taghell war. »Du hast recht gehabt. Es ist leichter, wenn wir es auf den Rücken aller verteilen. Dann hat jede Einzelne weniger zu tragen.«

Ich hörte Geräusche vom Steg. Andere Schwimmerinnen. Die vermutlich seit Wochen immer nur mich schwimmen sahen, während ich gedacht hatte, sie würden Dawn und mir zuwinken.

Ich betrachtete eine Ente, die müde herüberschaute. »Bestell Dawn schöne Grüße von mir! Sag ihr, jetzt ist sie dran.«

Beim Frühstück schrieb ich Filipe und fragte, wie es ihm ging. Ich hatte seit unserem nächtlichen Treffen vor zwei Tagen nichts mehr von ihm gehört. Es kam mir komisch vor. So viel Nähe und nun wieder absolute Funkstille. Ich konnte sehen, dass er meine Nachricht las, aber er antwortete nicht. Ich legte mein Handy beiseite und sah mich um. Leslie war heute nicht hier. Der Poet jedoch saß am Fenster und schrieb.

»Hier kommt dein Frühstück.« Ravi war von hinten an mich herangetreten und stellte einen großen Teller mit einem Avocadotoast vor mich.

»Oh, ich danke dir!« Ich wickelte Messer und Gabel aus der Serviette und bemerkte, dass Ravi noch immer neben mir stand.

Er wischte mit seinen großen Händen über die Schürze. »Nimm dir bitte nächste Woche Donnerstag nichts vor.«

Ich ließ das Besteck sinken. »Warum?«

Ravi machte ein verschwörerisches Gesicht. »Wenn mich nicht alles täuscht, gibt es etwas zu feiern.«

»Woher weißt du das?«

Er hob triumphierend die Hände. »Na, du hast einen Mietvertrag unterschrieben, da steht das Datum drin.«

»Du beeindruckst mich immer wieder.«

»Nichts vornehmen, okay?« Ravis Wangen glühten. »Und wenn du noch wen dabeihaben willst, den ich vielleicht vergessen würde, lad ihn oder sie ab sieben ins *Honey & Wood* ein.«

»Unter einer Bedingung!« Ich sah ihn streng an. »Du

kannst das nicht wieder alles bezahlen, Ravi, das ist mir peinlich.«

Er winkte ab. »Ich weiß doch, was du als Praktikantin gerade verdienst. Ich hab die Nummer deiner Mutter herausgefunden.« Er grinste zufrieden. »Mach dir keine Gedanken.«

Auf dem Weg zur Overground-Station wählte ich den Weg, der an der Buchhandlung vorbeiführte. Keine Ahnung, was ich mir davon erhoffte. Nach meiner letzten Begegnung mit Leslie sollte ich mir wohl keine allzu großen Hoffnungen machen, dass sie offen für ein Gespräch wäre. Doch irgendetwas zog mich magisch an, und so stand ich schließlich vor den Schaufenstern und betrachtete die neuen Romane, die dort ausgestellt waren. Mein Hexenbuch hatte ich inzwischen ausgelesen, den Thriller wollte ich mir angesichts meiner persönlichen Geistergeschichte gerade nicht zumuten. Doch der Laden war noch nicht geöffnet – und ohnehin hätte ich mich vermutlich nicht hineingetraut. Ich schaute durchs Schaufenster und sah Leslie hinter der Kasse. Sie sortierte etwas in eine Schublade ein.

Ich wollte schon weitergehen, damit sie mich nicht entdeckte, als mir draußen vor dem anderen Schaufenster ein Junge auffiel, dessen Stupsnase mir bekannt vorkam. Es war der Kleine mit den Locken, der mit Leslie gefrühstückt hatte. Er schaute auf und sah mich.

»Hallo!«, rief er mir zu. Er hatte ein Jo-Jo in der Hand, mit dem er spielte. »Ich sehe dich immer bei Ravi.«

»Hi«, antwortete ich. »Stimmt. Isst du auch am liebsten den French Toast?«

Seine graublauen Augen funkelten. »O ja. Ravi sagt, es ist der beste in ganz London, und ich glaube, das stimmt.« Er ließ sein Jo-Jo auf und ab schnellen. »Meiner Mummy gehört die Buchhandlung, wusstest du das?«

»Ich hab es mir gedacht.«

»Nach den Ferien komme ich in die Schule.«

Ich hatte sein Alter also richtig eingeschätzt.

»Gleich gehen wir endlich mal wieder schwimmen.« Er fing das Jo-Jo ein und riss vor Begeisterung die Augen auf.

»Cool. Schwimmst du gern?«

»Du nicht?«

Ich musste lachen. »Ich mache fast nichts auf der Welt lieber.«

Er strahlte übers ganze Gesicht. »Ich auch nicht. Ich bin schon richtig gut.«

Auf meiner Zunge lagen die Worte: *Das hast du von deiner Oma geerbt. Sie würde so gern mit dir schwimmen*. Aber ich schluckte sie ungesagt herunter.

In diesem Moment flog die Tür auf. Leslie kam heraus, sah erst ihren Sohn und dann mich. Ihre Miene verfinsterte sich. »Jamie, gehst du bitte mal rein? Ich komme gleich nach.«

Der Junge winkte mir und hüpfte hinein.

Leslie kam näher. »Du schon wieder?«

»Entschuldige, aber ich würde wirklich gern noch mal mit dir über deine Mutter reden.«

»Ich spreche aber nicht gern über dieses Thema.«

»Das verstehe ich. Aber falls du es dir anders überlegst …«

»Das glaube ich kaum.« Sie betrachtete mich ruhig.

»Nur für den Fall. Ich schwimme jeden Morgen gegen sechs Uhr im Ladies' Pond. Wenn du deine Meinung änderst, findest du mich dort.« Ich versuchte, ihr zuzulächeln, aber sie hatte sich schon abgewandt und verschwand in der Buchhandlung.

# 32

Ich hatte gehofft, Yon hier zu treffen. Stattdessen saß ich am Samstag allein in der Bar und wartete, dass der Poetry-Abend begann. Ravi hatte ich wieder nicht überreden können, mitzukommen. Er hatte in Schlafanzughose mit einer Tüte Chips in seiner Tür gestanden und nur den Kopf geschüttelt. Filipe wollte ich nicht fragen, denn er hatte noch immer nicht auf meine Nachricht geantwortet.

Ich bestellte mir einen Softdrink und setzte mich damit an einen der kleinen Tische. Bina hatte gesagt, dass ich zwischen all dem Mist die Goldkrümel suchen müsste. Es gab ziemlich viele Goldkrümel in meinem Leben. Ich nahm mir vor, ihnen von nun an wieder mehr Aufmerksamkeit zu schenken.

Ob Yon an diesem Samstagabend wohl mit Heinzmann verabredet war? In einem In-Restaurant mit kristallenen Kronleuchtern, in dem der Champagner aus Magnumflaschen serviert wurde? Sie fehlte mir hier, wie sie ihre Zopfspitzen zwirbelte und spitze kleine Bemerkungen machte.

Das Programm war wieder ein wenig anders als die vergangenen Male. Ein paar neue Gesichter waren unter den Vortragenden, manche kannte ich schon. Ich lauschte ihren Texten und trank meine Limo.

Ich dachte schon, der Poet würde heute nicht dabei sein, doch dann trat er als Letzter ins Scheinwerferlicht. Wie immer zitterten seine Finger, die das Notizbuch hielten, leicht. Wie immer räusperte er sich, bevor er sprach. Dann beugte er sich zum Mikro:

*You think I don't see you*
*But I know the label of your shirt*
*You think I don't see you*
*But I feel when you're hurt*
*I know when you had a rough night*
*Or a fight*
*I know when you need a laugh or a hug*
*I feel when you don't show it and it sucks*
*You think I don't notice*
*But I do see*
*Oh, how I love my tea*
*Made especially for me*
*It warms my stomach, it warms my heart*
*Every day this is my favorite part*
*Can't look you in the eyes*
*Can't tell you I care*
*But believe me I see it, I see you, see it all*
*I just don't dare*

Ein kleiner Schrei entfuhr mir, als ich aufsprang und frenetisch klatschte. Der Poet sah etwas perplex in meine Richtung, denn ich war die Einzige, die so ausrastete, und ich setzte mich schnell wieder.

Während die Veranstalterin die Abschiedsworte sprach, saß ich völlig gebannt auf meinem Stuhl und ließ auf mich wirken, was ich gerade gehört hatte. Der Poet hatte über jemanden gedichtet, den er jeden Tag sah. Von dem er mehr wusste, als diese Person ahnte. Dessen Tee er liebte – der beste Teil seines Tages. Und den er einfach nicht ansprechen konnte. Alle Haare an meinem Körper hatten sich aufgerichtet. Es bestand kein Zweifel, oder? Der Poet hatte über Ravi geschrieben. Der Poet mochte Ravi. Und Ravi mochte ihn.

Fassungslos über diese Erkenntnis saß ich an meinem Tisch, bis ich ihn zur Theke gehen sah. Das ist meine Chance, dachte ich. Er ist allein, ich bin allein. Ich nahm mein fast leeres Glas und ging auf ihn zu. Er hatte sein Handy rausgeholt und las etwas darauf.

Ich lehnte mich neben ihm an die Bar. »Hi.«

Er sah von seinem Display auf. »Hi.«

»Das war toll! Ich finde deine Texte super.«

»Danke.« Er fuhr sich verlegen über den ausrasierten Nacken.

»Hast du schon etwas veröffentlicht, was man lesen kann?«

»Nur in ein paar Anthologien. An einem eigenen Buch arbeite ich noch. Ist ein hartes Geschäft.«

»Das glaube ich dir. Ich sehe dich oft in Hampstead im Café, im *Honey & Wood*. Ich wohne obendrüber und frühstücke immer dort. Du auch, oder?«

»Ähm.« Er schob seine John-Lennon-Brille hoch. »Ja, stimmt.«

Der Barkeeper stellte eine Wasserflasche vor ihn.

Ich hob mein Glas. »Zoé.«

Der Poet stieß halbherzig mit seiner Flasche dagegen. »Arlo.«

Wir tranken beide.

»Bist du aus London?«, fragte ich.

»Nein, ich komme aus einem kleinen Ort nördlich von Manchester. Ich promoviere hier in Literaturwissenschaften.«

»Wie cool.«

»Danke.«

Ich erzählte ihm noch etwas über mich. Warum ich hier war, was ich beruflich machte, wie sehr ich Hampstead liebte. Ehrlicherweise laberte ich ihn voll. Es war meine Taktik, um ihn etwas kennenzulernen, bevor ich meinen Plan in die Tat umsetzen konnte. Denn damit brachte ich ihn ebenfalls ein bisschen zum Erzählen. Er wohnte offenbar bei einem alten Pärchen zur Untermiete, sie überließen ihm das Zimmer zu einem fairen Preis, weil er ab und an mit ihren Hunden in den Heath ging.

Als unsere Getränke leer waren, räusperte Arlo sich. »So, ich … ich hab morgen viel zu tun. Also …«

»Hast du nächsten Donnerstagabend schon was vor?«

Arlo sah mich leicht erschrocken an.

Ich lächelte aufmunternd. »Ich hab Geburtstag, wir

feiern eine kleine Party im *Honey & Wood*, und ich kenne ehrlich gesagt noch nicht so viele Leute hier. Vielleicht hast du Lust zu kommen?«

»Ähm.« Arlo strich sich wieder über seinen ausrasierten Nacken. »Ich weiß nicht, ob ich … Um wie viel Uhr denn?«

»Ab sieben. Und bring Hunger mit: Ravi, der Besitzer vom *Honey & Wood*, kocht.« Ich zwinkerte ihm zu, obwohl mir bewusst war, dass ich einen introvertierten Menschen wie Arlo damit einschüchterte. Ich war so voller Euphorie über meine Idee, dass ich einfach nicht anders konnte.

Arlo zahlte sein Wasser. »Mal sehen. Danke für die Einladung jedenfalls.«

»Na, dann vielleicht bis Donnerstag. Und ansonsten sehen wir uns beim Frühstück.«

Arlo errötete leicht bei diesen Worten, aber es war mir egal. Hauptsache, er kam nächsten Donnerstag. Hauptsache, er und Ravi sprachen endlich miteinander.

Yon sah am Montagmorgen müder aus denn je.

»Hey«, sagte ich, als ich den Kopf in ihr Büro streckte.

»Hey.«

Ich ging um ihren Schreibtisch herum und setzte mich halb darauf. »Wie lief es mit Heinzmann am Freitag? Hat er alles abgenickt?«

Sie fummelte an einem Nagelsticker herum, der sich

etwas gelöst hatte. »Ja. Ja, er liebt das ganze Konzept. Hatte hier und da noch eigene Vorschläge, von denen er noch begeisterter war. Wie du schon vermutet hattest.«

»Wart ihr danach anstoßen? Du und Grace?«, fügte ich schnell hinzu.

»Ja.«

»Hm.« Ich betrachtete meinen leer geräumten Schreibtisch. »Du, ich hab am Donnerstag Geburtstag. Wir feiern eine Party bei Ravi im Café. Würde mich freuen, wenn du auch kommst.«

Sie sah mich undurchdringlich an. »Donnerstagabend hab ich jetzt immer Boxen, also …«

»Okay.«

»Ich schau mal, ja?«

»Klar.« Ich rutschte vom Schreibtisch. »Dann viel Erfolg beim Umsetzen von Jeff Heinzmanns grandiosen Ideen.«

Yon verzog den Mund. »Danke.«

Ich wollte noch hinzufügen: *Sag Bescheid, wenn ich dir helfen kann*, verkniff es mir aber.

Neil wartete in unserem gemeinsamen Büro bereits auf mich. Er hatte offenbar übers Wochenende zig neue Einfälle für den Kindergarten gehabt und sprudelte nur so drauflos. Vieles wollte er selbst bauen, das beeindruckte mich am meisten.

Dabei fiel mir etwas ein. »Sag mal, hast du diese Woche nach der Arbeit irgendwann Zeit?«

Neil, der gerade Garderoben in Elefantenform zeichnete, sah auf: »Klar, wieso? Ist *pub time*?«

»Ne, ich will eine Überraschung für jemanden vorbereiten und bräuchte handwerkliche Hilfe.«

Neil wirkte mit einem Mal wie ein aufgeregtes Kind. »Ich bin genau dein Mann!«

Ich hatte mir unter dem Vorwand, mich um die Pflanzen zu kümmern, von Ravi einen Schlüssel geben lassen. Am Dienstag nach der Arbeit schlichen Neil und ich uns die Treppe hoch. Ich wusste, dass Ravi heute zu einem traditionellen Biryani-Essen bei seiner Tante eingeladen war, was uns ein paar Stunden Zeit verschaffte.

Mein Kollege sah sich mit erstaunter Miene in Ravis leerem Wohnzimmer um. »Was ist das, Zoé?«

»Die Wohnung eines Menschen, der zu viel arbeitet«, antwortete ich.

Und dann trugen wir Polster und zurechtgeschnittene Holzteile hinauf, die wir in der Mittagspause im Baumarkt besorgt hatten, und drapierten sie zu einer gemütlichen Fernsehecke. Ich hatte erst überlegt, Ravi ein richtiges Sofa zu kaufen, aber offenbar mochte er es, am Boden zu sitzen. Vor seiner Matratze montierten wir einen Vorhang, den Neil noch von Ikea hatte. Alles, was wir besorgt hatten, entsprach dem Stil, in dem Ravi das *Honey & Wood* eingerichtet hatte, weil ich davon ausging, dass ihm das gefiel. Viel Holz und gedeckte Erdfarben. Neil baute in beeindruckender Geschwindigkeit ein Regal, in das wir alles einräumten, was bisher am Boden stand. Die Kleiderstapel, die Bücher, den Fernseher.

Zuletzt platzierten wir eine hübsche Stehlampe neben der neuen Sitzecke, ebenfalls aus Neils Fundus, und hängten ein Schwarz-Weiß-Bild darüber, auf dem das *Honey & Wood* von außen zu sehen war. Das Foto hatte ich auf Lalis Instagram-Profil entdeckt und es in einem Copyshop um die Ecke drucken und rahmen lassen.

Zufrieden blickte ich mich um. Es sah aus wie unten im Café, nur als Wohnung. »Du bist der Wahnsinn, Neil! Ich kann nicht glauben, dass du das alles innerhalb von einem Tag umgesetzt hast.«

Neil wirkte verschwitzt, aber glücklich. »Ich hatte eine gute Innenarchitektin an meiner Seite. Als Nächstes sollten wir uns um den zweiten Raum kümmern, der ist fast noch schöner als dieser.«

Überrascht sah ich Neil an. »Du warst da drin?«

Er nickte und lief ungefragt in Richtung Flur. Dort öffnete er die zweite Tür, die ich neulich neben der Küche bemerkt hatte. Dahinter lag ein Zimmer, das fast so groß war wie Ravis Wohnzimmer. Fenster gingen nach vorne und nach hinten raus. Bis auf ein paar Kartons war es leer.

»Das hier ist eigentlich das Schlafzimmer, da könnten wir uns richtig austoben«, sagte Neil. »Ich sehe schon ein Boxspringbett vor mir, zwei mal zwei Meter, und eine Leinwand. Du sagst doch, er schaut gern fern?«

»Jetzt müssen wir erst mal schauen, was Ravi zu dem einen Zimmer sagt«, bremste ich ihn, obwohl ich am liebsten sofort den Zollstock geholt hätte.

Nachdem ich Taylor und Selena gegossen hatte, stahlen wir uns aus der Wohnung. Neil half mir noch schnell, den Vorhang bei mir aufzuhängen, den ich endlich von der Schneiderin geholt hatte. Außerdem zimmerte er mir aus den übrig gebliebenen Holzteilen ein kleines Regal für T-Shirts und Unterwäsche.

Beeindruckt sah ich mir das Ergebnis an. »Danke! Du hast echt einen gut bei mir.«

»Na, du hattest ja noch einen gut bei mir«, antwortete er zerknirscht.

Ich sah ihn erstaunt an.

»Wegen Yon. Sorry, dass ich da irgendwie für Stress gesorgt habe!«

»Entschuldigung angenommen.«

Neil drückte mich etwas unbeholfen und trug sein Werkzeug die Treppe hinunter. Ich wollte ihm helfen, aber er bestand darauf, alles allein zu schleppen, und verabschiedete sich.

Als er weg war, ging ich in meine Wohnung und machte mich bettfertig, anschließend kontrollierte ich, ob es Whitney, Celine, Mariah, Heidi, Harry, Ernie und Bert gut ging. Meine Zimmerpflanzen wirkten wohlauf, nur Harrys Blätter kräuselten sich leicht, woraufhin ich beschloss, ihn morgen früh mit unter die Dusche zu nehmen. Dann setzte ich mich im Schlafanzug aufs Sofa und wartete darauf, dass Ravi von seiner Tante zurückkam. Zwischendurch schickte ich Filipe eine Nachricht und lud ihn zu meiner Party ein. Diesmal antwortete er sofort.

Bitte entschuldige, habe so viel zu tun. Aber am Donnerstag komm ich gern. Danke für die Einladung!

Etwas später hörte ich endlich Ravis schwere Schritte im Treppenhaus. Den Schlüssel im Schloss. Die Tür, die zugezogen wurde. Aufgeregt lauschte ich, aber er kam nicht wieder heraus. Rief mich nicht an, klopfte nicht, schrie nicht, schimpfte nicht, bedankte sich nicht. Er machte einfach gar nichts. Vermutlich ging er davon aus, dass ich bereits schlief.

Ich wartete trotzdem noch eine Weile, bis ich ins Bett ging. Wie gern hätte ich bei ihm geklopft. Aber vielleicht brauchte er etwas Zeit, um sich an die Veränderung zu gewöhnen. Oder freute er sich etwa nicht darüber? Gefiel ihm nicht, was wir aus dem Zimmer gemacht hatten? Dabei war ich mir so sicher gewesen, seinen Geschmack getroffen zu haben. Ich hatte ihm endlich etwas zurückgeben wollen, nachdem er mich seit über einem Monat durchfütterte. Außerdem kam Arlo am Donnerstag zu meiner Party, da war ich mir sicher. Zwar hatte er mir heute Morgen von seiner Fensterbank aus nur zugenickt, womit er unmissverständlich signalisierte, dass er sich nicht unterhalten wollte. Aber ich glaubte trotzdem fest daran, dass er auftauchen würde. Diese Chance konnte er nicht verstreichen lassen. Schließlich mochte er Ravi. Und Ravi mochte ihn.

Ich wusste, dass es sehr unwahrscheinlich war, dass zwei Menschen wie Ravi und Arlo – einer total unsicher in Liebesdingen, der andere maximal in sich gekehrt – direkt die Nacht zusammen verbrachten. Trotzdem wollte ich nichts dem Zufall überlassen. So würde Arlo einen guten ersten Eindruck gewinnen, falls er aus irgendeinem Grund Ravis Wohnung betreten sollte. Mit diesem Gedanken schlief ich ein.

# 33

Am nächsten Morgen sah ich Ravi von Weitem in der Küche hantieren. Ich versuchte mehrfach, seine Aufmerksamkeit auf mich zu lenken, aber er war so beschäftigt, dass ich schließlich aufgab und bei Laurie bestellte.

Als diese zwei perfekt pochierte Eier vor mir platzierte, fasste sie sich plötzlich an die Stirn. »Jetzt weiß ich wieder, was ich dir schon länger sagen wollte, *darling.*«

»Wenn es um den Pond und Geister geht, dann bitte nicht vor dem Frühstück.« Ich wickelte das Besteck aus der Serviette.

Laurie sah sich etwas verschwörerisch um, als wolle sie sichergehen, dass niemand uns hören konnte. »Harriet kam neulich zu mir und meinte, du hättest dich nach einer Dawn erkundigt?«

Ich legte das Besteck wieder weg. »Ja, das stimmt.«

»Ich wollte dich schon längst drauf ansprechen, hab es aber wieder vergessen. Worum ging es denn?«

»Ach, ich hab nur … Ich sehe immer die Bank mit diesem Namen und hab mich gefragt, wem sie gewidmet ist und warum.«

»Ah, das kann ich dir beantworten.« Laurie schob eine knallrote Ponysträhne zurück unter das Haarnetz. »Es gab mal eine von uns, die immer ganz, ganz früh am Ladies' Pond war, vor allen anderen, so wie du gerade.«

Gebannt starrte ich sie an.

»Die haben wir Dawn getauft. Schon klar, warum, oder?« Sie sah sich noch einmal um und setzte sich dann auf die Kante des freien Hockers neben mir. »Eigentlich hieß sie Margaret. Sie ist von frühester Kindheit an täglich geschwommen. Toll, nicht wahr?«

»Es steht auf ihrer Bank«, sagte ich leise. »… *die hier über 70 Jahre lang jeden Morgen schwamm.*«

»Ja, genau, so steht es da. Siebzig Jahre, schon Wahnsinn. Und dann ist ihr Mann gestorben, William. Ein wundervoller Mann, er saß immer auf einer Bank und hat gelesen. So lange, bis seine Frau fertig war. Er begleitete sie früher manchmal nach dem Schwimmen zum Frühstück hierher.« Laurie seufzte tief. »Nach seinem Tod hatte Dawn leider mit Depressionen zu kämpfen und kam nicht mehr zum Pond. Eine Zeit lang musste sie sogar in stationäre Behandlung. Sie ist nie mehr richtig auf die Beine gekommen. Es war ein Trauerspiel. Und dann hatte sie eines Tages einen Schlaganfall und musste ins Heim. Ich hab sie seitdem leider nie mehr gesehen.«

Ich blickte zur Fensterbank. »Ihre Tochter kommt immer hierher.«

»Ja, Elizabeth, die hat wohl sehr unter der Situation

gelitten. Sie hat damals quasi auf einen Schlag nicht nur den Vater, sondern auch die Mutter verloren.«

Ravis Kopf tauchte in der Küchentür auf. Er sah ziemlich böse in unsere Richtung, und ich war mir nicht sicher, ob er seine Mitarbeiterin oder mich meinte.

Laurie hob die Hand. »Komme gleich, Chef.« Mir zwinkerte sie zu. »Das wollte ich dir die ganze Zeit schon sagen. Ist deine Frage damit beantwortet?«

Ich zögerte kurz. »Ja, danke dir. Die Inschrift hat mich gerührt.«

Laurie war schon aufgestanden. »Jaja, da haben wir alle zusammengelegt, als Motivation, um sie wieder zum Schwimmen zu bewegen.«

»Noch bevor sie starb?«, fragte ich verblüfft. »Ich dachte, die Bänke sind nur Verstorbenen gewidmet?«

»Ich glaube, es war eine Ausnahme. Wir dachten, wenn Dawn ihre eigene Bank hat, dann kommt sie vielleicht wieder. Aber soweit ich weiß, hat sie sie nie gesehen. Wirklich ein Jammer!«

Doch, dachte ich. Doch, sie hat diese Bank gesehen. Und genutzt. »Wann ist sie denn gestorben?«, fragte ich. »Deine Freundin meinte, sie wäre nicht mehr unter uns.«

»Laurie!« Das kam von Ravi. Er stand mit zwei Schalen Porridge im Eingang zur Küche und funkelte uns an.

Laurie hob erneut beschwichtigend die Hände, eilte zu ihm, nahm ihm die Schalen ab und brachte sie zu den jeweiligen Gästen. Auf dem Rückweg raunte sie mir zu: »Harriet muss gemeint haben, sie ist nicht mehr unter uns Schwimmerinnen. Aber soweit ich weiß, lebt Dawn noch. In dem Heim am Osteingang zum Heath, meine ich.« Dann eilte sie weiter in die Küche, wo ich Ravi schimpfen hörte. Zum allerersten Mal, seit ich ihn kannte.

Ich saß noch immer vor meinem unangerührten Frühstück. Aus einem der pochierten Eier war Eigelb auf den Teller gelaufen. Dawn lebt, sickerte langsam zu mir durch. Dawn ist kein Geist. Ich habe keinen Geist gesehen.

Ohne lange zu überlegen, kramte ich Geld aus meinem Portemonnaie, stand auf, steckte es Laurie, die mit zwei Tassen Tee an mir vorbeikam, in die Schürzentasche und nahm den Teller mit nach oben. Ich stellte ihn neben die Sukkulenten Whitney, Celine und Mariah auf meinen Couchtisch und zog den Laptop auf den Schoß.

*Margaret Higgins Hampstead*, gab ich ein. Sofort fand ich mehrere Zeitungsartikel. Schon beim ersten kamen mir vor Erleichterung die Tränen. Ich stieß auf Gratulationen zum hundertsten Jubiläum der Buchhandlung. Glückwünsche zu Dawns siebzigstem Geburtstag. Ein Foto, das sie in einem schwarzen Kleid mit besticktem weißem Kragen zusammen mit einer sehr jungen Leslie zeigte. Sie hatte die gleichen wilden Locken wie ihre Tochter. Es war merkwürdig, Dawn so zu sehen. Außerhalb des Wassers, nicht im Badeanzug, ohne Badekappe. Was für eine Erscheinung sie mit ihrer aufrechten Haltung und dem tiefroten Lippenstift gewesen war! Ich hätte sie niemals so auf der Straße erkannt.

Es gab noch einige weitere Artikel, unter anderem darüber, wie sie mit Mitte siebzig, nach dem Tod ihres geliebten Mannes, die Leitung der Buchhandlung an ihre Tochter übergeben hatte. Auf dem dazugehörigen Foto sah Dawn im Grunde so aus, wie ich sie kannte, nur wirkte sie deutlich blasser und zerbrechlicher. Es war vor sieben Jahren veröffentlicht worden. Vermutlich war dies die Zeit, von der sie gesprochen hatte. Als es ihr zu schlecht zum Schwimmen ging.

Ich fand einen weiteren Artikel über die Schwimmerinnen vom Ladies' Pond, für den auch Dawn interviewt worden war. Und sogar einen alten BBC-Beitrag auf YouTube. Er war von Anfang der Zweitausender, Dawn sah deutlich jünger aus. Sie wurde dabei gezeigt, wie sie ihre Sachen ordentlich gefaltet auf eine Bank legte und ihre Badekappe aufzog. Dieselbe Kappe trug sie noch immer. Die Kamera zoomte nah an ihr Gesicht, das noch deutlich weniger Falten zierten.

»Ich schwimme hier jeden Morgen, seit ich ein Kind war«, sagte Dawn und lächelte. »Es ist wichtig für mein inneres Gleichgewicht. Ich komme gern mit meiner Tochter her. Es ist toll, eine gemeinsame Leidenschaft zu teilen.«

Im Hintergrund entdeckte ich Leslie, die aus dem Wasser stieg und ihre Schwimmbrille auf die Badekappe schob. Die beiden waren also früher tatsächlich oft zusammen im Pond geschwommen. Hatte Leslie erst damit aufgehört, als Dawn aufhörte? Konnte sie heute nicht mehr dort schwimmen, weil sie alles an ihre Mutter erinnerte?

Im Video sagte Dawn: »Wir gehen immer ganz früh, vor allen anderen, da gehört das Wasser nur uns. Es ist herrlich!« Sie schaute zu Leslie, und beide lachten.

Es folgten weitere O-Töne von anderen Schwimmerinnen. Lustigerweise war auch die Dame mit dem Stock, Harriet, darunter, die damals noch beschwerdefrei hatte laufen können. Sie berichtete, wie sehr sie es genieße, dort nur unter Frauen zu sein.

Dann wurden alle beim Schwimmen gezeigt. Auch Dawn. Zu meiner Überraschung trug sie ebenfalls eine Schwimmbrille, deswegen erkannte ich sie erst auf den zweiten Blick. Sie schwamm nicht mit den anderen im Kreis. Sie schwamm mit Leslie ganz am Ende des Teiches, kurz vor dem abgetrennten Teil mit den Seerosen. Sie kraulten Bahnen entlang der Bojen.

# 34

Ich hatte bei meiner Internetrecherche die Zeit vergessen. Schnell schlang ich ein paar Gabeln meines Frühstücks runter und machte mich auf den Weg zur U-Bahn-Station. Ich wollte Filipe anrufen, ihm erzählen, was ich herausgefunden hatte, aber ich konnte nicht gleichzeitig rennen und sprechen. Ich entschied, das Telefonat auf später zu verschieben. Genau wie das dringend anstehende Gespräch mit Ravi. Wieso sagte er denn nichts zu der Umgestaltung? So langsam bekam ich Angst, dass er nicht so erfreut war, wie ich gehofft hatte. War ich zu weit gegangen? Schließlich hatte er mir mehrfach deutlich zu verstehen gegeben, dass er gern so lebte. Ich hatte ihm nur nicht geglaubt. Wer wollte schon freiwillig so wohnen?

Aufgewühlt stieg ich an der Station Leicester Square aus. Neil wartete bereits auf mich, kommentierte meine Verspätung aber nicht, obwohl wir in wenigen Minuten einen Termin auf der Baustelle des Kindergartens hatten.

»Was hat dein Vermieter gesagt? Ist er happy?«, fragte Neil, als wir an den Touristenmengen vorbei die Straße entlangeilten.

»Das ist es ja«, sagte ich, bereits leicht außer Atem. »Er hat gar nichts gesagt.«

Neil sah mich besorgt an. »Oh.«

»Ich weiß.«

Und dann waren wir auch schon an der Baustelle, wo uns zwei Frauen in gebügelten Etuikleidern mit sorgsam frisiertem Haar begrüßten.

Während ich mich bemühte, in meinen professionellen Modus zu schalten, und etwas von »bester Kindergarten Londons« faseln wollte, sagte Neil: »So, und hier soll eine Hundetagesstätte entstehen?«

Die beiden Damen sahen zunächst irritiert aus, bis Neil anfing zu lachen, und sie erleichtert mit einstimmten.

»Zum Glück sind Zoé und ich Expertinnen für Kinder«, erklärte er. »Ich habe circa siebenunddreißig Neffen und Nichten, hab aufgegeben zu zählen, und Zoé hat großes Interesse an Lärmschutz.«

Ausgelassenes Lachen. Eine der Investorinnen hatte schon ganz rote Wangen vor lauter Heiterkeit.

Neil nickte mir zu, was ich als Aufforderung verstand, etwas zu unserem Konzept zu erzählen. »Wir haben uns überlegt, was Ihnen wohl am wichtigsten wäre in Bezug auf den Kindergarten«, fing ich an. »Und sind zu dem Ergebnis gekommen, dass diese Kinder einen Ort vorfinden sollten, der sich so vertraut anfühlt wie ein zweites Zuhause.«

»Es wird also auf jeden Fall Kronleuchter und gedimmtes Badlicht geben«, fügte Neil hinzu.

Vor lauter Lachen hatte sich aus der Frisur der einen Investorin trotz reichlich Haarspray eine Ponylocke gelöst. Unglaublich, aber Neils Charme hatte tatsächlich eine außergewöhnliche Wirkung auf Frauen, sogar auf die der Londoner Oberschicht. Ich musste zugeben: Ich hatte ihn gründlich unterschätzt.

An diesem Abend blieb ich länger im Büro als alle anderen. Ich recherchierte Altersheime in Hampstead. Es gab mehrere, aber nur eines lag direkt an der Ostseite des Heath. In unmittelbarer Nähe des Ladies' Ponds. Von dem muss Laurie gesprochen haben, dachte ich, gab die Adresse in meine Karten-App ein und fuhr den Rechner runter.

Unterwegs rief ich Filipe an, und zu meiner Erleichterung ging er diesmal sofort dran.

»Sie ist kein Geist«, sagte ich anstelle einer Begrüßung. Und dann erzählte ich ihm, was ich herausgefunden hatte.

Filipe hörte mir aufmerksam zu, sagte nur ab und an »Ah« oder »Oh, wirklich?«.

»Ist das zu glauben?«, fragte ich, während ich einer Straße mit Villen folgte. »Dawn lebt. Ich habe keine Erscheinung gehabt.«

Filipe schnalzte mit der Zunge. »Was für eine Geschichte! Und du bist sicher, dass sie in dem Heim wohnt?«

»Es gibt nur eins an der Ostseite des Heath.« Vor der feudalen Einfahrt einer Villa, die ich passierte, parkten mehrere polierte Oldtimer. Am Ende der Straße sah ich schon die Bäume des Parks.

»Sag Bescheid, wie es gelaufen ist. Viel Erfolg!«, wünschte Filipe mir noch, und wir legten auf.

Ich gelangte an ein besonders großes Anwesen, eingezäunt und von Hecken gesäumt. Durch einige Lücken im Geäst konnte ich ein palastartiges altes Gebäude erkennen, umgeben von üppig bepflanzten Parkanlagen. Es sah gemütlich und gepflegt aus.

An dem eisernen Eingangstor saß ein Pförtner in einem kleinen Häuschen. Ich klopfte an die Scheibe.

Er schob ein Fenster auf. »Guten Abend.«

»Hallo, guten Abend. Ich würde gern zu Margaret Higgins.«

Er lächelte freundlich. »Oh, die Besuchszeiten sind lange vorbei, *love*. Und Mrs Higgins lebt in der Wohngruppe, für die Sie eine Anmeldung brauchen.«

»Wie bekommt man die?«

»Über ein Familienmitglied.« Er reichte mir ein Formular. »Lassen Sie sich bitte das hier unterschreiben, und machen Sie dann einen Termin aus.«

Ich bedankte mich höflich und folgte weiter der Straße, bis ich auf den Weg gelangte, der außen am Park vorbeiführte. Ich kannte diese Stelle. Wenn man hier Richtung Westen lief, kam man zum Men's Pond.

Wieder wählte ich Filipes Nummer. »Bingo, sie wohnt dort. Aber ich brauche eine Unterschrift von Leslie, um sie zu besuchen. Und die gibt sie mir vermutlich nie. Sie will ja nicht mal mit mir sprechen.«

Ich konnte Filipe ins Handy atmen hören. »Vielleicht täuschst du dich. Du bekommst doch am Ende immer, was du willst.«

Das klang irgendwie nicht nett. Ich blieb stehen. »Ist alles okay?«

»Jaja, es ist nur … Es war schön, dich neulich zu sehen …« Etwas knarrte im Hintergrund, und ich stellte mir vor, dass es der Stuhl mit der Bastlehne in seiner Küche war, auf dem ich gesessen hatte. »Du kennst meine Familie, es gibt nicht viele Menschen, mit denen ich so offen reden kann. Aber …«

Ich stand da und hörte ihm gebannt zu. »Aber?«

»Es verwirrt mich auch, und … Ich weiß nicht recht, wie ich damit umgehen soll.«

Vor Erleichterung musste ich lachen. »Das geht mir genauso. Aber hast du mich nicht neulich gefragt, ob ich glaube, dass Menschen sich ändern können? Was wäre, wenn wir entscheiden, dass es möglich ist? Wenn wir Freunde sein wollen, können wir Freunde sein, meinst du nicht?«

Er antwortete nicht sofort, ich hörte nur erneut dieses Knarren.

»Mach dir keine Sorgen, ich habe dir verziehen«, fügte ich mit fester Stimme hinzu.

Mehrere Sekunden lang sagte er nichts. Als er sprach, klang er merkwürdig kurz angebunden: »Bitte entschuldige, ich bekomme gerade Besuch.«

»Alles klar, hab einen schönen Abend«, erwiderte ich, aber da hatte er schon aufgelegt.

## 35

**Mein Geburtstag begann mit einem** beherzten Ständchen von Laurie und Joan im Café, unterstützt von ein paar Gästen, die in meiner Nähe saßen. Einige gratulierten mir danach persönlich, sogar Arlo kam von seiner Fensterbank herüber und schüttelte mir die Hand, ohne Blickkontakt zu mir aufzunehmen.

»Heute Abend ab sieben hier«, erinnerte ich ihn.

Ravi überreichte mir einen großen Strauß aus Astern und Trommelstöckchen und drückte mich stürmisch. Offenbar war er mir doch nicht böse. Er rückte sein durch die Umarmung verschobenes Haarnetz zurecht und sagte streng: »Vor sieben bist du hier nicht willkommen. Ist schon klar, oder?«

»Ja, ist klar.«

Aufregung keimte in mir auf. Es war lange her, dass jemand eine Party für mich organisiert hatte. Wobei, in diesem Moment fiel es mir wieder ein: Marc hatte das getan, erst im letzten Jahr. Wir waren gerade frisch zusammen gewesen. Ich war an dem Tag ein wenig früher als sonst von der Arbeit gekommen, weil Marc mich zum Essen einladen wollte. Als ich die Wohnungstür aufschloss, riefen alle: »Überraschung!«

Nadine stand im Flur, zwei andere Freundinnen, daneben mein Schulfreund Tom und meine Eltern. Die restlichen Gäste waren Marcs Freunde. Seine Eppendorfer Gang. Wenn mich nicht alles täuschte, war sogar Leonie dabei gewesen. Es wurde ein netter Abend. Marc hatte bei einem High-End-Caterer ein Büfett bestellt, und es gab alles zu trinken, was man sich vorstellen konnte. Ich bekam ein paar sehr hübsche Geschenke. Und trotzdem erinnerte ich mich heute, ein Jahr später, an dieses komische Ziehen in meinem Bauch. An dieses Gefühl, wenn man denkt: Ich müsste gerade sehr glücklich sein, aber ich bin es nicht.

Ich hatte meine schlechte Stimmung damals auf den Stress geschoben. Der neue Job, die viele Arbeit, nie Zeit für mich. Erst jetzt, mit dem nötigen Abstand, konnte ich es richtig einordnen: Nicht der Stress hatte mich unglücklich gemacht. Das viele Arbeiten war eher ein Schutzmechanismus gewesen, um mit meinem Unglück umzugehen. Eine Flucht. Was typisch für mich war. Denn meine Unzufriedenheit war im Grunde die Befürchtung, das falsche Leben zu leben. An einem bestimmten Zeitpunkt falsch abgebogen zu sein. Einiges aus dieser Zeit war in meiner Erinnerung verschwommen, verdrängt, unter unwichtig abgeheftet. Aber ein paar Szenen von diesem Abend sah ich glasklar vor mir: Ich, wie ich in Marcs Küche stand, zwischen den vielen Zimmerpflanzen, die das Einzige dort waren, was mir gehörte. Meine Eltern, Nadine und Tom waren schon aufgebrochen. Marc schenkte mir und seinen Freunden Schampus nach, alle grölten, wir stießen an, ich lachte schrill, jemand sagte: »Du bist echt eine Granate, Zoé!« Ich trank mit, ich grölte mit, aber in Wahrheit wollte ich schreien: *Ihr kennt mich gar nicht. Ihr wisst gar nicht, wie ich wirklich bin.*

Kaum zu glauben, dass seitdem erst ein Jahr vergangen ist, dachte ich, als ich etwas später in der Overground saß und aus dem Fenster schaute. Heute Abend würde ich mit Menschen feiern, denen ich erst vor Kurzem begegnet war. Und trotzdem war ich mir sicher, dass sie mich bereits besser kannten als Marc und seine Freunde.

Meine Kollegen verwöhnten mich mit ofenwarmen Rosinen-Scones, einem stylischen Topf mit einem entzückenden Gummibaum, den ich Kim taufte, und einem frenetisch geschmetterten *Happy Birthday*. Neil hatte außerdem meinen Arbeitsplatz mit Luftschlangen und Ballons geschmückt, auf denen eine große *30* zu sehen war. Mit Edding hatte er klein *+ 1* danebengekritzelt. Ich war richtig gerührt über so viel Zuneigung und schwebte einen Zentimeter über dem Boden, als wir mittags alle zusammen zum Lunch gingen. Grace hatte uns zu Fish & Chips eingeladen. Fasziniert sah ich meiner Chefin dabei zu, wie sie Pommes in Tartarsoße tunkte und abbiss. Sogar dabei sah sie elegant aus.

Neil kippte sich ordentlich Essig auf seine Portion. »Ich freue mich so auf heute Abend«, verkündete er.

Ich schaute zu Yon rüber, die Chips ohne alles vor

sich stehen hatte und etwas angewidert auf Neils Teller blickte. Ob sie wohl kommen würde? Sie bemerkte meinen Blick und verdrehte die Augen. Ich wusste, dass sie Neils Essigaktion meinte, und musste lachen.

»Janet kommt vermutlich nach der Show noch vorbei«, sagte Grace und nahm sich ein paniertes Fischstück, das zwischen ihren aktuell pastellfarbenen Nägeln aussah wie eine Skulptur aus der Tate Modern. »Ich komme natürlich schon früher.«

»Darf ich eigentlich Alana mitbringen?« Stephen wischte seine Finger an einer Papierserviette ab.

»Na, das hoffe ich doch! Und was ist mit deinem Jeremiah, schafft der es auch?«, fragte ich Alfie.

Er stellte sein Glas Cola Zero ab. »Er ist nicht *mein* Jeremiah, aber vielleicht kommt er mit.«

Am Nachmittag klingelte andauernd mein Handy. Mit meinen Eltern hatte ich morgens schon ausgiebig per Videocall gesprochen und dafür aufs Schwimmen verzichtet. Außerdem meldeten sich Nadine, meine alte Chefin, mein Schulfreund Tom, mehrere andere Freundinnen. Ich freute mich, dass so viele Menschen an mich dachten.

Viel schafften Neil und ich an diesem Arbeitstag nicht, aber es störte ihn offenbar nicht besonders, denn ich erwischte ihn mehrfach dabei, wie er auf seinem Handy Minecraft zockte und nebenbei mit jemandem schrieb.

»Bringst du die mit zur Party?«, fragte ich irgendwann, als ich sah, wie er eine erstaunlich große Anzahl an Herz-Emojis verschickte.

Er sah ertappt auf. »Wen?«

Ich lachte laut, und Neil stimmte mit ein.

»Alles Gute für dich, Geburtstagskind!« Marc klang angestrengt fröhlich.

Ich stand gerade vor dem Spiegel in meiner Wohnung und kontrollierte ein letztes Mal mein Outfit und das Make-up. Ich hatte noch knapp eine Viertelstunde, bis die Party losging, und dieser Anruf kam mir sehr gelegen, um die Wartezeit zu überbrücken, denn ich war richtig aufgeregt.

»Danke dir! Lieb, dass du dran gedacht hast.«

»Wie könnte ich das vergessen? Wie geht es dir? Was machst du noch?«

»Ein paar Freunde schmeißen eine Party für mich.« Ich zog am Saum meines schwarzen Kleides. Es war ziemlich kurz für meine Verhältnisse, aber wann, wenn nicht heute?

»Oh, das erinnert mich an was. Letztes Jahr war episch, oder?«

Episch? Ich musste lachen. »Ja, es war cool.«

»Ja, das war es. Gleich wird es bestimmt auch nett.« Ich hörte Marc am Computer tippen. Früher hatte es mich total genervt, dass er sich nicht mal für zwei Minuten auf ein Gespräch konzentrieren konnte. »Kommt Filipe auch?« Ein feiner Sarkasmus hatte sich in seine Stimme geschlichen.

Ich hielt verwundert inne. »Woher …?«

»Deine Mutter hat mir neulich erzählt, dass er zufällig gerade in London ist«, unterbrach er mich. Wieder diese Schärfe in seinem Tonfall. Ich konnte es ihm nicht verdenken. Filipe hatte wie ein Geist über unserer Beziehung geschwebt, obwohl wir kaum über ihn gesprochen hatten. Oder vielleicht gerade deswegen.

»Ah.« Was sollte es, ich hatte in Bezug auf Marc nichts zu verlieren. »Ja, er kommt.«

»Dachte ich mir. Du, es gibt noch etwas, was ich dir sagen wollte, ehe du es von jemand anderem erfährst.« Er klang wieder freundlicher. Ich wusste längst, was nun kam. »Ich bin wieder in einer Beziehung.«

Ich pflückte einen Krümel Wimperntusche von meinem Augenlid. »Wie schön, das freut mich für dich.«

»Du kennst sie.«

O ja, das tat ich. »Ach, echt?«

»Ja, Leonie. Sie hat sich nach unserer Trennung rührend um mich gekümmert, und wir haben festgestellt, dass wir einiges gemeinsam haben. Du weißt, wie es läuft.«

Ja, das wusste ich. Ich wusste es zu genau. »Ich freue mich wirklich für dich.«

»Das ist nett von dir.« Ein paar Sekunden Stille. »Ich wünsche dir viel Spaß bei deiner Party.«

»Lieb von dir, danke schön! Dir einen schönen Abend und noch mal danke, dass du an mich gedacht hast.«

Als wir aufgelegt hatten, betrachtete ich mich erneut im Spiegel. Ich sah ziemlich gut aus, fand ich. Bereit für die Party. Und ich würde mir meine gute Laune nicht von Marc und seinen Sticheleien verderben lassen.

Eine Sache jedoch drehte in meinem Kopf ein paar weitere Runden, während ich noch einmal meine Haare mit Wachs zerzauste und eine letzte Schicht Mascara auflegte. Meine Mutter hatte Marc also erzählt, dass Filipe in London war. Das war wirklich erstaunlich, denn ich hatte ihr gegenüber nichts davon erwähnt.

# 36

**Ich stand draußen in der** Gasse und blickte durch die Scheibe. Unweigerlich musste ich daran denken, wie ich zum ersten Mal hier gestanden und gedacht hatte: Im *Honey & Wood* wimmelt es. So war es auch heute. Das Licht war gedämpft, und trotzdem konnte ich sehen, dass das ganze Café voller Menschen war. Mir wurde ganz warm bei dem Gedanken, dass sie meinetwegen gekommen waren. Voller kribbeliger Vorfreude im Bauch ging ich zum Eingang und klopfte, wie mit Ravi verabredet. Ich hörte ihn rufen, hörte lautes Geraune und Geklapper, dann zog ich die Tür auf und schloss geblendet die Augen. Alle hielten Wunderkerzen in der Hand und sangen *»Happy Birthday, dear Zoé«*. Ich entdeckte Grace im Gedrängel, Neil, Alfie, Stephen, Laurie, Joan, Harriet, weitere Schwimmerinnen, Ravis Schwester Lali, seine Tante, sogar Bina war gekommen. Sie sangen für mich, und beinahe hätte ich vor Rührung angefangen zu weinen.

Ravi stand am Eingang zur Küche und glühte vor Stolz. Er sang am allerlautesten mit seiner dröhnenden Stimme, und am liebsten wäre ich ihm sofort um den Hals gefallen und hätte geheult wie ein Kind. Stattdessen umarmte ich ihn so erwachsen wie möglich und bedankte mich überschwänglich. Er zog mich fest an sich.

Erst als mir alle Gäste gratuliert hatten, sah ich, dass Ravi sämtliche Sitzmöbel weggeräumt, den eckigen Tisch in eine Ecke des Raumes geschoben und eine Vielzahl von Speisen darauf angerichtet hatte. Ich entdeckte Samosas, Pani Puri, Kichererbsenküchlein, verschiedene Spieße, Naan, Roti, Dips, Currys und vieles mehr – es war ein prachtvolles indisches Büfett.

»Deine Tante Mala wäre stolz auf dich«, sagte ich zu Ravi, der davorstand wie vor einem soeben fertiggestellten Kunstwerk.

»Eröffnest du es?«, fragte er mich.

Laurie ging mit Tabletts herum und verteilte Sekt, Mimosas, Mango-Lassi und Orangensaft.

Ich klopfte gegen mein Glas. »Ihr Lieben, ich freue mich so, dass ihr alle hier seid. Was habe ich für ein Glück!« Ich suchte Blickkontakt zu Ravi. »Vor allem mit meinem wunderbaren Vermieter.« Ich hielt mein Glas hoch. »Wir feiern heute meinen Geburtstag, aber ich feiere vor allem dich, Ravi. Wo hast du dich die letzten einunddreißig Jahre versteckt? Hiermit ist es amtlich: Du bist mein *brother from another mother* – und der beste Nachbar der ganzen Welt.«

Alle jubelten und applaudierten.

»Und damit ist das Büfett eröffnet.«

Während die ersten Gäste sich etwas von den Köstlichkeiten nahmen, entdeckte ich Filipe. Er trug ein weißes Hemd, die obersten Knöpfe geöffnet. Sein Lächeln ließ mich sofort wieder strahlen. Wer hätte gedacht, dass ich diesen Geburtstag mit ihm feiern würde? Dass ich überhaupt jemals wieder einen Geburtstag mit ihm feiern würde?

Jetzt kam er auf mich zu und schloss mich in seine starken Arme. Er roch frisch geduscht und so gut, dass ich ihn noch ein wenig fester an mich drückte.

»Happy Birthday!«, sagte er leise.

Um uns herum wurden Teller nach draußen in den Garten getragen, den Ravi zur Feier des Tages aufgeräumt hatte. Alle schnatterten fröhlich durcheinander.

»Danke. Schön, dass du da bist!«

Etwas war heute anders zwischen uns, irgendwie intensiver. Als hätte jemand einen Schalter umgelegt, und plötzlich floss durch eine bereits gekappte Leitung wieder Strom.

»Nimm dir etwas zu essen«, sagte ich und deutete auf den Tisch. »Alles, was Ravi kocht, schmeckt köstlich.«

»Ihr seid euch also doch nicht in allem ähnlich.«

Ich schmunzelte. »Stimmt, diese Gabe besitze ich nicht. Und ein Mann, der kochen kann, ist für mich auch eine ganz neue Erfahrung.«

Filipe knuffte mich lachend in die Seite. Während er sich in der Büfettschlange anstellte, näherte sich schon der nächste Gast, um mich zu begrüßen.

Es war Stephen, der schüchtern lächelnd eine wunderschöne kurvige Frau mit Braids in einem hautengen

Stretchkleid zu mir schob. »Das ist Alana.« Der Stolz in seiner Stimme rührte mich.

Sie hielt mir die Hand hin. »Hi, Zoé. Happy Birthday und danke für die Einladung!«

»Hey, Alana. Ich freue mich so, dich endlich kennenzulernen. Du glaubst nicht, wie viel Stephen von dir spricht.«

Sie schaute sich amüsiert zu ihrem Verlobten um, der verschämt sein Käppi zurechtrückte. Ob er immer schon zu den Guten gezählt hatte?, fragte ich mich. Oder war er ein Draufgänger wie Neil gewesen, bis er in Alana seine Seelenverwandte fand?

Wir quatschten noch ein bisschen über meine Vorschläge für den Blumenschmuck, die ich Stephen geschickt hatte. Dann holten wir uns etwas zu essen und gingen zu Grace, Alfie und seinem Begleiter Jeremiah in den Garten hinaus. Ravi hatte Stühle aufgestellt, Teppiche über die Getränkekisten gelegt, eine Lichterkette aufgehängt und sogar zwei Stehbiertische besorgt. Er stand mit den älteren Schwimmerinnen zusammen, die ihn überschwänglich für das fantastische Essen lobten. Er hatte sich diesmal wahrhaftig selbst übertroffen, alles schmeckte ausgezeichnet.

Neil gesellte sich zu uns. Yon war nicht gekommen. Sie hatte sich offenbar fürs Boxen entschieden. Der Gedanke versetzte mir trotz aller Glücksgefühle einen kleinen Stich.

Nachdem wir ausgiebig gegessen und uns unterhalten hatten, räumte Ravi drinnen das Büfett beiseite und stellte die Musik lauter. Zu meiner Freude tanzte er mit Bina, was auch diesmal eine große Show war. Sie steckten uns alle mit ihrer Energie an. Sogar Harriet wagte ein Tänzchen mit Laurie, als täte ihr heute nichts weh.

Gerade als ich besonders ausgelassen mit Alfie und Jeremiah tanzte, spürte ich einen Luftzug von der Tür. Ich drehte mich im Rhythmus um und sah zu meiner großen Überraschung, dass Arlo meiner Einladung gefolgt war. Mitten in der Bewegung hielt ich inne und ging auf ihn zu.

»Hey, Arlo! Wie schön, dass du gekommen bist.«

Er reichte mir etwas unbeholfen eine Schachtel Pralinen. »Alles Gute zum Geburtstag!«

»Wie lieb von dir, vielen Dank!«

Ich besorgte ihm einen Mimosa und nahm ihn mit in den Garten, wo Ravi sich gerade mit seiner Tante auf Hindi unterhielt. Er hatte nach dem letzten wilden Tanz mit Bina offenbar eine Verschnaufpause gebraucht.

»Ihr kennt euch ja schon«, sagte ich zu Arlo. »Ravi – Arlo. Arlo – Ravi.«

Ravi schnappte sichtbar nach Luft.

»Hast du Hunger, Arlo?«, fragte ich. Dann, an Ravi gewandt: »Meinst du, du könntest ihm etwas warm machen?«

Arlo hob beide Hände. »Nein, bitte nicht, keine Umstände.«

»Doch«, widersprach ich schnell und legte eine

Hand auf Ravis Oberarm. »Ravi macht das gerne, oder?«

Er sah mich panisch an, verschwand dann aber mit Arlo in Richtung Küche.

Schon wenige Minuten später hatte ich die beiden aus den Augen verloren. Genau wie eigentlich alle. Die Musik war einfach zu gut. Und die Mimosas, die Laurie am laufenden Band aus der Küche brachte, waren offenbar stärker, als ich gedacht hatte. Ich tanzte, bis die Haare in meinem Nacken nass geschwitzt waren und das schwarze Kleid an meinem Rücken klebte. Zwischendurch schnappte ich kurz frische Luft im Garten und gestand Alfie, Neil, Stephen und Grace, dass sie meine liebsten Kolleginnen und Kollegen *ever* waren. Ich erzählte Laurie und den anderen Schwimmerinnen, dass die Gespräche mit ihnen im Ladies' Pond mein Leben verändert hatten. Und teilte Ravis Schwester Lali mit, dass sie im Herzen auch meine kleine Schwester sei.

Ich musste lachen, als mir wieder einfiel, wie ich Ravi erzählt hatte, was passierte, wenn ich zu viel trank. Auch ihm wollte ich natürlich unbedingt meine Liebe gestehen, aber ich konnte ihn nirgends entdecken. Arlo unterhielt sich gerade angeregt mit Bina. Die Mimosas hatten auch ihm offenbar die Zunge gelockert. Nach einer Weile begann ich mir Sorgen um Ravi zu machen und ging nach oben, um in seiner Wohnung nach ihm zu sehen.

Die Tür war nur angelehnt. Ich schob sie auf und trat ein. Aus dem Wohnzimmer konnte ich den Fernseher hören. Ich fand Ravi auf seiner neuen Polsterlandschaft im Schein des Fernsehers. Er hatte keine Lampe angemacht.

»Was machst du hier?«, fragte ich verwirrt.

Er wandte den Blick nicht vom Bildschirm ab.

Ich stellte mich zwischen ihn und den Fernseher. »Hey, komm mit runter, das sind auch deine Gäste!«

Er griff nach der Fernbedienung und drückte den Powerknopf. Bis auf das Licht der Straßenlaterne war es jetzt stockdunkel im Zimmer. Vom Café dröhnten die Bässe zu uns herauf.

Ravi stand auf. »Ich akzeptiere, dass du Pflanzen in mein Zimmer stellst und ihnen Namen von Sängerinnen gibst.«

Ich wollte lachen, aber er sah verdammt ernst aus.

»Ich komme damit klar, dass du auf Familienfesten mit meiner Mutter darüber philosophierst, dass ich nicht genug an die frische Luft gehe. Aber, die Wahrheit ist, Zoé …« Er sprach sehr leise, was mir einen Schauer über den Rücken jagte. »Ich wollte eigentlich nichts sagen, weil dein Geburtstag ist. Aber die Sache mit Arlo … Du bist meine Mieterin. Ich mag dich, aber du bist … Ich vermiete dir eine Wohnung. Ich hab dich nicht als Kupplerin gebucht, auch nicht als Raumausstatterin oder als Mediatorin für den Streit mit meiner Cousine. Und weißt du, als was ich dich ganz bestimmt nicht gebucht habe?«

Ich schluckte. Mein freundlicher Ravi hatte so gar nichts Freundliches mehr an sich.

»Als Life-Coach. Ich bin nicht dein Projekt, Zoé. Man kann mich nicht gießen und düngen, damit ich wieder gerade wachse. Hör auf damit! Krieg lieber mal dein eigenes Leben auf die Reihe!«

Er rieb sich über die Stirn, strich sein Hemd glatt und verließ die Wohnung. Ich hörte, wie er die Treppe hinunterging.

Mit offenem Mund sah ich ihm nach. Mist! Ich war zu weit gegangen. Ich hatte es gut gemeint, aber ich war zu weit gegangen.

Als ich wieder ins Café kam, war die Party etwas aus dem Ruder gelaufen. Ich sah Arlo entrückt mit Laurie tanzen, Alana und Stephen in einer Ecke knutschen. Die Gäste hatten begonnen, selbst in die Küche zu gehen und sich Drinks zu mixen. Manche löffelten Reste des Büfetts aus Aluschalen. Alfie kletterte gerade auf den quadratischen Tisch, und obwohl Jeremiah versuchte, ihn davon abzuhalten, entledigte er sich beim Tanzen seines Shirts. Unterstützt von Janet, die mittlerweile ebenfalls eingetroffen war, balancierte Grace ein Tablett mit Schnaps durch die Menge und reichte mir ein Glas. Janet begrüßte mich stürmisch. Sie trug noch ihr schillerndes Bühnen-Make-up und roch nach Tonnen von Haarspray.

Ich trank den Schnaps und ließ mich von ihr auf die Tanzfläche ziehen, aber in Gedanken überlegte ich, wie ich mich mit Ravi versöhnen könnte. Ich hatte schon Yon vergrault, das durfte mir nicht auch noch mit meinem zweiten Freund hier passieren. Düstere Gedanken schoben sich in mein benebeltes Party-Gehirn. Lag es an mir? War ich am Ende das Problem? Zerstörte ich Freundschaften, weil ich zu dominant war, weil ich anderen die Luft zum Atmen nahm, wie Yon es ausgedrückt hatte?

Mir wurde übel, ich brauchte eine Pause.

Plötzlich fühlte ich eine Hand auf meinem Oberarm. Es war Filipe. Er blickte mir tief in die Augen. »Bist du okay?«

Es war nicht wirklich eine Frage, er kannte die Antwort.

»Ich weiß nicht«, sagte ich, und wie auf Kommando kamen mir die Tränen. Ich wandte mich ab. »Bin gleich wieder da!«, rief ich Filipe zu, dann eilte ich hinaus in die Gasse.

Ich wollte nicht vor den anderen heulen, auch wenn es betrunkene Tränen waren. Vielleicht war es besser, wenn ich kurz in meine Wohnung floh, um mich zu fangen. Ich stieg die Treppe hinauf, sperrte die Tür auf und ging ins Bad, um mir das Gesicht zu waschen und die verlaufene Wimperntusche abzutupfen. Das Licht machte ich schnell wieder aus, denn der Blick in den Spiegel war ernüchternd. Im Dunkeln trat ich ans Fenster und sah hinaus auf die Dächer von Hampstead. Auf den Dachziegeln lag noch mein Badeanzug, der längst getrocknet war. Es wird alles wieder gut, sagte ich mir. Die vielen Leute da unten waren meinetwegen hier, so schlimm konnte ich schon nicht sein.

In dem Moment hörte ich ein Klopfen. War das Ravi? Tat ihm leid, was er gesagt hatte?

Ich öffnete die Tür. Doch es war nicht Ravi, sondern Filipe, der davorstand.

»Darf ich reinkommen?«

»Klar.«

Er folgte mir etwas unsicher ins Wohnzimmer. »Hm«, sagte er, »soweit ich das erkennen kann, sieht es hier sehr nach dir aus.«

Ich schluckte die Tränen herunter und holte tief Luft. »Bin ich *too much*, Filipe? Nehme ich anderen die Luft zum Atmen? Sei bitte ehrlich!« Meine Worte klangen genuschelt. Ich war wirklich ziemlich angetrunken. Zu angetrunken für dieses Gespräch. Ich sah die roten Flaggen, sie waren längst gehisst, aber ich war nicht mehr in der Lage, der Gefahr aus dem Weg zu gehen.

Filipe kam einen Schritt näher und schaute mich liebevoll an. »Du bist nicht gerade zurückhaltend, das stimmt. Du forderst viel, aber wer mit dir zusammen sein darf, der bekommt auch viel zurück.« Mondlicht fiel von draußen auf sein ebenmäßiges Gesicht und die Nase mit dem kleinen Knick. »Niemand auf der Welt hat mich jemals so genervt wie du.« Er lachte leise. »Nicht mal meine große Schwester. Aber … ich habe auch nie mit jemandem so viel Spaß gehabt wie mit dir. Ich habe nie mit jemandem mehr gelacht als mit dir.« Ich konnte hören, wie er nach Worten suchte. »Ich glaube, ich habe mich noch nie bei jemandem so geborgen gefühlt. Also …« Seine großen braunen Augen glänzten. »Ja, du bist viel, aber … wer damit nicht umgehen kann, der verpasst etwas.«

Mit einem einzigen großen Schritt war ich bei ihm. Umfasste seinen Kopf sanft mit beiden Händen. Ich stand so dicht vor ihm, dass ich seinen Mimosa-Atem riechen konnte, vermischt mit diesem Geruch, dem ich noch nie hatte widerstehen können. Vorsichtig zog ich ihn zu mir und küsste ihn. Fragend. Als ich mich von ihm löste, sah ich die Überraschung, den inneren Kampf in Filipes Gesicht. Und dann gaben wir beide auf. Wir küssten uns wie Ertrinkende. Es fühlte sich genauso an wie in meiner Erinnerung. Zu schön, um wahr zu sein.

Über ein Jahr Trauerarbeit, über ein Jahr, um von diesem Mann loszukommen. Und jetzt reichte ein einziger Kuss, und ich war wieder verloren, von einem Moment auf den nächsten. Das war es, was mir gefehlt hatte mit Marc, mit jedem anderen zuvor. Dieser Orkan in mir, diese unfassbare Wucht. Zu hell, zu bunt, zu viel.

Ich fuhr mit den Händen durch Filipes weiche Haare, ich schob meine Finger unter sein Hemd und streichelte seine zarte Haut, fühlte seine Rippen, seinen Bauch, seine Schultern, als müsste ich kontrollieren, dass noch alles da war. Er machte es genauso. Er tastete mich ab, er schnupperte an mir, er zog mich mit sich aufs Sofa, als könnte auch er nicht fassen, dass ich echt war.

Keine Ahnung, ob es Stunden oder Minuten dauerte, aber ich vergaß alles um mich herum. Meinen Geburtstag, meine Party, meine Gäste. Ich sah und spürte nur noch Filipe, seine Haut auf meiner, unsere atemlosen Küsse.

Bis ich schließlich auf ihm lag, schwer atmend, meine Wange auf seiner Brust.

Wie lange hatte ich mir genau das gewünscht! Ich hatte es mir nur nie eingestanden. Ich hatte so sehr versucht, es zu verdrängen. Aber insgeheim hatte ich mich jeden Tag danach gesehnt, Filipe noch einmal so nah zu sein. Mich noch einmal so zu fühlen wie in diesem Moment. Ich hatte mich oft gefragt, ob dieses Gefühl es wert war. Ob es besser war, so intensiv zu empfinden und danach zu leiden – oder es gar nicht erst zuzulassen.

Filipe atmete schwer. Er strich sanft über meinen nackten Rücken. Ich musste daran denken, dass er für mich da gewesen war in den vergangenen Wochen. Dass er der Einzige gewesen war, mit dem ich über Dawn sprechen konnte. Dass er immer sofort zur Stelle gewesen war, wenn ich ihn brauchte. Dass er in jener Vollmondnacht besorgt zum Pond geeilt war. Dass ich all das wiederentdeckt hatte, was ich immer an ihm geliebt hatte. Waren wir am Ende doch viel mehr, als ich mir eingestand?

*Können Menschen sich ändern?*, hatte Filipe gefragt. Hatte er sich etwa geändert? War er nicht mehr der Mann, der mich belogen und betrogen hatte? Erkannte er mittlerweile, was er dadurch verloren hatte? Die einzige Frau, mit der er offen über seine Familie reden konnte. Bei der er sich geborgen fühlte.

Ich war so benebelt von den Drinks, von uns beiden und meinem eigenen Herzklopfen, dass ich ihn eintrat, den Schutzwall, den ich mir ein Jahr lang aufgebaut hatte. Fast glaubte ich, ihn polternd zusammenstürzen zu hören. Einen Moment lang spürte ich diesem Gefühl nach, bis der Staub sich etwas legte. Dann hob ich den Kopf, sah Filipe fest in die Augen und sagte: »Ich glaube, ich liebe dich noch.«

# 37

Filipe hielt die Luft an, ich merkte es genau. Und dann setzte er sich auf, auf meinem Sofa im Mondschein, als hätte mein Satz ihn wachgerüttelt. Ich rutschte dabei von seinem warmen Oberkörper, setzte mich ebenfalls auf, unbeholfen, schwindelig.

Er schüttelte leicht den Kopf. »Ich glaube, ich kann das so nicht.«

Er hätte genauso gut ein Messer aus der Küche holen und es mir in die Brust rammen können.

Ich zog ein Kissen zu mir heran. Von einer Sekunde auf die andere fühlte sich mein Nacktsein falsch an. »Wie konnte ich nur so naiv sein?«, flüsterte ich, mehr zu mir selbst.

»Es tut mir leid, ich hab … ich hab mich mitreißen lassen.« Filipe rieb sich fahrig übers Gesicht.

»Nicht dein Ernst.« Ich legte die Stirn auf das Kissen in meinen Händen.

»Du hast neulich gesagt, dass du mir verzeihst, weißt du noch?« Er legte mir eine Hand auf die Schulter, aber ich schüttelte sie ab.

Dann angelte ich erfolglos nach meinem BH, der über Mariah hing.

»Zoé, hör mir doch mal zu.«

Mir wurde übel. Er musste hier raus, er musste weg.

»Zoé!« Filipe klang verzweifelt. »Lass es mich dir erklären. Ich fürchte, ich kann dir nicht so einfach verzeihen.«

Jetzt hatte er meine Aufmerksamkeit. »Du mir?« Meine Stimme klang schrill. »Du hast Nerven! Du hast mir das Herz gebrochen, erinnerst du dich?«

Etwas in seinem Ausdruck wurde hart. »Es ist vermutlich einfach, das so zu sehen.«

»Weil es so war.« Ich schob das Kissen von mir und stand auf. »Du hast alles kaputtgemacht. Und nun geh bitte! Meine Gäste warten auf mich.«

Er sah mich einen Moment fassungslos an, dann suchte er seine Sachen zusammen und zog sich an. Ich hielt es nicht aus, ihm dabei zuzusehen. Aus einer Übersprungshandlung heraus nahm ich die Gießkanne und goss meine Pflanzen, nackt, wie ich war. Gleich wäre er weg, gleich hätte ich es geschafft.

Filipe, inzwischen vollständig bekleidet, wandte sich zum Gehen. An der Tür drehte er sich noch einmal zu mir um. »Vielleicht bist du wirklich eine Hexe«, hörte ich ihn sagen. Und dann war er weg.

Sekunden später stürzte ich ins Bad und übergab mich. Danach stellte ich mich unter die kalte Dusche.

Erst als ich mich abgetrocknet, mir die Zähne geputzt und meinen Schlafanzug angezogen hatte, fiel mir auf, dass von unten noch immer die Bässe heraufdröhnten. War meine Party etwa noch in vollem

Gang? Ich überlegte gerade, ob ich wieder runtergehen sollte, als die Musik ausgestellt wurde. Ich hörte Stimmen und Geschirrklappern aus der Küche. Ohne Licht zu machen, trat ich ans Fenster und sah hinunter auf die Gasse. Vor der Schneiderei standen Grace, Janet, Stephen, Alana, Jeremiah und Alfie, alle Arm in Arm. Neil war offensichtlich schon früher gegangen. Die anderen schwankten ganz schön. Nur Jeremiah wirkte noch halbwegs nüchtern. Er tippte auf seinem Handy herum, vermutlich rief er ein Taxi. Dann brachen alle gemeinsam auf.

Ich muss nach Ravi sehen, dachte ich. Das kann nicht bis morgen warten. Ich schlüpfte in meine Badelatschen und eilte im Schlafanzug die Treppe hinunter. In der Gasse war niemand mehr. Ich schaute durch die Scheibe des *Honey & Wood*. Drinnen sammelte Bina mit einem Tablett die Gläser ein.

»Himmel!«, entfuhr es mir, als ich das Café betrat.

Bina hob den Kopf. »Yup, hier sieht es wüst aus.« Überall standen halb volle Getränke, benutztes Geschirr, Flaschen. In einer Ecke lag ein Beutel, in einer anderen eine Jacke. Der Boden klebte.

»Wo ist Ravi?«

Bina lief in die Küche und begann, die Gläser in die Spülmaschine einzuräumen. »Ich glaube, schon im Bett. Hab ihn seit etwa einer Stunde nicht mehr gesehen. Er war so voll, dass er nicht mehr stehen konnte.«

»Aber das Café muss doch morgen …«

»Morgen schläft Ravi seinen Kater aus«, antwortete sie.

Sie reichte mir ein Tablett. Und dann räumten wir zusammen auf. Sammelten alles ein, was rumstand. Warfen Essensreste weg, fegten Scherben zusammen, wischten über den Tisch, die Fensterbank und den klebrigen Boden. Nach und nach wurde ich wieder nüchtern.

Irgendwann sah es tatsächlich fast wieder so aus wie immer. Nur in der Küche herrschte noch Chaos, weil nicht alles in die Spülmaschine gepasst hatte. Auch deswegen war es wohl besser, wenn das Café morgen geschlossen blieb. Vor allem, wenn Ravi wirklich so betrunken gewesen war, wie Bina sagte.

Sie hängte ein Schild mit dem Schriftzug *Heute Ruhetag* in die Tür und reichte mir einen Schlüssel. »Falls du morgen früh die Küche weiter aufräumen willst. Ich mach mich dann mal auf ins Bett.«

Ich betrachtete sie. Ihre langen schwarzen Haare waren hier und da verknotet vom wilden Tanzen. »Hat dein Ex-Mann die Kinder?«

Sie holte ihr Stirnband aus der Hosentasche und nickte. »Ja. Es war echt lustig, vielen Dank für die Einladung.«

»Ich danke dir, dass du gekommen bist. Ravi hat sich richtig gefreut, glaube ich.«

Sie machte sich mit dem Stirnband einen Dutt. »Die Wohnung ist übrigens toll geworden, Respekt. So könnte ich mir fast vorstellen, hier einzuziehen.«

»Ravi sieht das anders, fürchte ich.« Mir fiel ein, was Lali gesagt hatte. Dass Bina und Ravi davon ausgegangen waren, das Haus zusammen zu erben. »Wo wohnst du eigentlich?«

»Ach, ich bin nach der Trennung von meinem Mann weit rausgezogen, ging nicht anders bei den Mieten.«

Was für eine Entlastung es für sie bedeutet hätte, hier wohnen zu können. »Kommst du jetzt noch dorthin?«

Sie deutete mit dem Kopf nach oben. »Ne, Ravi hat mir ne Matratze bezogen. Hab morgen die Mittelschicht, muss also nicht allzu früh raus. Ich hab ewig nicht hier übernachtet, aber früher waren Ravi und ich oft übers Wochenende bei unserer Tante.« Sie klang wehmütig.

»Schön, dass du mal wieder da bist.«

»Ja, vor allem, weil es nun so gemütlich ist oben.«

Ich wollte mit ihr lachen, aber es gelang mir nicht.

Bina sah mich einen Moment nachdenklich an. »Ravi ist der beste Freund, den man sich wünschen kann. Aber wenn man ihn einmal gegen sich aufgebracht hat, muss man ihm Zeit lassen. Er wird dir verzeihen.«

»Hast du gerade vor dir gesehen, wie Ravi und ich uns in naher Zukunft in den Armen liegen?«

Sie lächelte sanft. »Nein, aber ich spreche aus Erfahrung.«

»Du?«

»Ja, ich hab ihn damals ganz schön im Stich gelassen, weil ich so gekränkt war wegen der Erbsache. Dabei hätte er mich nach der Trennung von Jack echt gebraucht, das hab ich lange nicht kapiert. Erst jetzt nähern Ravi und ich uns langsam wieder an. Bei dir wird es schneller gehen, du weißt ja schon, was du falsch gemacht hast.«

Ein tiefer Seufzer entfuhr mir. »Ich hoffe sehr, du hast recht. Gerade habe ich das Gefühl, alles, was ich mir aufgebaut habe, stürzt um mich herum zusammen.«

Bina nickte wissend. »Das Gute ist, dass du es mit deinen eigenen Händen wieder aufbauen kannst.«

»Ich weiß nicht. Ich hab heute richtig Mist gebaut.« Beinahe kamen mir wieder die Tränen, aber ich unterdrückte sie.

»Manche Dinge sind nicht so, wie sie auf den ersten Blick scheinen.«

O Mann, wir waren wieder bei den Kalendersprüchen angelangt.

»Es liegt alles in deiner Hand, ich sehe es ganz klar vor mir.« Bina lächelte wieder sanft. »Aber was mache ich hier? Ich bin nicht im Dienst. Gute Nacht!«

»Gute Nacht!«

Bina holte ihre Tasche und ging. Ich blieb noch einen Moment im Café stehen und lauschte ihren Schritten im Treppenhaus. Was für ein Abend! Er hatte so gut begonnen. Ich entdeckte noch ein Glas in einer Ecke und stellte es neben die Spüle.

Da hörte ich es. Ein leises Schnarchen. Ich folgte

dem Geräusch in den hinteren Teil der Küche. Vor der Personaltoilette hingen ein paar Schürzen an Holzhaken. Und auf der Bank darunter lag Ravi und schlief.

Ich musste lachen.

Wie hatte er im Park zu mir gesagt, bei unserem ersten Picknick? *Wir sprechen uns noch mal, wenn du mich unter einer Garderobe aufgesammelt hast.*

Ich kniete mich vor ihn und rüttelte sanft an seiner Schulter. »Ravi?«

Er grunzte im Schlaf.

»Damit wäre es bewiesen«, sagte ich leise. »Du liegst volltrunken unter einer Garderobe, und ich habe heute mindestens einem Mann zu viel meine Liebe gestanden. Vielleicht sollten wir beide nichts mehr trinken?«

Ein lauter Schnarcher. Bina schlich bestimmt gerade leise durch Ravis dunkles Zimmer und bemerkte gar nicht, dass seine Matratze hinter dem Vorhang leer war.

»Ach, Ravi.« Ich wischte ihm eine wilde Haarsträhne von der Stirn. »Ich hätte lieber dir meine Liebe gestehen sollen. Denn: Ich liebe dich, das ist die Wahrheit. Du bist der netteste Mensch, den ich kenne. Niemals hat jemand mich so freundlich behandelt wie du. Und damit meine ich nicht nur dein Essen. Ich glaube, du bist der beste Freund, den ich je hatte. Und ich werde dich nicht in Ruhe lassen, bloß weil du mich anstrengend findest, das kannst du dir abschminken. Mich hast du an der Backe.«

Einige Minuten sah ich Ravi noch beim Schlafen und Schnarchen zu, dann stand ich auf. Es war zwecklos, ich musste ihn hier liegen lassen. Früher oder später würde er schon wieder aufwachen. Gerade als ich gehen wollte, bewegte er sich. Sein Arm rutschte von der Bank. Dadurch konnte ich sehen, dass sein Hemd voller Flecken war. Er kam mir vor wie ein Kindergartenkind, an dessen Sweatshirt man ablesen konnte, was es im Kindergarten zu essen gegeben hatte. Ravis Hemd erzählte die Geschichte einer wilden Nacht. Ich konnte Rotweinflecken erkennen, Mimosa-Spritzer, etwas Curry, einen Diprest, an dem noch Roti-Krümel klebten.

Dann entdeckte ich noch etwas, halb unter seinem anderen Arm versteckt. Zunächst dachte ich, ich hätte mich verguckt. Ich beugte mich tiefer. Nein, ich hatte mich nicht vertan: Aus Ravis Brusttasche ragte wirklich ein kleiner Zettel, offensichtlich aus einem linierten Notizbuch herausgerissen. Darauf stand *Call me*. Neben einer Telefonnummer. Und ganz klein darunter, so klein, dass ich es kaum entziffern konnte: *Arlo.*

Oben in meiner dunklen Wohnung trank ich ein großes Glas Wasser. Ich wollte gerade ins Bett gehen, als es klingelte. Seit ich in London wohnte, hatte es noch nie an meiner Tür geklingelt, fiel mir auf. Ich hatte noch nie Besuch in dieser Wohnung empfangen bis auf Ravi, der ab und an Essen vorbeibrachte und dann darauf bestand, dass wir es gemeinsam in seiner Höhle aßen und dabei *Love Island* schauten. Und Filipe. Aber das konnte man wohl kaum Besuch nennen. Bei dem Gedanken daran wurde mir sofort wieder übel.

Ich schlurfte zur Tür und fragte mich, ob es Bina war, die Ravi suchte. Kurz durchzuckte mich der Gedanke, es könnte Filipe sein. Filipe, der doch noch etwas geraderücken, doch noch mal mit mir reden, sich entschuldigen wollte. Was sollte ich tun, wenn er es war?

Ich suchte nach dem Türöffner, fand ihn, drückte darauf. Es surrte. Schritte auf der Treppe. Ich schaute im Dunkeln noch schnell in den Spiegel. Schlafanzug, zerzauste Haare, blasse Haut, Reste von Wimperntusche unter den Augen. Es war zu spät, um etwas daran zu ändern. Einmal durchatmen, Brust raus, öffnen.

Vor der Tür stand Yon. Sie hatte gerötete Wangen und schnaufte. »Ich bin zu spät.«

Ich musste lachen. »Ein wenig.«

Sie zog etwas aus ihrer Hosentasche und ließ es vor meinen Augen baumeln. Eine Kette mit einem Anhänger. »Ein Mondstein«, erklärte sie. »Damit du besser schlafen kannst, wie die Wahrsagerin es dir empfohlen hat.«

Und dann fing sie an zu weinen.

# 38

Ich nahm Yon in den Arm, zog sie in die Wohnung, rauf auf mein Sofa, wo sie hemmungslos weiterweinte. In meine Schulter, die Taschentücher, die ich ihr reichte, den Ärmel ihres Sweatshirts. Ihr Geschenk hielt sie dabei immer noch zitternd in der Hand, bis ich es ihr abnahm und mir ansah. Es war eine filigrane Silberkette, der Anhänger hatte eine runde Fassung, darin war ein milchig weißer Stein.

»Sie ist wunderschön, vielen Dank!« Ich hängte mir die Kette um.

»Sie … Sie … Du … musst … sie … auch … nachts … tragen … meinte … die … Verkäuferin.« Sie machte nach jedem Wort eine Pause und schniefte heftig.

»Das ist wirklich lieb von dir.« Ich zog Yon wieder in meine Arme, und nach und nach atmete sie etwas ruhiger. »Wie war's beim Boxen?«

Das war offensichtlich die falsche Frage, denn sie fing sofort wieder an zu schluchzen.

Ich strich über ihr weiches Haar. »Was ist passiert? So langsam machst du mir Angst.«

»Ich … war … nicht … boxen.«

»Es ist wegen ihm, oder? Du weinst seinetwegen?«

Sie nickte heftig, beide Hände vors Gesicht geschlagen.

Mir wurde ganz flau im Magen. »War er … War er nicht gut zu dir? Hat er irgendetwas gemacht, was nicht okay war, Yon?«

Sie nahm die Hände vom Gesicht, das tränenüberströmt war. Ich reichte ihr ein frisches Taschentuch, und sie schniefte hinein. Es dauerte einen Moment, bis sie wieder sprechen konnte.

»Er hat nichts gemacht, das ist es ja. Er ist wundervoll. Vorhin hab ich Schluss gemacht.«

»O nein, das tut mir leid! Warum?«

»Ich wollte dir davon erzählen, von Anfang an. Aber ich hab mich so geschämt. Ich hab groß rumgetönt, dass es in London nur um mich gehen wird, kein Drama mehr. Und dann verliebe ich mich gleich in meinen ersten Tagen hier.«

»Du bist verliebt?«

Sie sah auf das zerknüllte Taschentuch in ihren geballten Händen. »Weißt du noch, dass ich dir erzählt habe, meine Therapeutin würde behaupten, ich sei bindungsgestört? Weil ich mich immer ganz doll verliebe und dann – puff«, sie ließ ihre Fäuste aufspringen, »alles wieder vorbei ist?«

»Ich erinnere mich.«

»Diesmal war es anders. Es fühlt sich gut an, gesund, das ist ja das Schlimme.«

»Gesund klingt doch gut.« Ich hatte noch immer

kein Licht angemacht, nur der Mond schien durch die Fenster herein.

»Aber doch nicht bei der Arbeit! Was würde Grace sagen? Es ist mir verdammt wichtig, ernst genommen zu werden. Dies ist *mein* Jahr, meine große Chance! Die kann ich doch nicht einfach versauen wegen irgendeinem Typen.«

»Was sagt er denn dazu?«

Sie warf ihren Zopf mit Wucht zurück. »Er versteht das nicht. Er sagt, es ist ihm wirklich ernst mit mir und dass wir das hinkriegen. Er war so fertig gerade.«

»Ich hab euch ja gesehen, er kann echt nicht die Finger von dir lassen. Es tut mir immer noch leid, dass ich dich nicht direkt darauf angesprochen hab.«

»Du hast uns gesehen?« Yon riss die rot geheulten Augen auf. »Hinter dem Pub? Oder bei Grace' Party? Ich hab gedacht, wir wären total vorsichtig gewesen.«

»Bei Grace war er auch? Nein, ich meinte vor der Eisdiele in Chelsea, als du nicht auf meine Nachrichten reagiert hast.«

Ich konnte trotz der spärlichen Beleuchtung sehen, wie sich in Yons Gesicht ganz langsam die Puzzleteile zusammenfügten. Sie verzog das Gesicht. »Moment mal. Von wem sprichst du?«

»Na, von Jeff Heinzmann. Wie er dir mitten auf der Straße die Hand unters Jackett geschoben und über deinen Rücken gestreichelt hat.«

Sie lachte auf, ein kurzes, hysterisches Lachen. »Ich spreche doch nicht von Heinzmann!« Sie klang viel zu laut und schrill für diese Uhrzeit. »Ich spreche von Neil.«

Es dauerte ein paar Minuten, bis das, was Yon gesagt hatte, zu mir durchdrang. Sie sprach von *Neil*? Yon war verliebt in … Neil?

Ich starrte sie fassungslos an. »Neil? Du meinst unseren Kollegen Neil?«

»Ja.« Yon wischte sich über die Wangen.

»Seit wann?«

»Eigentlich vom ersten Tag an.« Sie tupfte sich mit dem Taschentuch die Augen ab. »Wir mochten uns auf Anhieb, ich kann es nicht erklären. Er hat mich zum Lachen gebracht, und dann … dann ist es einfach so passiert.«

»Wann? Was ist passiert?«

»Beim ersten Pub-Abend.«

Ich erinnerte mich daran, dass Yon nach ihrem Toilettengang plötzlich verschwunden war. »Aber Neil ist länger geblieben, der war doch noch bei uns.«

»Ja, schon. Ich bin abgehauen, weil ich gemerkt habe, dass sonst was zwischen uns passiert, das wurde mir zu heiß. Als er dann ging, hat er mich angerufen. Wir haben drei Stunden telefoniert.« Wieder schloss sie die Hand fest um das Taschentuch. Mir fiel auf, dass sie unseren Ring am kleinen Finger trug. »Ich wollte so gern mit dir darüber sprechen, glaub mir. Aber … ich hab mich so geschämt. Was für einen Eindruck macht es, wenn ich sofort etwas mit einem Kollegen anfange?

Noch dazu mit Neil! Wir haben uns doch ständig darüber lustig gemacht, was er für ein Aufreißer ist. Ich dachte, wenn das rauskommt, halten mich alle für billig, für naiv, was auch immer.«

»Ist er das nicht?«

»Was?«

»Ein Aufreißer?«

Yons Blick bekam etwas Weiches. »Nein. Nein, er ist wundervoll. Er ist liebevoll und zärtlich und aufmerksam. Er behandelt mich so gut, wie mich noch nie ein Mann behandelt hat. Ich weiß, es klingt komisch, du kannst es dir bestimmt nicht vorstellen.«

»Doch. Doch, ehrlich gesagt schon. Seit ich mit ihm im Team arbeite, sehe ich ihn mit anderen Augen.«

»Wirklich? Es ist ihm ernst mit mir, weißt du? Er will mit mir nach Korea fliegen, meine Eltern davon überzeugen, dass er als Nicht-Koreaner gut genug für ihre Tochter ist, als ob das jemals möglich wäre. Und weißt du, was das Allerschlimmste ist?«

»Nein. Was denn?«

»Es geht mir nicht mal zu schnell. Er ist der Erste, bei dem ich einfach ich selbst bin. Es wäre alles perfekt, wäre da nicht die Sache, dass wir zusammen arbeiten und ich die Praktikantin in seinem Team bin.« Eine einzelne dicke Träne lief über ihre Wange.

Ich wischte sie behutsam weg. »Aber was … was ist mit Heinzmann?«

Sie machte eine wegwerfende Handbewegung. »Ach, der.«

»Warum hat er dich angefasst?«

»Was weiß ich, der baggert vermutlich an jeder rum. Bella hat mich anfangs gewarnt, dass er auf Asiatinnen steht.«

»Also hat er doch versucht, bei dir zu landen?«

»Ach. Ja, schon. Er hat gesagt, er will mich fördern, er sieht was in mir, deswegen wolle er mich allein sein Haus einrichten lassen. Und am Ende wollte er mir natürlich an die Wäsche.«

Ich riss die Augen auf. »Dieses miese Arschloch! Ich wusste es. Yon, das geht nicht, darüber müssen wir mit Grace sprechen. So ein Widerling!«

Sie verzog angesäuert den Mund. »Du unterschätzt mich. Ich hab das geregelt.«

»Aber … Aber was war an dem Tag, als ich euch beobachtet habe? Da hat er dich angefasst, ich hab es gesehen!«

»Da wollte er mich einem Investor vorstellen, wegen meiner Streetstyle-Ideen.«

»Deswegen hast du dich so rausgeputzt?«

»Ja, genau, Heinzmann hatte mir dazu geraten. Er meinte, ich soll mich richtig schick machen, dann würde der Investor mich ernster nehmen. War natürlich alles nur sexistischer Bullshit. Wir waren Mittagessen, saßen schon am Tisch, als der ominöse Investor angeblich eine Nachricht geschickt und kurzfristig abgesagt hat. Heinzmann wollte mir danach unbedingt noch etwas auf der Baustelle zeigen, und auf dem Weg dahin hat er uns das Eis gekauft.«

»Und dabei hat der Scheißkerl dich angefasst!«

»Genau, aber nur das eine Mal. Einmal zu viel, ich weiß. Ich hab ihm gesagt, beim nächsten Mal verklage ich ihn wegen sexueller Belästigung. Ich hab lange überlegt, ob ich das Projekt abgeben soll, aber ich wollte vor Grace nicht dastehen wie eine, die leicht aufgibt. Also habe ich Heinzmann Bedingungen gestellt. Dass ich nur noch mit seiner Assistentin kommunizieren und Termine mit ihm ausschließlich im Beisein von Grace wahrnehmen werde.«

»Du bist der Hammer! Gut gemacht. Hält er sich daran?«

»Keine Sorge, er hält sich an alle Vorgaben und lässt mich seitdem in Ruhe. Ich bespreche alles mit Bella, und er nickt die Sachen im Nachhinein ab. Ich habe ihn nur noch das eine Mal gesehen, als Grace dabei war. Es war mir wichtig, dass ich das allein schaffe, verstehst du das? Ich habe schon mal in England gelebt, während meiner Internatszeit. Glaub mir, ich erkenne Männer, die Ostasiatinnen als Sexobjekte diskriminieren. So wie er. Ich hab es schon bei unserem ersten Treffen bemerkt.«

Deswegen war sie bei jenem ersten Termin so verschreckt, dachte ich, und schämte mich einmal mehr für mein Verhalten.

»Ich musste diese Grenzen für mich allein ziehen«, fuhr sie fort. »Mir beweisen, dass ich mich gegen diesen rassistischen Scheiß wehren kann, dass ich kein Opfer bin, sondern stark und erwachsen.«

»Ich weiß, dass du das bist.«

Sie presste die Lippen aufeinander. »Das ist lieb, allerdings war ich mir da nicht so sicher. Aber ich hab es hinbekommen. Ich hab ihm die Stirn geboten.«

»Ich finde trotzdem, dass er damit nicht so einfach durchkommen darf.«

»Bitte, Zoé, ich hab das hinter mir gelassen. Ich benutze ihn und seinen Kackpalast jetzt, um Grace zu beweisen, was ich draufhabe. Ich weiß, dass keine Praktikantin je in der Agentur geblieben ist – aber was, wenn ich es doch schaffe? Wenn ich unverzichtbar für Grace bin? Was, wenn ich einfach hierbleiben darf, wenn ich nicht zurück nach Korea muss, sondern hier leben kann, ohne die Erwartungen meiner Eltern erfüllen zu müssen?«

Ich dachte einen Moment nach. Für Yon ging es um sehr viel mehr als für mich. Deswegen hatte sie sich mir gegenüber so verhalten.

Und dann verstand ich noch etwas. »Darum wusste Neil Bescheid. Du hast ihm gesagt, Grace hätte mich von dem Projekt abgezogen.«

»Ja, natürlich. Ich hab den Fehler gemacht, Neil anfangs von Heinzmanns Flirtversuchen zu erzählen. Er ist total ausgeflippt, ich konnte ihn nur mit Mühe und Not davon abhalten, sich einzumischen. Deswegen war ich auch so sauer auf dich, als du ihm gegenüber angedeutet hast, dass du mich mit Heinzmann gesehen hast. Weißt du, was für einen Stress ich danach mit Neil hatte?«

»Verstehe, das tut mir leid.« Ich lehnte mich in meinem Sofa zurück, mit einem Mal sehr müde. »Ich bin so froh, dass du dich mir endlich anvertraut hast.«

Sie ließ sich ebenfalls zurücksinken und legte ihren Kopf auf meine Schulter. »Ich auch. Ich war nicht besonders nett zu dir, glaube ich.«

»Es war alles ein großes Missverständnis.« Ich lehnte meinen Kopf an ihren. »Aber was machen wir denn nur wegen Neil?«

»Wenn ich das bloß wüsste.«

»Wir überlegen uns einen richtig guten Plan, wenn wir ausgeschlafen sind, okay?«

Sie gähnte. »Okay.«

Eine Zeit lang schwiegen wir. Ab und an entfuhr Yon ein kleiner Schluchzer. Ich musste wieder an Heinzmann denken und an seine Hand unter ihrem Jackett. Sie hatte sich offenbar erfolgreich gewehrt, aber mir war immer noch mulmig bei der Sache. Mein Bauchgefühl bei dem Kerl hatte mich also nicht getäuscht.

»Sag mal, Yon, deine Kleidung … Ziehst du auch deswegen immer so weite Klamotten an, damit du weniger angeglotzt und angesprochen wirst?«

Sie überlegte einen Moment. »Das hat auch Stylinggründe, es gefällt mir halt so. Aber ja, es hat sich als praktisch erwiesen, leider. Auch das sind Erfahrungswerte aus meiner Internatszeit. Bloß keine Angriffsfläche bieten als kleine süße Asiatin, das hab ich früh gelernt. Sonst heißt es schnell, wir wären ja ohnehin leicht zu haben. Meine Kleidung ist leider auch ein

Schutzschild gegen den ganz normalen Alltagsrassismus und -sexismus.«

»Das ist furchtbar, Yon! Wenn man einmal belästigt wurde, vergisst man das nie.«

Sie sah mich erstaunt an. »Ist dir so was etwa auch schon mal passiert?«

»Ich bin mit zwölf in einer Regionalbahn von ein paar Typen bedrängt worden. In derselben Woche habe ich mir die langen Haare abgeschnitten. Ich hab sie nie wieder wachsen lassen. Mein Style ist am Ende genauso ein Schutzschild wie deiner.«

»Ich mag dich, so wie du bist.«

»Ich mag dich auch, so wie du bist. Genau deswegen bin ich froh, dass wir endlich über alles sprechen. Ich habe das damals viel zu lange allein mit mir herumgetragen. Hilfe anzunehmen hat nichts mit Schwachsein zu tun. Im Gegenteil. Zusammen sind wir einfach nur noch stärker, als wir es ohnehin schon sind.«

Sie kuschelte sich enger an mich. »Danke, dass du mich nicht verurteilst.« Ihre Stimme klang bettschwer.

Ich schnaubte leise. »Wie könnte ich? Und wofür? Ausgerechnet ich. Ich habe mich vorhin in die Arme des Mannes gestürzt, den ich nie wieder in meine Nähe lassen wollte.«

Yon reagierte nicht. Ihr Atem ging gleichmäßig. Sie war ganz offensichtlich eingeschlafen.

# 39

Im Morgengrauen erwachte ich. Yon lag eingerollt neben mir auf dem Sofa und schlief tief und fest. Meine rechte Hand kribbelte. Ich traute mich kaum, den Kopf zu heben. Als ich es doch tat, war der Schwindel weniger schlimm als befürchtet. Schlimm hingegen waren die Gefühle, die auf mich einströmten. Ich versuchte, sie wegzuschieben, wollte nicht mal daran denken, was gestern mit Filipe geschehen war.

Mein Blick fiel auf Yon. Ich war so froh, dass sie hier war, dass wir uns ausgesprochen hatten. Gemeinsam würden wir schon eine Lösung für ihr Neil-Problem finden.

Ich stand auf und ging ans Fenster. Pflückte meinen Badeanzug von den Dachziegeln. Suchte meinen Rucksack, warf mir ein Kleid und eine Jacke über, schrieb Yon einen Zettel und schlich hinaus. Im Café stellte ich die Spülmaschine an und sah nach Ravi, aber er war nicht mehr da. Er hatte es offenbar in der Nacht doch noch in sein Bett geschafft.

Ich trat hinaus in die Morgendämmerung. Noch war das Licht matt und ließ die kleinen Gassen von Hampstead unscharf erscheinen, wie weichgezeichnet. Noch schliefen die Menschen hinter den lackierten Holzjalousien und schweren Leinenvorhängen. Ich lief die Platanenallee entlang und hinauf bis zum höchsten Punkt des Heath. Die Sonne ging gerade über Londons Skyline auf. Ich stand da oben, suchte nach der Kuppel der St Paul's Cathedral, nach dem oberen Ende des London Eye. Was alles geschehen war, seit ich in meine Traumstadt gezogen war! Vor allem in mir.

Nicht alles war gut gewesen. Beruflich war ich zum ersten Mal an Grenzen gestoßen. Yon war ich keine besonders gute Freundin gewesen. Und der Versuch, mich mit Filipe zu versöhnen, meinen Frieden mit uns zu machen, war kläglich gescheitert. Und trotzdem wurde mir in diesem Moment etwas bewusst: Mein Glück hatte mich gar nicht verlassen. Zu keinem Zeitpunkt. Diese scheinbaren Unglücksfälle hatten mich hierhergebracht. Auf diesen Hügel über London, mit einem Rest Partyrauschen in mir. Mein Scheitern gehörte nun zu mir, es war ein Teil von mir, genau wie die Sonnenschein-Zoé, das Energiebündel, der Glückspilz. Ich hatte das Privileg, Dinge zu erleben, die mich weiterbrachten, mich wachsen ließen, mich zu einem vollständigeren Menschen machten. Auch damit hatte Bina am Ende recht gehabt: Ich musste lernen, alle meine Seiten zu akzeptieren, auch die weniger hellen und fröhlichen. Die Zoé, die Fehler machte.

Ich lief die Wiese hinunter, die so nass war, dass der Saum meines Kleides sich dunkel färbte. Vor dem Tor blieb ich stehen, schloss es auf, roch den erdigen

Geruch des Ponds und bemerkte, wie meine Kopfschmerzen sich auflösten. Augenblicklich, nur durch diesen Geruch.

Auf halber Strecke zum Steg hörte ich ein Geräusch. Zunächst dachte ich, es wären zwei streitende Blässhühner. Doch dieses Plätschern klang anders. Ich schaute zur Wiese, zur Bank – zu Dawns Bank – und traute meinen Augen kaum: Darauf lag ein säuberlich gefaltetes Häufchen Kleidung. Vor Erleichterung wurde mir ganz warm. Ich zog mich um, so schnell ich konnte. Legte meinen Kleiderstapel mit etwas Abstand neben den anderen auf die Bank. Und ging barfuß über den glitschig feuchten Boden bis zum Steg.

Da schwamm sie. Mit gemächlichen Bewegungen teilte sie die Wasseroberfläche. Zug um Zug. Ich setzte einen Fuß auf die Leiter. Sie wandte mir das Gesicht zu. Und lächelte. Ich stieg die Sprossen hinunter in den Pond, als wäre das Wasser nicht kalt, als hätte ich keine Gänsehaut am ganzen Körper, und schwamm auf sie zu.

»Guten Morgen«, sagte ich leise.

»Guten Morgen«, antwortete Leslie.

Wir drehten mehrere Runden, bis sie anfing zu sprechen. Es fiel mir schwer, nicht direkt loszuplappern, ihr nicht tausend Fragen zu stellen, aber ich spürte instinktiv, dass ich Leslie Zeit geben musste. Wenn ich wollte, dass sie sprach, musste ich es sie in ihrem Tempo tun lassen.

»Jamie hat mit mir geschimpft«, begann sie bei unserer dritten Runde, als wir gerade an den Bojen vorbeikamen. »Er meinte, ich war unhöflich zu dir, neulich vor der Buchhandlung. Dabei hattest du recht. Meine Mutter ist hier tatsächlich vor Kurzem geschwommen.«

Ich überlegte, ob ich ihr sagen sollte, dass ich Dawn wochenlang für einen Geist gehalten hatte, behielt es aber für mich. Das war eine Geschichte für einen anderen Tag. Ich wollte Leslies Vertrauen auf keinen Fall direkt wieder verlieren.

»Ich konnte es nur erst nicht glauben, denn sie war seit Jahren nicht mehr hier, seit mein Vater starb.«

»Das hat sie mir erzählt.«

Es war kurios, aber es fühlte sich ein bisschen so an, als schwämme ich mit Dawn. Leslie bewegte sich im Wasser genau wie ihre Mutter. Langsam und gleichmäßig.

»Sie ist nach seinem Tod in eine tiefe Depression gestürzt«, fuhr sie fort. »Ist nicht mehr aus dem Haus gegangen. Zwischenzeitlich war sie sogar monatelang in einer Klinik.«

Ein Haubentaucher streckte ein paar Meter von uns entfernt seinen Kopf aus dem Wasser, nur um direkt wieder unterzutauchen.

»Danach herrschte einige Jahre Ruhe, und ich dachte schon, sie fängt sich langsam wieder. Bis ich sie in ihrer Wohnung fand. Sie hatte einen Schlaganfall. Anschließend war schnell klar, dass sie nicht mehr allein leben konnte und Pflege benötigte. Seitdem wohnt sie in einem Heim hier um die Ecke.«

»Ich war neulich dort, von außen sieht es nett aus.«

Es dauerte einen Moment, bis Leslie antwortete. »Das ist es. Aber es fällt mir schwer, sie so zu sehen. Sie war immer so stolz und sportlich und stark. Wie sie heutzutage dasitzt, in ihrem Sessel, in sich zusammengesunken, und kaum spricht – das macht mich so traurig.«

»Kommst du deswegen nicht mehr zum Schwimmen her?«

Sie hob den Blick zu den Baumkronen über uns. »Alles hier erinnert mich an sie. Und dann werde ich wütend, weil sie sich einfach aufgegeben hat. Ich denke immer, sie hätte hier schwimmen können, bis sie hundert ist, wenn sie nach Dads Tod einfach weitergemacht hätte. Ich weiß, dass Depressionen eine Krankheit sind, aber ich hadere damit, dass es ausgerechnet meine Mutter getroffen hat.«

Hinter dem Zaun am Ufer liefen Jogger den Weg entlang. Die Sonne ließ die Wasseroberfläche um uns herum funkeln.

»Du hättest sie gebraucht, oder? Damals, als dein Vater starb?«, traute ich mich schließlich zu fragen.

Leslies Blick wurde trüb. »Ja, auch deswegen bin ich wütend, obwohl es egoistisch klingt. Ich hätte sie oft gebraucht in den vergangenen Jahren. Schon wegen Jamie. Ich wünschte, er hätte sie kennengelernt, wie sie früher war. Ich gehe sie kaum mit ihm besuchen, weil ich diesen Gedanken nicht ertrage.«

Wir schwammen ruhig nebeneinanderher, ein paar

Minuten lang. Das Wasser war eindeutig kälter als sonst.

Ich blickte zu Leslie, der die Kälte offenbar nichts ausmachte. »Ich freue mich, dass du gekommen bist.«

»Es tut mir leid, dass ich dich im Schwimmbad so habe auflaufen lassen. Und vor der Buchhandlung neulich so unfreundlich war. Ich habe es nicht für möglich gehalten, dass Mum je wieder schwimmt. Aber einige Tage nach unserer letzten Begegnung habe ich plötzlich einen feuchten Badeanzug in ihrem Schrank entdeckt. Es stellte sich schließlich raus, dass es eine neue Auszubildende gibt, die mit Mum spazieren gehen sollte. Mum hat sie überredet, ganz früh morgens mit ihr in den Heath zu gehen und sie schwimmen zu lassen. Sie konnte immer schon sehr überzeugend sein.« Leslie lachte kopfschüttelnd. »Es war der Heimleitung sehr unangenehm, vor allem, weil das junge Mädchen Mum allein gelassen hat, um sich einen Kaffee zu holen. Was da alles hätte passieren können! Ich hätte nie gedacht, dass meine Mutter körperlich überhaupt noch in der Lage ist, so lange zu schwimmen.«

Ich sah die Damen vor mir, die nach uns zum Schwimmen gekommen waren, und ich erinnerte mich an die junge Frau, die manchmal auf der Bank gesessen und gelesen hatte. Wenn mich nicht alles täuschte, hatte ich sie nie im Badeanzug gesehen. Das musste die Heimmitarbeiterin gewesen sein, die Dawn wieder abholte.

»Die Auszubildende war gerade in der Berufsschule,

als ich das alles herausfand. Inzwischen ist sie zurück auf der Station, aber ihr wurde strikt untersagt, mit Mum zum Pond zu gehen. Es ist viel zu riskant.« Leslie tauchte unter. Als sie wieder an die Wasseroberfläche kam, sagte sie: »Ich muss mich wirklich bedanken, dass du so hartnäckig warst. Wie hast du gemerkt, dass da etwas nicht stimmt?«

Ich zögerte. »Das habe ich gar nicht. Ich hab dich nur angesprochen, weil Dawn plötzlich nicht mehr kam. Nicht weil ich es für gefährlich hielt. Sie ist ganz hervorragend geschwommen.«

»Wirklich?«

»Ja, jeden Morgen bestimmt eine Stunde lang. Es schien ihr keine Mühe zu bereiten, im Gegenteil, es tat ihr offensichtlich gut. Dabei haben wir die ganze Zeit geredet.«

»Sie hat mit dir gesprochen?«

»Ja, ausführlich. Sie wirkte ganz klar. Sie hat mir von ihrem Leben erzählt, von William, von der Buchhandlung, von dir. Daher wusste ich, wo ich dich finden kann.«

Ich betrachtete unsere Arme, die unter Wasser grünlich aussahen. Leslie bewegte ihre ganz genauso wie Dawn. Ruhig und kraftvoll.

»Hat sie über mich geschimpft?«, fragte sie.

»Nein, im Gegenteil. Sie hat gesagt, dass du das wertvollste Geschenk bist, das das Leben ihr je gemacht hat. Und dass sie sich wünscht, du wüsstest es.«

Leslie wandte sich von mir ab zum Ufer.

»Ich glaube, das Schwimmen ermöglicht es ihr, die schweren Jahre zu verarbeiten. Sie braucht es, das hat sie immer wieder gesagt.« Ich hoffte, nicht zu weit zu gehen. Aber ich musste es versuchen. Für meine Freundin Dawn, das schuldete ich ihr. Also sprach ich mit fester Stimme weiter, während Leslie noch immer zum Ufer blickte: »Ich würde dir gern anbieten, ihr das weiterhin zu ermöglichen. Ich würde sie abholen, mit ihr hierherkommen, mit ihr zusammen schwimmen und sie danach zurück in ihre Wohngruppe bringen. Ich würde sie keine Minute aus den Augen lassen. Ich komme ohnehin jeden Tag zum Pond. Es wäre mir eine Freude. Und ich glaube, es würde Dawn guttun.«

Leslie schwieg einen Moment. Dann sah sie mich an. »Das kann ich leider nicht erlauben.«

# 40

Zurück in der Wohnung hörte ich Yon im Bad. Ich öffnete das Fenster und legte meinen feuchten Badeanzug auf die Dachziegel.

Kurz darauf kam Yon in einem meiner Sommerkleider ins Wohnzimmer und kämmte sich mit meiner Bürste die pinken Haarspitzen. »Ich hab mich an deinem Schrank bedient. Ich hoffe, das war okay?« Wie brav und mädchenhaft sie mit einem Mal wirkte in dem weißen Spitzenstoff.

»Guten Morgen! Natürlich war das okay. Du sieht entzückend aus.«

Sie verdrehte die Augen, grinste aber. »Ich bin so müde.«

»Ich auch. Im Gegensatz zu dir hab ich auch noch zu viel getrunken.«

»Und trotzdem warst du schon in diesem kalten Tümpel?« Sie schüttelte schmunzelnd den Kopf. »Ich sag ja, du bist seltsam.«

Ich packte die Lebensmittel aus meinem Rucksack, die ich auf dem Rückweg vom Schwimmen eingekauft hatte. »Hast du etwas dagegen, wenn noch jemand mit uns frühstückt?«

Yon sah mich interessiert an. »Kommt drauf an, wer.«

Zehn Minuten später klopften wir bei Ravi. Wir hatten jede ein großes Tablett dabei. Darauf standen drei Teller, Schalen, Tassen und Gläser sowie O-Saft, Cornflakes, Milch, Tee, Kaffee aus einer Presskanne, Marmelade, Clotted Cream und verschiedene Sorten Scones.

Ravi öffnete die Tür nur einen Spaltbreit. Ich konnte trotzdem sehen, dass er seinen Onesie und ein Handtuch um die Haare trug.

»Guten Morgen«, sagte ich, »wir bringen Frühstück.«

Erst dachte ich, er würde die Tür einfach wieder schließen, aber nach ein paar Sekunden schob er sie sichtlich missmutig auf. »Morgen.«

Warme Duschluft strömte in den Flur. Ravi bemerkte Yon, die in meinem Kleid mit ihrem Tablett hinter mir stand.

»Yon – Ravi. Ravi – Yon«, stellte ich die beiden einander vor.

Sie betrachteten sich interessiert und sagten fast zeitgleich: »Viel von dir gehört.«

Ich drängelte mich an Ravi vorbei in die Wohnung. »Ist Bina schon zur Arbeit gefahren?«

»Hm«, hörte ich ihn grummeln.

Yon folgte mir staunend ins Wohnzimmer. »Ziemlich unkonventionell eingerichtet, aber wirklich cool.«

Mitten im Raum lag eine einzelne Matratze mit ordentlich gefaltetem Bettzeug.

Ravi stand mit verschränkten Armen in der Tür. »Merke: Lass niemals Innenarchitektinnen in dein Zuhause.« Kritisch beäugte er, was auf Yons Tablett stand. »Ich bin nicht sicher, ob ich schon was essen kann.«

Ich stellte mein Tablett neben die Sitzecke. »Ich glaube, Grace versteht es, wenn wir erst mittags kommen. Sie, Stephen und Alfie waren unter den Letzten, die gegangen sind. Und du hast einen freien Tag, Ravi.«

Er ließ sich ächzend auf eins der neuen Polster fallen. »Zum ersten Mal in drei Jahren bleibt mein Café geschlossen.« Er rieb sich über das leicht gerötete Gesicht. »Wo sollen meine Kundinnen und Kunden denn frühstücken?«

»Sie werden schweren Herzens einen Tag ohne dich auskommen müssen«, antwortete ich und setzte mich neben ihn. »Du kümmerst dich das ganze Jahr über um andere. Heute kümmerst du dich mal um dich.«

Yon stellte ihr Tablett neben meins und gesellte sich zu uns.

Ich goss ihnen Kaffee und mir Tee ein. »Ich finde, wir sollten diese absurde Nacht noch mal Revue passieren lassen. Wer fängt an?«

Synchron verdrehten die beiden die Augen.

»Wer wohl?«, sagte Yon.

Ravi lächelte süffisant.

»Habt ihr euch gerade innerhalb von Sekunden gegen mich verbündet?« Ich reichte jedem eine Tasse.

Yon schüttete etwas Hafermilch in ihre. »Na ja, du

warst schon schwimmen, du bist am wachsten, und du …«

»… hast bestimmt am meisten zu erzählen«, vervollständigte Ravi ihren Satz. Er klang jetzt schon etwas freundlicher.

Ich wollte schmollen, aber dann gab ich mir einen Ruck und erzählte den beiden die ganze Geschichte von Dawn. Alles, was ich ihnen bisher verschwiegen hatte. Von unserer ersten Begegnung bis hin zum heutigen Gespräch mit Leslie.

Sie löffelten gebannt ihre Cornflakes-Schalen aus und hörten mir zu. Zwischendurch beschwerten sie sich, dass ich die Sache so lange für mich behalten hatte. Immer wieder versicherte ich ihnen, wie schwer mir das gefallen sei.

Ich erzählte auch von Filipe. Davon, wie wir uns wieder angenähert hatten, wie ich meine Gefühle nicht zu deuten gewusst und gehofft hatte, es wäre Freundschaft. Und wie ich gestern Abend dann doch in seinen Armen gelandet war.

Ravi strich eine dicke Schicht Clotted Cream auf einen Scone. »Dass das keine Freundschaft ist, hätte ich dir gleich sagen können.«

»War es denn schön?« Yon schüttete mehr Cornflakes in ihre Schale.

Ich konnte nicht mal daran denken, ohne dass sich mir der Magen zuschnürte. Ich legte meinen Rosinen-Scone ab. »Viel zu schön. Echt scheiße, wenn man dann merkt, dass der andere nicht das Gleiche empfindet. Ich wusste es eigentlich besser. Ich fühle mich schrecklich.«

Ravi klatschte einen großen Löffel Marmelade mitten auf den Clotted-Cream-Berg. »Du solltest noch einmal mit ihm sprechen. So kannst du das nicht stehen lassen.«

»Sehe ich ähnlich«, pflichtete Yon ihm bei.

»Ich weiß nicht. Ich schäme mich.«

»Was soll ich denn sagen?« Ravi betrachtete den beladenen Scone in seiner Hand. »Der Mann, den ich gut finde, kommt auf meine Party, und ich liege am Ende volltrunken in meiner Küche.«

Ich horchte auf. »Der Mann, den du gut findest? Schön, dass du es endlich zugibst!«

Ravi wurde rot. Er legte den Scone weg und leckte sich die Fingerspitzen ab. »Na ja.«

»Er mag den Dichter vom Poetry-Abend, den mit dem Undercut und der Brille«, erklärte ich Yon.

Sie nickte anerkennend, während sie ihre Cornflakes löffelte. »Der ist heiß.«

Ravi wurde noch röter.

»Und er hat dir seine Nummer gegeben. Er hat dich volltrunken unter einer Garderobe gefunden und dir trotzdem seine Nummer gegeben.«

Ravi verbarg das Gesicht in seinen großen Händen. »Ich sterbe. Ich werde da niemals anrufen.« Vorsichtig hob er den Kopf. »Meine bisherigen Liebschaften haben immer mit einer Katastrophe geendet. Von der letzten versuche ich mich seit drei Jahren zu erholen.«

So deutlich hatte er das bisher nie zugegeben. Aber es erklärte endgültig, warum er sich so hatte gehen lassen. Er hatte damals ziemlich viel auf einmal verloren: Jack, seine Tante Mala und dann auch noch seine engste Vertraute Bina.

Yon stöhnte auf. »Wenn du ihn nicht anrufst, mach ich es. Wenn es zu einer Katastrophe führt, ist es wenigstens eine neue. Drei Jahre – das wird doch langweilig.«

Ravi sah sie eingeschüchtert an. »Kann ich ihm auch schreiben?«

»Klar, hol dein Handy!« Yon stellte ihre Schale weg und probierte einen Scone.

Die zwei überlegten lange, was Ravi Arlo schreiben könnte. Ich versuchte bewusst, mich zurückzuhalten, schließlich hallten immer noch Ravis Vorwürfe von gestern Abend in mir nach. Ich war nicht sein Life-Coach.

Schließlich schickte Ravi folgende Nachricht an Arlo:

> Schön, dass du gestern da warst! Bist du gut nach Hause gekommen?

Anschließend widmeten wir uns Yon.

Nachdem sie die ganze Neil-Angelegenheit erzählt hatte, sagte Ravi: »Ich verstehe, dass du deine Stellung in der Agentur nicht gefährden willst.«

Ich schaute irritiert zwischen den beiden hin und

her. »Aber wenn sie doch verliebt ist! Jobs sind nicht alles im Leben.«

»Männer auch nicht«, sagte Ravi und sah Yon wissend an. »So eine berufliche Chance bekommst du vielleicht nicht so schnell wieder.«

Mittags ging Ravi runter ins Café, um die letzten Reste von gestern Abend aufzuräumen, und Yon und ich machten uns auf den Weg ins Büro. Dort schleppten wir uns durch den Tag, ebenso wie alle anderen. Genau genommen standen wir die Hälfte der Zeit auf unserem Gitterbalkon über der Truman Brewery und sprachen über die Party. Mir fiel auf, dass Yon und Neil dabei Abstand zueinander hielten. Er warf ihr dieselben Blicke zu, die ich immer schon bemerkt hatte. Seit gestern Nacht jedoch wusste ich sie anders einzuordnen.

Neil und ich redeten wenig über das Kindergartenkonzept, wir waren zu erschöpft. Er ließ sich nichts anmerken, aber ich spürte genau, dass es ihm nicht gut ging. Es fiel mir schwer, ihn nicht darauf anzusprechen. Aber ich hatte es Yon versprochen. Und diesmal würde ich mich wie eine wahre Freundin verhalten, das hatte ich mir fest vorgenommen.

Gegen fünf schmiss Grace uns alle raus. Sie sagte, sie könne nicht mehr und müsse aufs Sofa. Tatsächlich sah meine perfekte Chefin heute erstmals nicht ganz so strahlend aus wie sonst.

Zu Hause rief ich meine Eltern an, obwohl wir erst gestern miteinander gesprochen hatten. Ich erinnerte mich an das, was Filipe gesagt hatte. Dass er sich als mein Partner manchmal außen vor gefühlt hatte. Ich konnte nachvollziehen, wieso. Für eine Frau jenseits der dreißig war ich ungewöhnlich eng mit meinen Eltern. Sie unterstützten mich finanziell, weil mein Praktikantinnengehalt nicht ausreichte, um in London zu leben. Sie bezahlten meine Geburtstagsfeier. Meine Therapeutin hatte damals zu mir gesagt, dass übermäßig behütete Kinder prozentual gesehen eher dazu neigten, Angststörungen zu entwickeln. Meine Eltern waren immer sehr fürsorglich gewesen, aber nach dem Vorfall im Zug hatten wir genau genommen keinen einzigen Tag nicht miteinander gesprochen, auch nicht, als ich längst ausgezogen war. Vielleicht musste ich das ändern. Mich endlich trauen, mich ein Stück von ihnen zu entfernen. Aber zuerst musste ich etwas klären.

»Schöne Grüße von Papa, der ist beim Doppelkopfabend.« Meine Mutter saß mit einer Tasse Tee auf der Couch. Auf dem Sofatisch vor ihr standen Schalen mit Nüssen, Chips und Lakritz bereit. Wenn mich nicht alles täuschte, wartete daneben auch ein kleines Glas Eierlikör.

»Wie war deine Party, Schatz?« Meine Mutter klang bestens gelaunt.

»Es war schön, Mami, richtig gut! Alle meine Kolleginnen und Kollegen waren da, meine Freundinnen vom Schwimmen und ein paar Verwandte von Ravi.«

Meine Mutter strahlte. »Wie schön! Habt ihr getanzt?«

»Na klar. Und super gegessen, Ravi hatte ein indisches Büfett vorbereitet.«

»Das klingt wundervoll. Ich wünschte, Papa und ich wären dabei gewesen.«

Ich sah fest in die Kamera. »Filipe war auch da.«

Die Fröhlichkeit meiner Mutter wirkte mit einem Mal angestrengt. »Oh.« Sie stellte ihre Tasse auf dem Tisch vor sich ab.

»Ja, er ist gerade in London. Was für ein Zufall, oder?«

Meine Mutter stopfte sich ein Kissen in den Rücken. »Jaja, wirklich ein Zufall, wie …«

»Mama?«

Sie setzte sich gerade hin. »Ja, Herzchen?«

»Du wusstest das, oder? Dass Filipe in London ist?«

Sie begann ihre Hände zu kneten. »Ach, Engelchen.«

»Nun sag schon! Du hast es Marc erzählt.«

Sie guckte an der Kamera vorbei, als ob da jemand stehen würde, der ihr den vergessenen Text soufflieren könnte. Schließlich schaute sie wieder zu mir. Mir wurde flau beim schuldbewussten Ausdruck auf ihrem Gesicht. »Wir telefonieren ab und an.«

»Wie bitte?«

»Filipe ruft mich manchmal an.«

Ich lehnte mich etwas weiter zur Kamera. »Was heißt hier manchmal? Seit wann?«

»Na.« Sie wedelte mit ihren Händen. »Seit ihr Schluss gemacht habt.«

Ich starrte fassungslos in die Kamera. »Warum das denn?«

»Ach, Schätzchen. Keine Ahnung, weißt du … Wir hatten ihn ja auch lieb gewonnen.«

Mein Kopf fühlte sich heiß an. »Du empfängst Marc zum Kaffee, du telefonierst regelmäßig mit Filipe. Was kommt als Nächstes? Lädst du die beiden an Weihnachten zu uns ein?«

Sie winkte ab. Ich konnte sehen, dass auch ihre Wangen gerötet waren. »Mit Filipe ist das doch was anderes.«

»Als mit Marc?«

»Als mit allen anderen. Er war irgendwie … wie ein Teil unserer Familie. Ich wusste, du würdest mir böse sein, aber … Wenn er anruft, um zu fragen, wie es uns und dir geht, dann … dann rede ich halt mit ihm.«

»Mama, er hat mir das Herz gebrochen.«

»Ich weiß, Schätzchen. Ich weiß …« Sie fummelte verstohlen am Ärmel ihrer Strickjacke. »Hätte ich ihn bitten sollen, sich nicht mehr zu melden?«

Ich überlegte. »Wie oft ruft er an?«

»Nicht oft, alle paar Monate. Er will nur wissen, wie es uns geht, und erzählt ein bisschen von sich, von Lissabon, von seiner Familie. Er fragt immer nach dir. Das ist doch nett.«

»Wieso hast du mir nie davon erzählt?«

Sie wedelte wieder mit den Händen. »Na, deswegen. Ich wusste ja, du würdest mir böse sein. Papa hat immer gesagt, ich soll nicht mehr rangehen. Ein paarmal hab ich es wirklich klingeln lassen, als ich seine Nummer gesehen habe, aber … Ich hatte immer noch Hoffnung.«

Jetzt machte ich große Augen. »Was denn bitte für Hoffnung?«

»Na.« Sie schnappte sich das Glas mit dem Eierlikör und kippte es in einem Zug runter. Danach wischte sie sich mit dem Handrücken über den Mund und stellte es geräuschvoll ab. »Ich habe gehofft, dass ihr noch mal miteinander redet, dass du besser mit der Sache abschließen kannst.«

Ich schüttelte ungläubig den Kopf. Seit unserer Trennung hatte ich mit meinen Eltern nicht mehr über Filipe gesprochen. Stattdessen hatte ich ihnen einfach eines schönen Tages Marc präsentiert. Woher bitte wusste meine Mutter, dass ich noch mit meinen Gefühlen für Filipe kämpfte? Ich kannte die Antwort selbst: weil sie meine Mutter war.

Sie goss sich mit fahrigen Bewegungen Eierlikör nach. »Wenn ich gewusst hätte, dass wir dieses Gespräch führen, hätte ich ein größeres Glas genommen.« Sie lachte leicht hysterisch.

»War das etwa noch nicht alles?«

Sie leerte das Glas erneut und stellte es auf dem Tisch ab. »Fast.«

»Mama?«

»Na, beim letzten Mal sprach er davon, dass er vielleicht kurzfristig die Möglichkeit hat, ein paar Wochen nach London zu gehen, und ich hab gesagt: ›Mach das, Zoé ist auch da.‹ Und dann hab ich ihm deine Adresse gegeben.«

»Du hast *was*?«

»Ich hab ihm deine Adresse gegeben. Er war begeistert, hat gesagt, er würde dich unbedingt wiedersehen wollen.«

Ich musste daran denken, wie Filipe im Heath auf dem Baumstamm gesessen hatte, an dem Tag, als ich Dawns Bank entdeckt hatte. Es war wohl kein zufälliger Samstagsausflug gewesen. Filipe hatte gewusst, dass ich in Hampstead wohnte.

»Ich weiß nicht, was ich sagen soll, Mama.«

Sie knetete wieder ihre Hände. »Engelchen, ich fühle mich furchtbar. Papa hat immer gesagt, dass das über kurz oder lang Ärger gibt.«

»Du hättest es mir sagen müssen!«

Meine Mutter sah mittlerweile so schuldbewusst aus, dass sie mir beinahe leidtat. »Ich hab mich nicht getraut. Ich wollte dir nur helfen. Es tat mir so leid … Ich bin der Meinung, dass ihr noch mal miteinander reden müsst. Ich glaube, das kann es nicht gewesen sein.«

»Was kann es nicht gewesen sein, Mama?«

Sie seufzte tief. »Na, das Ende eurer Geschichte.«

# 41

Das Ende unserer Geschichte. Ich lag im Bett und beobachtete, wie Mondlicht durch das Dachfenster fiel. Um den Hals trug ich Yons Mondsteinkette, aber ich wusste ganz genau: Es brauchte gerade deutlich mehr als esoterisch aufgeladene Steine, um mich zum Schlafen zu bringen. Dabei war ich so müde. Zu müde zum Schlafen. Was hatte meine Mutter sich nur dabei gedacht, hinter meinem Rücken Kontakt zu dem Mann zu halten, der mich hintergangen und mir das Herz gebrochen hatte?

Ich musste an die Zeit denken, in der Filipe mit mir zusammen meine Eltern besucht hatte. Der Ausdruck auf dem Gesicht meiner Mutter, wenn er zur Tür reinkam. Keine Frage, sie war ihm mindestens so verfallen gewesen wie ich. Dabei beherrschte er die Rolle des perfekten Schwiegersohns nicht annähernd so gut wie Marc. Er hatte nicht jedes Mal Blumen oder ein beeindruckendes Gastgeschenk dabei. Vielleicht war es genau das, was das Herz meiner Mutter so erwärmt hatte. Nicht nur sein Charme, sondern die Tatsache, dass er sich nicht benahm wie ein Gast. Es war, wie sie gesagt hatte: Es hatte sich angefühlt, als wäre er ein Teil der Familie. Wie er sich neben meinen Vater aufs Sofa gesetzt und ohne Vorgeplänkel mit ihm über den kritischen Zustand der Hamburger Fußballvereine philosophiert hatte, als täten sie das jeden Sonntag. Wie er meiner Mutter trotz ihres Protests in der Küche beim Kartoffelschälen geholfen hatte. Wie wir immer länger blieben als eigentlich geplant, weil wir uns irgendwie verquatscht hatten. Es tat auch deswegen so weh, dass meine Mutter und Filipe noch immer miteinander sprachen, weil ich nachvollziehen konnte, warum.

Und plötzlich wurde mir noch etwas bewusst, während ich mich hin und her wälzte und immer wieder die Ereignisse der vergangenen Nacht vor- und zurückspulte: Ich hatte Filipe nicht gefragt. Ich hatte ihn alles gefragt, absolut alles, sein Leben, seine Familie, ihn selbst betreffend. Alles, was ich ihn nie mehr hatte fragen wollen. Nur die eine Frage, deren Antwort mich mehr interessierte als alles andere, die hatte ich ausgelassen.

*Wie konntest du nur?*

Wie konntest du das kaputtmachen, was wir hatten? Diese geradezu magische Anziehung, dieses Gefühl, den einen Menschen gefunden zu haben, zu dem du wirklich gehörst. Dieses Gefühl von Familie.

Etwas in meinem Bauch verkrampfte sich, als ich daran dachte, dass ich gestern Nacht wirklich kurz geglaubt hatte, nun wäre alles vergeben und vergessen. Es hatte sich leider gut angefühlt. Aber es war eine Illusion gewesen. Nur eine schöne Illusion.

Am nächsten Tag öffnete Ravi das *Honey & Wood* pünktlich. Nichts erinnerte mehr an die wilde Party, die hier gestiegen war. Als ich vom Schwimmen kam, waren alle Plätze belegt, wie immer, und ich wartete, bis einer an der Fensterbank frei wurde. Leider waren weder Arlo noch Leslie da. Dafür ein paar Schwimmerinnen, die mich herzlich grüßten.

Ich wollte Ravi fragen, ob Arlo schon geantwortet hatte, aber ich konnte mir die Frage sparen. Es reichte ein Blick in sein Gesicht. Ich lächelte ihm aufmunternd zu. Er sah mich nur an, seufzte tief und verschwand in der Küche. Warum hat er denn nicht geantwortet?, wunderte ich mich, zückte mein Handy und sah, dass mir jemand geschrieben hatte.

*Wie geht es dir?*, wollte Filipe wissen.

Wie sollte es mir schon gehen? Ich ignorierte seine Frage. Auch meine Mutter hatte mir mehrere Nachrichten geschickt, und ich hatte ihr versichert, dass alles okay sei. Nur reden wollte ich mit ihr gerade nicht.

Nachmittags traf ich mich mit Yon zum Frustshoppen. Wir gingen in den riesigen Flagshipstore von *Topshop* an der Oxford Street, von dem ich träumte, seit ich ein Teenager war. Mit einem gewaltigen Stapel kurzer, enger, glitzernder Röcke und Kleider, wie die jungen Britinnen sie immer im Pub trugen, verschwanden wir in einer Umkleidekabine und fotografierten uns gegenseitig. Wir waren uns einig: Wir sahen umwerfend darin aus.

Am Sonntagmorgen war ich mit Alana auf dem Flower Market verabredet, um die Blumen für die Hochzeit nächsten Samstag bei den Händlern vorzubestellen.

»Ich bin gespannt auf dein Brautkleid«, sagte ich, als wir uns nach Sukkulenten für die Tischdekoration umguckten.

Alana machte mit ihrem Telefon, das an einer pinken Handykette hing, Fotos von meinen Vorschlägen. »Ich bin ehrlich gesagt froh, wenn der ganze Zirkus vorbei ist.« Sie strich sich kichernd über einen ihrer vielen geflochtenen Zöpfe.

»Wirklich? Ist das nicht der Tag, von dem jede Frau träumt?«

Alana zog ihre hübsche Nase kraus, in der ein Piercing steckte. »Ich bin maximal introvertiert, weißt du? Eigentlich will ich nur in Ruhe auf meine Couch. Ich hab mir Stephen ausgesucht, weil er mich dabei nicht stört.«

Ich sah sie mit großen Augen an.

Sie prustete los. »Nein, es gibt natürlich noch tausend andere Gründe, warum ich ihn liebe.«

»Natürlich.«

Wir lachten beide und entschieden uns schließlich für zwanzig Echeverien, rosettenförmige Sukkulenten, die Ende der Woche zu Alanas zukünftiger Schwiegermutter geliefert werden sollten. Die hatte sich vorgenommen, die Pflanzen anhand meiner Beispielfotos in Ikea-Windlichter mit Sand zu setzen. Anschließend bestellten wir einen Wiesenblumenbrautstrauß, den

Alanas Bruder am Samstagmorgen in Hackney abholen sollte. Ich überlegte, ob ich mir eine Pilea mit wunderschön hellgrünen, kreisrunden Blättern kaufen sollte, vertagte die Entscheidung aber. Jetzt hatte ich erst mal Hunger.

»Magst du einen Kaffee oder was zu essen?«, fragte ich Alana.

»Stephen kommt gleich von der Kirche, und wir müssen noch einiges durchgehen für nächste Woche. Außerdem …« Sie blickte sich um, dann flüsterte sie: »Ich fühle mich irgendwie beobachtet.«

Ich sah mich ebenfalls um. »Von wem?«

»Na, der Typ da drüben schaut schon seit zehn Minuten ständig zu uns rüber. Kennst du den? Guck mal unauffällig, er steht hinter dem Stand mit den Sonnenblumen.«

Ich drehte mich um. Mein Herz schlug sofort ein wenig schneller. »Ja«, sagte ich. »Den kenne ich. Keine Sorge, er ist harmlos. Wobei …« Ich verzog das Gesicht.

Alana nickte wissend. »Verstehe.« Sie guckte erneut über die Schulter. »Ich lass dich dein *harmloses* Problem lösen und mache mich auf den Weg nach Hause. Vielen Dank für deine Hilfe!« Sie drückte mich an sich, wobei mir ihr fruchtiges Parfüm in die Nase stieg. »Wir sehen uns am Samstag. Drück mir die Daumen, dass es schnell vorbeigeht. Ach, und Zoé?« Sie schaute noch einmal in Filipes Richtung. »Du darfst gern eine Begleitung mitbringen.« Damit winkte sie mir zum Abschied und setzte sich in Bewegung.

Ich wappnete mich innerlich für das Gespräch mit Filipe. Ich hätte damit rechnen müssen, ihm hier zu begegnen, aber ich hatte den Gedanken erfolgreich verdrängt.

Ich drehte mich um. Da stand er, hinter dem Sonnenblumenstand, an die Wand neben dem Fenster gelehnt, aus dem Muffins und Zimtschnecken herausgereicht wurden, und lächelte mich etwas unsicher an.

Im Zeitraffer lief vor meinem inneren Auge der Film von Donnerstagnacht ab. Bis zu dem Moment, in dem er sich anzog und ging.

»Was machst du hier?«, fragte ich, als ich vor ihm stand.

»Nette Begrüßung.«

»Was hast du erwartet?«

Er senkte den Blick. Nach ein paar Sekunden sagte er: »Willst du hier reden, oder gehen wir spazieren?«

»Will ich überhaupt reden?«

»Zoé.«

»Okay, aber erst brauche ich was Süßes.«

Wir stellten uns an, mit einer Art Sicherheitsabstand, beide darauf bedacht, einander nicht zu berühren. Er wollte meine Hagelzucker-Brioche und sein Schinkencroissant bezahlen, aber ich kam ihm zuvor. Ich wollte ihm nie wieder etwas schuldig sein.

Wir suchten uns eine Bank etwas abseits vom Markt. Ich biss dreimal in meine Brioche, bevor ich fragte: »Warum hast du meine Mutter regelmäßig angerufen?«

Die Tüte mit seinem Schinkencroissant lag unberührt neben ihm auf der Bank. »Die Frage ist eher: Warum hast du meine nie angerufen?«

»Entschuldigung?«

»Du hast bei meinen Eltern gewohnt, wochenlang, sie haben dich behandelt wie ihre eigene Tochter. Sogar meine Mutter, die nur zu wenigen Menschen richtig herzlich ist. Ich habe bei deinen eine Zeit lang jeden Sonntag am Mittagstisch gesessen. Es gehört für mich zum guten Benehmen, mich danach ab und an zu melden und mich zu erkundigen, wie es ihnen geht.«

Ich ließ das einen Moment sacken. »Ich hab mich deiner Meinung nach also schlecht benommen?« Ich bereute die Frage sofort.

»Willst du wirklich eine Antwort darauf?«

»Nein«, sagte ich schnell, aber er ignorierte es.

»Du hast zweimal per Textnachricht mit mir Schluss gemacht. Du hast mich blockiert, du hast mich nicht mehr in deine Wohnung gelassen, obwohl ich extra nach Hamburg geflogen bin, und du hast mir bis heute nicht verraten, was ich eigentlich falsch gemacht habe.«

»Als ob du das nicht wüsstest.« Trotzig biss ich ein weiteres Mal in meine Brioche.

»Nach allem, was wir hatten …« Er wirkte ehrlich fassungslos. »Dass du nicht mal mehr mit mir sprichst, geht gar nicht.«

»Ich war verletzt.«

»Es waren schwierige Zeiten für mich und meine Familie. Wäre es so schwer gewesen, einfach für mich da zu sein und zu warten, bis sich die Wogen glätten?«

»Du weißt, dass das nicht meine Art ist.«

»Nein, ist es nicht. Du bist die Prinzessin auf der Erbse, und wenn nicht alles so läuft, wie du es willst, haust du beleidigt ab.«

Ich schnappte nach Luft. »Ich musste mich schützen. Ich war so schrecklich verliebt in dich.«

»Denkst du, ich nicht auch in dich?«

»Nein, ehrlich gesagt nicht. Wieso sonst hast du mich betrogen?«

Er lehnte sich zurück. »Was meinst du?«

»Als ich am Flughafen saß, habe ich ein Bild von uns gepostet.«

»Ich erinnere mich.« Er hatte es also doch gesehen.

»Daraufhin hat mir eine Bekannte aus Hamburg geschrieben, dass ihre Freundin im April was mit dir hatte. Und andere Touristinnen angeblich auch. Alles in der Zeit, in der wir zusammen waren.«

Er kniff die Augen zusammen. »Und das hast du irgendeiner Bekannten geglaubt?«

»Viele haben mich vor dir gewarnt.«

»Und du hast allen anderen mehr geglaubt als mir?«

»Hat sie gelogen? Hattest du nichts mit ihrer Freundin?«

Er sah auf seine Füße, die in Sneakers steckten. »Es hatte nichts zu bedeuten.«

»Ha.«

»Ich war betrunken, *vovó* ging es total schlecht, ich hab mich betäubt. Es war ein großer Fehler, und es ist nur einmal vorgekommen.«

»Einmal, ja?«

Er sah noch immer auf den Boden vor sich. »Ja, verdammt! Es war eine Partyknutscherei, mehr nicht. Ich hab mich danach furchtbar gefühlt.«

»Filipe, so bist du nun mal. Du bist immer noch so, sieh es ein. Du hast in Lissabon eine Freundin nach der anderen.«

»Wer behauptet das?«

»Katrin.«

»Ich suche nach etwas, was keine mir geben kann.«

»Ach, komm!«

»Doch, so ist es!« Er kam ein Stück näher. »Hat deine Mutter dir auch gesagt, dass sie mir den Tipp mit dem Flower Market gegeben hat? Dass ich dich dort bestimmt sonntags finde? Dass ich bitte versuchen soll, noch mal mit dir zu sprechen? Ich hab mich gefreut, als ich ausgerechnet hier in der Nähe eine Unterkunft gefunden habe.«

Jetzt musste ich meinen Brioche-Rest weglegen. Mein Hals war wie zugeschnürt.

»Deine Mutter meinte, du hast mit unserer Geschichte nicht abgeschlossen, es würde dir nicht gut damit gehen, und wir müssten noch mal reden.«

Unglaublich! Das wurde ja immer besser.

»Warum bist du ihr so böse? Du bist doch genauso.

Du mischst dich auch gern ungefragt in die Angelegenheiten anderer ein.« Ich schnappte kurz nach Luft, aber Filipe fuhr bereits fort: »Und ich bin ihr dankbar. Ich sehe es genauso. Wir müssen noch mal reden, so beendet man doch nichts, was so … was *so* war. Ich suche bis heute danach, Zoé. Ich will nicht ständig neue Freundinnen, ich will ankommen, ich will … das, was wir hatten.«

Und dann tat ich es. Endlich stellte ich ihm die alles entscheidende Frage: »Warum hast du es dann kaputtgemacht, Filipe? Wie konntest du nur?«

Er sah mich nachdenklich an. »Das glaubst du wirklich, oder?«

Ich kniff die Augen zusammen. »Du hast mich betrogen, das hast du doch gerade zugegeben.«

Sein leises Lachen klang bitter. »Das hast du dir ein Jahr lang eingeredet? Dass ich alles kaputtgemacht habe?«

»Ja!«

»Deswegen hab ich dich gefragt, ob Menschen sich deiner Meinung nach ändern können. Ich hätte es mir so gewünscht.«

»Wovon sprichst du?«

»Ich hätte mir gewünscht, dass du dich in dieser Hinsicht geändert hast. Dass du endlich zu deinen eigenen Fehlern stehst. Ich habe dir damals verziehen. Warum konntest du mir nicht ebenfalls verzeihen? Ja, ich hab Mist gebaut, aber glaub mir, ich hab daraus gelernt. Du anscheinend nicht.«

»Ich sehe ein, dass es nicht okay war, wie ich Schluss gemacht habe. Das tut mir leid.«

»Davon rede ich nicht.«

»Wovon redest du dann?«

Er schüttelte langsam den Kopf. »Du hast mich zuerst betrogen, Zoé. Erinnerst du dich?«

# 42

Erste Boje, zweite Boje, dritte Boje, vierte Boje, fünfte Boje, wenden. Linker Arm, rechter Arm, linker Arm, atmen. Unter mir nur dunkles Wasser. Nicht denken, keine Geschichten hochkommen lassen, einfach nur schwimmen.

*Filipe und ich an den Felsen, Filipe hält mich im Arm.*

Schwimmen, atmen, zählen, nicht denken.

*Zusammen schaffen wir das, meine* fada.

Atmen, Bojen zählen, Wasser in meiner Nase.

Ich tauchte auf. Verdammte Geschichten! Verdammte Geister der Vergangenheit!

Was hatte Dawn noch gleich gesagt? *Du kannst hier so schnell schwimmen, wie du willst, du wirst deiner Geschichte nicht entkommen.*

Er hatte mich einfach stehen lassen. Er hatte gesagt: »Du weißt ja, wo du mich findest, falls du endlich bereit bist, deinen Teil der Verantwortung zu übernehmen. Du hast Zeit bis nächsten Sonntag, dann fliege ich zurück.«

Und dann war er gegangen. Er hatte sogar sein Schinkencroissant liegen lassen. Warum schob er die Schuld auf mich? Ich hatte ihn so geliebt. Aber wenn es einfacher für ihn war, sich diese Version der Geschichte zu erzählen, bitte. Ich war fertig mit der Sache. Es brachte nichts mehr, mit ihm darüber zu sprechen. Ich musste damit abschließen, endgültig.

Erneut versuchte ich, mich auf meine Bahnen zu konzentrieren, aber irgendwie fehlte mir heute die Motivation. Nach etwa einer halben Stunde schob ich entnervt die Brille hoch und kraulte in Richtung Steg. Darauf standen zwei Frauen in Badeanzügen und Badekappen. Eine davon hob den Arm und winkte mir. Ich konnte sie auf die Entfernung nicht genau erkennen und schwamm etwas näher heran.

Die Dame, die gewinkt hatte, wirkte gebrechlich und wurde von der anderen gestützt, als sie die Leiter hinunter ins Wasser stieg. Unten angekommen, schwamm sie gemächlich und mit fließenden Bewegungen los. Nun bestand kein Zweifel mehr.

Sofort schossen mir Tränen in die Augen.

»Dawn!« Ich hielt auf sie zu. »Da bist du ja wieder.«

Sie strahlte mich an. »Was heißt ich? Wo warst du denn?« Beschwingt schwamm sie weiter, auf eine Entenfamilie zu, mit der sie in ihrem melodischen Singsang zu reden begann.

Leslie kam hinter ihr her und nickte mir freundlich zu. »Guten Morgen!«

»Guten Morgen!« Nebeneinander folgten wir Dawn. »Ich freue mich so, dass du deine Meinung geändert hast.«

»Ich habe meine Meinung nicht geändert.« Leslie betrachtete ihre Mutter wachsam.

»Du hast doch gesagt, du kannst nicht erlauben, dass ich jeden Morgen mit Dawn hierherkomme«, flüsterte ich ihr zu.

»Stimmt.« Sie lächelte. »Ich wollte das lieber selbst tun.«

Ich hatte Ravi die ganze Woche nur im Vorbeieilen gesehen, weil im *Honey & Wood* so viel los gewesen war. Erst am Donnerstagabend erwischte ich ihn allein, als er gerade das Café aufräumte.

Ich stellte mich zu ihm in die Küche. »Hey, wie geht es dir?«

»Ach.« Er begann, die Spülmaschine auszuräumen.

»Kann ich dir helfen?«

»Ne, lass mal.« Er stellte Tasse für Tasse zurück ins Regal. »Leiste mir Gesellschaft, das reicht.«

Ich lehnte mich neben ihn an die Theke. »Ich hab Arlo die ganze Woche nicht gesehen. Du?«

Ravis Tassen-ins-Regal-Räumen wurde unsanfter. »Nein. Den hab ich verschreckt. Warum hab ich mich nur so abgeschossen an dem Abend?«

Ich nahm nun doch den Besteckkasten aus der Spülmaschine und räumte Messer, Gabeln und Löffel in die Schublade. »Ich weiß schon, warum«, sagte ich nach einiger Zeit.

Ravi war gerade bei den Tellern angelangt. »Ach ja?«

»Na, weil deine total übergriffige Mieterin deine

Wohnung umgestaltet hat, obwohl du sehr deutlich gesagt hast, dass du das nicht willst. Und dann hat sie auch noch den Typen eingeladen, den du magst, obwohl du sie nicht darum gebeten hattest.« Ich stellte den leeren Besteckkasten zurück in die Maschine.

Ravi wischte sich die Hände an einem Handtuch ab. »Du hast es nur gut gemeint.«

»Es war unsensibel und anmaßend, und es tut mir leid.«

Er grummelte in sich hinein. »Entschuldigung angenommen.« Er hängte seine Schürze an die Garderobe und kam mit etwas zerknirschtem Gesichtsausdruck zurück. »Wenn ich ganz ehrlich bin, ist es schön geworden.«

Ich sah ihn hoffnungsvoll an. »Was meinst du?«

Er lächelte schief. »Mein Wohnzimmer. Ihr habt alle recht, ich kann nicht nur arbeiten, ich muss auch was für mich tun. Es mir privat nett machen. Es ist gut, dass du mich quasi dazu gezwungen hast.«

»Ach, Ravi.« Ich wollte ihm um den Hals fallen, hielt mich aber zurück. Nicht direkt wieder überrumpeln, ermahnte ich mich.

Er überlegte einen Moment. »Weißt du, ich habe die Wohnung nie richtig eingerichtet, weil ich nicht die Energie dazu hatte, es ging mir so schlecht nach der Trennung. Ich hab mich voll und ganz auf das Café konzentriert, für mehr hat es nicht gereicht. Außerdem hatte ich immer das Gefühl, dass mir das Haus eigentlich nicht allein gehört.«

»Wegen Bina?«

»Ja.« Er knetete seine großen Hände. »Ich weiß, wie sie kämpfen muss, um genug Geld für sich und ihre Kinder zusammenzubekommen. London ist einfach schweineteuer. Das hier hätte auch ihr zugestanden.«

»Warum hast du ihr nicht angeboten, in eine der Wohnungen zu ziehen?«

Er lachte laut auf. »Weißt du, wie oft ich das getan habe? Sie ist zu stolz. Und gekränkt, weil *Aunty* Mala so entschieden hat. Es hat sich angefühlt, als hätte mich auch Bina damals verlassen.« Er seufzte. »Jedenfalls habe ich es mir deshalb nie schön gemacht. Weil ich dachte, es steht mir eigentlich nicht zu.«

Ich legte eine Hand auf seinen Arm. »Ach, Ravi. Dir steht alles zu, alles und mehr. Du bist wundervoll! Ich wünschte, du würdest das erkennen und dich auch so behandeln.«

»Nach der Sache mit Jack habe ich das wohl nicht mehr getan. Kennst du das, dass du denkst, du bist nicht mehr liebenswert, nur weil diese eine Person dich nicht mehr liebt?«

Ich drückte seinen Arm. »O ja. Dabei könnte nichts weniger der Wahrheit entsprechen. Wir alle lieben dich.«

»Ab sofort arbeite ich an mir, versprochen. Stell dir vor, ich habe mich bei einer Tanzschule um die Ecke angemeldet. Es muss etwas passieren, auch gesundheitlich.« Er streifte sein Haarnetz ab. »Ihr habt schon recht – du, Mum, Lali, Bina.«

Er fischte einen letzten einsamen Kardamomknoten aus der Theke, brach ihn in zwei Hälften und reichte mir eine.

Ich biss hinein und verdrehte verzückt die Augen. »Der schmeckt so gut! Übrigens: Ich freue mich, dass du wieder mehr Zeit mit Bina verbringst.«

Ravi aß seine Hälfte mit wenigen Bissen und räusperte sich dann. »Ich muss dir noch etwas erzählen, aber es ist ein Geheimnis. Kannst du es für dich behalten?«

»Klar.«

Er machte ein ernstes Gesicht. »Bina hat die Kräfte unserer Oma geerbt. Stell dir vor, sie kann die Zukunft voraussehen.«

Ich bemühte mich, überrascht zu wirken. »Was du nicht sagst!«

»Sie verdient sich damit schon länger etwas hinzu, will aber verständlicherweise nicht, dass die anderen aus der Familie davon erfahren. Was da los wäre!«

»Schön, dass sie es dir anvertraut hat.«

Ravi fuhr sich aufgeregt durch die Haare. »Ja, und sie hat mir gestern die Karten gelegt. Sie hat mich damit echt wachgerüttelt. Ich müsse endlich wieder anfangen, mich um mich selbst zu kümmern, zu leben, und zwar so richtig, hat sie gesagt. Mein Körper und meine Seele würden mehr brauchen, deshalb solle ich in meiner Community ausgehen und mich mit meiner Sexualität auseinandersetzen. Tja …«

Ich zuckte mit den Schultern. »Heißt es nicht, die Karten lügen nie?«

»Das hat Bina auch gesagt. Und dass die Liebe, nach der ich mich so sehne, dann irgendwann zu mir kommt. Von ganz allein.«

»Ravi, das klingt wundervoll!«

Er schaltete das Licht aus. »So, genug für heute. Kaum zu glauben, aber ich gehe jetzt noch zum Jazzdance.«

»Großartig!« Gemeinsam traten wir hinaus auf die Gasse, und Ravi schloss ab.

»Was ist mit Filipe, wann sprichst du mit ihm?«, fragte er.

Ich stieg vor ihm die Treppe zu unseren Wohnungen hinauf. »Gar nicht, denke ich.«

»Ich halte das immer noch für einen Fehler.« Ravi schloss seine Tür auf.

»Ich weiß. Aber mal was ganz anderes: Falls du am Wochenende unter Leute willst, sag Bescheid.«

Ravi holte seine Sporttasche aus dem Flur. »Ich komme langsam in ein Alter, in dem ich keine Party mehr auslassen sollte, hat Bina gesagt.« Er lachte.

Ich lachte mit. »Dann hätte ich eine Idee.«

# 43

**Ravi hatte sich frisch rasiert,** seine Haare mit Gel gebändigt und ein weißes Hemd angezogen. Ich trug ein von Lali geliehenes grünes Cocktailkleid, als ich neben ihm die Kirche betrat. Wir fanden eine leere Bank und hielten einen Platz für Yon frei. Als sie schließlich etwas hektisch zu uns in die Reihe stöckelte, erkannte ich sie kaum wieder. Denn Yon war nicht in ihrem üblichen Streetstyle-Look. Ihre Haare waren zu einem hohen Dutt aufgetürmt, ihre Augenlider glitzerten. Sie hatte sich für eins der Kleider von *Topshop* entschieden, die wir neulich zusammen anprobiert hatten. Das eng anliegende, schulterfreie mit den roten Pailletten und dem großen U-Boot-Ausschnitt, dazu High Heels.

Ich strahlte sie an. »Du siehst atemberaubend aus!«

Sie küsste mich auf die Wange. »Du auch.«

Sie küsste auch Ravi, der bei ihrem Anblick mit der Zunge schnalzte, dann wandte sie den Blick nach vorne zum Altar. Stephen hatte sich neben seinen Trauzeugen Neil gestellt, beide im schwarzen Anzug. Neil blieb kurz der Mund offen stehen, als er Yon erblickte, aber er fing sich schnell wieder. Er und Stephen wirkten so ungewohnt erwachsen und ernsthaft da vorne, dass mir ganz feierlich zumute wurde.

Ein Gospelchor fing an zu singen, und sofort stellten sich sämtliche Härchen an meinem Körper auf. Stephen wandte sich zur Tür, sah seine Alana und fing an zu weinen. Alanas schlichtes Kleid aus weißer Spitze betonte auf atemberaubende Weise ihre Kurven. Ihre Braids fielen bis zur Hüfte, im Arm trug sie einen wunderschönen Wiesenblumenstrauß, sogar mit Kornblumen.

Ravi und ich heulten im Grunde den gesamten Gottesdienst durch. Yon stupste mich mehrfach amüsiert an, obwohl sie selbst weinte, wenn auch unauffälliger als wir. Neil drehte sich immer wieder zu ihr um, auch er hatte Tränen in den Augen. Yon ignorierte ihn tapfer.

Mehrfach musste ich während der Trauung an Filipe denken. Daran, dass ich eine Zeit lang gedacht hatte, er und ich würden eines fernen Tages nebeneinander in Marial in der Kapelle über dem Meer stehen und uns die ewige Liebe schwören. Morgen würde er dorthin zurückfliegen, mit seiner Version der Geschichte im Gepäck, während ich hier mit meiner klarkommen musste.

Die Feier fand ein paar Straßen weiter in einem hübschen Pub mit blühendem Garten statt. Es gab ein deftiges Büfett unter einer mit Klematis berankten Pergola. Drinnen legte eine DJane Musik auf, ein paar ältere Verwandte schoben bereits über die Tanzfläche. Alana und Stephen hielten Händchen und glühten förmlich vor Glück. Zufrieden betrachtete ich die Sukkulenten auf den Tischen, die zusammen mit dem Glitzersand, den Stephens Mutter für die Gläser verwendet hatte, sehr geschmackvoll aussahen.

Beim Sektempfang stellte Alana sich mit dem Rücken zu den Gästen auf, um ihren Strauß zu werfen. Yon sah, was passierte, nahm meine Hand und zog mich ganz nach hinten.

»Wie ich das hasse!«, raunte sie mir zu.

Noch während sie sprach, traf sie etwas am Hinterkopf, und sie griff reflexartig danach. Die Menge grölte. Yon schüttelte sich leicht und schaute angewidert auf den Brautstrauß in ihren Händen.

»Den kannst du trocknen, dann hält er ewig«, erklärte ich, nur um irgendetwas zu sagen.

Yon funkelte mich empört an.

Als ich kurze Zeit später von der Toilette kam, sah ich Neil etwas abseits im Garten rauchen. Ich ging zu ihm und setzte mich neben ihn auf die mit Moos bedeckte Mauer.

»Wie geht es dir?«

Er blies Rauch in die Luft. Hinter ihm blühten Hortensien. »Ging schon mal besser.«

»Hm.«

»Kann ich etwas für dich tun?«

Neil zog seufzend an seiner Zigarette. »Ich fürchte, nein. Da muss ich jetzt durch.«

»Du liebst sie, oder?«

Neil betrachtete nachdenklich die Zigarette in seinen Fingern. »Leider ist Liebe manchmal nicht genug.«

Ich habe ihn wirklich unterschätzt, dachte ich, er ist ein feiner Kerl. »Da hast du wohl recht. Dabei glaube ich gar nicht, dass Grace ein Problem damit hätte. Niemand von uns würde Yon deswegen weniger respektieren.«

»Und wenn – ist es eh schon zu spät.« Neil drückte seine Kippe an der Mauer aus und warf sie in den danebenstehenden Mülleimer.

Ich sah ihn alarmiert an. »Warum glaubst du das?«

»Na, weil ich Grace davon erzählt habe.«

Ich riss die Augen auf. »Von euch? Wie hat sie reagiert?«

»Nicht von uns. Von Heinzmann.«

Ich starrte Neil an.

»Ich konnte dieses Arschloch damit nicht durchkommen lassen. Es ist wichtig, dass Grace weiß, was er bei Yon probiert hat. Als Chefin muss sie ihre Mitarbeiterinnen schützen. Und das kann sie nur, wenn sie weiß, was los ist.«

»Du bist mutig … Ich habe das ebenfalls in Erwägung gezogen, aber Yon wollte es unbedingt selbst regeln.«

»Ja, und deswegen wird sie mir nie verzeihen.«

Alles, was ich sagen wollte, kam mir vor wie ein billiger Trost. Wir wussten beide, dass er vermutlich recht hatte.

»Tja, so ist das nun mal im Leben. Manchmal muss

man das Richtige tun und den Preis dafür zahlen.« Neil stand auf. »Ich gehe tanzen, schließlich bin ich der Trauzeuge.«

Alanas und Stephens Eltern standen zusammen an der Bar und unterhielten sich, als ich mir ein Glas Wasser holte. Wie es wohl gewesen wäre, wenn meine Eltern die von Filipe getroffen hätten? Dazu war es nie gekommen.

Ich musste daran denken, was er gesagt hatte. Dass ich mich schlecht benommen hatte, weil ich mich nie bei Anita und Bruno gemeldet hatte. Ich sah seine oft ruppige deutsche Mutter vor mir, wie sie mich bei jedem Besuch an ihren großen Busen gedrückt und uns den ganzen Tag mit Essen versorgt hatte, als würden wir in Hamburg keins bekommen. Mit seinem Vater konnte ich mich schlechter unterhalten, weil ich nur wenig Portugiesisch und er kein Deutsch sprach, aber irgendwie hatten wir uns trotzdem verstanden. Wenn wir am Tisch saßen und alle wild durcheinanderredeten zum Beispiel. Dann grinste er mir manchmal mit seinen vielen kleinen Lachfältchen zu, und wir wussten beide, was er meinte. Ein schlechtes Gewissen kam in mir hoch, das ich lange verdrängt hatte. Sie hatten mich so warmherzig aufgenommen, mich bekocht und versorgt und ein Foto von mir und Filipe in ihren Flur gehängt, als wir erst wenige Monate ein Paar waren. Und ich war abgerauscht und hatte mich anschließend kein einziges Mal erkundigt, wie es ihnen ging. Noch dazu in einer Zeit, in der Brunos Mutter frisch verstorben war und alle trauerten. Was war ich nur für ein Mensch?

Aus einem Impuls heraus trat ich ins Freie, ging in die hintere Ecke des Gartens und zog mein Handy hervor. Ich hatte Anitas Nummer noch immer eingespeichert. Es war 21:13 Uhr an einem Samstagabend. Nicht der ideale Zeitpunkt für einen Anruf wie diesen, aber das war jetzt auch schon egal. Ich wählte ihre Nummer. Es klingelte fünf Mal, und ich wollte bereits auflegen – was für eine Schnapsidee! –, als sie dranging.

»*Olá?*«

Kurz versagte mir die Stimme. Sie klang so nah.

»Anita, bist du das?«

Sie schwieg einen Moment, wahrscheinlich überrumpelt davon, jemanden Deutsch sprechen zu hören. Um diese Uhrzeit.

»Wer ist denn da?« Im Hintergrund hörte ich portugiesisches Fernsehen, das nach und nach leiser wurde. Vermutlich hatte Anita den Raum verlassen.

»Ich bin es, Zoé.«

Wieder ein paar Sekunden Stille. Ich rechnete mit allem. Damit, dass sie mich beschimpfte. Mir Vorwürfe machte. Eisig und abweisend zu mir war. Ich rechnete sogar damit, dass sie auflegen würde. Nur mit dem, was dann geschah, rechnete ich nicht.

»Zoé!« Ich konnte hören, dass sie lächelte. »Na, das ist ja eine Überraschung.«

Es klang kein Stück ironisch oder vorwurfsvoll. Ich

hatte einen Kloß im Hals, so gerührt war ich von ihrer Reaktion. »Ich wollte fragen, wie es euch geht.«

»Ach, es geht uns okay, wir werden auch nicht jünger, weißt du? Bruno hat mit seinem Rücken zu kämpfen.«

»Das tut mir leid.«

»Ja, aber wir klagen nicht. Stell dir vor, wir ziehen in Cristinas Haus auf der Halbinsel.«

»Das ist eine gute Entscheidung, oder?«

»Die Kinder finden schon. Für uns wird es eine große Umstellung. Wie geht es dir?«

»Gut, danke.« Ich versuchte vergebens, den Kloß in meinem Hals hinunterzuschlucken. Es war mir unangenehm, dass Anita es womöglich hören konnte. »Hör mal, ich wollte mich entschuldigen.«

Ich hörte Wind rauschen. War Anita nach draußen gegangen? Raus auf den Hof, den ich so klar vor Augen hatte mit seinen Oliven- und Johannisbrotbäumen, den angrenzenden Weiden und Wiesen? Eine Ziege blökte im Hintergrund – und das gab mir den Rest.

»Ich bin einfach so aus eurem Leben verschwunden, das war nicht okay.« Ich heulte nun, es war zwecklos, dagegen anzukämpfen.

»Ach, Zoé …«

Wieso war sie nur so freundlich? Anders wäre es vielleicht leichter gewesen.

»Ihr wart so gut zu mir, und ich habe nie gefragt, wie es euch geht, mich nie von euch verabschiedet.« Ich wischte mit der Hand über meine tränennassen Wangen. »Es tut mir wirklich leid.«

»Ist schon gut«, sagte Anita sanft. »Es war einfach nicht der richtige Zeitpunkt für euch beide, leider. Ich glaube ja, man muss sich erst selbst finden, ehe man eine stabile Beziehung mit jemand anderem eingehen kann.«

Ich schniefte laut.

»Wie geht es deinen Eltern?«

»Gut, es geht ihnen gut.«

»Wo bist du? Ich höre Musik im Hintergrund.«

»Auf einer Hochzeit. Ich hab hier die Eltern des Brautpaars gesehen und musste an dich und Bruno denken.«

Ich konnte Anita wieder lächeln hören. »Geh wieder feiern, Zoé! Wir sind dir nicht böse.«

»Okay. Ich danke dir.«

»Viel Spaß auf der Hochzeit!« Wieder ein Ziegenblöken im Hintergrund, diesmal weiter weg. »Ach, und Zoé?«

»Ja?«

»Wir haben dich immer noch lieb.«

»Ich euch auch.«

Ich legte auf und heulte noch ein paar Minuten hemmungslos. Dann tupfte ich mir das Gesicht mit einem Taschentuch ab und schaute durchs Fenster des Pubs. Von drinnen hörte ich die ersten Töne von *I will survive*. Ich entdeckte Ravi und Alfie, die beide begeistert die Arme in die Luft rissen. Und dann ging ich rein und tanzte.

# 44

Das Dröhnen der Kaffeemaschine weckte mich. Draußen war es noch dunkel, die Tage wurden bereits kürzer. Bald würde ich später zum Pond aufbrechen müssen, wenn ich nicht im Stockfinstern durch den Heath laufen wollte. Kurz überlegte ich, ob ich mich umdrehen und weiterschlafen sollte, schließlich war ich gestern erst spät im Bett gewesen. Oder sollte ich schwimmen gehen, jetzt, wo der Teich noch leer war?

Von unten dröhnte es wieder. Ravi und seine Disziplin. Selbst wenn er bis tief in die Nacht feierte, öffnete er pünktlich sein Café. Ich musste schmunzeln beim Gedanken daran, wie wild Alfie, er und ich gestern noch getanzt hatten. Entschlossen schlug ich die Decke zurück. Nun war ich ohnehin zu wach, um wieder einzuschlafen, da konnte ich genauso gut aufstehen.

Meine Schwimmsachen im Rucksack, betrat ich das Café. Ravi stand vor sich hin singend in der Küche. Der Duft von frisch gebackenem Brot erfüllte den Raum.

Ravi drehte sich zu mir um. Hinter seinem Ohr steckte ein Stift. »Was machst du denn schon hier?«

Seine Schürze, seine Hände, seine Nasenspitze – alles war voller Mehl.

»Deine Mieterin will dir nur schnell Guten Morgen sagen.« Ich lehnte mich zu ihm und gab ihm einen Kuss auf die mehlige Wange. »Und sich bedanken, dass du gestern mitgekommen bist. Es war echt lustig. Ich gehe jetzt schwimmen.«

Ravi wusch sich die mehligen Hände und trocknete sie ab. »Ich fand es auch toll. Pass auf dich auf im Park! Du weißt, es gibt dort Geister.«

»Jaja. *See you later!*« Ich lachte und schob die Tür auf.

»Eins noch«, rief Ravi mir hinterher.

Ich hielt in der Bewegung inne.

»Du warst nie nur eine Mieterin für mich.«

»Ich weiß«, sagte ich und warf ihm eine Kusshand zu.

Auf dem Weg durch den Park kam mir ein Mann mit zwei sehr kleinen Hunden an der Leine entgegen. Ich erkannte ihn nicht sofort, weil er einen Hut aufhatte und konzentriert auf den Weg vor sich guckte. Erst als er ganz nah vor mir stand, schaute er flüchtig hoch.

»Arlo?«, fragte ich verwundert.

Ich konnte sehen, dass er überlegte, so zu tun, als hätte er mich weder gesehen noch gehört. Doch schließlich blieb er stehen. »Hi.«

Ich bückte mich zu den Hunden, zwei kleine Wuschel mit platten Schnauzen, wie ich sie oft bei älteren Damen in Hamburg sah. »Na, ihr zwei? Ihr seid ja süß!«

Die Hunde schauten mich etwas missmutig an, wobei ich mir nicht sicher war, ob das ihr natürlicher Gesichtsausdruck war oder sie mir signalisieren wollten, dass das Letzte, was sie um diese Uhrzeit brauchten, ein weiterer Mensch war, der ihnen durchs Fell strubbelte.

Ich richtete mich wieder auf. »Führst du die Mäuse für deine Vermieter spazieren?«

Er zog an den beiden Leinen in seinen Händen, die aussahen, als wären sie aus feinstem Rindsleder. »Ja, das sind Scarlett und Gwendolyn.«

»Ah.« Ich betrachtete wieder die Hunde, die mich immer noch so missmutig anschauten, als würden sie mir nicht über den Weg trauen.

»Du kommst gar nicht mehr ins *Honey & Wood.*« Jetzt suchte ich Arlos Blick.

Er wich mir aus, schaute rüber zu der großen Wiese, wo eine Trauerweide sich tief zur Erde beugte. »Ach, ja.«

»Ist alles okay bei dir?«

Er schob seine kleine runde Brille hoch. »Ja, schon.«

»Ich dachte immer, das Café wäre so etwas wie dein Büro.«

Arlo betrachtete seine Lederslipper. »Es ist mir alles etwas unangenehm, mit Ravi und so.«

»Verstehe. Sei doch einfach ehrlich zu ihm, dann kannst du wieder kommen.«

Er strich sich über den ausrasierten Nacken. »Ich bin mir nicht sicher, ob du das willst.«

»Ich?«

Er atmete tief ein. »Ich hab Ravi auf deiner Party meine Nummer gegeben, weil …«

Ich nickte ihm ermutigend zu, das interessierte mich brennend.

»Nun, ich war so übermütig plötzlich, das ist gar nicht meine Art. Ich habe diese Drinks im Verdacht.«

»Die Mimosas.«

»Ja, vermutlich. Jedenfalls hab ich dich nirgends mehr gesehen, und da … Da hab ich Ravi meine Nummer aufgeschrieben und ihn gebeten, sie dir zu geben. Ich hatte ja keine Ahnung, dass er … Er war wohl zu betrunken und hat es falsch verstanden.«

Ich starrte Arlo verwirrt an, woraufhin er ziemlich rot wurde. »Du hast … Du wolltest …«

»Dir die Nummer geben, korrekt. Ravi ist cool, aber … ich interessiere mich eher für Frauen.«

Ich ließ die Information sacken. Einer der Hunde hatte zu fiepen angefangen, während der andere sich im Schotter wälzte. Sicher nichts, was die Besitzer gutheißen würden, aber Arlo hatte gerade offensichtlich keinen Kopf dafür.

»Aber das Gedicht«, sagte ich, noch immer verwirrt. »Du hast doch ein Gedicht für Ravi geschrieben, über deine Lieblingszeit des Tages im Café. Darüber, dass du ihn siehst, dass du alles siehst, über den Tee.«

Arlo strich sich noch einmal über den Nacken.

»Wenn du es unbedingt noch unangenehmer machen willst: Das Gedicht handelt von dir. Von uns.« Erstmals sah er mir richtig in die Augen. »Es geht um deinen und meinen Tee jeden Morgen. Wir sitzen da beide immer ganz allein, scheinbar unsichtbar, aber ich sehe dich. Du hast auch mit einigem zu kämpfen, das konnte ich irgendwie spüren, und es hat mich mit dir verbunden.«

»Oh.«

»Es war nur so ein Ding aus der Ferne, etwas in meiner Fantasie. Ich hätte dich nie angesprochen, wenn du mich nicht beim Poetry-Abend zu deinem Geburtstag eingeladen hättest. Und nach den ganzen Drinks bei der Party dachte ich … Keine Ahnung, was ich dachte.«

»Verstehe.«

Er kratzte sich an der Nase. »Du musst nichts dazu sagen.«

»Möchte ich aber.« Ich zog meine Strickjacke enger um mich. Es war wirklich frisch heute Morgen. »Wenn ich die Nummer von Ravi bekommen hätte, hätte ich vermutlich Folgendes zu dir gesagt: Ich finde dich sehr sympathisch, aber ich hänge noch an jemand anderem. Ich muss das erst mal verarbeiten, glaube ich.« Da, ich hatte es laut ausgesprochen. Ein Fortschritt vermutlich.

Arlo winkte heftig ab. »Schon klar. Wie gesagt, es war eher so ein Fantasieding. Du hast mich inspiriert, weil du so zerrissen auf mich gewirkt hast – ganz hell und … auch manchmal ganz schön dunkel drauf.«

Unvermittelt fiel sein Blick auf die Hündin, die sich noch immer wälzte. Ihr Rückenfell war bereits gräulich. »Och nö, Gwendolyn!« Arlo zog sie an der Leine zu sich ran. »Die Hunde langweilen sich. Entschuldige mich, ich muss weiter.«

»Kein Problem.«

»Man sieht sich.«

Mit tausend Gedanken im Kopf sah ich ihm nach.

# 45

Dawn zog zu meiner Überraschung bereits allein ihre Kreise im Ladies' Pond. Als sie mich auf den Steg kommen sah, winkte sie fröhlich. Ich stieg ins Wasser, das mir täglich kühler vorkam.

»Wo ist Leslie?«, fragte ich, als ich bei ihr angekommen war.

»Noch kurz wohin.« Sie wies mit dem Kopf in Richtung Steg. »Sag mal …« Dawn schwamm gemächlich neben mir. »Jetzt, wo wir allein sind, muss ich dich noch etwas fragen.«

»Klar, schieß los!«

Ihre graublauen Augen blitzten im noch zaghaften Morgenlicht. »Du hast mir nie wirklich verraten, was du an Filipe geliebt hast.«

Ich sah sie überrascht an. Wie kam sie plötzlich darauf? Wir hatten seit unserem Wiedersehen nicht mehr über ihn gesprochen. Überhaupt hatte sie erst nach und nach angefangen zu sprechen, als müsste sie sich nach ihrer Schwimmpause zunächst wieder daran gewöhnen. Heute wirkte sie erstmals so hellwach wie bei unseren früheren Begegnungen.

»Du hast nur gesagt, was schiefgelaufen ist, dass er

dich betrogen hat. Aber … was war es, das ihn so besonders für dich gemacht hat? Warum kannst du ihn immer noch nicht vergessen?«

Das kalte Wasser zog an meinen Beinen. Ich schaute in Richtung Steg in der Hoffnung, dass Leslie kommen und mich von diesem Gespräch erlösen würde. Noch war sie leider nirgends zu sehen.

»Ich glaube, ich hab vor allem das an ihm geliebt, was nicht perfekt war«, antwortete ich schließlich. Neben uns breitete sich der Seerosenteppich aus. Eine erste Knospe öffnete sich zaghaft und zeigte ihre weiße Blüte. »Es klingt vermutlich albern, aber ich hab die fehlende Ecke an seinem Schneidezahn geliebt, die ihm als Kind herausgebrochen ist«, fuhr ich fort. »Den Knick in seiner perfekten Nase. Die Art und Weise, wie sich seine Stimme manchmal überschlägt, wenn er besonders schnell spricht, weil er mir unbedingt etwas erzählen will. Wie er isst, so voller Genuss, wie ein Kind, mit allen Sinnen. Wie er seine Oma angesehen hat, wenn er ihre Hand hielt. Wie er mir das Gefühl geben konnte, wir wären allein in einem Raum voller Menschen.«

Dawn lächelte weise.

»Andere sehen in ihm oft nur einen schönen Mann. Aber das wird ihm nicht gerecht. Er ist so viel mehr. Er ist klug und liebevoll und aufmerksam. Wenn er dich liebt, tut er alles für dich.«

Über uns in den Bäumen zog der Wind seine Kreise, ein Wind, der kälter war als in den letzten Wochen. Herbstwind.

Dawn seufzte verträumt. »Wild, freiheitsliebend und eine kleine Diva. Aber wenn es sich einmal für jemanden entschieden hat, ist es großzügiger als Bill Gates.«

Ich drehte mich zu ihr. »Was meinst du?«

»Du hast mir mal erzählt, dass so sein Herz ist. Eine kleine Diva, das mag ich immer noch.«

Vom Holzhaus hörte ich jemanden lachen.

Nein, dachte ich, sagte es aber nicht laut. Ich hatte das nicht über Filipes Herz gesagt, sondern über meins.

Ich schaute wieder in Richtung Steg, wo Leslie gerade über die Leiter ins Wasser stieg. Neben ihr platschte es. Dann kam ein lockiger Haarschopf an die Oberfläche, mit schnellen Bewegungen.

»Jamie!«, rief ich verblüfft. »Sie hat Jamie mitgebracht!«

»Ja, wir haben so lange gemeinsam gebettelt, bis Leslie endlich nachgegeben hat. Um diese Zeit wird ein Sechsjähriger niemanden stören, oder? Wir sind ja unter uns.« Dawns Stimme klang mit einem Mal ganz weich. »Wenn er größer ist, gehe ich einfach mit ihm in den Mixed Pond. Man ist nie zu alt für wichtige Veränderungen.«

Jamie machte für sein Alter beeindruckend gekonnte Brustschwimmzüge in unsere Richtung. Dabei streckte er seine süße Stupsnase in die Luft. »Oma!«, rief er. Sein helles Lachen hallte über den Pond. »Oma, ich liebe dich!«

Dawn drehte sich zu mir. Zum ersten Mal, seit ich sie kannte, strahlte sie übers ganze Gesicht. »Unsere Herzen sind sich sehr ähnlich.« Dann schwamm sie auf ihren Enkel zu. »Ich liebe dich auch, mein Jamie!«

In diesem Moment platzte etwas in mir. Der Junge, die Seerosen, das Wasser, Dawn, alles um mich herum verschwamm. Ich sah nur noch Filipe vor mir, über den Klippen, die Arme um mich geschlungen.

*Zusammen schaffen wir das, meine* fada.

Und da wusste ich es wieder. Worüber wir gestritten hatten an jenem Tag. Es war nicht seine Familie gewesen. Sondern Marc. Marc, der mir immer mal wieder schrieb, was Filipe störte. Aus gutem Grund. Die Bilder einer Nacht wurden in mir nach oben gespült, ich sah sie plötzlich so glasklar vor mir, als wäre es gestern gewesen. Ich sah Filipe und mich auf der Bank an der Außenalster. Ich hörte, wie er mir seine Liebe gestand. Ich spürte wieder die Panik in meinem Bauch. Er würde fortgehen, schon morgen. Ich hatte mich doch nicht etwa in ihn verliebt? Ich wollte mich doch nicht verlieben! Filipe fuhr allein in seine WG, er musste packen. Ich bot ihm keine Hilfe an, ich floh. Eine Freundin schrieb mir, sie sei auf einer Party in Eppendorf, ich solle vorbeikommen. Ich machte mich auf den Weg, jede Ablenkung war mir recht. Ich trank zu viel und unterhielt mich mit einem Mann, den ich bis dato nicht kannte. Marc. Er war nett und aufmerksam, er lenkte mich ab, am

Ende der Nacht knutschten wir. Ich weiß noch, wie ich dachte: Ha, siehst du, du bist nicht verliebt! Alles gut, das wird wieder. Zu Hause schrieb ich Filipe jene herzlose Nachricht:

> Sorry, schaffe es nicht, dich zu bringen.
> Guten Flug!

Als ich aufwachte, mit dickem Schädel, war das Erste, was ich bemerkte, sein Geruch. Mein Bett roch nach Filipe. Was hatte ich getan? Filipe saß längst im Flieger nach Portugal und dachte, er würde mir nichts bedeuten. Dabei liebte ich ihn. In diesem Augenblick wusste ich es ganz genau. Ich setzte mich hin und schrieb ihm jenen Brief, in dem ich mich entschuldigte, ihm meine Liebe gestand, und Tage später kam er zurück nach Hamburg. Wir wurden wieder ein Paar, diesmal so richtig. Mein schlechtes Gewissen aber blieb. In einem schwachen Moment erzählte ich ihm von Marc, davon, dass es mir nichts bedeutet hatte. Er verzieh mir. Aber es wurmte ihn, dass Marc mir trotzdem noch schrieb. Dass ich es als bedeutungslos abtat. Ein Bekannter, nichts weiter.

Wie musste es sich für ihn angefühlt haben, als er mitbekam, dass ich mit Marc zusammenzog, wenige Monate nachdem wir uns getrennt hatten?

Ich schwamm auf der Stelle, mit einem Mal wieder ganz im Hier und Jetzt, außer Atem. Filipe hatte recht: Ich hatte ihn zuerst betrogen.

Jamie war bei Dawn angekommen. Er strampelte wild. »Es ist soooo kalt, Oma, findest du nicht?«

Sie gluckste. »Du musst dir nur warme Gedanken machen, mein Engel.«

Ich erwachte aus meiner Schockstarre. Bewegte meine Arme und Beine, die sich wie tiefgefroren anfühlten, so schnell es mir möglich war. Nie war mir der Weg zum Steg länger vorgekommen.

»Ich muss los!«, rief ich den anderen von der Leiter aus zu. »Ich habe noch etwas zu erledigen.«

Dawn winkte mir mit einem wissenden Lächeln.

Ich eilte zur Bank, trocknete mich ab, zog mich an, schulterte meinen Rucksack und lief durch den Heath. Wochenlang Zeit hatte ich gehabt für dieses Gespräch, zig Gelegenheiten. Hoffentlich war es jetzt nicht zu spät.

Ich nahm die Overground, wechselte in die U-Bahn, zählte innerlich die Haltestellen. An der Station Old Street stieg ich aus, lief die Straße hinunter, passierte das Café, in dem ich Filipe erstmals von Dawn erzählt hatte, drängte mich an den Ständen des Columbia Road Flower Market entlang, wo ich im Vorbeieilen eine Topfpflanze kaufte, die ich vorsichtig in meinem Rucksack verstaute.

Minuten später stand ich vor dem Haus mit dem wilden Wein. Die Haustür war nur angelehnt, und ich ging durchs kühle Treppenhaus rauf in den ersten Stock. Auch die Wohnungstür stand offen. Der Geruch von Essigreiniger wehte heraus.

»Filipe?« Ich trat in den Flur.

Ein Mann kam aus dem Schlafzimmer, einen Feudel in der Hand. »Hallo, kann ich helfen?«

»Ich suche Filipe, er wohnt hier.«

»Der letzte Mieter ist heute früh ausgezogen.«

O nein!

»Er hat mir vorhin den Schlüssel übergeben. Er wollte die *Tube* nach Heathrow nehmen.«

»Danke!«

Damit machte ich kehrt und eilte wieder nach draußen. Im Laufen zog ich mein Handy heraus und versuchte, Filipe anzurufen, aber er ging nicht ran. Vermutlich war er schon fast am Flughafen. Ich suchte in meiner Karten-App nach der schnellsten Verbindung und sprang in den nächstbesten Bus. Er war ungewöhnlich voll für einen Sonntag, aber das registrierte ich nur nebenbei. An der Liverpool Station wechselte ich in die Elizabeth Line, in der Reisende mit mehreren Koffern den Gang blockierten. Ich reckte mich hoch zu einem Handgriff. Die Gerüche verschiedener Menschen kitzelten mich in der Nase: Deo, Kaffee, Weichspüler, Schweiß. Ich hielt mich fest und versuchte, ruhig zu atmen. Die Bahn ratterte laut von Station zu Station. Dazwischen konnte ich sehen, wie nah die Tunnelwände den Scheiben waren. Wenn man die Fenster geöffnet hätte, hätte man die Leitungen berühren können. Ich zwang mich wegzuschauen, als die *Tube* plötzlich ein schrilles Geräusch machte. Sie bremste so abrupt, dass ich gegen meinen Vordermann gedrückt wurde, der fast das Gleichgewicht verlor.

Absurderweise war mein erster Gedanke: Hoffentlich ist die Pflanze nicht zerdrückt worden.

Der zweite war: Wie komme ich hier raus?

Die Wände da draußen waren zu nah, der Tunnel zu eng. Wie würde man uns evakuieren, wenn ein Feuer ausbrach? War etwa ein Feuer ausgebrochen? Ich versuchte, die Vorstellung wegzuschieben, weil ich wusste, dass ich gar nicht erst in dieses Gedankenkarussell einsteigen durfte.

Die Stimme des Zugführers dröhnte aus den Lautsprechern: »Unsere Weiterfahrt verzögert sich wegen eines voranfahrenden Zuges, der noch in der Station Bond Street steht.«

Keine Evakuierung also, kein Feuer. Mein Puls war schon in Startposition gewesen, bereit davonzurasen. Ich schloss die Augen und überlegte, an was ich denken könnte. Was mich beruhigen würde.

Und dann dachte ich an Filipe. Im Zeitraffer sah ich, wie er mir vor der Tate Modern die Hand auf die Schulter legte. Ich sah uns an der Themse entlangspazieren, reden und lachen. Ich sah ihn auf dem Baumstamm im Park sitzen. Wie er mir zuhörte, als ich glaubte, einen Geist gesehen zu haben und den Verstand zu verlieren. Und ich sah uns nachts bei Vollmond auf dem Steg am Ladies' Pond.

*Glaubst du, dass Menschen sich ändern können?*, hatte er mich gefragt.

Wenn ich ganz ehrlich zu mir war, hatte Filipe sich nicht verändert. So wie er in den vergangenen Wochen gewesen war, war er immer schon gewesen. Genau deswegen hatte ich ihn so geliebt. Deswegen liebte ich ihn noch immer. Dass ich mich trotzdem von ihm getrennt hatte, hatte vermutlich mehr mit mir zu tun als mit ihm. Mit meiner eigenen Unsicherheit. Zu laut, zu bunt, zu grell. Ich hatte am Ende selbst nicht geglaubt, dass es so eine Liebe wirklich geben konnte. Dass ausgerechnet ich so viel Glück verdient hatte.

Die ganze Zeit über hatte ich nach Indizien gesucht, die meine Zweifel bestätigten. *Er ist ein Draufgänger, richtig? Jemand, der so aussieht, kann nur ein Playboy sein. Der kann nicht wirklich nur mich wollen.* Wohin wir auch gingen, immer schauten andere Frauen ihn an.

Er jedoch hatte im Grunde nur einmal etwas getan, was mein Bild von ihm untermauerte. Er hatte es zugegeben, aber ich hatte ihm nie die Chance gegeben, es zu erklären, sich zu entschuldigen. Damit hatte ich ihm unrecht getan. Er war schon immer so gewesen wie während der letzten Wochen. Ich dagegen hatte mich verändert.

Der Zug ruckelte leicht, machte ein quietschendes Geräusch und fuhr wieder los. Ich öffnete die Augen. Mein Herz schlug ruhig, mein Atem ging ganz normal. Ich blickte mich im Abteil um. Die Menschen schauten auf ihre Mobiltelefone, als wäre nichts gewesen.

Ganz am Ende des Wagens sah ich durch eine Lücke hindurch einen schlanken dunkelhaarigen Mann stehen. Er hatte einen Koffer dabei und schaute aus dem Fenster. Während der Zug wieder Fahrt aufnahm, drehte er sich in meine Richtung und sah mich an.

# 46

An der nächsten Station drängelte ich mich zu Filipe durch.

Er sah mich erstaunt an. »Was machst du hier?«

»Die Frage ist eher, warum ich es erst jetzt mache.«

»Was meinst du?«

»Dich zum Flughafen bringen. Dich verabschieden, wie du es für mich tun würdest.«

Etwas in seinem Gesicht veränderte sich.

»Wie du es für mich getan hättest.«

Draußen wurde es hell. Die Bahn hatte den Tunnel verlassen und fuhr oberirdisch weiter. Filipe und ich standen nebeneinander und blickten hinaus auf die Londoner Vororte.

»Bist du traurig, dass deine Zeit hier nun vorbei ist?«, fragte ich ihn.

»Schon«, antwortete er. »Aber es ist gut, dass ich heimfliege. Ich muss nach dem Hof sehen, meinen Eltern beim Umzug helfen, schauen, ob sich Daniels Idee umsetzen lässt.«

An der nächsten Station stiegen einige Leute aus, und wir konnten uns setzen. Filipe klemmte seinen Koffer zwischen die Knie.

Ich lehnte mich etwas zu ihm. »Ich möchte mich bei dir entschuldigen.« Es war mir egal, dass wir nicht allein waren, dass Leute um uns herum saßen, die vielleicht zuhörten und Deutsch verstanden. Ich musste das loswerden. »Dafür, dass ich dich damals nicht zum Flughafen gebracht habe. Und für alles andere.«

Filipe sah mich ruhig an.

»Du hast mir verziehen, was ich dir nicht verzeihen konnte. Ich glaube, es lag daran, wie unsicher ich war.«

»Das waren wir wohl beide.«

»Es tut mir leid, dass ich dich einfach aus meinem Leben gestrichen habe. Mein Verhalten war schrecklich. Ich kann nicht fassen, dass du überhaupt noch mit mir sprechen wolltest. Dass ich dann so schnell zu Marc gezogen bin, ausgerechnet … Es war im Grunde das Gleiche wie bei dir. Du hast bei verschiedenen Partnerinnen nach dem gesucht, was wir hatten. Ich bei Marc.«

Draußen wurden die Häuser kleiner, der Himmel weiter. Filipe sagte nichts, er sah mich nur an.

»Du hast mich gefragt, ob Menschen sich ändern können«, fuhr ich fort. »Und ich glaube, das können sie. Ich habe mich verändert. Ich kann jetzt sehen, was mein Fehler war. Ich habe uns boykottiert, weil ich dachte, es nicht wert zu sein. Ich habe dich verletzt, und das tut mir unendlich leid.«

Erst als Filipe nach meiner Hand griff, bemerkte ich,

dass ich hektisch an meinen Piercings herumgespielt hatte. Er umschloss meine Finger fest mit seinen. »Ich weiß es sehr zu schätzen, dass du das sagst.«

Einige Minuten später fuhr die Bahn wieder in einen Tunnel. *»Next station: Heathrow Airport, Terminal 1 and 2.«*

Filipe ließ meine Hand los. Wir stiegen aus.

»Ich bringe dich noch, wenn das okay ist«, sagte ich.

Filipe nickte nur. Wir liefen durch endlose Gänge und Tunnel und Hallen, bis zum Check-in, wo er seinen Koffer abgab. Vor dem Security-Bereich blieb er stehen.

Er wendete die Bordkarte in seinen Händen. »Zoé, an deinem Geburtstag … Ich wollte dich nicht verletzen. Ich hab nur gemerkt, dass ich nicht einfach da weitermachen kann, wo wir aufgehört haben.«

»Das verstehe ich.«

Er zog etwas aus seiner Hosentasche. Es war ein ausgeblichener Umschlag. »Das ist dein Brief. Man kann nichts mehr lesen, weil er mal nass geworden ist. Aber ich trage ihn immer noch bei mir. Ich trage dich immer noch bei mir. Jeden Tag.«

Er schaute mich fest an. Bis ich es nicht mehr aushielt und zur Anzeigentafel hochsah, wo die Abflüge aufgelistet waren. Filipe steckte den Brief wieder in seine Hosentasche.

Da fiel mir etwas ein. Ich kniete mich hin, öffnete meinen Rucksack, wickelte die Pflanze aus dem Papier. Ein Glück, sie war nicht beschädigt.

Ich reichte den Topf Filipe, der mit den Tränen kämpfte. »Eine kleine Erinnerung an den Blumenmarkt und deine Zeit hier.«

Etwas hilflos betrachtete er die Pflanze in seinen Händen. »Oh, danke, wie lieb von dir!«

Ich hielt noch immer das Papier in meinen Händen. »Willst du … Du könntest sie einwick…«

Mit einem langen Schritt war er bei mir. Das Papier fiel zu Boden, während ich beide Arme um ihn schlang. Und dann küsste er mich. Mitten im Terminal 2, zwischen unzähligen Reisenden. In mir wurde alles grell und bunt und laut – es fühlte sich genau so an, wie Küsse sich anfühlen sollten.

Schließlich riss er sich los und lief in Richtung Security. Ein paar Meter weiter blieb er stehen und drehte sich noch einmal um. Er betrachtete mich, in einer Hand die Bordkarte, in der anderen die Topfpflanze. »Was muss ich beachten, damit sie sich in Portugal wohlfühlt?«

»Finde am besten einen windstillen, geschützten Ort für den Winter. Sie ist ein Vergissmeinnicht. Wenn du gut zu ihr bist, wird sie im nächsten Frühjahr weiße Blüten tragen.«

Seine Augen glitzerten feucht, aber sein Mund verzog sich zu einem breiten Lächeln. »Wie heißt sie denn?«

Ich strahlte ihn an. »Zoé.«

## Vier Monate später

Im hinteren Teil des Ladies' Ponds, dort, wo im Sommer die Seerosen blühten, hatte sich eine erste feine Eisschicht gebildet. Ich konnte sie vom Steg aus sehen, als ich meine Neoprenhandschuhe anzog. Dawn war schon dabei, die Leiter hinunterzusteigen. Auch sie trug Handschuhe und eine große Wollmütze, die Leslie ihr über die Schwimmhaube gezogen hatte. Die Bojen waren näher an den Steg verlegt worden, weshalb der Schwimmbereich um diese Jahreszeit kleiner war.

Entschlossen stieg ich die Sprossen hinab und ließ mit einem kleinen Juchzer los. Das Wasser war so kalt, dass es mir die Lunge zusammenzog. Ruhig atmete ich dagegen an. Leslie und Dawn sprachen neben mir über Jamie, der heute früh geschimpft hatte, dass er in die Schule musste, während wir schwimmen durften. Leslie hatte ihm versprochen, ihn wieder mitzunehmen, sobald der Teich über vierzehn Grad hatte.

Seit jenem Tag im August, an dem Leslie Dawn zum

ersten Mal hierherbegleitet hatte, waren wir fast jeden Tag im Wasser gewesen. Einmal musste Dawn aussetzen, weil sie eine Erkältung hatte. Einmal konnte Leslie nicht, weil Jamie krank war. Aber an allen anderen Tagen waren wir geschwommen.

Wir waren geschwommen, als die Tage kürzer wurden. Als die Blätter von den Bäumen segelten, wie kleine Schiffe auf der Oberfläche trieben und schließlich im Teich versanken. Als die Zweige der Bäume um den Teich kahl wurden, das Schilf braun. Und der Pond so empfindlich kalt, dass wir Handschuhe brauchten, weil unsere Finger schmerzten.

»Winterschwimmen ist am besten«, sagte Dawn neben mir. Ihre Wangen waren rosig, ihre Augen hellwach. Mit jedem Grad, um das die Wassertemperatur sank, wirkte sie ein Jahr jünger auf mich.

Leslie schloss zu uns auf. »Ja, diese Kälte tötet alles in dir ab, was da nicht hingehört.« Ihre Atemwolken schwebten wie Nebel über der Wasseroberfläche.

Je kälter der Pond wurde, desto weniger Frauen kamen zum Schwimmen. Und desto weniger Geschichten trieben nach oben. Als wären sie in den Winterschlaf gefallen und warteten auf den Frühling.

»Feierst du eigentlich Weihnachten mit Ravis Familie?« Dawn drehte sich gekonnt auf den Rücken.

»Er fliegt mit Bina nach Mumbai«, antwortete ich. Am Ufer knisterten die Schritte einer Ente auf dem Raureif.

»Zieht sie wirklich zu ihm?« Dawn schnaufte leise.

»Ja, sobald ich nächsten Sommer abreise, will Ravi in mein Apartment ziehen, und Bina wird mit den Kindern in seinem wohnen. Und am besten finde ich, dass ich beide Wohnungen vorher noch etwas hübsch machen darf. Neil will mir helfen. Ich habe schon eine Liste mit passenden Pflanzen angelegt. Meine Schätze werde ich auch hierlassen, dann habe ich einen Grund mehr, alle zu besuchen.«

Wir lachten.

»Noch mal zum Thema Weihnachten.« Leslie trug die gleiche Wollmütze wie ihre Mutter, sie hatte beide selbst gestrickt. »Willst du wirklich nicht nach Hause zu deinen Eltern fliegen?«

»Nein, dieses Jahr gehört nur mir.« Meine Zehen begannen zu kribbeln, es wurde Zeit rauszugehen. »Auch wenn ich sie an den Feiertagen noch mehr vermissen werde als ohnehin schon.«

Dawn wechselte wieder auf den Bauch und nickte ihrer Tochter zu.

Leslie wandte sich zu mir. »Hättest du vielleicht Lust, mit uns zu feiern? Jamie würde sich riesig freuen. Und Mum macht den besten Christmas Pudding der Welt.«

Meine Finger wurden bereits taub, aber trotzdem durchströmte mich ein warmes Gefühl. Es war das Gefühl, genau zur richtigen Zeit am richtigen Ort zu sein. Das richtige Leben zu leben. »Es wäre mir eine Ehre«, antwortete ich.

Ein paar schüchterne Sonnenstrahlen kämpften sich durch die tiefen Wolken, als wir uns abtrockneten. Die erste Sonne seit Wochen. Harriet und Laurie trafen ein und winkten. Sie zogen sich an einer anderen Bank um, und ich hörte sie lachen, während ihre Atemwolken in die klare Winterluft hinaufschwebten.

Leslie half Dawn in ihre Wollleggins, und auch ich zog eine lange Unterhose unter meine Jeans, um auf dem Weg zur Bahnstation nicht zu sehr auszukühlen. Mittlerweile wusste ich: Wenn man nach einem Eisbad einmal wieder aufgewärmt war, blieb man es für den Rest des Tages. Als trüge man seinen eigenen kleinen Ofen mit sich herum.

Ich schulterte meinen Rucksack, winkte Dawn und Leslie und machte mich auf den Weg. Am Eingang zum Ladies' Pond hatte eine Zeitungsverkäuferin ihren Wagen abgestellt. Ich warf im Vorbeigehen einen Blick auf die Titelseite. Es ging um ein Charity-Event für von Armut betroffene Kinder. Auf einem Gruppenbild mit Herren in Smokings stand Jeff Heinzmann in der Mitte, ein schneeweißes Grienen im Gesicht.

Kopfschüttelnd ging ich weiter. Vermutlich versuchte unser ehemaliger Kunde damit sein Image aufzupolieren, nachdem eine frühere Assistentin ihn wegen sexueller Belästigung verklagt hatte. Ein Foto der Klägerin war neulich ebenfalls auf dem Titelblatt der Zeitung abgebildet gewesen – eine sympathisch aussehende junge Frau, deren Eltern laut Artikel aus Malaysia stammten. Ich hoffte, sie bekam in dem Prozess alles, was ihr zustand, und gerne noch mehr.

»Karma und Yons Zeugenaussage werden schon dafür sorgen«, hatte Grace uns versichert, lange nachdem sie die Zusammenarbeit mit Heinzmann beendet hatte.

Yon hatte sie vorzeitig einen Folgevertrag angeboten. Als allererster Praktikantin überhaupt. Alfie meinte, sie habe ein schlechtes Gewissen, weil sie ihre Mitarbeiterin nicht besser geschützt hatte. Neil und ich dagegen hegten keinen Zweifel daran, dass Grace ihr den Job angeboten hatte, weil Yon die beste Innenarchitektin war, die jemals einen Turnschuh in ihre Agentur gesetzt hatte.

Ich zog den Reißverschluss meines Winterparkas bis ganz oben zu und lief durch den Park. Aus meiner dicken Wollmütze schauten die hellen Spitzen meiner mittlerweile etwas über kinnlangen Haare heraus. Ich hatte beschlossen, sie wachsen zu lassen. Mein Magen knurrte. Winterschwimmen machte noch hungriger als Sommerschwimmen. Ich konnte es kaum erwarten, gleich vor einem großen Teller Ei, Sauerteigbrot und Ofentomaten im *Honey & Wood* zu sitzen, umgeben von kleinen Tannenzweigen, an denen Weihnachtsdekoration hing.

Hoffentlich war Ravi schon da. Seit er angefangen hatte, mit Alfie und seiner Clique auszugehen, schlief er am Wochenende manchmal aus. Er hatte dafür sogar extra eine neue Mitarbeiterin eingestellt, die fast noch besseren French Toast machte als er, was ich natürlich nie laut gesagt hätte. Zwischen den Jahren, wenn er mit Bina in Indien und die Agentur geschlossen war, würde auch ich ein paar Schichten übernehmen, um mir etwas dazuzuverdienen. Nur im Service, das hatte ich Ravi versprochen. Er kannte mich mittlerweile gut genug, um mich nicht in seine Küche zu lassen. Was er wohl wieder für Partygeschichten von gestern zu erzählen hatte?

Heute Abend würde mein lieber Freund hoffentlich wieder fit sein, denn wir waren alle zu einer Adventsfeier in Yons WG eingeladen. Mal schauen, wie lange Neil und Yon es aushielten, bis sie sich zwischendurch rausschlichen. Alle wussten inzwischen Bescheid, auch Grace. Aber wir taten ihnen den Gefallen und ließen uns nichts anmerken, wenn sie mit rot geküssten Gesichtern von ihrer »Raucherpause« zurückkamen. So ging das nun schon seit fast zwei Monaten, seit Yon nicht mehr gegen ihre Gefühle ankämpfte und endlich eingesehen hatte, dass Neil nur aus Liebe mit Grace gesprochen hatte.

Als ich am Fuß des Parliament Hill ankam, klingelte mein Telefon. Mit einem Lächeln ging ich dran. »Guten Morgen.«

»Morgen, wo steckst du?« Filipe klang hellwach.

»Ich komme gerade vom Schwimmen.« Die Finger, die mein Telefon hielten, waren eiskalt, aber in mir glühte es bereits.

»Du bist echt unglaublich. Ist es dir immer noch nicht zu kalt?«

»Nein, es war herrlich. Arbeitest du etwa schon?« Ich lauschte, ob ich die Ziegen im Hintergrund hörte, aber sie schliefen offenbar noch.

»Daniel hat mit der alten Scheune angefangen, das wird uns noch beschäftigen.«

»Glaube ich.«

»Ich war gestern bei meinen Eltern, sie haben sich gut eingewöhnt. Mama lässt dich grüßen.«

Ich musste schmunzeln. »Meine grüßt natürlich auch.«

»Zoé, ich muss dich etwas fragen.« Mit einem Mal klang Filipe ernst.

Der Weg ging steil bergauf, und ich blieb kurz stehen. »Geht es um die Flüge? Ich komme dich bald besuchen, versprochen.«

»Es geht um etwas anderes.« Er klang außer Atem. »Ich muss immer wieder an eine Sache denken. Glaubst du, Menschen können sich zum falschen Zeitpunkt kennenlernen? Ich meine … Wenn wir uns heute kennengelernt hätten, mit dem, was wir mittlerweile wissen, so wie wir aktuell sind … Wir hätten es besser gemacht, oder?«

Ich klemmte das Telefon zwischen Schal und Schulter und rieb meine Finger. »Es ist vor neun an einem Samstagmorgen und schon so tiefgründige Themen?«

»Was hältst du davon, wenn wir es probieren?«

»Das fragst du mich einfach so, am Telefon?«

»Ja, ich muss es jetzt wissen. Das kann nicht mehr

warten.« Seine Stimme überschlug sich zwischendurch, und er sprach immer schneller, wie immer, wenn er mir etwas unbedingt erzählen wollte. »Wir telefonieren jeden Tag. Wir teilen alles miteinander. Du bist richtig in London angekommen, ich fühle mich in Marial endlich frei. Lass es uns doch einfach versuchen. Was soll schlimmstenfalls passieren?«

Erinnerungsblitze zuckten durch meine vom eisigen Wasser glasklaren Gedanken. Dawn neben mir im Pond, ihr weises Lächeln, um uns herum noch Blätter und Blüten und Sommer.

*Finde jemanden mit einem ähnlichen Herzen.*

»Wenn du Ja sagst, verrate ich dir ein Geheimnis.«

»Filipe!«

»Komm schon, spiel mit, meine *fada*!« Er nannte mich ab und an wieder so, seit einigen Wochen. Es brachte mich jedes Mal zum Lächeln.

Ich nahm das Telefon in meine noch immer eiskalten Hände. »Lass uns doch bald persönlich in Ruhe darüber reden.«

Er lachte. »Okay, machen wir es anders. Dreh dich nach rechts. Was siehst du?«

Ich wandte mich nach rechts. »Grauen Londoner Dezemberhimmel. Ich bin auf dem Rückweg. Wobei, ganz oben sieht man schon die Sonne.«

Weit über mir thronte die mächtige Eiche am höchsten Punkt des Heath. Alle ihre Blätter waren heruntergefallen, aber sie sah immer noch majestätisch aus mit ihren ausladenden Zweigen. Darunter, winzig klein im Vergleich, stand ein Mann im hellen Morgenlicht. Er trug einen Daunenmantel, eine Mütze und Handschuhe. Seine untere Gesichtshälfte hatte er so tief in einem Schal vergraben, dass ich kaum etwas von ihm erkennen konnte. Und trotzdem wusste ich genau, wer da stand, hoch über Hampstead, wie eine menschliche Leuchtreklame.

*Was soll schlimmstenfalls passieren?*

»Zoé?«, hörte ich ihn am anderen Ende der Leitung fragen. »Sag, was siehst du noch?«

Und dann legte ich auf und rannte den Berg hoch.

Zoés
Pflanzenfamilie

## Feigenkaktus Ernie und Kugelkaktus Bert

Ernie und Bert sind unkomplizierte, ziemlich introvertierte Gesellen. Im Grunde möchten sie vor allem ihre Ruhe haben. Ihr einziger bescheidener Wunsch: ein hübsches, sonniges Plätzchen. Je mehr direkte Sonne, desto schöner färben sich Berts gelbe Dornen, und desto größer ist die Chance, dass Ernie blüht oder sogar seine essbaren, sehr schmackhaften Früchte trägt. Beide freuen sich, wenn alle zehn bis vierzehn Tage jemand mit einem kleinen Drink vorbeikommt – im Sommer gern ab und an „mit Schuss“ (Kakteendünger). In den Wintermonaten brauchen sie noch weniger Wasser und keinen Dünger. Ernie und Bert wachsen zwar extrem langsam, müssen aber trotzdem nach drei bis vier Jahren umgetopft werden. In der Natur können die beiden bis zu fünf Meter hoch werden.

**Eignen sich für:** Gemütliche Haushalte, die sich einfach an den beiden Kumpels erfreuen, ohne viel an ihnen herumzufummeln.

**Eignen sich nicht für:** Wasserratten. Bei Staunässe entwickeln Ernie und Bert Wurzelfäule und gehen ein.

- Brauchen viel 

- Bloß nicht zu viel 

## Glückskastanie Heidi

Wer eine Glückskastanie zu seinen Mitbewohnerinnen zählt, dem beschert sie Wohlstand – zumindest besagt das die Feng-Shui-Tradition. Ihre hübschen handähnlichen Blätter sollen Geld einfangen und festhalten. Außerdem ist sie mit ihrem oft geflochtenen Stamm und der sattgrünen Krone ein echter Hingucker. Heidi wünscht sich einen hellen Standort, an dem ihre Schönheit gut zur Geltung kommt – allerdings ohne direkte Sonneneinstrahlung. Im Sommer zieht sie auch gern auf ein schattiges Plätzchen auf einem wind- und regengeschützten Balkon um. Da Heidi in ihrem Stamm viel Wasser speichern kann, muss man sie nur einmal in der Woche gründlich gießen. Überschüssiges Wasser sollte danach aus dem Untertopf entfernt werden. Fun Fact:
Bei feuchtwarmem Wetter kann Heidi über ihre Blätter kleine Tröpfchen „ausschwitzen“.

**Eignet sich für:** Energiesparer. Im Winter mag Heidi am liebsten kühle Räume um die fünfzehn Grad.

**Eignet sich nicht für:** Kleine Wohnungen. Heidi kann bis zu zwei Meter hoch werden, weswegen sie auch den Spitznamen „Zimmerbaum“ hat.

- Bringt angeblich Glück und macht
10€
· Lebt im Sommer gern unter freiem

## Mini-Sukkulenten
## Mariah, Whitney und Celine

Mariah, Whitney und Celine tragen zwar die Namen echter Popdiven, sind aber im Grunde bodenständige Zeitgenossinnen. Sie verlangen keine roten Teppiche, Rosenduftkerzen oder Raumbefeuchter, sondern brauchen lediglich gut durchlässige mineralische Kakteenerde oder ein spezielles Sukkulenten-Substrat, ein sonniges, warmes Plätzchen, das sie an ihre wüstenähnliche Heimat erinnert, und alle sieben bis zehn Tage ein kleines bisschen Wasser. In ihren dickfleischigen Blättern können sie Feuchtigkeit nämlich richtig lange speichern. Am liebsten wachsen sie in Tontöpfen – nicht nur, weil sie hübscher sind als welche aus Plastik, sondern auch, weil sich die Feuchtigkeit darin weniger staut. Der einzige wichtige Punkt auf Mariahs, Whitneys und Celines kurzem Backstage-Rider: bloß nicht zu viel gießen, sonst gehen sie ein wie ein Star ohne Rampenlicht.

**Eignen sich für:** Trendsetterinnen, denn sie stehen mittlerweile weltweit als Deko in schicken Shops und stylischen Cafés.

**Eignen sich nicht für:** Umtopf-Muffel. Irgendwann wird selbst die kleinste Diva zu groß für ihren Minitopf.

– Mögen am liebsten

einen  aus Ton

– Alle sieben bis

zehn Tage wenig

## Farn Harry

Harry ist ein Abenteurer, sein natürlicher Lebensraum ist der Regenwald. Er wächst dort in tropischem Klima, am liebsten am Ufer von Wasserfällen, in Schluchten oder Felsspalten. Daher mag er es auch in Wohnungen gern schattig und feucht. Am besten stellt man ihn an ein Fenster mit Nordausrichtung, ins Badezimmer oder in eine Zimmerecke ohne direkte Sonneneinstrahlung. Harry muss regelmäßig gründlich gegossen werden, am besten sollte seine Erde immer leicht feucht sein. Ab und an genießt er es, mit dem Wurzelballen in einen Wassereimer getunkt zu werden – einfach warten, bis es blubbert, und dann gut abtropfen lassen. Zum Glück kann Harry recht deutlich zeigen, wenn er sich nicht wohlfühlt: Wenn seine Blätter sich gelb färben, hat er zu viel Sonne abbekommen. Haben sie braune Flecken, ist es ihm zu nass. Vereinzelte braune Blätter kann man mit einem scharfen Messer entfernen.

**Eignet sich für:** Warmduscher. Bei feuchtwarmem Klima, zum Beispiel im Badezimmer, fühlt Harry sich pudelwohl.

**Eignet sich nicht für:** Dauerlüfter, denn Harry reagiert empfindlich auf Zugluft.

- Mag gern ab und
an mit unter die

- Vorsicht bei

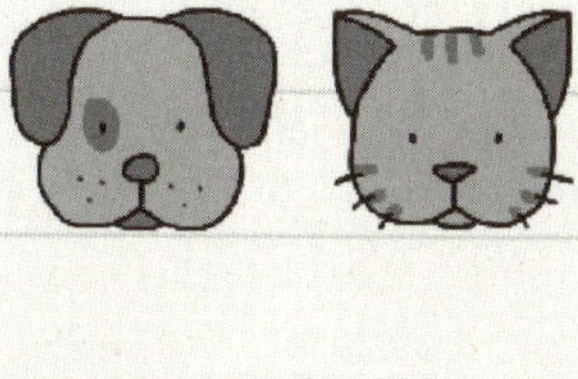

- Harrys Blätter sind

# Bogenhanf Taylor

Von Taylor gibt es ungefähr so viele Unterarten, wie ihre berühmte Namensgeberin Hits produziert hat: um die siebzig. Sie alle sind super pflegeleicht und damit die perfekten Zimmerpflanzen für Anfänger*innen oder Leute ohne grünen Daumen. Egal ob in hellen oder dunklen Räumen, ganz gleich ob mehr oder weniger Luftfeuchtigkeit, warm oder eher kühl – Taylor kann sich allen Gegebenheiten anpassen. Ab und an freut sich die auch „Schwiegermutterzunge" genannte Pflanze über etwas Dünger. Nur eines sorgt bei Taylor für schlechte Laune: wenn sie zu viel gegossen wird. Wer ein Händchen für Pflanzen hat, kann sie sogar vermehren. Einfach ein Blatt abschneiden, in ca. vier Zentimeter große Streifen zerteilen und zwei bis drei Tage antrocknen lassen. Dann mit der Blattunterseite in Kakteenerde stecken, mit Wasser besprühen und dabei zuschauen, wie neue kleine Taylors entstehen.

**Eignet sich für:** Workaholics. Taylor fühlt sich in jeder noch so dunklen Büroecke wohl, geht auch bei ein paar Wochen Urlaub ohne Pflege nicht ein und filtert obendrein Giftstoffe aus der Luft.

**Eignet sich nicht für:** Sonnenanbeter. Wenn Taylor direktem Sonnenlicht ausgesetzt ist, verblassen ihre charakteristischen Blätter.

- Ist die  unter den Pflanzen – vermehrt sich rasend schnell, wenn man sie lässt

- Die perfekte Pflanze für alle ohne 

## Monstera Selena

Selena ist eine kleine Feinschmeckerin. Sie trinkt Wasser nicht gern einfach aus der Leitung, sondern bevorzugt es entkalkt. Ihre Leibspeise ist aufgefangenes Regenwasser. Damit wird sie auch gern gelegentlich eingesprüht oder sanft abgeduscht. Sie zeigt, dass es mal wieder Zeit für eine Dusche ist, indem ihre Blätter sich kräuseln. An einem hellen Standort entwickelt sich das charakteristische Fenstermuster auf den Blättern, dabei hilft Grünpflanzendünger alle zwei Wochen. Bei der richtigen Pflege wächst die Monstera so schnell wie die Reichweite der echten Selena auf Instagram. Daher muss sie vor allem in jungen Jahren jedes Frühjahr umgetopft werden. Wenn man in den Urlaub fährt, kann man Selenas Wurzeln in einen Eimer mit Wasser hängen. Dann trinkt sie so viel, wie sie braucht.

**Eignet sich für:** Feinfühlige Mitbewohner*innen. Es braucht etwas Fingerspitzengefühl, um herauszufinden, wie viel Licht und Wasser Selena guttun.

**Eignet sich nicht für:** Allergikerhaushalte. Der Saft der Monsterablätter ist giftig und kann bei sensiblen Personen und Asthmatikern allergische Reaktionen auslösen.

- Steht total auf aufgefangenes

- Mag Grünpflanzendünger
für ihre charakteristischen

## Gummibaum Kim

Kim ist ein typisches Beispiel dafür, dass man andere nie nur nach ihrem Äußeren bewerten sollte. Mit ihren großen, ledrigen Blättern sieht sie auf den ersten Blick zwar schön aus, aber auch ein bisschen langweilig. Dabei ist Kim vielseitiger als ihr Ruf. Sie ist die perfekte Büro- oder Zimmerpflanze, die es schafft, jeden Raum für sich einzunehmen, egal wie kalt oder warm, hell oder dunkel. Sogar draußen kommt sie im Sommer zurecht. Ein bisschen eitel ist Kim allerdings schon: Sie genießt es, wenn ihre Blätter ab und an mit einem feuchten Tuch von Staub befreit werden. Ihre wahre Größe und Vielseitigkeit zeigt Kim nur in der Natur: Dort wird sie bis zu dreißig Meter hoch und entwickelt Luftwurzeln, mit denen sie Feuchtigkeit aus der Luft aufnehmen kann.

**Eignet sich für:** Verhinderte Friseurinnen. Kim freut sich über einen regelmäßigen, fachkundigen Schnitt.

**Eignet sich nicht für:** Schleckermäulchen. Die kleinen Früchte des Gummibaums sind leider ungenießbar.

- Je bunter Kims Blätter, desto mehr indirekte  brauchen sie

- Erst gießen, wenn die 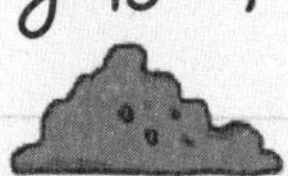 angetrocknet ist

## Liebe Leser*innen,

wart ihr schon einmal in London? Ich war zum ersten Mal mit fünfzehn während eines Schüleraustausches dort und habe mich sofort verliebt – in die vielen verschiedenen, spannenden Viertel, die britische Architektur, die entzückenden Cafés, Theater, Straßenmärkte, die zauberhafte Freundlichkeit der multikulturellen Bevölkerung. Einige Male bin ich seitdem in meiner Traumstadt gewesen, jeder Besuch war besonders für mich. Deswegen hat es mir große Freude bereitet, einen Roman zu schreiben, der in London spielt. Und natürlich auch vor Ort zu recherchieren. Ich bin über den Columbia Road Flower Market gestreift, durchs coole Shoreditch und natürlich durch Hampstead und seinen sagenumwobenen Heath. Ich möchte mich bei Bina Seeburrun bedanken, die mir aus der Hand gelesen und mir Tarotkarten gelegt hat – etwas, was ich mich normalerweise nie getraut hätte, aber für die Recherche gern machen wollte, um besser nachvollziehen zu können, wie es Zoé damit ergeht. Ich danke Tinu Abraham für den spannenden Einblick in das Leben indischstämmiger Familien in Großbritannien, der mir beim Schreiben über Ravis Familie geholfen hat. Und ich grüße herzlich alle Schwimmerinnen am Kenwood Ladies' Pond, die sich so liebenswürdig mit mir unterhalten haben. Wer sich für die Geschichte der Naturteiche interessiert, dem empfehle ich übrigens die berührende Dokumentation *The Ponds*, die mich zu einigen Begebenheiten inspiriert hat.

Der Stadtteil Hampstead, in dem diese außergewöhnlichen Teiche liegen, wirkt tatsächlich wie ein Dorf mitten in London – was gut passt, denn sagt man nicht, es brauche ein Dorf, um ein Kind großzuziehen? Nun, das Gleiche gilt für ein Buch. Man braucht auch ein Dorf, um ein Buch zu veröffentlichen. Da wären zum Beispiel, ganz wichtig, die Buchhändler*innen, die meine Romane vorbestellen, auf ihre Tische legen, empfehlen, mich zu Lesungen einladen. Ohne die ginge es nicht – ebenso wenig wie ohne die vielen wundervollen Menschen beim Goldmann Verlag – Grusche Juncker, Andrea Best, Maria Runge, Katja Hein, Claudia Hanssen, Katrin Cinque, Barbara Henning, Stefanie Dietrich, Manuela Matella und viele weitere – die auch ins siebte gemeinsame Werk wieder so viel Herzblut gesteckt haben. Allen voran meine fantastische Lektorin Lena Schäfer, mit der ich so gern zusammenarbeite. Immer an meiner Seite ist auch meine großartige Agentin Eva Semitzidou. Genau wie meine Familie, vor allem Laurent, Robert und Jamie, und meine Freund*innen, die mich so liebevoll unterstützen und – im Fall von Nancy Riesenhuber, Tessa Randau, Christine Ritzenhoff, Almuth Andreae, Daniele Palu und Ralf Grobe – auch in diesem Jahr mein Manuskript vorab gelesen und mir wertvolle Hinweise gegeben haben. Spezieller Dank gilt Mailyn Schürmann, die ein immens hilfreiches Sensivity Reading durchgeführt hat, was den Roman entscheidend verbessert hat. Und natürlich Kristina Lake-Zapp, die den gesamten Text am Ende noch einmal auf Fehler geprüft hat. Markus Weber und seinem Team von der Agentur Guter Punkt, die auch diesmal den superhübschen Anhang illustriert haben. Der Agentur Zero Media für Cover und Innenklappen. Irmi Keis von ehrlich & anders fürs Versprühen ihrer PR-Magie. Ulrike Schacht für die besten Autorinnenfotos. Karla Paul, Frank Menden, Till Raether, Tina Röhlich, Eva Jenniches und einigen anderen tollen Kolleg*innen, mit denen ich mich über mein Schreiben und alles, was es mit sich bringt, austauschen kann.

Und dann wärt da noch ihr, liebe Leser*innen. Ihr seid in meinem Bücherdorf die wichtigste Gruppe. Denn für euch schreibe ich meine Geschichten. Würdet ihr nicht meine Romane kaufen und lesen, könnte ich nicht jedes Jahr einen neuen veröffentlichen. Ich danke euch von Herzen für die begeisterten Nachrichten, Briefe, Rezensionen und Mails und die wirklich netten persönlichen Begegnungen. Ich würde mich sehr freuen, wenn wir uns demnächst bei einer Lesung sehen. Oder – wer weiß – vielleicht in London.

Alles Liebe

Meike Werkmeister